Menina de vinte

Outras obras da autora publicadas pela Editora Record

Fiquei com o seu número
Lembra de mim?
Menina de vinte
Samantha Sweet, executiva do lar
O segredo de Emma Corrigan

Da série Becky Bloom:
Becky Bloom – Delírios de consumo na 5ª Avenida
O chá de bebê de Becky Bloom
Os delírios de consumo de Becky Bloom
A irmã de Becky Bloom
As listas de casamento de Becky Bloom
Mini Becky Bloom

SOPHIE KINSELLA

Menina de vinte

Tradução de
MARIANA LOPES PEIXOTO

3ª edição

EDITORA RECORD
RIO DE JANEIRO • SÃO PAULO
2013

CIP-BRASIL. CATALOGAÇÃO-NA-FONTE
SINDICATO NACIONAL DOS EDITORES DE LIVROS, RJ

K64m Kinsella, Sophie, 1969-
3ª ed. Menina de vinte / Sophie Kinsella; tradução de Mariana Lopes Peixoto.
– 3ª ed. – Rio de Janeiro: Record, 2013.

Tradução de: Twenties girl
ISBN 978-85-01-08492-7

1. Mulheres jovens – Ficção. 2. História de fantasmas.
3. Ficção inglesa. I. Peixoto, Mariana Lopes. II. Título.

10-2903

CDD: 823
CDU: 821.111-3

TÍTULO ORIGINAL EM INGLÊS:
Twenties girl

Copyright © Sophie Kinsella, 2009

Texto revisado segundo o novo Acordo Ortográfico da Língua Portuguesa.

Todos os direitos reservados. Proibida a reprodução, no todo ou em parte, através de quaisquer meios.

Direitos exclusivos de publicação em língua portuguesa somente para o Brasil adquiridos pela
EDITORA RECORD LTDA.
Rua Argentina, 171 – Rio de Janeiro, RJ – 20921-380 – Tel.: 2585-2000, que se reserva a propriedade literária desta tradução.

Impresso no Brasil

ISBN 978-85-01-08492-7

Seja um leitor preferencial Record.
Cadastre-se e receba informações sobre nossos lançamentos e nossas promoções.

Atendimento e venda direta ao leitor:
mdireto@record.com.br ou (21) 2585-2002.

EDITORA AFILIADA

Para Susan Kamil,
que me inspirou anos atrás com o conselho:
"Você deveria escrever uma história sobre fantasmas um dia."

AGRADECIMENTOS

Gostaria de agradecer às pessoas que me ajudaram com minha pesquisa para este livro: Olivia e Julian Pinkney, Robert Beck e Tim Moreton.

Quero agradecer também, como sempre, a Linda Evans, Laura Sherlock e toda a equipe maravilhosa na Transworld. E, é claro, a Araminta Whitley, Harry Man, Nicki Kennedy, Sam Edenborough, Valerie Hoskins, Rebecca Watson, meus meninos e ao Conselho.

1

O problema de mentir para seus pais é que você faz isso para *protegê-los*. É para o bem deles. Por exemplo, vamos analisar os meus pais. Se eles soubessem a verdade absoluta sobre meu dinheiro/minha vida amorosa/meu encanamento/meu imposto, teriam um ataque cardíaco instantâneo, e o médico perguntaria "Alguém deu alguma notícia chocante a eles?", e tudo seria culpa minha. Portanto, eles estão no meu apartamento há dez minutos e já contei as seguintes mentiras:

1. L&N Recrutamentos Executivos vai começar a dar lucro em pouco tempo, tenho certeza.
2. Natalie é uma sócia fantástica e largar meu emprego para me tornar caça-talentos com ela foi uma ideia brilhante.
3. É claro que eu não consumo só pizza, iogurte de cereja preta e vodca.
4. Sim, eu sei que existem juros em multas de estacionamento.
5. Sim, eu assisti ao DVD do Charles Dickens que eles me deram de Natal, é ótimo, principalmente aquela moça de gorrinho. Isso, Peggotty. Ela mesmo.

6. Eu tinha a *intenção* de comprar um alarme de incêndio no fim de semana, que coincidência eles comentarem!
7. Sim, vai ser ótimo rever a família toda.

Sete mentiras. Sem contar as mentiras sobre a roupa de minha mãe. E ainda nem falamos do Assunto.

Quando saio do meu quarto com um vestido preto e um rímel colocado às pressas, vejo minha mãe olhando para minha conta telefônica vencida em cima da lareira.

— Não se preocupe — digo rapidamente —, vou resolver isso.

— Se não resolver — diz minha mãe — vão cortar sua linha e vai demorar horrores até que seja instalada de novo. E o sinal do celular é ruim aqui. E se você tiver uma emergência? O que vai fazer?

Ela franze a testa de ansiedade. Parece que tudo é iminente para ela, como se houvesse uma mulher em trabalho de parto gritando no quarto e o mundo lá fora estivesse sendo alagado e a água estivesse subindo pela janela, e como vamos chamar o helicóptero? *Como?*

— Bem... Não pensei nisso. Mãe, vou pagar a conta. É sério.

Minha mãe sempre se preocupou muito com as coisas. Quando ela fica com um sorriso tenso e os olhos distantes e assustados, você sabe que ela está imaginando uma cena apocalíptica. Ela ficou com essa expressão durante o último dia de discursos e prêmios na escola, e depois confessou que tinha reparado em um candelabro que estava pendurado no teto por uma corrente instável e ficado obcecada com o que aconteceria se ele caísse em cima da cabeça das garotas e se estilhaçasse em mil pedaços.

Agora ela está puxando o terno preto, que tem ombreiras e botões metálicos esquisitos, que a está sufocando. Lembro-me vagamente de quando ela passou por uma fase em que ia a entrevistas de emprego, há uns dez anos, e eu precisava ensinar-lhe coisas básicas do computador, como, por exemplo, usar o mouse. Ela acabou trabalhando em uma organização para crianças carentes, que não exigia que ela se vestisse bem, graças a Deus.

Ninguém na minha família fica bem de preto. Meu pai está usando um terno feito com um tecido preto sem graça, que oculta todas as qualidades dele. Ele na verdade é muito bonito, o meu pai, com uma bela estrutura óssea e de uma maneira não óbvia. Seu cabelo é castanho e fino, enquanto o de minha mãe é claro e fino como o meu. Os dois ficam ótimos quando estão à vontade — como quando estamos na Cornualha no barco frágil e antigo de papai, usando roupa de lã e comendo tortinhas. Ou quando estão tocando na orquestra amadora local, onde se conheceram. Hoje, porém, ninguém está à vontade.

— Então, está pronta? — Minha mãe olha para meus pés só de meia. — Onde estão seus sapatos, querida?

Caio sentada no sofá:

— Preciso *mesmo* ir?

— Lara! — grita minha mãe de maneira reprovadora. — Ela era sua tia-avó. Tinha 105 anos, sabia?

Minha mãe me disse que minha tia-avó tinha 105 anos umas 105 vezes. Tenho quase certeza de que é porque é o único fato que sabe sobre ela.

— E daí? Eu não a conhecia. Nenhum de nós a conhecia. Isso é ridículo. Por que estamos nos arrastando para Potters Bar por causa de uma velhinha que nem sequer conhecemos? — Dou de ombros, sentindo-me mais como uma criança de 3 anos emburrada do que uma mulher madura de 27 anos com um negócio próprio.

— Seu tio Bill e os outros vão também — afirma meu pai.

— E se eles podem fazer esse esforço...

— É um evento de família! — interrompeu minha mãe.

Dou de ombros com mais ênfase. Tenho alergia a eventos de família. Às vezes acho que seria melhor se fôssemos sementes de dente-de-leão — sem família, sem história, apenas flutuando pelo mundo, cada um em seu pedaço de penugem.

— Não vai demorar muito — diz minha mãe de maneira persuasiva.

— Vai demorar sim. — Olho para o tapete. — E todo mundo vai me perguntar sobre... coisas.

— Não vão não! — afirma minha mãe, olhando para meu pai como se pedisse apoio. — Ninguém vai falar de... coisas.

Silêncio. O Assunto está pairando no ar. É como se todos estivéssemos evitando encará-lo. Finalmente, meu pai toma coragem.

— Então! Por falar em... coisas — ele hesita. — No geral, você está... bem?

Posso ver que minha mãe está escutando de maneira muito alerta, mesmo que esteja fingindo pentear o cabelo.

— Ah, sabe como é — digo depois de uma pausa. — Estou bem. Quer dizer, não podem esperar que eu simplesmente me recupere...

— É claro que não! — diz meu pai, voltando atrás imediatamente. Então ele tenta de novo. — Mas você está... numa boa?

Faço que sim.

— Ótimo. — Minha mãe suspira, aliviada. — Sabia que você ia superar... as coisas.

Meus pais não mencionam mais o nome "Josh", porque eu sempre começava a chorar quando ouvia essa palavra. Durante um tempo, minha mãe se referia a ele como "Aquele Que Não Podemos Dizer O Nome". Agora ele virou "coisas".

— E você não... entrou em contato com ele? — Meu pai olha para qualquer lugar menos para mim, e minha mãe parece muito entretida com sua bolsa.

12

Mais um eufemismo. O que ele quis dizer foi: "Você mandou mais alguma mensagem obcecada para ele?"

— Não — respondo, e fico vermelha. — Não falei com ele está bem?

É muito injusto falarmos sobre isso. Na verdade, tudo adquiriu uma proporção muito maior do que deveria. Apenas mandei algumas mensagens para Josh. Três por dia, se chegar a isso tudo. Quase nenhuma. E elas não eram obcecadas. Eu só estava sendo sincera e aberta, comportamentos que, aliás, são recomendáveis em um relacionamento.

Não dá para apagar o que você sente apenas porque a outra pessoa fez isso, não é? Não dá para dizer: "Ah, beleza! Seu plano é nunca mais nos vermos, nunca mais fazermos amor e nunca mais conversarmos nem nos comunicarmos de maneira alguma. Que ideia genial, Josh! Por que eu não pensei nisso?"

Então o que acontece é que você escreve o que sente de verdade em uma mensagem, simplesmente porque você quer compartilhar esse sentimento, e, no minuto seguinte, seu namorado muda o número do celular e avisa a seus pais. Muito covarde.

— Lara, sei que você ficou muito magoada e que está passando por um momento muito doloroso. — Meu pai limpa a garganta. — Mas já se passaram quase dois meses. Você precisa seguir em frente, querida. Precisa ver outros jovens. : sair e se divertir. .

Oh, Deus, não vou aguentar mais um daqueles discursos de papai sobre como muitos homens vão cair aos pés de uma musa como eu. Para começar, nem há tantos homens assim no mundo, todo mundo sabe disso. E uma garota de 1,64m com nariz de batata e nada bronzeada não é exatamente uma musa.

Tudo bem, sei que posso ser bonitinha às vezes. Meu rosto tem formato de coração, tenho olhos verdes e grandes e algumas sardas no nariz. E tenho lábios cheios que ninguém na minha família tem. Pode confiar em mim, não sou nenhuma modelo

— Então foi isso que fez quando você e mamãe terminaram daquela vez em Polzeath? Você saiu para conhecer gente nova?
— Não consigo deixar de dizer isso, por mais que seja coisa do passado. Meu pai suspira e troca olhares com minha mãe.
— Nunca devíamos ter contado essa história para você — ela resmunga, passando a mão na testa. — *Nunca* devíamos ter comentado...
— Porque se tivesse feito isso — continuo inexoravelmente —, vocês nunca teriam voltado, não é mesmo? Meu pai nunca teria dito que é a metade da sua laranja, e vocês nunca teriam se casado.
Essa frase da metade da laranja virou uma tradição de família. Ouvi essa história um zilhão de vezes. Meu pai chega à casa de minha mãe todo suado porque tinha ido de bicicleta, e ela estava chorando, mas fingiu que estava resfriada, e eles se reconciliaram e a minha avó fez chá com biscoitos. (Não sei por que os biscoitos são relevantes nessa história, mas sempre são mencionados.)
— Lara, querida — suspira minha mãe. — Foi muito diferente, nós estávamos juntos fazia três anos, estávamos noivos...
— Eu sei! — digo, na defensiva. — Sei que era diferente. Só estou dizendo que às vezes as pessoas voltam. *Acontece*.
Silêncio.
— Lara, você sempre teve uma alma romântica... — meu pai começa.
— Não sou romântica! — grito, como se isso fosse uma ofensa grave. Estou encarando o tapete, mexendo na ponta com o dedo do pé, mas em minha visão periférica posso observar meu pai e minha mãe, um mandando o outro falar alguma coisa. Minha mãe sacode a cabeça e aponta para meu pai como se dissesse: "Fale você!"

— Quando você termina com alguém — meu pai começa de novo com uma pressa desconfortável —, é fácil olhar para trás e achar que a vida seria perfeita se vocês voltassem. Mas... Ele vai começar a dizer como a vida é uma escada rolante. Preciso falar antes dele, rápido.

— Pai, escute, por favor. — De algum jeito consigo falar da maneira mais calma possível. — Você entendeu tudo errado. Não quero voltar com Josh. — Tento fazer com que essa ideia soe ridícula. — Não foi por isso que mandei mensagens para ele. Eu só queria uma *conclusão*. Ele terminou tudo sem dar nenhum aviso, sem conversar, sem discutir. Não tive nenhuma resposta. É como... assuntos pendentes. É como ler um livro da Agatha Christie e não descobrir quem é o culpado! Pronto. *Agora* eles vão entender.

— Bem — diz meu pai finalmente. — Consigo compreender suas frustrações...

— É tudo que eu queria — digo da maneira mais convincente possível. — Queria entender o que Josh estava pensando. Queria conversar sobre o assunto. Queria me comunicar com ele como dois seres humanos civilizados.

E eu queria voltar com ele, diz minha cabeça, como uma flecha silenciosa e verdadeira. *Porque eu sei que Josh ainda me ama, mesmo que ninguém concorde.*

Mas não adianta dizer isso a meus pais. Eles nunca vão entender. Como poderiam? Eles não têm noção de como Josh e eu éramos um casal maravilhoso, de como éramos perfeitos um para o outro. Não entendem como Josh obviamente tomou uma decisão apavorada, apressada e tipicamente masculina, com base em um motivo provavelmente inexistente, e se eu apenas pudesse *conversar* com ele, tenho certeza de que conseguiria resolver tudo e ficaríamos juntos de novo.

Às vezes me sinto muito mais avançada que meus pais, assim como Einstein deve ter se sentido quando seus amigos

diziam: "O universo é plano, Albert, confie na gente", e ele pensava secretamente: "Eu sei que é redondo. Vou mostrar a vocês."
Minha mãe e meu pai estão secretamente conversado um com o outro de novo. Acho melhor cortar o mal pela raiz.
— De qualquer jeito, não precisam se preocupar comigo — digo rapidamente. — Porque eu já segui em frente. Tudo bem, talvez eu não tenha seguido *completamente* em frente — corrijo-me quando vejo a expressão de dúvida deles —, mas aceitei que Josh não quer conversar. Percebi que simplesmente não era para ser. Aprendi muito sobre mim mesma e... estou me sentindo bem. De verdade.
Estou com um sorriso estampado no rosto. Parece que estou entoando o mantra de uma seita maluca. Eu deveria estar de túnica e batendo em um tamborim.
Hare hare... eu segui em frente... hare hare... estou me sentindo bem...
Meu pai e minha mãe trocam olhares. Não faço ideia se eles acreditam em mim, mas pelo menos consegui acabar com a conversa.
— É assim que se faz! — diz meu pai, aliviado. — Muito bem, Lara! Sabia que você ia conseguir. E você pode se concentrar no negócio com a Natalie, que está indo tão bem...
Meu sorriso vira mais de fanática ainda:
— Com certeza!
Hare Hare... meu negócio está indo bem... hare hare... não é nem um pouco um desastre...
— Estou tão feliz por você ter passado por isso! — Minha mãe vem para perto de mim e me dá um beijo na testa. — Agora é melhor irmos. Vá calçar um sapato preto. Vamos, vamos!
Com um suspiro ressentido, eu me levanto e me arrasto para o quarto. O dia está lindo e ensolarado, e vou passá-lo em uma

droga de encontro de família que envolve uma pessoa de 105 anos morta. Às vezes a vida é muito ruim mesmo.

Enquanto paramos no estacionamento da Casa Funerária Potters Bar, reparo que há uma pequena multidão em frente a uma porta lateral. Vejo então o brilho de uma câmera de tevê e um microfone felpudo pairando sobre a cabeça das pessoas.

— O que está acontecendo? — Olho pela janela do carro.
— Alguma coisa a ver com tio Bill?
— Provavelmente — concorda meu pai.
— Acho que alguém está fazendo um documentário sobre ele — acrescenta minha mãe. — Trudy falou algo do tipo. Por causa do livro dele.

É isso que acontece quando um de seus parentes é uma celebridade. Você se acostuma com as câmeras por perto. E com as pessoas dizendo, quando você se apresenta: "Lington? Alguma relação com a Lingtons Coffee?" e ficando completamente chocadas quando você responde que sim.

Meu tio Bill é o Bill Lington, que começou a Lingtons Coffee do nada aos 26 anos e a transformou em um império mundial de lojas de café. O rosto dele está impresso em todos os copos de café, o que faz com que ele seja mais famoso que os Beatles ou algo do tipo. Você o reconheceria se o visse. E no momento ele está mais em destaque do que o normal porque sua autobiografia, *Duas moedinhas*, foi lançada mês passado e se tornou um best seller. É possível que Pierce Brosnan faça o papel de meu tio no filme.

É claro que li o livro de cabo a rabo. É todo sobre como ele só tinha 20 centavos e comprou um café tão ruim que teve a ideia de gerenciar lojas de café. Então ele abriu uma loja e começou uma cadeia, e agora é praticamente dono do mundo. O apelido dele é "O Alquimista" e, de acordo com um artigo do ano passado, o mundo dos negócios todo quer saber o segredo de seu sucesso.

Por isso ele começou a dar palestras com o tema "Duas Moedinhas". Fui a uma delas secretamente há alguns meses, só para ver se conseguia alguma dica sobre como gerenciar um novo negócio. Havia duzentas pessoas presentes, todas engolindo cada palavra, e no fim tínhamos que segurar duas moedas para cima e dizer: "Este é o meu começo." Foi muito cafona e constrangedor, mas todo mundo a minha volta parecia estar inspirado. Pessoalmente, prestei muita atenção no que ele estava dizendo e *mesmo assim* não sei como ele conseguiu.

Ele tinha 26 anos quando ganhou o primeiro milhão. Vinte e seis! Começou um negócio e se tornou um sucesso instantaneamente. Enquanto, eu comecei um negócio há seis meses e tudo que me tornei foi uma maluca instantaneamente.

— Talvez você e Natalie escrevam um livro sobre o negócio de vocês um dia! — diz minha mãe, como se pudesse ler minha mente.

— A dominação mundial está logo ali — afirma meu pai, com entusiasmo.

— Olhe, um esquilo! — Aponto rapidamente pela janela. Meus pais me deram tanto apoio em meu negócio que *não posso* contar a verdade. Então sempre mudo de assunto quando eles falam alguma coisa sobre isso.

Para ser mais precisa, pode-se dizer que minha mãe não me apoiou *de cara*. Na verdade, pode-se dizer que, quando eu disse que ia largar meu emprego em marketing e tirar todo o dinheiro da poupança para começar uma empresa de caça-talentos, sem nunca ter trabalhado com isso antes nem saber nada sobre o assunto, ela teve uma crise nervosa.

Mas ela se acalmou quando expliquei que ia ser sócia de minha melhor amiga, Natalie. E que Natalie era uma executiva de caça-talentos muito boa e que ela gerenciaria o negócio no início, enquanto eu lidaria com a administração e o marketing e aprenderia as habilidades de uma caça-talentos. E que já tínhamos muitos contatos e que pagaríamos o empréstimo do banco rapidinho.

O plano parecia brilhante. O plano *era* brilhante. Até um mês atrás, quando Natalie saiu de férias, se apaixonou por um vagabundo em Goa e me mandou uma mensagem uma semana depois dizendo que não sabia quando ia voltar, mas que as informações importantes estavam no computador e que eu ficaria bem e que o surfe era maravilhoso lá, que eu deveria visitá-la, muitos beijos, Natalie.

Nunca mais vou fazer negócios com Natalie. Nunca mais.

— Será que está desligado? — Minha mãe está batendo no celular. — Não pode tocar durante a cerimônia.

— Vou dar uma olhada — Meu pai para o carro, desliga o motor e pega o celular. — O bom é colocar no silencioso.

— Não! grita minha mãe, apavorada. — Quero desligá-lo! O modo silencioso pode dar errado!

— Prontinho, então. — Meu pai aperta o botão lateral. — Está desligado. — Ele devolve o celular para minha mãe, que o encara com ansiedade.

— Mas e se, de algum jeito, ele ligar de novo enquanto estiver na minha bolsa? — Ela olha com uma cara de suplício para nós dois. — Isso aconteceu com Mary no iate clube, sabia? O negócio simplesmente *ligou* na bolsa dela e tocou, enquanto ela fazia parte do júri. Disseram que ela devia ter batido ou encostado nele de algum jeito...

A voz dela está ficando mais fina e arfante. Essa seria a hora em que minha irmã Tonya surtaria e diria: "Não seja idiota, mãe! É óbvio que o seu celular não vai ligar sozinho!"

— Mãe. — Pego o celular gentilmente. — Que tal deixarmos no carro?
— Isso. — Ela relaxa um pouco. — É uma boa ideia. Vou colocar no porta-luvas.
Olho para meu pai, que dá um sorrisinho para mim. Coitada da mamãe. Tanta coisa ridícula passando pela cabeça... Ela realmente precisa entender a dimensão das coisas.

Quando chegamos perto da funerária, ouço no ar a fala lenta inconfundível de tio Bill, e, como previsto, ao passarmos pela pequena multidão, lá está ele com sua jaqueta de couro e seu eterno bronzeado e seu cabelo macio. Todo mundo sabe que tio Bill é obcecado pelo cabelo. É grosso, exuberante e bem preto, e, se qualquer jornal sugerir que ele o pinta, tio Bill ameaça processá-los.

— A família é a coisa mais importante — diz ele ao entrevistador de calça jeans. — A família é o nosso amparo. Se eu precisar interromper meus compromissos para ir a uma cremação, é o que farei. — Vejo a admiração pairando sobre a multidão. Uma garota, segurando um copo para viagem da Lingtons, está claramente transtornada e fica sussurrando para a amiga: "É ele mesmo!"

— Se pudermos parar agora... — Um dos assistentes de tio Bill se aproxima de um câmera. — Bill precisa entrar na casa funerária. Obrigado, gente. Só mais alguns autógrafos... — comunica à multidão.

Esperamos pacientemente enquanto todo mundo consegue um autógrafo de tio Bill no copo de café ou no programa da cremação, enquanto a câmera filma tudo. Depois, finalmente, eles vão embora e tio Bill vem em nossa direção.

— Olá, Michael. É bom ver você. — Ele aperta a mão de meu pai e imediatamente depois vira para falar com o assistente. — Já conseguiu ligar para Steve?

— Aqui. — O assistente entrega rapidamente o celular a tio Bill.

— Olá, Bill! — Meu pai é sempre educado com tio Bill. — Não nos vemos há um tempo. Como você está? Parabéns pelo livro.

— Obrigada pelo exemplar autografado — acrescenta alegremente minha mãe.

Bill acena com a cabeça rapidamente para todos nós, depois fala no celular:

— Steve, recebi seu e-mail.

Minha mãe e meu pai trocam olhares. Obviamente, este é o fim de nosso grande reencontro familiar.

— Vamos descobrir aonde temos que ir — minha mãe sussurra a meu pai. — Lara, você vem?

— Na verdade, vou ficar um pouco aqui — digo no impulso. — Vejo vocês lá dentro!

Espero até que meus pais tenham desaparecido e chego perto de tio Bill. Do nada, elaborei um plano demoníaco. Na palestra, tio Bill disse que a chave do sucesso para qualquer empresário era aproveitar todas as oportunidades. Bom, sou uma empresária, não sou? E esta é uma oportunidade, não é?

Espero até que ele termine a conversa e digo hesitante:

— Oi, tio Bill. Posso falar com você rapidinho?

— Espere. — Ele levanta a mão e coloca o BlackBerry no ouvido. — Olá, Paulo. E aí? — Seus olhos viram para mim e ele faz um sinal com a mão, algo que interpreto como sendo minha vez de falar.

— Você sabia que sou caça-talentos agora? — Dou um sorriso nervoso. — Abri uma empresa com uma amiga. O nome é L&N Recrutamento Executivo. Posso falar de nosso negócio?

Tio Bill franze a testa pensativo por um momento, depois diz:

— Espere um pouco, Paulo.

Nossa! Ele colocou a ligação em espera! Por mim!
— Nos especializamos em encontrar indivíduos altamente qualificados e motivados para posições de executivos seniores — digo, tentando não falar muito rápido. — Fiquei pensando se talvez eu pudesse conversar com alguém em seu departamento de RH, explicar o que fazemos, talvez pudéssemos fazer algo juntos...
— Lara. — Tio Bill levanta a mão para me interromper. — O que você diria se eu passasse o contato de minha gerente de recrutamento e dissesse a ela: "Esta é minha sobrinha, dê uma chance a ela?"
Sinto uma explosão de alegria. Quero cantar "Aleluia". Minha aposta deu certo!
— Eu agradeceria muito, tio Bill! — digo, tentando ficar calma. — Eu daria tudo de mim, trabalharia 24 horas por dia, ficaria tão agradecida...
— Não — ele interrompe. — Você não ficaria. Você não teria respeito por você mesma.
— O q-quê? — paro de falar, confusa.
— Estou negando o pedido. — Ele me dá um sorriso branco e ofuscante. — Estou fazendo um favor, Lara. Se você conseguir tudo sozinha, vai se sentir muito melhor. Você vai sentir que *mereceu* tudo.
— Certo — engulo, o rosto ardendo de humilhação. — Eu *quero* merecer. Eu *quero* dar duro. Só pensei que, talvez...
— Se eu consegui com duas moedinhas, Lara, você também consegue. — Ele me encara por um momento. — Acredite em você mesma. Acredite em seu sonho. Tome.

Ah, não. Por favor, não. Ele colocou a mão no bolso e pegou duas moedas de 10 centavos.
— Estas são suas duas moedinhas. — Ele me olha com um ar profundo e sincero, do mesmo jeito que faz no comercial de

tevê. — Lara, feche os olhos. Sinta. Acredite. Diga: "Este é o meu começo."

— Este é o meu começo — resmungo, me contraindo toda.

— Obrigada.

Tio Bill acena com a cabeça e volta a falar no celular:

— Paulo, desculpe pela interrupção.

Ardendo de vergonha, vou embora. Que maneira de aproveitar as oportunidades... Que grande contato... Só quero que essa cremação idiota acabe logo para eu poder ir para casa.

Dou a volta pelo prédio, atravesso as portas de vidro da frente da casa funerária e me vejo em um foyer com poltronas, pôsteres de pombas e um ar calmo. Não há ninguém por perto, nem mesmo um balcão de recepção.

De repente, ouço uma cantoria vinda de trás de uma porta de madeira. Merda. Já começou. Estou perdendo tudo. Rapidamente abro a porta e, como previsto, há fileiras de bancos cheios de gente. O lugar está tão cheio que, enquanto tento passar, as pessoas do fundo se empurram para o lado. Encontro um lugar da maneira mais discreta possível.

Enquanto olho em volta, tentando encontrar minha mãe e meu pai, fico perplexa com a quantidade de gente presente. E as flores. Em toda a lateral do lugar há lindos arranjos de flores em tons de branco e creme. Uma mulher lá na frente está cantando "Pie Jesu", mas há tantas pessoas na minha frente que não consigo ver. Perto de mim, algumas pessoas estão fungando, e uma garota está chorando copiosamente. Me sinto mal. Todas essas pessoas vieram aqui pela minha tia-avó, e eu nem a conhecia.

Não mandei flores, percebo mortificada. Será que eu deveria ter escrito um cartão ou algo do tipo? Deus, espero que meus pais tenham resolvido tudo.

A música é tão linda e o clima é tão sentimental que não consigo impedir meus olhos de se encherem d'água. A meu lado

está uma senhora com um chapéu de veludo preto, que percebe e faz um barulho compreensivo com a boca:
— Você tem um lencinho, querida? — sussurra.
— Não — admito, e ela imediatamente abre sua bolsa grande e fora de moda. Um cheiro de cânfora surge e, dentro da bolsa, vejo vários pares de óculos, uma caixa de balas de menta, um pacote de grampos, uma caixa onde está escrito "Barbante" e meio pacote de bolachas.
— É sempre bom trazer lenços para cremações. — Ela me estende um pacote.
— Obrigada. — Engulo, pegando um lenço. — É muito gentil de sua parte. Sou a sobrinha-neta, aliás.
Ela acena com a cabeça de maneira simpática:
— Deve ser um momento horrível para você. Como a família está lidando?
— É... Bem... — Dobro o lenço, pensando no que responder. Não posso dizer: "Ninguém se incomodou muito, aliás, meu tio Bill ainda está lá fora falando no BlackBerry." — Todos precisamos contar um com o outro numa hora dessas. — Improviso finalmente.
— É isso mesmo — a senhora concorda plenamente, como se eu tivesse dito algo muito sábio e não uma frase batida de um cartão qualquer. — Temos que contar um com o outro. — Ela pega minha mão. — Fico feliz em conversar, querida, quando você quiser. É uma honra conhecer um parente de Bert.
— Obrigada — começo a dizer automaticamente, depois paro.
Bert?
Tenho certeza de que o nome da minha tia não era Bert. Na verdade, sei que não era. O nome dela era Sadie.
— Sabe, você se parece muito com ele. — E a mulher analisa meu rosto.

Merda. Estou na cremação errada.
— Alguma coisa na sua testa. E você tem o nariz dele. Alguém já disse isso a você, querida?
— Às vezes! — digo, exageradamente. — Na verdade, preciso... é... Muito obrigada pelo lenço... — Rapidamente caminho em direção à porta.
— É a sobrinha-neta de Bert — ouço a voz da senhora atrás de mim. — Está muito triste, coitadinha.
Praticamente me jogo na porta de madeira e vou parar no foyer de novo, quase batendo em meus pais. Eles estão acompanhados de uma mulher de terno escuro com cabelos brancos enrolados e uma pilha de panfletos na mão.
— Lara, onde você estava? — Minha mãe olha confusa para a porta. — O que estava fazendo aí dentro?
— Você estava no velório do Sr. Cox? — a mulher de cabelo branco está perplexa.
— Eu me perdi! — digo, defendendo-me. — Não sabia para onde ir. Vocês deveriam colocar avisos nas portas.
Silenciosamente, a mulher levanta a mão e aponta para o aviso com letras de plástico acima da porta: "Bertram Cox — 13h30." Droga. Como não vi isso?
— Bem, enfim — digo, tentando recuperar minha dignidade. — Vamos indo. Precisamos pegar um lugar.

2

Pegar um lugar. Que piada! Eu nunca tinha ido a um evento tão deprimente em toda a minha vida. Tudo bem, eu sei que é um velório. Não é para ser um acontecimento divertido. Mas pelo menos havia pessoas, flores, música e um clima no velório do Bert. Pelo menos passava algum *sentimento*. Este lugar não tem nada. Está vazio e frio, com um caixão fechado lá na frente e um mural com "Sadie Lancaster" escrito em letras de plástico fajutas. Não há flores, cheiro bom, cantoria, só uma música de fundo nos alto-falantes. E o lugar estava praticamente vazio. Só havia minha mãe, meu pai e eu de um lado; tio Bill, tia Trudy e Diamanté do outro.
Discretamente olhei para o outro lado da família. Apesar de sermos parentes, eles parecem celebridades de uma revista. Tio Bill está esparramado na cadeira de plástico como se o lugar fosse dele, digitando alguma coisa no BlackBerry, tia Trudy está virando as páginas da revista *Hello!*, provavelmente lendo sobre os amigos. Ela está com um vestido preto justo, seu cabelo louro todo arrumado, e seu colo está mais bronzeado que da últi-

ma vez que a vi. Tia Trudy se casou com tio Bill há vinte anos, e eu juro que ela parece estar mais jovem hoje do que nas fotos do casamento. O cabelo louro platinado escorrido de Diamanté vai até o traseiro e ela está usando um vestido curto coberto de caveiras. Muito apropriado para um velório. Ela está ouvindo o iPod, mandando mensagens no celular e olhando toda hora para o relógio com uma cara irritada. Diamanté tem 17 anos, dois carros e uma marca de roupas chamada "Tutus e Pérolas", que tio Bill lançou para ela. (Dei uma olhada no site uma vez. Todos os vestidos custam 400 libras e todo mundo que comprar entra na lista especial de "Melhores Amigos de Diamanté", sendo que metade são filhos de celebridades. É como o Facebook, mas com vestidos.)

— Mãe — digo —, por que não tem nenhuma flor?
— Ah. — Minha mãe fica ansiosa. — Falei com Trudy sobre as flores, e ela disse que ia arranjá-las. Trudy — ela chama.
— O que aconteceu com as flores?
— Bem! — Trudy fecha a revista e olha em volta como se estivesse a fim de conversar. — Sei que falamos sobre o assunto, mas você sabe quanto tudo isso custou? — Ela faz um gesto circulando o ambiente com o dedo. — E vamos ficar sentados quanto tempo aqui? Vinte minutos? Você precisa ser realista, Pippa. Flores seriam um desperdício.
— Acho que sim — diz minha mãe, relutante.
— Não quero falar mal de uma velhinha em sua própria cremação. — Tia Trudy se inclina para a frente, abaixando o tom de voz. — Mas você precisa se perguntar: "O que ela fez pela gente?" Eu não a conhecia. Você a conhecia?
— Bem, era difícil. — Minha mãe parece aflita. — Ela teve o derrame, estava quase sempre fora do ar...
— Exatamente! — Trudy concorda. — Ela não entendia nada. Qual era o objetivo? Só estamos aqui por causa de Bill.

— Trudy olha para Bill com carinho. — Ele tem um coração tão bom, coitadinho... Sempre digo às pessoas...

— Droga! — Diamanté arranca os fones do ouvido e olha para a mãe com desprezo. — Só estamos aqui para o programa do papai. Ele só resolveu vir porque o produtor disse que o velório "aumentaria muito o quociente de simpatia". Ouvi os dois conversando.

— Diamanté! — reclama tia Trudy, com raiva.

— É verdade! Ele é o maior hipócrita do mundo, e você também! E eu tinha que estar na casa da Hannah agora. — Diamanté bufa com ressentimento. — O pai dela está dando, tipo, uma festa enorme para o novo filme dele e estou perdendo tudo. Só para que o papai finja ser um "homem família" e "carinhoso". É muito injusto.

— Diamanté! — diz tia Trudy, asperamente. — Foi seu pai que pagou sua viagem com a Hannah para Barbados, lembra? E o silicone nos seios que você sempre fala, quem você acha que vai pagar?

Diamanté respira fundo como se tivesse sido profundamente ofendida:

— Isso é *tão* injusto! Meu silicone é *caridade*.

Não consigo evitar de me aproximar com interesse:

— Como colocar silicone pode ser caridade?

— Vou dar uma entrevista para uma revista depois e doar o dinheiro para a caridade — ela diz, orgulhosa. — Tipo, metade ou algo assim.

Olho para minha mãe. Ela está tão atônita que quase começo a rir.

— Olá?

Todos olhamos para a frente e vemos uma mulher de calça cinza e um colarinho de padre andando no corredor em nossa direção.

— Mil desculpas — ela diz, abrindo as mãos. — Espero que não estejam esperando há muito tempo. — Ela tem um cabelo branco e curto, um par de óculos escuros e uma voz grave, quase masculina. — Meus pêsames pela perda de vocês. — Ela olha para o caixão sem nada. — Não sei se vocês foram informados, mas é normal colocar fotos do ente querido...

Trocamos olhares vazios e constrangedores. Então tia Trudy faz um barulho com a boca:

— Eu tenho uma foto. O asilo mandou.

Ela procura na bolsa e encontra um envelope marrom, do qual tira uma foto de polaroide gasta. Dou uma olhada. Nela há uma velhinha pequena e enrugada, sentada corcunda em uma cadeira, usando um casaco de lã de cor lilás e bem largo. Seu rosto está dobrado em milhões de linhas. Seu cabelo branco é um pedaço de algodão-doce translúcido. Seus olhos são opacos, como se ela não pudesse ver o mundo.

Então essa era minha tia-avó Sadie. E eu nem havia chegado a conhecê-la.

A vigária olha para a foto com uma expressão duvidosa e a coloca no grande quadro de avisos, onde fica completamente patética e deprimente sozinha.

— Algum de vocês quer falar sobre a falecida?

Sem dizer nada, todos fazemos que não com a cabeça.

— Entendo. Pode ser muito doloroso para a família. — A vigária pega um caderno e um lápis no bolso. — Nesse caso, fico feliz em falar em nome de vocês. É só vocês me darem alguns detalhes, acontecimentos da vida dela. Digam-me tudo sobre Sadie que valha a pena ser celebrado.

Silêncio.

— Nós não a conhecíamos. — Meu pai se justifica. — Ela era muito velha.

— Cento e cinco anos — minha mãe acrescenta. — Ela tinha 105 anos.
— Ela foi casada? — pergunta a vigária.
— Bem... — Meu pai franze a testa. — Ele teve marido, Bill?
— Não sei. Acho que sim. Mas não sei qual era o nome dele — diz tio Bill sem sequer tirar os olhos do BlackBerry. — Podemos andar logo com isso?
— É claro. — O sorriso compreensivo da vigária está congelado. — Bem, talvez vocês possam contar uma história da última vez que a visitaram... algum hobby...
Mais silêncio culpado.
— Ela está usando um casaco de lã na foto — afirma minha mãe, finalmente. — Talvez ela o tenha tricotado... Talvez ela gostasse de fazer tricô.
— Vocês a visitaram alguma vez? — A vigária se esforça para se manter educada.
— É claro que visitamos! — diz minha mãe, na defensiva.
— Fomos vê-la em... — ela pensa — 1982, acho que era. Lara era um bebê.
— 1982? — A vigária está mortificada.
— Ela não sabia quem éramos — acrescenta meu pai, rapidamente. — Era como se ela não estivesse lá.
— E quando ela era mais nova? — A vigária está levemente horrorizada. — Nenhuma realização? Nenhuma história da juventude dela?
— Você não desiste, não é mesmo? — Diamanté arranca os fones do iPod do ouvido. — Não entendeu que estamos aqui por obrigação? Ela não fez nada de especial. Ela não realizou nada. Não era ninguém! Era uma zé-ninguém de 100 mil anos.
— Diamanté! — tia Trudy reprime levemente. — Não é legal dizer isso.

— Mas é verdade, não é? Quero dizer, veja só! — ela aponta com desprezo o lugar vazio. — Se apenas seis pessoas viessem a meu velório, eu me *mataria*.

— Mocinha. — A vigária dá passos para a frente, o rosto vermelho de raiva. — Nenhum ser humano na terra de Deus é um *zé-ninguém*.

— Tá bom — diz Diamanté grosseiramente, e consigo ver a vigária abrindo a boca para dar outro sermão.

— Diamanté. — Tio Bill levanta a mão rapidamente. — Chega. Obviamente, eu me arrependo de nunca ter visitado Sadie, que eu tenho certeza de que era uma pessoa especial, e sei que falo por todos nós. — Ele é tão charmoso que vejo a raiva da vigária se esvaecendo. — Mas o que queremos fazer agora é deixá-la seguir adiante com dignidade. Acredito que seu horário seja apertado, assim como o nosso. — Ele bate no relógio.

— Com certeza — diz a vigária depois de uma pausa. — Vou me preparar. Enquanto isso, por favor, desliguem os celulares.

— Com um último olhar de desaprovação para todos nós, ela sai novamente.

Tia Trudy imediatamente se vira:

— Que abuso nos deixar sentindo culpados! Não somos *obrigados* a estar aqui, sabia?

A porta abre e olhamos — mas não é a vigária, e sim Tonya. Eu não sabia que ela viria. O dia de hoje acabou de ficar cem por cento pior.

— Perdi o velório? — Sua voz de britadeira enche o lugar enquanto ela passa pelo corredor. — Consegui sair da Toddler Gym antes que os gêmeos tivessem uma crise. Sinceramente, essa babá é pior do que a última, e isso quer dizer muita coisa...

Ela está usando uma calça preta e um casaco de lã preto enfeitado com pele de leopardo, seu cabelo grosso e clareado preso em um rabo de cavalo. Tonya era gerente na Shell e estava acostumada a mandar em todo mundo. Agora é mãe em tempo integral de gêmeos, Lorcan e Declan, e fica mandando nas pobres babás.

— Como estão os meninos? — pergunta minha mãe, mas Tonya não a ouve. Ela está completamente concentrada em tio Bill.

— Tio Bill, eu li seu livro! É maravilhoso! Mudou minha vida. Contei a *todo mundo* sobre ele. E a foto está linda, apesar de não fazer justiça a você...

— Obrigado, querida. — Tio Bill lança seu sorriso "sei que sou brilhante" padrão, mas ela não parece perceber.

— Não é um livro fantástico? — ela comenta. — Tio Bill não é um gênio? Começar com absolutamente nada! Apenas duas moedas e um grande sonho! É tão inspirador para a humanidade!

Ela é tão puxa-saco que me dá vontade de vomitar. Meus pais acham a mesma coisa, e nenhum dos dois fala nada. Tio Bill também não está prestando atenção, então, relutante, ela se apoia no salto e gira:

— Como você está, Lara? Quase não a vejo mais! Andou se escondendo! — Os olhos dela focam em mim, cheios de malícia, e, enquanto ela se aproxima, eu me encolho. Opa. Conheço esse olhar.

Minha irmã Tonya tem três expressões faciais básicas:

1. Completamente vazia e apática.
2. Uma risada alta e exibicionista, como quando diz: "Tio Bill, assim você me mata!"
3. Alegria maliciosa mascarada por compreensão enquanto ela se delicia com a desgraça alheia. Ela é viciada no canal Real Life e em livros com crianças esfarrapadas e trágicas na capa, com títulos como *Por favor, vovó, não me bata com o ferro*.

— Não a vejo desde que terminou com Josh. Que pena... Vocês pareciam perfeitos um para o outro! — Tonya inclina a

cabeça com tristeza. — Eles não eram perfeitos um para o outro, mãe?
— Bem, não deu certo. — Tento parecer casual. — Enfim...
— O que deu errado? — Ela me encara com aquele olhar de pena e falsamente preocupado que tem quando algo ruim acontece com alguém e ela está *mesmo* gostando.
— Essas coisas acontecem. — Dou de ombros.
— Mas não acontecem de verdade, não é mesmo? Sempre há um motivo. — Tonya é incansável. — Ele não disse nada?
— Tonya — diz meu pai, gentilmente —, acha que esta é a melhor hora?
— Pai, estou só querendo *ajudar* Lara — diz Tonya, ofendida. — É sempre melhor conversar sobre essas coisas! Então, havia outra pessoa? — Seus olhos se voltam para mim.
— Acho que não.
— Vocês estavam se dando bem?
— Estávamos.
— Então, por quê? — Ela cruza os braços, com uma expressão frustrada e semiacusatória. — *Por quê?*
Não sei por quê!, eu quero gritar. *Não acha que já me perguntei isso um zilhão de vezes?*
— É só uma daquelas coisas! — Obrigo-me a sorrir. — Estou bem. Percebi que não era para ser e segui em frente, estou me sentindo melhor. Estou muito feliz.
— Você não parece feliz — observa Diamanté do outro lado do corredor. — Ela parece feliz, mãe?
Tia Trudy me analisa por um momento.
— Não — diz, finalmente, com um tom definitivo. — Ela não parece feliz.
— Mas eu estou! — Sinto as lágrimas encherem meus olhos. — Estou só escondendo minha felicidade! Estou muito, muito feliz!

Deus, eu odeio meus parentes.

— Tonya, querida, sente-se — diz minha mãe com jeitinho.

— Como foi a visita na escola?

Piscando muito, pego meu telefone e finjo estar checando minhas mensagens para que ninguém me encha o saco. Então, antes de poder me impedir, meu dedo clica no item "Fotos". *Não olhe*, digo firmemente a mim mesma. *Não olhe.* Mas meus dedos não me obedecem. É uma compulsão impressionante. Preciso dar uma olhadinha rápida, só para ficar bem... Meus dedos procuram e encontro minha foto preferida. Josh e eu. Estamos parados, juntos, em uma montanha de neve, abraçados, ambos com um tom avermelhado de esqui. O cabelo louro de Josh está enrolado atrás dos óculos empurrados para cima. Ele está sorrindo para mim com aquela covinha perfeita na bochecha; a covinha onde eu enfiava o dedo, como uma criança brincando com massinha.

Nos conhecemos em uma festa no Dia de Guy Fawkes, perto de uma fogueira em um jardim em Clapham, que pertencia a uma garota que conheci na universidade. Josh estava distribuindo estrelinhas para todo mundo. Ele acendeu uma para mim, perguntou qual era o meu nome e escreveu "Lara" na escuridão com sua estrelinha, e eu ri e perguntei o dele. Escrevemos o nome um do outro no ar até acabar a estrelinha, depois chegamos perto da fogueira, bebemos vinho quente e relembramos nossas festas de infância com fogos de artifício. Tudo que dizíamos combinava. Ríamos das mesmas coisas. Eu nunca tinha conhecido uma pessoa tão tranquila nem com um sorriso tão bonito. Não consigo imaginá-lo com nenhuma outra. Simplesmente não consigo...

— Tudo bem, Lara? — Meu pai está olhando para mim.

— Tudo! — digo, alegre, e desligo o telefone antes que qualquer pessoa possa ver a tela. Uma música de órgão começa e eu

me afundo na cadeira, consumida pela tristeza. Eu não deveria ter vindo. Tinha de ter inventado uma desculpa. Odeio minha família e odeio velórios e não tem nem um café bom aqui e..
— Onde está o meu colar? — A voz distante de uma garota interrompe meus pensamentos.
Olho em volta para ver quem é, mas não há ninguém atrás de mim. Quem seria?
— Onde está o meu *colar*? — A voz baixa surge novamente. É fina e arrogante, quase esnobe. Está vindo do telefone? Será que o desliguei direito? Pego o telefone em minha bolsa — mas a tela está apagada.
Que estranho...
— Onde está o meu *colar*? — Agora a voz parece estar bem no meu ouvido. Encolho-me de medo e olho em volta, confusa.
O mais estranho é que ninguém mais parece ter ouvido.
— Mãe — digo, me inclinando. — Você ouviu alguma coisa agora há pouco? Tipo... uma voz?
— Uma voz? — Minha mãe parece confusa. — Não, querida. Que tipo de voz?
— Era a voz de uma garota, agora mesmo... — Paro quando vejo o olhar familiar de ansiedade vindo do rosto de minha mãe. Quase consigo ver o que ela está pensando como em um daqueles balões de histórias em quadrinhos: *"Deus do Céu, minha filha está ouvindo vozes."*
— Acho que ouvi coisas — digo, rapidamente, guardando meu telefone assim que a vigária reaparece.
— Levantem-se, por favor — ela entoa — e abaixem a cabeça. Deus Sagrado, entregamos ao Senhor a alma de nossa irmã Sadie...

Não estou sendo preconceituosa, mas essa vigária tem a voz mais monótona da história da humanidade. Ela começou há cinco minutos, e eu já desisti de prestar atenção. Parece reunião da

escola; sua mente simplesmente fica anestesiada. Recosto-me, olho para o teto e começo a viajar. Meus olhos estão prestes a fechar quando ouço a voz novamente, bem em meu ouvido:
— Onde está o meu colar?
Isso me fez pular. Viro a cabeça de um lado para o outro, mas, novamente, não há nada. O há de errado comigo?
— Lara! — sussurra minha mãe, assustada. — Você está bem?
— Estou com um pouco de dor de cabeça — sussurro de volta. — Acho que vou sentar perto da janela... para tomar um ar.
Fazendo gestos de desculpa, levanto-me e sigo em direção a uma cadeira no fundo. A vigária nem percebe: está envolvida demais no próprio discurso.
— O fim da vida é o início da vida, pois assim como viemos da terra, retornamos a ela...
— Onde está o meu *colar*? *Preciso* dele.
Viro bruscamente a cabeça de um lado para o outro, tentando ver quem é a pessoa que está falando desta vez. De repente, eu a vejo. Uma mão.
Uma mão magra e de unhas feitas apoiada na cadeira a minha frente.
Analiso a figura com meus olhos, sem acreditar. A mão faz parte de um braço comprido, pálido e sinuoso. E o braço é de uma garota de mais ou menos a minha idade. Ela está reclinada na cadeira à minha frente, batendo os dedos impacientemente. Tem um cabelo escuro e curto e está com um vestido de seda verde-claro sem mangas. Posso ver apenas um pouco de seu queixo pálido e saliente.
Estou atordoada demais para fazer qualquer coisa além de ficar boquiaberta.
Quem diabos era ela?
Enquanto observo, ela se levanta rápido da cadeira como se não conseguisse ficar sentada parada e começa a andar de um

lado para o outro. O vestido dela vai até o joelho, com pregas que se movimentam enquanto ela anda.

— Preciso dele — ela resmunga, agitada. — Onde está? Onde *está*?

A voz parece distante, com um sotaque de um filme antigo preto e branco. Olho ansiosamente para o restante de minha família — mas ninguém mais percebeu a presença da garota. Ninguém nem sequer ouviu a voz dela. Estão todos sentados sem falar nada.

De repente, como se sentisse meu olhar sobre ela, a garota se vira e fixa os olhos nos meus. Seus olhos são tão escuros e brilhantes que não consigo identificar a cor deles, mas estão arregalados, incrédulos, enquanto olho para ela de volta.

Está bem, estou começando a entrar em pânico. Estou vendo coisas. É uma alucinação de verdade, falante e ambulante. E está vindo em minha direção.

— Você consegue me ver. — Ela aponta um dedo branco para mim, e eu me encolho na cadeira. — Você consegue me ver!

Faço que não com a cabeça.

— Não.

— E você consegue me ouvir!

— Não consigo, não.

Percebo que minha mãe, lá na frente, está se virando para fazer cara feia para mim. Rapidamente tusso e aponto para meu peito. Quando olho de novo, a garota foi embora. Desapareceu.

Graças a Deus. Achei que estivesse enlouquecendo. Sei que ando estressada ultimamente, mas para realmente ter uma *visão*...

— Quem é você? — Quase morro de susto quando a voz da garota invade meus pensamentos novamente. Agora, de repente, ela está vindo do corredor em minha direção. — Quem é você? — questiona. — Onde estamos? Quem são essas pessoas?

Não responda à alucinação, digo a mim mesma firmemente. Se responder, só vai incitá-la. Viro a cabeça e tento prestar atenção na vigária.

— Quem é você? — Do nada, a garota aparece na minha frente. — Você é de verdade? — Ela levanta a mão como se fosse cutucar meu ombro, e eu me encolho, mas a mão dela me atravessa e surge do outro lado.

Suspiro em choque. A garota olha confusa para a mão, e depois para mim.

— O que você é? — ela questiona. — Você é um sonho?

— *Eu?* — Não consigo deixar de responder com um tom de indignação. — É claro que não sou um sonho! O sonho é você!

— Eu não sou um sonho! — Ela está tão indignada quanto eu.

— Quem é você, então? — Não consigo deixar de perguntar. Imediatamente, me arrependo, já que meus pais olham para mim. Se eu contasse que estava falando com uma alucinação, eles surtariam. Seria levada ao hospício no dia seguinte.

A garota empina o queixo:

— Sou Sadie. Sadie Lancaster.

Não. *Impossível.*

Mal consigo me mexer. Meus olhos encaram loucamente a garota à minha frente, depois a velhinha de cabelo de algodão doce na foto, e então voltam à garota. Estou tendo alucinação com minha tia-avó morta de 105 anos?

A garota-alucinação também parece estar assustada. Ela se vira e começa a observar o lugar, como se o tivesse vendo pela primeira vez. Durante alguns segundos atordoantes, aparece e reaparece em todos os lugares, examinando todos os cantos, todas as janelas, como um inseto zunindo dentro de um pote de vidro.

Nunca tinha tido uma amiga imaginária. Nunca usei drogas. O que está *acontecendo* comigo? Digo a mim mesma para ignorar a garota, fingir que ela não está ali e prestar atenção na vigária. Mas não adianta; não consigo deixar de acompanhar os movimentos dela.

— Que lugar é este? — Ela está pairando perto de mim agora, com os olhos cheios de suspeita. Está olhando para o caixão lá na frente. — O que é aquilo?
Meu Deus.
— Não é nada — digo rapidamente. — Não é nada mesmo! É só... Quer dizer... Eu não olharia de perto se fosse você...
Tarde demais. Ela apareceu perto do caixão, olhando para ele. Consigo vê-la lendo o nome "Sadie Lancaster" no quadro de avisos de plástico. Vejo seu rosto se abater com o choque. Depois de alguns momentos, ela se vira em direção à vigária, que ainda está fazendo seu discurso monótono:
— Sadie encontrou alegria no casamento, algo que pode ser uma inspiração para todos nós..
A garota chega bem perto do rosto da vigária e a encara com desprezo
— Sua idiota — diz ela de forma ofensiva.
— Uma mulher que viveu muitos anos — a vigária continua, completamente alienada da situação. — Olho para esta imagem... — Ela aponta para a foto com um sorriso compreensivo — e vejo uma mulher que, apesar de estar fraca, teve uma vida maravilhosa. Uma mulher que encontrou consolo em coisas pequenas, como o tricô, por exemplo.
— Tricô? — a garota ecoa incrédula.
— Então — a vigária está obviamente terminando o discurso. — Vamos abaixar a cabeça para um último momento de silêncio antes de darmos adeus. — Ela desce do pódio e a música de órgão recomeça.
— O que vai acontecer agora? — A garota olha em volta, alerta. Um segundo depois e ela está a meu lado. — O que vai acontecer agora? Diga! Diga!
— Bem, o caixão vai ficar atrás daquela cortina — sussurro baixinho. — E depois... é... — Paro de falar, consumida pelo

constrangimento. Como posso dizer isso delicadamente? — Estamos em um crematório, entende. Então isso quer dizer... — faço um gesto vago.

O rosto da garota fica branco de choque, e observo frustrada enquanto ela começa a passar para um estado esquisito, pálido e translúcido. Parece que vai desmaiar — mas vai além disso. Por um breve momento, quase consigo ver através dela. Então, como se tivesse tomado uma decisão, ela volta.

— Não. — Ela sacode a cabeça. — Não pode acontecer. Preciso do meu colar. Preciso dele.

— Sinto muito — digo, sentindo-me inútil. — Não posso fazer nada.

— Você precisa impedir a cremação. — De repente, ela olha para mim, seus olhos escuros e brilhantes.

— O quê? — Eu a encaro. — Não posso!

— Pode, sim! Mande-os parar! — Enquanto me viro, tentando ignorá-la, ela aparece do meu outro lado. — Levante-se! Diga alguma coisa!

A voz dela é tão insistente e penetrante quanto a de uma criança. Desvio freneticamente minha cabeça para todos os lados, tentando evitá-la.

— Pare o velório! *Pare!* Preciso do meu colar! — Ela está a dois centímetros do meu rosto, socando meu peito com as duas mãos. Não dá para sentir, mas ainda assim recuo. Desesperada, levanto-me e vou para a fileira de trás, derrubando uma cadeira e fazendo muito barulho.

— Lara, você está bem? — Minha mãe olha assustada.

— Estou — digo, tentando ignorar a gritaria em meu ouvido enquanto sento em outro lugar.

— Vou chamar o carro — tio Bill diz a tia Trudy. — Isto deve acabar em cinco minutos.

— Pare! Pare, pare, pare! — A voz da garota alcança um tom mais agudo e penetrante, causando o efeito como o de microfonia em meu ouvido. Estou ficando esquizofrênica. Agora sei por que as pessoas assassinam presidentes. Não há jeito de ignorar a voz. Ela parece um demônio. Não aguento mais isso. Seguro minha cabeça, tentando bloquear sua voz, mas não adianta nada. — Pare! Pare! Você precisa impedir...
— Está bem! Está bem! Apenas cale a boca! — Desesperada, levanto-me. — Esperem! — grito. — Parem, todos! Vocês precisam parar o funeral! PAREM O FUNERAL!

Para meu alívio, a garota para de gritar.

Por outro lado, toda a minha família está me encarando como se eu fosse uma maluca. A vigária aperta um botão em um painel de madeira na parede, e a música de fundo cessa repentinamente.

— Parar o *funeral*? — diz minha mãe, finalmente.

Concordo silenciosamente. Não me sinto no controle de meus sentidos, para falar a verdade.

— Mas por quê?

— Eu... bem... — Limpo a garganta. — Acho que não está na hora certa de ela ir embora.

— Lara. — Meu pai suspira. — Sei que você está estressada no momento, mas, sério... — Ele se dirige à vigária. — Sinto muito. Minha filha não tem sido ela mesma ultimamente. *Problemas com o namorado* — ele sussurra.

— Não tem nada a ver com isso! — protesto indignada, mas todos me ignoram.

— Ah, eu entendo — concorda a vigária de maneira compreensiva. — Lara, vamos terminar o funeral agora — ela diz como se eu tivesse 3 anos. — Depois, talvez você e eu possamos tomar um chá juntas e conversar. Que tal?

Ela aperta o botão de novo e a música recomeça. Logo depois, o caixão começa a se mexer rangendo na base, desaparecendo atrás da cortina. Atrás de mim, ouço um suspiro ofegante e...
— Nãããão! — Um grito de angústia. — Nããão! Parem! Precisam parar! Para meu horror, a garota corre para a base do caixão e começa a tentar trazê-lo de volta. Mas seus braços não conseguem, eles sempre o atravessam.
— Por favor! — Ela olha em minha direção. — Impeça-os! Estou começando a entrar em pânico mesmo. Não sei por que estou alucinando nem o que isso significa. Mas ainda assim parece real. O tormento dela parece real. Não posso simplesmente não fazer nada.
— Não! — grito. — Parem!
— Lara... — minha mãe começa.
— É sério! Existe um motivo justo para que esse caixão não seja... queimado. Vocês precisam parar! Agora! — Saio correndo pelo corredor. — Aperte o botão, senão aperto eu!
Confusa, a vigária aperta o botão novamente e o caixão para.
— Querida, talvez seja melhor você esperar lá fora.
— Ela está se exibindo, como sempre! — diz Tonya impacientemente. — "Motivo justo." Quero dizer, como poderia haver um motivo? Vamos logo com isso! — Ela se dirige autoritariamente à vigária, que fica levemente irritada.
— Lara — diz ela, ignorando Tonya e falando comigo. — Você tem algum motivo para querer impedir o funeral de sua tia-avó?
— Tenho!
— E este seria...? — ela faz uma pausa questionadora.
Ó, céus. O que vou dizer? Porque uma alucinação mandou?
— É porque... bem...

— Diga que fui assassinada! — Olho chocada e vejo a garota bem na minha frente. — Diga! Eles vão ter que adiar a cremação. Diga! — Ela está do meu lado, gritando em meu ouvido de novo. — Diga! Diga, diga, diga!
— Acho que ela foi assassinada! — grito, desesperada.
Já vi minha família me encarando perplexa inúmeras vezes em minha vida. Mas nada nunca havia provocado uma reação dessas. Todos se viraram para mim, boquiabertos, sem entender nada, como uma pintura de natureza morta. Quase deu vontade de rir.
— Assassinada? — diz a vigária finalmente.
— Isso — afirmo imediatamente. — Tenho motivos para acreditar que houve um ato criminoso. Precisamos ter o corpo como prova.
Devagar, a vigária anda em minha direção, apertando os olhos, como se quisesse medir exatamente o quanto a estou fazendo perder tempo. O que ela não sabe é que eu brincava de ficar sem piscar com Tonya e sempre ganhava. Eu a encaro de volta, mantendo a mesma expressão de seriedade dela.
— Assassinada... como? — pergunta.
— Prefiro falar sobre isso com as autoridades — respondo, como se estivesse em um episódio de *CSI: Funerária*.
— Você quer que eu chame a polícia? — Ela realmente está chocada agora.
Meu Deus. É claro que não quero que ela chame a porcaria da polícia. Mas não posso voltar atrás agora. Preciso agir de maneira convincente.
— Quero — afirmo depois de uma pausa. — Acho que seria a melhor coisa a fazer.
— Não podem levá-la a sério! — Tonya explode. — É óbvio que ela só está querendo chamar atenção!
A vigária está ficando irritada com Tonya, o que pode ser muito útil para mim.

— Minha querida — diz ela, rapidamente —, essa decisão não cabe a você. Uma acusação desse tipo precisa ser investigada. E sua irmã tem razão. O corpo precisa ser preservado para a perícia.

Acho que a vigária está se envolvendo com a situação. Ela deve assistir a assassinatos misteriosos na tevê todo domingo à noite. Sem hesitar, ela chega mais perto de mim e diz, baixinho:

— Quem você acha que matou sua tia-avó?

— Prefiro não falar sobre isso agora — digo, de maneira misteriosa. — É complicado. — Olho firmemente para Tonya. — Se é que vocês me entendem.

— O quê? — O rosto de Tonya começa a ficar vermelho de revolta. — Você não está *me* acusando, está?!

— Não vou dizer nada. — Adoto um ar misterioso. — A não ser para a polícia.

— Isso é um absurdo. Isto vai terminar ou não? — Tio Bill guarda o BlackBerry. — Porque meu carro está aqui e já dedicamos tempo suficiente a essa velhinha.

— Mais que suficiente! — reclama tia Trudy. — Vamos, Diamanté, isso é uma farsa. — Com gestos irritados e impacientes, ela começa a juntar suas revistas de celebridade.

— Lara, não sei que diabos você está tramando. — Tio Bill olha enfurecido para meu pai enquanto passa. — Sua filha precisa de ajuda. Louca de pedra.

— Lara, querida. — Minha mãe se levanta e vem em minha direção, a testa franzida de preocupação. — Você nem conhecia sua tia-avó Sadie.

— Talvez sim, talvez não. — Cruzo os braços. — Não conto tudo para você.

Estou quase começando a acreditar nesse assassinato.

A vigária está ficando agitada, como se essa situação fosse algo muito além do que ela poderia lidar.

— Acho melhor ligar para a polícia. Lara, se puder esperar aqui... Acho melhor que todo o resto vá embora.

— Lara — meu pai se aproxima e segura meu braço. — Querida.

— Pai... pode ir — digo com um ar nobre de incompreendida.

— Preciso fazer o que for necessário. Vou ficar bem.

Com olhares variados de alarme, revolta e pena dirigidos a mim, minha família vai saindo devagar do crematório, seguida pela vigária.

Fico sozinha naquele lugar silencioso. E foi como se, de repente, o feitiço tivesse sido quebrado. *O que foi que eu acabei de fazer?* Estou ficando louca?

Na verdade, isso explicaria muita coisa. Talvez fosse melhor eu me internar em um hospício bom e tranquilo, onde eu ficaria desenhando com um camisolão, sem me preocupar com negócios falindo, ex-namorados e multas.

Sento em uma cadeira e solto o ar. Lá na frente, a garota-alucinação aparece em frente ao quadro de avisos, encarando a foto da velhinha corcunda.

— Mas então, você foi assassinada *mesmo*? — Não consigo deixar de perguntar.

— Acho muito difícil. — Ela mal notou minha presença, que dirá me agradecer. Só eu mesma para ter uma visão sem educação.

— Bem, de nada — digo de mau humor. — Não tem de quê.

A garota parece não ouvir. Está olhando ao redor como se não estivesse entendendo alguma coisa.

— Onde estão as flores? Se este é meu funeral, onde estão as flores?

— Ah! — Sinto-me levemente culpada. — As flores foram.. colocadas em outro lugar sem querer. Havia muitas flores, juro. Eram lindas.

Ela não é de verdade, digo a mim mesma com intensidade. É só minha consciência culpada falando.
— E as pessoas? — Ela parece perplexa. — Onde estavam todas as pessoas?
— Algumas não puderam vir. — Cruzo os dedos atrás das costas, tentando soar convincente. — Mas muita gente queria estar aqui...
Paro de falar quando ela desaparece, bem no meio da conversa.
— Onde está o meu *colar*? — Dou um pulo de susto quando a voz dela surge em meu ouvido de novo.
— Não sei onde está a porcaria do seu colar! — grito. — Pare de me encher o saco! Você tem noção de que nunca vão esquecer isso? E você nem agradeceu!
Há um silêncio, e ela vira o rosto, como uma criança pega no flagra.
— Obrigada — diz ela finalmente.
— Tudo bem.
A garota-alucinação está mexendo em uma pulseira de metal em forma de cobra enrolada em seu punho, e começo a observá-la com mais calma. Seu cabelo é escuro e brilhoso, e as pontas emolduram seu rosto quando ela inclina a cabeça para a frente. Ela tem um pescoço comprido e branco, e agora posso ver que seus olhos grandes e luminosos são verdes. Os sapatos de couro creme são mínimos — tamanho 35, talvez —, com botõezinhos e saltos largos. Deve ter a minha idade. Talvez seja mais nova ainda.
— Tio Bill — ela diz, finalmente, rodando a pulseira. — William. Um dos filhos de Virginia.
— Isso. Virginia era minha avó. Meu pai é Michael. Ou seja, você é minha tia-avó. — Paro de falar e coloco a mão na cabeça. — Isto é loucura. Como posso saber como você *é*? Como posso estar tendo uma visão de você?

— Você não está tendo uma visão! — Ela levanta o queixo, ofendida. — Eu existo!
— Você não pode existir — digo, impacientemente. — Você está morta! O que você é então? Um *fantasma*?
Há um silêncio estranho. Então a garota desvia o olhar.
— Não acredito em fantasmas — diz ela, com desprezo.
— Nem eu — digo no mesmo tom. — De jeito nenhum.
A porta abre e eu fico em choque.
— Lara. — A vigária entra, o rosto vermelho e perplexo. — Falei com a polícia. Eles querem que você vá à delegacia.

3

Parece que levam assassinatos muito a sério nas delegacias. E acho que eu já deveria saber. Eles me colocaram em uma sala pequena com uma mesa e cadeiras de plástico e pôsteres sobre como trancar seu carro. Deram-me uma xícara de chá e um formulário para preencher, e uma policial disse que um investigador ia aparecer logo para conversar comigo.

Tenho vontade de rir loucamente ou de fugir pela janela.

— O que vou dizer ao investigador? — falo, assim que a porta se fecha. — Não sei nada sobre você! Como vou dizer que você foi assassinada? Com o candelabro na sala de jogos?

Sadie não parece ter me ouvido. Ela está sentada na beira da janela, balançando as pernas. Quando olho de perto, percebo que ela não está de fato *na* beira da janela, e sim pairando uns 2 centímetros acima. Ela acompanha meu olhar, vê o espaço entre ela e a beira e se sacode aborrecida. Acerta a posição com cuidado até parecer estar sentada bem em cima da beira, então começa a balançar despreocupadamente as pernas de novo.

Ela faz parte da minha imaginação, digo firmemente a mim mesma. Vamos ser racionais. Se meu cérebro a criou, então ele próprio será capaz de se livrar dela.

Vá embora, penso o mais forte que consigo, prendendo a respiração e fechando os punhos. *Vá embora, vá embora, vá embora...*
Sadie olha para mim e dá uma risada.

— Você está com uma cara *muito* peculiar — ela diz. — Está com dor de barriga?

Estou quase respondendo quando a porta se abre — e minha barriga realmente começa a doer. É um investigador, usando roupas normais, o que é mais assustador ainda do que se estivesse de uniforme. Meu Deus. Estou muito encrencada.

— Lara. — O investigador estica a mão. Ele é alto e largo, tem o cabelo escuro e um jeito rude. — Inspetor James.

— Olá. — Minha voz está desafinada de nervoso. — Muito prazer.

— Então... — Ele se senta como se fosse um executivo e pega uma caneta. — Fiquei sabendo que você interrompeu o funeral de sua tia-avó.

— Isso mesmo — concordo, da maneira mais convincente possível. — Acho que há algo de suspeito em relação à morte dela.

O inspetor James escreve alguma coisa e olha para mim:
— Por quê?

Olho sem demonstrar nenhuma reação, meu coração está batendo forte. Não tenho resposta. Eu deveria ter inventado alguma coisa, muito rápido. Sou uma *idiota*.

— Bem... *você* não acha suspeito? — improviso. — Ela simplesmente ter *morrido* do nada? Porque as pessoas não morrem assim, do nada!

O inspetor James me olha de um jeito indefinido.

49

— Sua tia-avó tinha 105 anos.
— E daí? — digo, ganhando confiança. — Pessoas com 105 anos não podem ser assassinadas também? Não achei que a polícia fosse tão preconceituosa com a idade!
O inspetor James fica com uma expressão que não sei se é de divertimento ou irritação.
— Quem você acha que matou sua tia-avó? — pergunta.
— Foi... — Esfrego o nariz, querendo ganhar tempo. — É... muito... complicado... — Olho para Sadie, pedindo ajuda.
— Você é inútil! — ela grita. — Você precisa de uma história, senão não vão acreditar em você! Eles não vão mais adiar a cremação! Diga que foram os funcionários do asilo! Diga que os ouviu conspirando.
— Não! — grito, chocada, sem conseguir me controlar.
O inspetor James me olha de um jeito estranho e limpa a garganta.
— Lara, você tem um motivo real para acreditar que houve algo de errado com a morte de sua tia-avó?
— Diga que foram os funcionários do asilo! — A voz de Sadie penetra meu ouvido como o rangido de um freio. — Diga! *Diga!* DIGA!
— Foram os funcionários do asilo — digo, desesperada. — Eu acho.
— Que provas você tem para dizer isso?
O tom do inspetor James é tranquilo, mas seus olhos estão em alerta. Sadie está flutuando na frente dele, olhando-me com raiva e mexendo as mãos como se quisesse tirar as palavras da minha boca. Esta visão está me deixando louca.
— Eu... bem... Eu os ouvi cochichando no pub. Algo sobre veneno e seguro. Não achei que pudesse ser alguma coisa na época. — Engulo devagar. — Mas, de repente, minha tia-avó morreu.

Percebo abruptamente que roubei toda essa trama de uma novela que vi no mês passado quando estava doente.
O inspetor James me olha de um jeito penetrante.
— Você seria testemunha, comprovando isso?
Meu Deus. "Testemunha" é uma palavra muito assustadora, como "fiscal de imposto" e "punção lombar". Cruzo os dedos embaixo da mesa e engulo com dificuldade.
— Si-im.
— Você viu essas pessoas?
— Não.
— Qual é o nome do asilo? Em que área fica?
Olho para ele sem piscar. Não faço a menor ideia. Olho para Sadie, que está de olhos fechados como se quisesse se lembrar de algo de muito tempo atrás.
— Fairside — ela diz, devagar. — Em Potters Bar.
— Fairside, Potters Bar — repito.
Há silêncio por um momento. O inspetor James parou de escrever e está brincando com a caneta.
— Vou apenas falar com um colega. — Ele se levanta. — Já volto.
Assim que ele sai da sala, Sadie me olha com desprezo.
— É o melhor que pode fazer? Ele nunca vai acreditar em você! Você deveria estar me *ajudando*!
— Acusando pessoas aleatórias de *assassinato*?
— Deixe de ser boba — diz ela de maneira depreciativa. – Você não acusou ninguém pelo nome. Na verdade, sua história foi inútil. Veneno? Conversas cochichadas em pubs?
— Quero ver você inventar alguma coisa na hora! — respondo de maneira defensiva. — E a questão não é essa! A questão é que...
— A questão é que precisamos adiar minha cremação. — De repente, ela está a 5 centímetros de mim, seus olhos intensos e aflitos. — Não pode acontecer. Você não pode deixar. Ainda não.

— Mas... — Fecho os olhos, surpresa, quando ela desaparece na minha frente. Nossa, como isso é chato! Me sinto em *Alice no País das Maravilhas*. A qualquer minuto ela vai reaparecer com um flamingo sob o braço, gritando "Cortem-lhe a cabeça!".

Encostando-me cuidadosamente na cadeira, quase achando que ela fosse desaparecer também, fecho os olhos algumas vezes, tentando processar aquilo tudo. Mas é surreal demais. Estou na polícia, inventando um assassinato, sendo mandada por uma garota-fantasma inexistente. Eu ainda nem almocei, acabo de me dar conta. Talvez tudo isso esteja acontecendo pela falta de açúcar no sangue. Talvez eu seja diabética e este seja o primeiro sinal. Sinto-me como se minha cabeça estivesse dando um nó. Nada mais faz sentido. Não adianta tentar entender o que está acontecendo. Vou ter de, simplesmente, dançar conforme a música.

— Eles vão prosseguir com a investigação! — Sadie aparece novamente, falando tão rápido que mal consigo acompanhar.

— Eles acham que você *provavelmente* está enganada, mas vão seguir adiante só para garantir...

— Sério? — digo sem acreditar.

— Aquele policial conversou com outro policial — ela explica, arfando. — Fui atrás deles. Ele mostrou as anotações e disse: "Essa aqui é maluca."

— "Maluca"? — repito, indignada.

Sadie me ignora.

— Mas depois eles começaram a falar sobre outro asilo onde *houve* um assassinato mesmo. É *muito* apavorante. E um policial disse que talvez eles devessem ligar só por via das dúvidas, e o outro concordou. Então está tudo certo.

Tudo *certo*?

— Pode estar tudo certo com você, mas comigo não está! Quando a porta se abre, Sadie diz rapidamente:

— Pergunte ao policial o que vai ser feito sobre a cremação. Pergunte a ele. Pergunte!

— Não é problema *meu*... — começo a dizer, e paro correndo quando a cabeça do inspetor James aparece na porta.

— Lara. Vou pedir que a investigadora acompanhe seu depoimento. Depois vamos decidir como proceder.

— Ah. É... obrigada. — Sinto que Sadie está me olhando firmemente. — E o que vai acontecer com... — Hesito. — Como vai ser com o... corpo?

— O corpo vai ficar no necrotério por enquanto. Se resolvermos seguir adiante com a investigação, o corpo vai continuar lá até enviarmos um relatório ao médico-legista, que vai exigir um inquérito, caso as provas sejam suficientemente verossímeis e consistentes.

Ele dá um rápido aceno com a cabeça e vai embora. Quando a porta se fecha, afundo na cadeira. Estou tremendo toda. Inventei uma história de assassinato para um policial de verdade. Foi a pior coisa que já fiz. É muito pior do que quando comi metade do pacote de biscoitos, quando tinha uns 8 anos, e em vez de confessar a minha mãe, escondi tudo no jardim, atrás das pedras, e a vi procurar o pacote na cozinha.

— Você tem noção de que acabei de dar um depoimento falso? — digo a Sadie. — Tem noção de que posso ser *presa*?

— "Posso ser presa" — Sadie repete, caçoando, apoiada na beira da janela de novo. — Você nunca foi presa?

— É claro que não! — Meus olhos se arregalam. — Você já?

— Várias vezes! — ela diz, lentamente. — A primeira foi por ter dançado no chafariz da vila à noite. Foi *muito* engraçado. — Ela começa a rir. — A gente estava com algemas falsas, sabe, como parte de uma fantasia, e enquanto o policial me tirava do chafariz, minha amiga Bunty colocou as algemas nele de brincadeira. Ele ficou furioso!

Agora ela está tendo um ataque de riso. Nossa, como ela é irritante!

— Tenho certeza de que foi muito engraçado. — Olho para ela com raiva. — Mas, pessoalmente, prefiro não ser presa e pegar uma doença horrorosa, *obrigada*.

— Bem, você não seria presa se tivesse uma história melhor.

— Ela para de rir. — Nunca vi uma pessoa tão boba. Você não foi verossímil nem consistente. Desse jeito, eles não vão seguir adiante com a investigação. Não vamos ter tempo.

— Tempo para quê?

— Tempo para encontrar o meu *colar*, é claro.

Debruço-me com força na mesa. Ela não desiste, não é mesmo?

— Olhe só — digo finalmente, levantando um pouco a cabeça. — Por que você precisa tanto desse colar? Por que esse colar especificamente? Foi um presente ou algo do tipo?

Ela fica quieta por um momento, com um olhar distante. O único movimento no ambiente é dos pés dela, que balançam para a frente e para trás.

— Meus pais me deram de presente quando fiz 21 anos — diz finalmente. — Fiquei feliz quando ganhei.

— Bom, que legal — digo. — Mas...

— Fiquei com ele a vida toda. Eu o usei a vida toda. — De repente, ela fica emocionada. — Não importa o que eu tenha perdido, sempre fiquei com o colar. É a coisa mais importante que já tive. *Preciso* dele.

Ela está mexendo nas mãos, seu rosto inclinado para baixo, e tudo que consigo ver é o canto de seu queixo. Ela é tão magra e pálida que parece uma flor sem viço. Sinto uma ponta de compaixão por ela e estou prestes a dizer: "É claro que vou encontrar o seu colar" quando ela boceja forçadamente, esticando os braços finos sobre a cabeça e diz:

— Isto é *muito* chato. Eu queria ir para uma boate.
Olho para ela, toda a minha compaixão sumiu. É assim que ela me agradece?
— Se você está tão entediada assim — digo —, podemos terminar sua cremação, se quiser.
Sadie coloca a mão na boca e suspira.
— Você não *faria* isso.
— Eu poderia fazer.
Uma batida na porta nos interrompe, e a cabeça de uma mulher alegre com roupas escuras aparece.
— Lara Lington?

Uma hora depois, termino de dar meu "depoimento". Nunca tive uma experiência tão traumatizante na vida. Que confusão! Primeiro esqueci o nome do asilo. Depois errei o tempo de tudo e precisei convencer a policial que demorei cinco minutos para andar 800 metros. Acabei dizendo que estava treinando para ser atleta profissional. Só de lembrar me sinto estranha e quente. Não havia nenhuma *possibilidade* de ela ter acreditado em mim. Quero dizer, por acaso eu tenho *cara* de atleta profissional?
 Eu também disse que tinha passado na casa de minha amiga Linda antes de ir ao pub. Eu nem *tenho* uma amiga chamada Linda, só não quis mencionar nenhum amigo de verdade. Ela pediu o sobrenome de Linda e eu disse "Davies" sem pensar.
 É claro, estava escrito no formulário. Ela era a investigadora Davies.
 Pelo menos eu não disse "Keyser Söze".
 Por outro lado, a policial não vacilou. Ela também não disse se iriam prosseguir com o caso. Simplesmente me agradeceu com educação e me deu o número de um táxi.
 Devo ir para a cadeia agora. Ótimo. Era só o que me faltava.

Olho com raiva para Sadie, que está completamente deitada na mesa, encarando o teto. Não me ajudou nem um pouco o fato de ela ficar gritando em meu ouvido o tempo todo, corrigindo-me toda hora e dando sugestões, lembrando-se de quando dois policiais tentaram impedir que ela e a amiga Bunty "apostassem corrida de carro no campo", mas não conseguiram alcançá-las. Foi "*muito* engraçado".

— De nada — digo. — De novo.
— Obrigada. — A voz de Sadie soa preguiçosa.
— Bem. — Pego minha bolsa. — Estou indo.

Em um movimento rápido, Sadie se levanta.

— Não vai esquecer meu colar, certo?
— Duvido que eu esqueça enquanto viver. — Reviro os olhos.
— Por mais que tente.

De repente, ela aparece na minha frente, impedindo-me de passar pela porta.

— Ninguém consegue me ver, só você. Ninguém mais pode me ajudar. Por favor.

— Olhe, você não pode simplesmente dizer: "Ache o meu colar!" — exclamo, exasperada. — Não sei nada sobre ele. Não sei como ele é...

— É feito de contas de vidro e strass — ela diz, animada. — Vem até aqui... — Aponta para a cintura. — O fecho é de madrepérola...

— Certo — interrompo. — Bem, não o vi. Se aparecer, aviso.

Passo por ela, abro a porta para o foyer da delegacia e pego meu celular. O foyer está iluminado, o chão de linóleo está sujo e há uma mesa vazia. Dois caras enormes estão discutindo alto, enquanto um policial tenta acalmá-los, e fico em um canto que parece seguro. Pego o número do táxi que a inspetora Davies me deu e começo a digitá-lo no celular. Vejo que há umas vinte mensagens de voz, mas ignoro todas elas. Devem ser só meus pais preocupados...

— Oi! — Uma voz me interrompe, e paro no meio do que estou fazendo. — Lara? É você?

Um cara louro de gola rulê e calça jeans está acenando para mim.

— Sou eu! Mark Phillipson? Da faculdade?

— Mark! — exclamo, reconhecendo-o. — Meu Deus! Como você está?

A única coisa que me lembro de Mark é que ele tocava baixo na banda da faculdade.

— Estou bem! Ótimo. — Ele me olha de um jeito preocupado. — O que está fazendo na delegacia? Está tudo bem?

— Ah! Está tudo bem, sim. Só estou aqui por causa de... você sabe... — Finjo que é algo casual. — Um assassinato.

— *Assassinato?* — Ele fica surpreso.

— É, mas não é nada de mais. Quer dizer, é claro que *é* importante... — corrijo-me rapidamente ao perceber a expressão dele. — É melhor eu não falar muito sobre isso... Enfim, como você está?

— Ótimo! Eu me casei com Anna, você se lembra dela? — Ele mostra uma aliança prateada. — Estou tentando ser pintor. Meu trabalho aqui é temporário.

— Você é da polícia? — pergunto, incrédula, e ele ri.

— Policial artista. As pessoas descrevem os bandidos e eu os desenho. O salário dá para o gasto... E você, Lara? Está casada? Está com alguém?

Durante um tempo, eu simplesmente o encaro com um sorriso aberto.

— Fiquei um tempo com um cara — digo, finalmente. — Não deu certo. Mas já estou bem agora. Estou me sentindo ótima, na verdade.

Segurei meu copo de plástico tão forte que ele rasgou. Mark parece um pouco desconcertado.

— Bem... até mais, Lara. — Estende o braço.. — Vai conseguir ir para casa direitinho?
— Vou chamar um táxi. Obrigada. Foi legal encontrar você.
— Não o deixe ir embora! — A voz de Sadie em meu ouvido me faz dar um pulo de susto. — Ele pode ajudar!
— Cale a boca e me deixe em paz — digo, bem baixinho, e depois dou um lindo sorriso para Mark. — Tchau, Mark. Mande um beijo para Anna.
— Ele pode desenhar o colar! Então você vai saber o que está procurando! — Ela aparece de repente na minha frente. — Peça a ele! Rápido!
— Não!
— Peça a ele! — Sua voz estridente está voltando, perfurando meu tímpano. — Peça, peça, peça...
Meu Deus do céu, ela vai me deixar louca.
— Mark! — grito, tão alto que os dois caras param de discutir e olham para mim. — Preciso lhe pedir um favor rápido, se tiver tempo...
— Claro — diz ele.
Nos dirigimos a uma sala, onde há copos de chá de máquina. Sentamos à mesa e Mark pega o papel e seus lápis de artista.
— Então. — Ele levanta a sobrancelha. — Um colar. Essa é nova.
— Eu o vi uma vez em uma feira de antiguidades — improviso. — Adoraria fazer um igual, mas sou péssima desenhista, então pensei que você pudesse ajudar...
— Sem problemas. Vamos lá. — Mark dá um gole no chá, com o lápis posicionado no papel, enquanto olho para Sadie.
— Era feito de contas — diz ela, levantando as mãos como se pudesse senti-lo. — Duas voltas de contas de vidro, quase transparentes.
— São duas voltas de contas — digo. — Quase transparentes.

— OK — concorda ele, já desenhando contas circulares. — Assim?
— Mais ovais — diz Sadie, debruçando-se sobre ele. — Mais compridas. E havia strass entre as contas.
— As contas eram mais ovais — digo. — Com strass entre elas.
— Sem problemas... — Mark já está apagando e desenhando contas mais compridas. — Assim?
Olho para Sadie. Ela o está observando, hipnotizada.
— E a libélula — murmura. — Não pode esquecer a libélula.
Durante uns cinco minutos, Mark desenha, apaga e desenha de novo, enquanto repito os comentários de Sadie. Devagar, gradualmente, o colar ganha vida no papel.
— É ele — Sadie diz, finalmente. Seus olhos brilham enquanto ela olha para o papel. — É o meu colar!
— Perfeito — digo a Mark. — É isso mesmo.
Durante um tempo, o examinamos em silêncio.
— Bonito — diz Mark, finalmente, olhando para o colar e concordando com a cabeça. — É diferente. Me lembra alguma coisa. — Ele olha, franzindo a testa para o desenho durante um tempo, depois balança a cabeça. — Não. Não sei o que é. — Olha para o relógio. — Sinto muito, mas tenho de ir...
— Tudo bem — digo, rapidamente. — Muito obrigada.
Quando ele vai embora, pego o papel e olho para o colar. É muito bonito, devo admitir. Linhas compridas de contas de vidro, strass brilhantes e um pingente grande e enfeitado no formato de uma libélula, cravejado de strass.
— Então é isto que estamos procurando.
— É! — Sadie olha para mim com o rosto cheio de animação. — Exatamente! Por onde vamos começar?
— Você só pode estar brincando! — Pego meu casaco e me levanto. — Não vou procurar nada agora. Vou para casa tomar

uma bela taça de vinho. Depois vou comer frango *korma* com *naan*. Comida atual, da última moda — explico, percebendo sua expressão confusa. — Depois vou para a cama.

— E o que eu vou fazer? — diz Sadie, desanimando de repente.

— Sei lá!

Saio da sala e vou para o foyer. Um táxi está deixando um casal de velhinhos na calçada lá fora, e saio correndo, gritando: "Táxi! Pode me levar para Kilburn?"

Enquanto o táxi segue, abro o desenho em meu colo e olho para o colar novamente, tentando imaginá-lo na vida real. Sadie descreveu as contas como sendo de vidro iridescente amarelo-claro. Até no desenho o strass está brilhando. O colar de verdade deve ser maravilhoso. Deve valer uma graninha também. Só por um momento, sinto uma faísca de animação ao pensar que podemos realmente *encontrá-lo*.

Mas, um instante depois, a sanidade volta a meu cérebro. É provável que ele nem exista. E mesmo que exista, a probabilidade de encontrar um colar que fora de uma velhinha falecida, que deve tê-lo perdido ou quebrado há anos é de aproximadamente... três milhões para um. Não, três bilhões para um.

Dobro o papel e guardo em minha bolsa, depois me afundo no assento. Não sei onde Sadie está e não me importo. Fecho os olhos, ignorando as vibrações constantes de meu celular, e acabo cochilando. Que dia.

4

No dia seguinte, o desenho do colar é tudo que me resta. Sadie desapareceu e toda aquela situação parecia um sonho. Às 8h30 estou sentada a minha mesa, bebendo café e olhando para o desenho. Que diabos aconteceu comigo ontem? Deve ter sido meu cérebro surtando com o estresse. O colar, a garota, a gritaria estridente... É óbvio que tudo foi fruto da minha imaginação.

Pela primeira vez, estou começando a entender meus pais. *Eu* estou preocupada comigo também.

— Oi! — Há um barulho quando Kate, nossa assistente, abre a porta, derrubando um monte de arquivos que eu havia colocado no chão enquanto pegava o leite na geladeira.

Nosso escritório não é o maior do mundo.

— Então, como foi o funeral? — Kate pendura o casaco, apoiando-se na fotocopiadora para alcançar o gancho. Por sorte, ela é bem flexível.

— Nada bom. Na verdade, fui parar na delegacia. Tive um surto mental estranho.

— Nossa! — Kate está horrorizada. — Você está bem?

— Estou. Quer dizer, acho que estou... — Preciso parar com isso. Dobro abruptamente o desenho do colar, enfio na bolsa e a fecho.

— Na verdade, eu sabia que alguma coisa tinha acontecido — Kate faz uma pausa e prende o cabelo loiro com um elástico. — Seu pai ligou ontem à tarde perguntando se você tinha sofrido algum tipo de estresse recentemente.

Olho para ela apavorada.

— Você *não* contou para ele sobre Natalie ter ido embora, não é?

— Não! É claro que não! — Kate foi bem treinada sobre o que contar a meus pais: nada.

— Enfim — digo, incisiva. — Deixe para lá. Estou bem agora. Alguma mensagem?

— Sim. — Kate pega o caderno de maneira muito eficiente. — Shireen ligou o dia todo ontem. Ele vai ligar hoje para você.

— Ótimo!

Shireen é a única boa notícia na L&N Recrutamentos Executivos. Arranjamos um emprego para ela recentemente como diretora de operações em uma empresa de software, Macrosant. Ela vai começar na semana que vem. Deve estar ligando para nos agradecer.

— Mais alguma coisa? — digo, e o telefone toca em seguida. Kate dá uma olhada no identificador de chamadas e arregala os olhos.

— Ah, sim, mais uma coisa — ela diz, rapidamente. — Janet, da Leonidas Sports, ligou querendo uma notícia. Disse que ia ligar às 9 horas em ponto. Deve ser ela. — Ela percebe minha expressão de pânico. — Quer que eu atenda?

Não, quero me esconder embaixo da mesa.

— Ah, sim, é melhor.

Meu estômago está incomodado de nervoso. Leonidas Sports é nosso maior cliente. É uma empresa gigantesca de equipamentos de esporte com lojas espalhadas por todo o Reino Unido, e prometemos encontrar um diretor de marketing para eles. Vou reformular a frase: *Natalie* prometeu encontrar um diretor de marketing para eles.

— Vou passar para ela — Kate diz com sua voz mais profissional possível, e logo depois o telefone da minha mesa toca. Olho desesperada para Kate e o atendo.

— Janet! — exclamo com um tom confiante. — Que ótimo falar com você! Eu já ia ligar.

— Oi, Lara.   Ouço a familiar voz rouca de Janet Grady.

— Só estou ligando para você me dar uma notícia. Eu queria falar com Natalie.

Nunca encontrei Janet Grady cara a cara. Mas na minha cabeça ela tem cerca de 2 metros e um bigode. Na primeira vez que conversamos, ela disse que toda a equipe na Leonidas Sports é de "pensamento agressivo", "insistência feroz" e tem um "punho de ferro" no mercado. Parecem assustadores.

— Ah, sim! — Enrolo o fio do telefone no dedo. — Bem, infelizmente, Natalie ainda está... muito mal.

Essa é a história que tenho contado desde que Natalie não voltou de Goa. Por sorte, só é preciso dizer "Ela esteve na Índia", que todo mundo começa a contar sobre suas histórias de doenças em viagens sem me perguntar mais nada.

— Mas estamos fazendo um ótimo progresso — continuo.

— Uma maravilha. Estamos analisando a lista maior e há também um arquivo com fortes candidatos bem aqui na minha mesa. No fim, haverá uma lista mais curta top de linha, eu garanto. Todos de pensamento agressivo.

— Pode me dar algum nome?

— Agora não! — Minha voz fica estridente por causa do pânico. — Você vai ser informada quando estiver mais perto da hora. Vai ficar muito impressionada.

— Está bem, Lara. — Janet é uma daquelas mulheres que não perdem tempo batendo papo. — Contanto que você esteja cuidando de tudo... Melhoras para Natalie. Tchau.

Desligo o telefone e olho para Kate, o meu coração acelerado.

— Por favor, me relembre: quem são os possíveis candidatos para a Leonidas Sports?

— O cara com um intervalo de três anos no currículo — diz Kate. — E o esquisitão com caspa. E... a mulher cleptomaníaca. Espero que ela continue. Ela dá de ombros, como se pedisse desculpas.

— Só isso?

— Paul Richards desistiu ontem — ela diz, ansiosa. — Recebeu uma oferta para um cargo em uma empresa americana. Aqui está a lista. — Ela me entrega um pedaço de papel, e eu olho para os três nomes completamente desesperada. São inúteis. *Não podemos* apresentar esta lista.

Ser caça-talentos é difícil! Eu não fazia ideia. Antes de abrir a empresa, Natalie sempre fazia parecer que era tão divertido! Ela falava da emoção da busca, "contratos estratégicos" e "desenvolvimento de habilidades" e "tapinha no ombro". Nós nos encontrávamos algumas vezes para beber e ela sempre tinha tantas histórias maravilhosas sobre o trabalho que eu não podia deixar de sentir inveja. Elaborar um site promocional para um fabricante de carros parecia ser muito chato em comparação. Além do mais, havia boatos de que muitos seriam demitidos. Então, quando Natalie sugeriu começar alguma coisa, aproveitei a oportunidade.

A verdade é que sempre admirei Natalie. Ela sempre foi muito animada e confiante. Mesmo quando éramos adolescentes, ela sempre sabia as gírias da moda e conseguia nos colocar para dentro dos pubs. E quando começamos nossa empresa, tudo estava maravilhoso. Ela trouxe muitos negócios de uma vez só e estava sempre na rua, fazendo contatos. Eu escrevia em nosso site e, em teoria, aprendia os truques com ela. Tudo estava indo na direção certa. Até ela desaparecer e eu perceber que não tinha aprendido truque nenhum.

Natalie gosta muito de mantras executivos, e todos eles estão em post-its espalhados pela mesa dela. Sempre dou uma olhada, analisando os mantras como se fossem runas de uma religião antiga, tentando adivinhar o que eu deveria fazer. Por exemplo: "O melhor talento já está no mercado" está colado em seu computador. Esse mantra eu conheço mesmo: quer dizer que você não deve analisar o currículo dos economistas que foram demitidos de um banco de investimentos semana passada e fazer com que eles pareçam diretores de marketing. Você deve procurar diretores de marketing *de verdade*.

Mas como? Se eles nem falam com você?

Depois de trabalhar sozinha durante semanas, acabei criando mantras para mim, que são: "O melhor talento não atende ao telefone", "O melhor talento não liga de volta, mesmo que você deixe três recados com a secretária", "O melhor talento não quer mudar para a área de venda esportiva", "Quando você diz que os funcionários ganham cinquenta por cento de desconto em raquetes de tênis, o melhor talento ri da sua cara."

Pego a lista original, amassada e manchada de café pela milionésima vez e a analiso melancolicamente. Os nomes saltam da lista como balas brilhantes. Talentos genuínos e empregados. O diretor de marketing da Woodhouse Retail. O diretor de marketing da Dartmouth Plastics na Europa. Com certeza não estão todos satisfeitos, não é mesmo? *Tem que* existir alguém que adoraria trabalhar para a Leonidas Sports. Mas já tentei todos os nomes e não cheguei a lugar algum. Olho para a frente e vejo Kate parada em um pé só, analisando-me ansiosamente, com a outra perna apoiada na panturrilha:

— Temos exatamente três semanas para encontrar um diretor de marketing eficiente e de pensamento agressivo para a Leonidas Sports.

Estou tentando desesperadamente me manter otimista. Natalie conseguiu esse acordo. Natalie ia encantar todos os candidatos. Natalie sabe fazer essas coisas. Eu *não*.

Não adianta ficar pensando nisso agora.

— Certo. — Bato na mesa. — Vou fazer umas ligações.

— Vou fazer mais café. — Kate entra em ação. — Vamos passar a noite toda aqui se for preciso.

Adoro Kate. Ela age como se estivesse em um filme sobre uma grande empresa multinacional em vez de agir como se trabalhasse para duas pessoas em um escritório de 3 metros quadrados com carpete mofado.

— Salário, salário, salário — ela diz.

— Bobeou, dançou — respondo.

Kate gosta de ler os mantras de Natalie também. Agora não conseguimos parar de citá-los uma para a outra. O problema é que eles não dizem exatamente como realizar o seu trabalho. Preciso de um mantra que me diga como ir além da pergunta: "Posso saber do que se trata?"

Deslizo com minha cadeira até a mesa de Natalie para pegar todos os papéis sobre a Leonidas Sports. A pasta de cartolina caiu do suspensor de dentro da gaveta, então, xingando, pego todos os papéis. Paro de repente quando percebo que há um post-it antigo, que, de alguma forma, se colou na minha mão. Eu nunca o tinha visto. "James Yates, celular" está escrito com uma canetinha roxa desbotada. E há um número também.

O número do celular de James Yates. Não acredito! Ele é diretor executivo da Feltons Breweries! Ele está na lista! Ele seria perfeito! Sempre que tento falar com ele no escritório dizem que ele está "viajando". Mas, onde quer que ele esteja, o celular estará com ele, certo? Tremendo de emoção, deslizo de volta para minha mesa e ligo para o número.

— James Yates. — A ligação está ruim, mas consigo ouvi-lo mesmo assim.

— Olá — digo, tentando parecer a mais confiante possível.

— Aqui é Lara Lington. Está podendo falar? — É o que Natalie sempre diz ao telefone, já ouvi.

— Quem está falando? — Ele parece desconfiado. — Você disse que era da Lingtons?

Suspiro por dentro.

— Não, sou da L&N Recrutamentos Executivos e liguei para saber se você estaria interessado em um novo emprego, como diretor de marketing em uma empresa de vendas dinâmica e próspera. É uma excelente oportunidade, então se quiser discuti-la, talvez durante um almoço discreto no restaurante de sua escolha... — Vou morrer se não respirar, então paro ofegante.

— L&N? — Ele parece preocupado. — Nunca ouvi falar.

— Somos relativamente novas no mercado, Natalie Masser e eu...

— Não estou interessado — ele interrompe.

— É uma oportunidade maravilhosa — digo, rapidamente.

— Você terá uma chance de expandir seus horizontes, há muito potencial na Europa...

— Sinto muito. Tchau.

— E um desconto de dez por cento em roupas esportivas! — grito para o telefone mudo.

Ele desligou. Nem me deu uma chance.

— O que ele disse? — Kate se aproxima esperançosa, segurando uma xícara de café.

— Ele desligou. — Caio sentada na cadeira e Kate coloca o café na mesa. — *Nunca* vamos arranjar ninguém bom.
— Vamos, sim! — diz Kate assim que o telefone começa a tocar. — Talvez seja um executivo brilhante que está desesperado por um emprego... — Ela corre de volta para sua mesa e atende o telefone como uma assistente profissional. — L&N Recrutamentos Executivos... Oh, Shireen! Que bom que você ligou! Vou passar para Lara. — Ela olha para mim e sorri. Pelo menos tivemos um triunfo.

Acho que, para ser exata, o triunfo foi de Natalie, já que foi ela que acertou tudo, mas dei continuidade ao trabalho. Enfim, é um triunfo da *empresa*.

— Olá, Shireen! — digo, animada. — Está pronta para seu novo emprego? Tenho certeza de que vai ser um ótimo lugar para você...

— Lara. — Shireen me interrompe tensa. — Temos um problema.

Meu estômago se retorce. Não. Não. Por favor, problemas, não.

— Problema? — Esforço-me para parecer tranquila. — Que tipo de problema?

— É o meu cachorro.

— Seu *cachorro*?

— Pretendo levar Flash para o trabalho todo dia. Só que acabei de falar com o departamento de recursos humanos para colocar uma cestinha para ele, e eles disseram que era impossível. Disseram que não fazia parte da política deles permitir animais no escritório. Você acredita nisso?

É óbvio que ela espera que eu esteja tão revoltada quanto ela. Encaro o telefone completamente confusa. Como um cachorro surgiu do nada?

— Lara? Você está aí?

— Estou! — Eu me recupero. — Shireen, preste atenção. Tenho certeza de que você gosta muito de Flash, mas não é normal levar o cachorro para o trabalho...

— É, sim! — Ela me interrompe. — Há outro cachorro no prédio. E o ouvi latir toda vez que fui lá. Foi por isso que deduzi que não teria problema! Eu não teria aceitado esse emprego se não fosse assim! Eles estão me discriminando.

— Tenho certeza de que não a estão discriminando — digo, rapidamente. — Vou ligar para eles agora mesmo. — Desligo o telefone e ligo rapidamente para o departamento de RH da Macrosant. — Alô, Jean? Aqui é Lara Lington da L&N Recrutamentos Executivos. Eu só queria esclarecer uma questão. Shireen Moore pode levar o cachorro para o trabalho?

— O prédio não permite cachorros — diz Jean com uma voz agradável. — Sinto muito, Lara, é uma orientação do seguro.

— É claro. Com certeza. Entendo. — Faço uma pausa. — A questão é que Shireen acredita ter ouvido outro cachorro latir no prédio. Várias vezes.

— Ela está enganada — afirma Jean depois de uma micropausa.
— Não há cães aqui.

— Nenhum? Nem um filhotinho? — Minhas suspeitas foram atiçadas depois da pausa.

— Nem um filhotinho. — Jean recupera sua tranquilidade. — Como eu disse, o prédio não permite cachorros.

— E vocês não podem abrir uma exceção para Shireen?

— Infelizmente, não. — Ela é educada, porém implacável.

— Bem, obrigada por seu tempo.

Desligo o telefone e bato o lápis devagar no caderno durante alguns segundos. Alguma coisa está errada. Aposto que tem um cachorro lá. Mas o que posso fazer? Não posso ligar de volta para Jean e dizer que não acredito nela.

Suspirando, ligo para Shireen.

— Lara, é você? — Ela atende imediatamente, como se estivesse do lado do telefone, esperando uma resposta, o que devia ser verdade. Shireen é muito inteligente e intensa. Consigo imaginá-la rabiscando aqueles quadrados entrelaçados que desenha obsessivamente em todos os lugares. Ela provavelmente *precisa* de um cachorro só para se manter sã.

— Sou eu, sim. Liguei para Jean e ela disse que ninguém mais no prédio tem cachorro. Disse que é uma orientação do seguro.

Shireen absorve a informação em silêncio.

— Estão mentindo — diz ela finalmente. — *Tem* um cachorro lá, sim.

— Shireen... — Tenho vontade de bater minha cabeça na mesa. — Você não podia ter falado do cachorro antes? Em uma das entrevistas?

— Achei que não teria problema! — diz ela, se defendendo.

— Ouvi o outro cachorro latindo! Dá para saber quando há um cachorro no lugar. Não vou trabalhar sem Flash. Sinto muito, Lara, vou ter que desistir do emprego.

— Nãããão! — grito, desesperada. — Quer dizer... por favor, não se precipite, Shireen! Vou resolver tudo, prometo. Depois ligo para você. — Respirando profundamente, desligo o telefone e coloco as mãos no rosto. — Droga!

— O que você vai fazer? — Kate pergunta, ansiosa. Ela obviamente ouviu tudo.

— Não sei — admito. — O que Natalie faria?

Olhamos instintivamente para a mesa cintilante e vazia de Natalie. Tenho uma visão repentina de Natalie sentada ali: suas unhas pintadas batendo na mesa, seu tom de voz aumentado numa ligação empolgante. Desde que ela foi embora, o volume deste escritório diminuiu em mais ou menos oitenta por cento.

— Ela poderia dizer a Shireen que ela era *obrigada* a aceitar o emprego, senão seria processada — diz Kate, finalmente.

— Ela com certeza mandaria Shireen parar de besteira — concordo. — Diria que Shireen não estava sendo profissional nem razoável.

Uma vez ouvi Natalie acabando com um cara que tinha mudado de ideia sobre aceitar um emprego em Dubai. Não foi nada agradável.

A verdade verdadeira, que não quero de fato admitir para ninguém, é que agora que entendi como Natalie pensa e faz as coisas, não me identifico com quase nada. O que me atraiu nesse emprego foi a ideia de trabalhar com pessoas, de mudar vidas. Quando nos encontrávamos e Natalie contava suas histórias, eu sempre estava tão interessada na história por trás do acordo quanto no acordo em si. Achei que devia ser muito mais satisfatório ajudar a carreira das pessoas do que vender carros. Mas esse aspecto não aparece muito em nosso dia a dia.

Tudo bem, sou novata. E talvez eu seja um pouco idealista, como meu pai sempre diz, mas o trabalho é, sem dúvida, uma das coisas mais importantes na vida. Precisa ser a coisa *certa* para você. O salário não é tudo.

Mais uma vez, deve ser por isso que Natalie é a caça-talentos bem-sucedida, cheia de comissões, e eu, não. E, neste momento, nós precisamos de comissão.

— Então o que estamos dizendo é que eu deveria ligar de volta para Shireen e dar um esporro nela — digo, relutante. Silêncio. Kate parece estar tão incomodada quanto eu.

— A questão, Lara — diz ela, hesitante —, é que você não é Natalie. Ela não está aqui, então você é que manda. Você precisa fazer as coisas da *sua* maneira.

— Isso! — Sinto uma ponta de alívio. — É verdade. Sou eu que mando. Então digo que... vou pensar um pouco antes.

Tentando fazer isso parecer uma atitude decisiva e não uma fuga, empurro o telefone para o lado e começo a olhar as cartas. Uma conta para papel de escritório. Uma oferta para mandar todos os meus funcionários para uma viagem revigorante de equipe para Aspen. E, embaixo de tudo, a *Business People*, que é tipo uma revista de celebridades empresarial. Abro a revista e folheio as páginas tentando achar alguém que seria um diretor de marketing perfeito para a Leonidas Sports.

Business People é leitura essencial para uma caça-talentos. É basicamente uma sessão de fotos de pessoas imponentes e bem-vestidas, que têm escritórios gigantescos cheios de espaço para pendurar seus casacos. Mas, meu Deus, é deprimente. Enquanto passo de um bem-sucedido a outro, sinto-me cada vez pior. Qual é o meu problema? Só falo uma língua. Não fui convidada para presidir nenhum comitê internacional. Não tenho roupas de trabalho que combinam calças Dolce & Gabbana com camisas extravagantes Paul Smith.

Com tristeza, fecho a revista e me encosto na cadeira, olhando para o teto imundo. Como eles conseguiram? Meu tio Bill. Todos na revista. Resolvem abrir uma empresa que se torna um sucesso instantaneamente. E tudo parece tão fácil...

— Sim... sim... — De repente percebo que Kate está fazendo sinais com as mãos do outro lado da sala. Vejo que seu rosto está vermelho de emoção enquanto ela fala ao telefone. — Tenho certeza de que Lara vai poder abrir um espaço na agenda dela para você, se puder esperar um pouco...

Ela aperta o botão "de espera" e grita:

— É Clive Hoxton!... Aquele cara que disse que não estava interessado na Leonidas Sports... — Ela acrescenta ao ver que não, eu não lembrava quem era. — O cara do rúgbi... Bem, parece que ele está interessado, sim! Quer marcar um almoço para conversar!

— Meu Deus! Ele! — Sinto-me bem novamente. Clive Hoxton é diretor de marketing da Arberry Stores e jogava rúgbi para Doncaster. Não há ninguém mais perfeito para a vaga na Leonidas Sports, mas quando o abordei pela primeira vez, ele disse que não queria mudar de emprego. Não acredito que ele ligou!

— Fique tranquila! — sussurro, urgentemente. — Finja que estou muito ocupada entrevistando outros candidatos.

Kate concorda com a cabeça.

— Deixe-me ver... — Ela fala ao telefone. — A agenda de Lara está completamente cheia hoje, mas vou ver o que posso fazer... Ah! Mas que sorte! Ela tem um horário vago inesperado! Você gostaria de escolher um restaurante?

Ela sorri para mim e faz um gesto de aprovação no ar. Clive Hoxton é dos bons! Agressivo e incisivo! Ele vai compensar o esquisitão e a cleptomaníaca. Aliás, se ele aceitar, tiro a cleptomaníaca da lista. E o esquisitão não é *tão* ruim assim, se conseguirmos nos livrar da caspa dele...

— Tudo certo! — Kate desliga o telefone. — Você vai almoçar hoje às 13 horas.

— Excelente! Onde?

— Bem, esse é o problema — Kate hesita. — Pedi para ele escolher um restaurante. E ele escolheu... — Ela para de falar.

— Qual? — Meu coração começa a saltar de ansiedade. — O Gordon Ramsay, não. Aquele chique no Claridge's.

Kate faz uma cara estranha.

— Pior. O Lyle Place.

Tremo por dentro.

— Você só pode estar brincando.

O Lyle Place abriu há cerca de dois anos e logo foi batizado de "o restaurante mais caro da Europa". Há um tanque de lagostas gigante e um chafariz. Milhões de celebridades o frequentam. É óbvio que nunca fui lá, só li sobre ele no *Evening Standard*. Nunca, nunca, *nunca* deveríamos tê-lo deixado escolher um restaurante. Eu deveria ter escolhido. Deveria ter escolhido o Pasta Pot, que é aqui na esquina e oferece um almoço completo por £12,95, com uma taça de vinho incluída. Eu nem me atrevo a *imaginar* quanto vai custar um almoço para duas pessoas no Lyle Place.

— Não vamos conseguir entrar! — digo, aliviada. — Vai estar lotado.

— Ele disse que consegue reservar, que tem contatos. Vai estar no seu nome.

— Droga.

Kate está roendo a unha do dedão ansiosamente.

— Quanto dinheiro temos no fundo para agradar clientes?

— Uns 50 centavos — digo, desesperada. — Estamos duras. Vou ter que usar meu cartão de crédito.

— Vai valer a pena — diz Kate, otimista. — É um investimento. Você precisa parecer uma pessoa influente. Se as pessoas a virem comendo no Lyle Place, vão pensar: "Nossa, Lara Lington deve estar ganhando bem se pode trazer clientes para comer aqui!"

— Mas eu não *posso*! — reclamo. — Será que podemos ligar para ele e trocar tudo por uma xícara de café?

Enquanto digo as palavras, sei como seria ridículo fazer isso. Se ele quer almoçar, terei de almoçar. Se ele quer ir ao Lyle Place, temos de ir ao Lyle Place.

— Talvez não seja tão caro quanto imaginamos — diz Kate, esperançosa. — Afinal, todos os jornais estão dizendo como a economia está ruim, não é? Talvez tenham reduzido os preços. Ou talvez tenham uma oferta especial.

— É verdade. E talvez ele não peça muita coisa — acrescento, inspirada. — Ele é atleta. Não deve comer muito.
— É claro que não! — concorda Kate. — Vai comer um pouquinho de sashimi, beber um pouco de água e pronto. E, com certeza, não vai beber. Ninguém mais bebe na hora do almoço. Já estou me sentindo mais otimista. Kate tem razão. Ninguém mais bebe em almoços de negócios hoje, e podemos comer só dois pratos. Ou até um só. Uma entrada e uma boa xícara de café. Qual é o problema?
E, de qualquer jeito, o que quer que a gente coma, não deve custar *tanto* assim, não é mesmo?

Meu Deus, acho que vou desmaiar.
Só que não dá, porque Clive Hoxton acabou de pedir para que eu falasse dos detalhes do emprego de novo.
Estou sentada em uma cadeira transparente, em uma mesa com toalha branca. Se eu olhar para a direita, verei o famoso tanque de lagostas gigante, que tem crustáceos de todos os tipos amontoados em pedras sendo ocasionalmente retirados por uma rede por um homem em uma escada. À esquerda, há uma gaiola de pássaros exóticos, cujos pios estão se misturando ao barulho de fundo do chafariz no meio do restaurante.
— Bem... — Minha voz está muito baixa. — Como você deve saber, a Leonidas Sports acabou de comprar uma cadeia holandesa...
Estou falando no automático. Meus olhos estão analisando o cardápio, impresso em acrílico. Toda vez que vejo um preço, sinto uma nova sensação de pavor.
Ceviche de salmão, estilo origami: £34.
É uma entrada. Uma *entrada*.
Meia dúzia de ostras: £46.

Não há nenhuma oferta especial. Não há nenhum sinal de crise econômica. No restaurante todo, as pessoas estão comendo e bebendo felizes como se tudo aquilo fosse normal. Será que estão todos fingindo? Será que todos estão apavorados por dentro? Se eu subisse em uma cadeira e gritasse: "É caro demais! Não vou mais aturar esse tipo de coisa!", será que todo mundo iria embora comigo?

— É claro que a comissão quer um novo diretor de marketing que possa gerenciar essa expansão... — Não faço a menor ideia do que estou falando. Estou me preparando para dar uma olhada nos pratos principais.

Filé de pato com purê de laranja triplo: £59.

Meu estômago se contorce de novo. Fico fazendo cálculos na minha cabeça e chegando a 300 libras e me sentindo meio enjoada.

— Querem água mineral? — O garçom aparece e oferece um quadrado de acrílico a cada um de nós. — Este é nosso cardápio de águas. Se quiserem água com gás, a Chetwyn Glen é bem interessante — acrescenta. — É filtrada em pedra vulcânica e tem um toque alcalino.

— Ah. — Obrigo-me a concordar de maneira inteligente e o garçom olha em meus olhos sem piscar. Com certeza todos eles voltam para a cozinha e se jogam na parede de tanto rir: "Ela pagou 15 libras! Por uma água!"

— Prefiro Pellegrino — Clive responde. É um homem na faixa dos 40 anos, com o cabelo levemente branco, olhos saltados e um bigode, que não sorriu nenhuma vez desde que sentamos.

— Uma garrafa para cada um então? — diz o garçom.

Nãããão! *Duas* garrafas de água cara, não.

— Então, o que você gostaria de comer, Clive? — Sorrio. — Se estiver com pressa, podemos pedir logo os pratos principais...

— Não estou com pressa. — Clive me olha de maneira suspeita. — Você está?

— É claro que não! — respondo, rapidamente. — Não estou com pressa nenhuma! — Faço-me de generosa. — Coma o que quiser.

As ostras, não. Por favor, por favor, por favor, as ostras, não...
— Vou começar com as ostras — diz ele, decidido. — Para depois, estou dividido entre a lagosta e o risoto porcini.

Olho discretamente para o cardápio. A lagosta custa £90; o risoto, apenas £45.

— É uma escolha difícil. — Tento parecer casual. — Sabe, o risoto é sempre o *meu* preferido.

Há um silêncio enquanto Clive olha pensativo para o cardápio novamente.

— Adoro comida italiana — digo com uma risadinha tranquila.
— E aposto que o porcini é delicioso. Mas é você que decide, Clive!

— Se não conseguir decidir — acrescenta o garçom, tentando ajudar —, posso trazer a lagosta *e* uma porção menor do risoto.

Ele pode o *quê*? Ele pode o *quê*? Quem pediu a opinião dele?

— Ótima ideia! — Minha voz está dois tons acima do que eu queria. — Dois pratos principais. Por que não?

Sinto o olhar cínico do garçom em mim e sei imediatamente que ele leu meus pensamentos. Sabe que estou dura.

— E para a senhora?

— Certo. Vamos lá — Passo dedo pelo menu, pensativa. — A verdade é que... tomei um belo café da manhã hoje. Vou comer só uma salada Caesar. Sem entradas.

— Uma salada Caesar, sem entradas — concorda o garçom, apaticamente.

— Você gostaria de beber só água mesmo, Clive? — Tento desesperadamente esconder qualquer vestígio de esperança em minha voz. — Ou quer um vinho...

Só de *imaginar* a carta de vinhos já sinto um frio na espinha.

— Quero ver a carta. — Os olhos de Clive brilham.
— E uma taça de champanhe envelhecido para começar, talvez? — sugere o garçom com um sorriso manso.
Ele não poderia ter sugerido só o champanhe. Precisava sugerir o champanhe *envelhecido*. Esse garçom é um sádico.
— Pode ser uma boa! — Clive dá uma risada sem graça, e, de alguma forma, eu me obrigo a pedir um também.
Finalmente, o garçom vai embora, depois de encher uma taça de champanhe envelhecido de milhões de libras para cada um. Sinto-me meio tonta. Vou pagar este almoço pelo resto da minha vida, mas vai valer a pena. Preciso acreditar nisso.
— Então! — digo, animada, levantando a taça. — Ao emprego! Estou tão feliz por você ter mudado de ideia, Clive!
— Não mudei — diz ele, botando para dentro metade do champanhe em um gole.
Olho para ele incrédula. Será que estou ficando louca? Será que Kate anotou o recado errado?
— Mas eu achei que...
— É uma possibilidade. — Ele arranca um pedaço do pão.
— Não estou feliz em meu emprego no momento e estou pensando em sair. Mas há desvantagens nesse esquema da Leonidas Sports também. Faça-me aceitá-lo.
Por um momento, não consigo responder, sem acreditar naquilo tudo. Estou gastando o equivalente a um carro pequeno com esse homem e ele pode não estar interessado no emprego? Bebo um gole de água e olho para ele, obrigando-me a sorrir da maneira mais profissional possível. Posso ser como Natalie. Posso fazê-lo aceitar o emprego.
— Clive. Você não está feliz em seu emprego atual. Para um homem com talentos como os seus, é uma situação criminosa. Olhe para você! Deveria estar em um lugar onde as pessoas o *apreciam*.

Faço uma pausa, o coração batendo forte. Ele está prestando atenção. Ainda nem passou manteiga no pão. Até agora, tudo certo.

— Na minha opinião, o emprego na Leonidas Sports seria a mudança perfeita em sua carreira. Você é um ex-atleta, a empresa é de artigos esportivos. Você adora jogar golfe, a Leonidas Sports tem uma linha completa de roupas de golfe!

Clive levanta as sobrancelhas:

— Pelo menos, vejo que procurou se informar sobre mim.

— Eu me interesso pelas pessoas — digo, sinceramente. — E, por conhecer seu perfil, me parece que a Leonidas Sports é exatamente o que você precisa neste momento. É uma oportunidade fantástica e única para...

— Este homem é seu amante? — Uma voz familiar me interrompe, e dou um pulo. Essa voz parece de...

Não. Não seja ridícula.

Respiro profundamente e continuo:

— Como eu ia dizendo, é uma oportunidade fantástica para atingir outro nível em sua carreira. Tenho certeza de que podemos chegar a um acordo generoso...

— Eu perguntei se este homem é seu amante. — A voz está mais insistente, e, antes de me conter, olho para o lado.

Não. Isto não pode estar acontecendo. Ela voltou. É Sadie, sentada em um carrinho de queijo próximo.

Ela não está mais de vestido verde: está usando um vestido rosa-claro com uma faixa e um casaco da mesma cor. Está com um lenço preto na cabeça e com uma pequena bolsa de seda com uma corrente de contas no pulso. A outra mão está apoiada em uma redoma de vidro que cobre os queijos — menos as pontas dos dedos, que a atravessaram. Ela percebe de repente e tira a mão, posicionando-a novamente com cuidado no vidro.

— Ele não é muito bonito, é? Quero um pouco de champanhe — acrescenta de maneira arrogante, seus olhos fitando minha bebida.

Ignore-a. É uma alucinação. Está tudo na sua cabeça.

— Lara? Você está bem?

— Desculpe, Clive! — Viro-me para ele rapidamente. — Me distraí um pouco aqui com... o carrinho de queijo! Todos parecem uma delícia!

Meu Deus. Clive não está achando graça. Preciso retomar o assunto rapidamente.

— O que você precisa realmente se perguntar, Clive, é o seguinte. — Aproximo-me com um ar de seriedade. — Será que uma oportunidade como esta surgirá novamente? É uma chance única de trabalhar com uma grande marca, de usar todos os seus grandes talentos e suas admiráveis qualidades de líder...

— Quero um pouco de *champanhe*! — Para o meu horror, Sadie se materializou bem na minha frente. Ela tenta pegar minha taça, mas sua mão a atravessa. — Bolas! Não consigo pegá-la! — Ela tenta de novo e de novo, e então me encara com raiva. — Isso é tão irritante!

— *Pare com isso!* — sussurro, furiosa.

— Perdão? — Clive franze as sobrancelhas.

— Não é você, Clive! Estou com uma coisa presa na garganta... — Pego meu copo e bebo um gole de água.

— Já achou meu colar? — Sadie exige, acusando-me.

— Não! — falo baixo por trás do copo. — *Vá embora*.

— Então por que está parada aqui? Por que não está procurando por ele?

— Clive! — tento desesperadamente me concentrar nele de novo. — Sinto muito. O que eu estava dizendo?

— Admiráveis qualidades de líder — diz Clive sem abrir um sorriso.

— Isso mesmo! Admiráveis qualidades de líder! Bem... Então a questão é...
— Você não procurou em lugar nenhum? — Ela chega com a cabeça perto da minha. — Você não se *importa* em encontrá-lo?
— Então... O que estou tentando dizer é que... — Estou lutando com todas as minhas forças para ignorar Sadie e não bater nela. — Na minha opinião, o emprego é uma ótima jogada estratégica; é um trampolim perfeito para seu futuro, além do mais...
— Você precisa achar o meu colar! É importante! É muito, muito....
— Além do mais, sei que o pacote generoso de benefícios vai...
— Pare de me ignorar! — O rosto de Sadie está quase encostando no meu. — Pare de falar! Pare...
— Cale a boca e me deixe em paz!
Merda.
Acabei de dizer isso mesmo?
Pela maneira chocada como os olhos de Clive estão arregalados, acho que a resposta é sim. A conversa nas duas mesas vizinhas foi interrompida, e consigo ver nosso garçom arrogante parando para observar. O barulho de talheres e conversas parece ter sumido no restaurante todo. Até as lagostas parecem estar observando do tanque.
— Clive! — Dou uma risada sufocada. — Não quis dizer... Obviamente, eu não estava falando com *você*...
— Lara. — Clive me fita de um jeito hostil. — Por favor, tenha a bondade de me dizer a verdade.
Posso sentir minhas bochechas ficando vermelhas.
— Eu apenas... — Limpo a garganta, desesperadamente. O que posso dizer?

Eu estava falando comigo mesma. Não.
Eu estava falando com uma visão. Não.
— Não sou idiota. — Ele me interrompe com raiva. — Não é a primeira vez que isso acontece comigo.
— Não é? — Olho para ele, confusa.
— Já tive que aturar esse tipo de coisa em reuniões, em almoços com diretores... É a mesma coisa em todos os lugares. Um BlackBerry já é um problema, mas esses aparelhos de ouvido são um absurdo. Você sabe quantos acidentes de carro pessoas como você causam?
De ouvido — ele quer dizer...
Ele acha que estou no celular!
— Eu não estava... — começo a falar automaticamente, e logo paro. Estar no celular é a opção mais sã que tenho. Vou levar isso adiante.
— Mas isso é o fim da picada. — Ele me olha com raiva, respirando pesadamente. — Atender uma ligação durante um almoço, achando que não vou perceber. É uma puta falta de respeito.
— Sinto muito — digo, humildemente. — Vou... Vou desligar agora. — Com a mão tremendo, finjo estar desligando um aparelho em minha orelha.
— Onde está esse troço? — Ele me olha confuso. — Não dá para ver.
— É muito pequeno — digo rapidamente. — É muito discreto.
— É o novo Nokia?
Ele está chegando mais perto da minha orelha. Merda.
— Na verdade, está... embutido no meu brinco. — Tento parecer convincente. — É uma nova tecnologia. Clive, sinto muito mesmo por estar distraída. Eu... julguei mal a situação, mas estou

sendo muito sincera em relação a querer levá-lo para a Leonidas Sports. Então, se eu puder recapitular o que estava dizendo...
— Você só pode estar brincando.
— Mas...
— Você acha que vou trabalhar com você agora? — Ele dá uma risada curta e séria. — Você é tão antiética quanto sua sócia, e olha que isso quer dizer muita coisa. — Para meu terror, ele empurra a cadeira e se levanta. — Eu ia dar uma chance a você, mas pode esquecer.
— Não, espere! Por favor! — digo em pânico, mas ele já está passando entre as mesas com pessoas boquiabertas.

Eu me sinto quente e fria enquanto olho para a cadeira vazia. Com a mão tremendo, pego meu champanhe e dou três grandes goles. Então é isso. Fiz merda. Minha melhor chance se foi.

E, além disso, o que ele quis dizer com o comentário de que sou tão antiética quanto minha sócia? Ele sabe que Natalie foi embora para Goa? Todo mundo *sabe*?

— O cavalheiro vai voltar? — Meu transe é interrompido pelo garçom se aproximando da mesa. Ele está segurando uma bandeja de madeira com um prato coberto por uma redoma de prata.

— Acho que não. — Encaro a mesa, o rosto queimando de humilhação.

— Devo levar a comida de volta à cozinha?

— Precisarei pagar por ela?

— Infelizmente, sim, senhora. — Ele sorri de maneira condescendente. — Como foi pedida e tudo é feito na hora...

— Então vou comer.

— *Toda* a comida? — Ele parece surpreso.

— É. — Levanto o queixo, revoltada. — Por que não? Vou ter que pagar, é melhor comer.

— Muito bem. — O garçom inclina a cabeça, coloca a bandeja na minha frente e retira a redoma de prata. — Meia dúzia de ostras frescas sobre gelo picado. Nunca comi ostras. Sempre achei nojento. De perto, é mais nojento ainda, mas não vou admitir isso.

— Obrigada — digo bruscamente.

O garçom vai embora e olho fixamente para as seis ostras à minha frente. Estou determinada a terminar este almoço idiota, mas sinto aquela pressão atrás do maxilar e meu lábio começaria a tremer se eu deixasse.

— Ostras! Eu *adoro* ostras! — Para minha surpresa, Sadie aparece na minha frente de novo. Ela se senta na cadeira vaga de Clive com um movimento lânguido lateral, olha em volta e diz: — Este lugar é muito divertido. Tem um cabaré?

— Não estou ouvindo você — sussurro de maneira bruta. — Não estou vendo você. Você não existe. Vou ao médico para ele me receitar remédios e me livrar de você.

— Aonde foi o seu amante?

— Ele não era meu amante — revolto-me em um tom baixo. — Eu estava tentando fazer negócios com ele e tudo deu errado por sua causa. Você estragou tudo. *Tudo.*

— Oh — Ela arqueia as sobrancelhas de maneira petulante. — Não sei como posso ter feito isso já que não existo.

— Bem, você conseguiu. E agora estou aqui com essas ostras idiotas que não quero, não posso pagar e nem sei como comer...

— É fácil comer ostras!

— Não é não.

De repente, reparo em uma mulher loura de vestido estampado na mesa ao lado, cutucando outra mulher perfeitamente arrumada a seu lado e apontando para mim. Estou falando sozinha, pareço uma maluca. Rapidamente, pego um pedaço de pão e começo a passar manteiga nele, evitando olhar para Sadie.

— Com licença. — A mulher se aproxima e sorri para mim. — Não pude deixar de ouvir sua conversa. Não quero interromper, mas você disse que seu celular está embutido no seu brinco?

Olho para ela, tentando pensar em uma resposta que não seja "sim".

— Sim — digo, finalmente.

A mulher coloca a mão na boca.

— Que maravilha! Como funciona?

— Tem um chip especial. É muito recente. Japonês.

— Preciso de um desses. — Ela está encarando meu brinco de £5,99 da Claire's Accessories completamente pasma. — Onde você comprou?

— Na verdade, este aqui é um protótipo — digo, rapidamente. — Vai estar disponível daqui a um ano, mais ou menos.

— Então como *você* conseguiu ter um? — Ela me olha agressivamente.

— Eu... bem... conheço alguns japoneses. Lamento.

— Posso ver? — Ela estica a mão. — Pode tirar da sua orelha rapidinho? Você se incomoda?

— Na verdade, estou recebendo uma ligação — digo, rapidamente. — Está vibrando.

— Não consigo ver nada. — Ela olha incrédula para minha orelha.

— É muito sutil — digo, desesperadamente. — São microvibrações. Alô, Matt? Posso falar, sim.

Peço desculpas para a mulher, que relutantemente retoma sua refeição. Consigo vê-la apontando para mim na frente de todas as amigas.

— Do que você está falando? — Sadie está me olhando com desdém. — Como um telefone pode estar em um brinco? Parece gozação.

— Não sei. Não comece a me questionar também. — Cutuco uma ostra com pouco entusiasmo.
— Você realmente não sabe comer ostras?
— Nunca comi.
Sadie balança a cabeça em desaprovação.
— Pegue seu garfo. O garfo de peixe. Anda! — Olhando desconfiada, faço o que ela manda. — Vá soltando em volta, precisa estar descolada da concha... Agora esprema limão e pegue a ostra. Assim. — Ela imita como se pega uma ostra e faço a mesma coisa. — Incline a cabeça e engula tudo. Saúde!
É como engolir um pedaço gelatinoso do mar. De algum jeito, consigo engolir o negócio todo, pego minha taça e tomo um gole de champanhe.
— Viu? — Sadie está me observando com avidez. — Não é delicioso?
— É tranquilo — digo, relutante. Coloco a taça na mesa e examino Sadie em silêncio por um momento. Ela está reclinada na cadeira como se fosse dona do restaurante, com um braço jogado para o lado, a bolsa de contas pendurada.
É só minha imaginação, digo a mim mesma. Meu subconsciente a inventou.
Só que... Meu subconsciente não sabe comer ostras, sabe?
— O que foi? — Ela empina o queixo. — Por que está me olhando assim?
Meu cérebro está chegando vagarosamente a uma conclusão, à única conclusão possível.
— Você é um fantasma, não é? — digo finalmente. — Você não é uma alucinação. Você é um fantasma verdadeiro e genuíno.
Sadie dá de ombros de leve, como se não estivesse nem um pouco interessada na conversa.
— *Não é?*

Mais uma vez, Sadie não responde. Sua cabeça está inclinada, e ela examina as unhas. Talvez ela não queira ser um fantasma. Que pena, porque ela é.

— Você é um fantasma. Sei que é. E eu sou o quê? Uma *médium*?

Minha cabeça está a mil com essa revelação. Sinto um calafrio. Posso falar com os mortos. Eu, Lara Lington. Eu sempre *soube* que havia algo de diferente em mim.

Imagine as consequências. Imagine o que isso quer dizer! Talvez eu comece a falar com mais fantasmas, milhares de fantasmas. Meu Deus, posso ter minha própria série na televisão. Posso viajar o mundo. Posso ser famosa! Tenho uma visão de mim em um palco, canalizando espíritos enquanto a plateia assiste avidamente. Com um surto de emoção, eu me inclino na mesa:

— Você conhece outras pessoas mortas para me apresentar?

— Não. — Sadie cruza os braços nervosa. — Não conheço.

— Você conheceu Marilyn Monroe? Ou Elvis? Ou... a princesa Diana? Como ela é? Ou Mozart! — Quase fico tonta com tantas possibilidades que surgem em minha cabeça. — Isso é uma loucura. Você precisa descrever como é! Precisa me dizer como é... *lá*.

— Onde? — Sadie vira a cabeça.

— *Lá*. Você sabe...

— Não fui a lugar algum. — Ela me encara. — Não conheci ninguém. Quando acordo, é como se estivesse em um sonho. Um sonho muito ruim. Porque tudo que quero é o meu colar, mas a única pessoa que me escuta se recusa a me ajudar! — Ela me olha de maneira tão acusatória que me sinto indignada.

— Talvez se você não tivesse aparecido para estragar tudo, essa pessoa poderia *querer* ajudar você. Já pensou nisso?

— Eu não estraguei nada!

— Estragou sim!

— Ensinei você a comer ostras, não ensinei?

— Eu não queria aprender a comer uma droga de uma ostra! Eu queria que meu candidato ficasse aqui!

Por um momento, Sadie parece estar preocupada — e então seu queixo fica empinado novamente.

— Eu não sabia que ele era um candidato seu. Achei que fosse seu amante.

— Minha empresa deve estar falida agora. E não posso pagar por esta comida idiota. É tudo um desastre e é *tudo culpa sua*.

De maneira insolente, começo a cutucar outra ostra com meu garfo. Então olho para Sadie. Toda a animação dela parece ter evaporado, e ela está abraçando os joelhos com a cabeça baixa e aquele olhar de flor murcha. Ela me olha, depois baixa a cabeça de novo.

— Desculpe. — Sua voz é quase um sussurro. — Sinto muito por ter causado tantos problemas. Se eu pudesse me comunicar com outra pessoa, eu me comunicaria.

Agora, é claro, estou me sentindo mal.

— Olhe — começo —, não é que eu não *queira* ajudar...

— É meu último pedido. — Quando Sadie olha para mim, seus olhos estão escuros e aveludados, e sua boca está em um formato de O triste. — É meu único pedido. Não quero mais nada, não vou pedir mais nada a você. Só quero meu colar. Não consigo descansar sem ele. Não consigo... — Ela para de falar e olha para o lado como se não pudesse terminar a frase. Ou talvez não queira terminá-la.

Posso ver que é um assunto delicado, mas estou intrigada demais para deixar passar.

— Quando diz que "não consegue descansar" sem o seu colar — digo delicadamente —, você quer dizer "descansar" no sentido de se sentar e relaxar? Ou quer dizer "descansar" no sentido de passar para... *lá*? — Olho nos olhos dela e me corrijo rapidamente. — Quer dizer, do outro... Quero dizer, o melhor... Quer dizer, o lugar... — Coço o nariz me sentindo quente e incomodada.

Deus, isso é um campo minado. Como posso dizer isso? Qual é a expressão politicamente correta?

— Então... como funciona exatamente? — Tento uma abordagem diferente.

— Não *sei* como funciona! Não me mandaram um manual de instruções. — Seu tom é pungente, mas consigo ver um indício de insegurança em seu olhar. — Não *quero* estar aqui, simplesmente estou. E tudo que sei é que eu preciso do meu colar. É tudo que sei. E, para isso, preciso da sua ajuda.

Durante um tempo, ficamos em silêncio. Engulo outra ostra, e pensamentos desconfortáveis inundam minha consciência. Ela é minha tia-avó. Tem um único e último pedido. É preciso se esforçar com o único e último pedido de alguém. Mesmo que seja completamente impossível e idiota.

— Sadie. — Respiro profundamente de maneira exagerada.

— Se eu encontrar seu colar, você vai embora e me deixa em paz?

— Vou.

— Para sempre?

— Para sempre. — Seus olhos estão brilhando.

Cruzo os braços, séria.

— Se eu procurar seu colar com todas as minhas forças, mas não conseguir encontrá-lo porque foi perdido há zilhões de anos ou, mais provável, nunca tenha existido, você vai embora?

Há uma pausa. Sadie fica irritada.

— Ele *existiu* sim — diz ela.

— Vai embora? — insisto. — Porque não vou passar o verão todo em uma caça ao tesouro ridícula.

Por alguns momentos, Sadie me olha com raiva, claramente tentando pensar em alguma resposta impertinente. Mas não consegue.

— Muito bem — ela diz finalmente.
— Está bem. Negócio fechado. — Levanto minha taça de champanhe em direção a ela. — Um brinde à busca do seu colar.
— Vamos, então! Comece a procurar! — Ela olha em volta impacientemente como se fôssemos começar a procurar naquele instante, no restaurante.
— Não podemos procurar aleatoriamente! Precisamos agir de maneira *científica*. — Coloco a mão na bolsa, pego o desenho do colar e o abro. — Muito bem. Tente lembrar quando foi a última vez que esteve com ele.

5

O asilo Fairside fica em uma rua residencial arborizada. É um prédio de tijolos vermelhos, com uma porta centralizada e telas em todas as janelas. Analisei o asilo do outro lado da rua, depois olhei para Sadie, que me acompanhava em silêncio desde a estação de Potters Bar. Ela veio comigo no trem, mas mal a vi: ela passou o tempo todo pairando pelo vagão, olhando para as pessoas, aparecendo no chão e sumindo de novo.

— Então é aqui que você morava — digo com uma alegria constrangida. — É muito bonito! Um belo... jardim. — Aponto para uns arbustos feios.

Sadie não responde. Olho para ela e vejo um ar de tensão em sua mandíbula pálida. Deve ser estranho para ela voltar. Imagino se ela se lembra bem daqui.

— Aliás, quantos anos você tem? — pergunto, curiosa, ao pensar nisso. — Sei que você tem 105 anos na verdade, mas e agora, que você está... aqui? — Aponto para ela.

Sadie parece estar surpresa com a pergunta. Ela examina os braços, analisa o vestido e, pensativa, passa o tecido entre os dedos.

— Vinte e três — ela responde, finalmente. — É, acho que tenho 23 anos.

Estou fazendo vários cálculos na cabeça. Sadie tinha 105 anos quando morreu. Isso que dizer que...

— Você tinha 23 anos em 1927?

— Isso mesmo! — Seu rosto se ilumina. — Fizemos uma festa do pijama no meu aniversário. Bebemos gin fizz a noite toda e dançamos até os pássaros começarem a cantar... Ah, como sinto falta de festas do pijama — Ela se abraça. — Você tem muitas festas do pijama?

Transar com um cara na primeira noite conta como festa do pijama?

— Não sei se é *exatamente* igual... — Paro de falar quando o rosto de uma mulher aparece na janela do andar de cima. — Venha. Vamos lá.

Atravesso a rua rapidamente, passo pelo caminho que vai até a grande porta da frente e toco o interfone.

— Alô — falo no portão. — Infelizmente, não tenho hora marcada.

Ouço barulho de chave na fechadura e a porta da frente se abre. Uma mulher com roupa azul de enfermeira olha para mim. Parece ter trinta e poucos anos, está com o cabelo preso em um coque e tem um rosto rechonchudo e pálido.

— Posso ajudar?

— Pode. Meu nome é Lara e estou aqui para falar de... uma ex-moradora. — Olho para Sadie.

Ela sumiu.

Examino rapidamente o jardim, mas ela realmente desapareceu. Ótimo... Ela me deixou em apuros.

— Uma ex-moradora? — A enfermeira me traz de volta à realidade.

— Ah. É... Sadie Lancaster?

— Sadie! — Sua expressão fica mais suave. — Pode entrar! Sou Ginny, enfermeira sênior.

Vou atrás dela até um hall com piso de linóleo e cheiro de cera e desinfetante. O lugar todo está em silêncio, a não ser pelo sapato de borracha da enfermeira rangendo no chão e pelo som distante de uma televisão. Olho por uma porta e vejo duas velhinhas sentadas em cadeiras com colchas de crochê no colo.

Nunca conheci pessoas velhas. Pelo menos, não muito, *muito* velhas.

— Olá! — Aceno nervosa para uma senhora de cabelo branco sentada por perto e seu rosto imediatamente enruga de sofrimento.

Merda.

— Desculpe! — digo, baixinho. — Não quis... É...

Uma enfermeira aparece para falar com a senhora, e eu, aliviada, vou correndo atrás de Ginny, esperando que ela não tenha percebido nada.

— Você é parente? — ela pergunta, levando-me a uma sala de recepção.

— Sou sobrinha-neta de Sadie.

— Que maravilha! — diz a enfermeira, mexendo na chaleira. — Quer um chá? Estávamos esperando alguém ligar, na verdade. Ninguém veio buscar as coisas dela.

— É por isso que eu estou aqui. — Hesito, um pouco nervosa. — Estou procurando um colar que acredito ter sido de Sadie. É um colar de contas de vidro, com um pingente de libélula de strass. — Dou um sorriso de desculpas. — Sei que é pedir muito, e tenho certeza de que você nem...

— Sei qual é — diz.

— Você sabe? — Olho para ela, pasma. — Quer dizer que... ele existe?

— Ela tinha algumas bijuterias. — Ginny sorri. — Mas o colar era o preferido. Ela estava sempre com ele.

— Certo! — Engulo, tentando me manter calma. — Será que posso vê-lo?
— Deve estar na caixa dela. — Ginny assente. — Se você puder preencher um formulário antes... Você tem carteira de identidade?
— Claro. — Procuro na bolsa, o coração acelerado. Não posso acreditar, era fácil demais! Enquanto preencho o formulário, fico procurando por Sadie, mas ela não está em lugar algum. Aonde ela foi? Está perdendo o grande momento!
— Aqui está. — Entrego o formulário a Ginny. — Então, posso levar as coisas? Sou a parente mais próxima...
— Os advogados disseram que os parentes mais próximos não estavam interessados em ficar com as coisas pessoais dela — diz Ginny. — Os sobrinhos dela, eu acho? Nunca os vimos.
— Ah. — Fico ruborizada. — Meu pai. E meu tio.
— Ficamos com as coisas caso mudassem de ideia... — Ginny abre uma porta de vaivém. — Mas não vejo por que você não possa levar. — Ela dá de ombros. — Não é muita coisa, para ser sincera. A não ser pelas bijuterias... — Ela para em frente a um quadro de camurça e aponta carinhosamente para uma foto. — Aqui está ela! Aqui está nossa Sadie.

É a mesma velhinha enrugada da outra foto. Está com um xale rosa de renda e um laço no cabelo de algodão-doce branco. Fico com um nó na garganta ao olhar para a foto. Não consigo identificar aquele rosto amassado pequeno e ancião no perfil elegante e orgulhoso de Sadie.

— Foi no aniversário de 105 anos dela. — Ginny aponta para outra foto. — Ela foi nossa moradora mais velha! Até recebeu telegramas da rainha!

Há um bolo de aniversário na frente de Sadie na foto, e as enfermeiras estão sorrindo, segurando xícaras de chá e usando chapéus de festa. Quando olho para elas, sinto uma vergonha imensa. Por que não estávamos ali? Por que ela não estava cercada por mim, minha mãe, meu pai e por todo mundo?

— Eu queria ter estado presente. — Mordo o lábio. — Eu não sabia.

— É difícil. — Ginny sorri para mim sem me julgar, o que obviamente faz com que eu me sinta mil vezes pior. — Não se preocupe. Ela era feliz. E tenho certeza de que vocês fizeram um funeral maravilhoso para ela.

Lembro-me do funeral pequeno, triste e vazio de Sadie e me sinto ainda pior.

— É... mais ou menos. Ei! — De repente, uma coisa na foto chama minha atenção. — Espere aí! *Este* é o colar?

— É o colar de libélula — Ginny concorda. — Pode ficar com a foto, se quiser.

Pego a foto atordoada, sem conseguir acreditar. Lá está ele. Quase escondido, aparecendo pelas dobras do xale da tia-avó Sadie. Lá estão as contas. Lá está a libélula cravada com strass. É exatamente como descrevi. É de verdade!

— Sinto muito por não termos ido ao funeral — Ginny lamenta enquanto andamos pelo corredor. — Tivemos muitos problemas esta semana. Mas fizemos um brinde a ela no jantar... Aqui! Essas são as coisas de Sadie.

Chegamos a uma pequena despensa cheia de prateleiras empoeiradas, e ela me entrega uma caixa de sapato. Lá dentro, há uma antiga escova de cabelo de metal e alguns livros velhos. Vejo o brilho de contas abarrotadas no fundo.

— É *só* isso? — Fico surpresa, sem conseguir me conter.

— Não guardamos as roupas dela. — Ginny faz um gesto de desculpas. — Não eram dela mesmo, por assim dizer. Quer dizer, ela não escolheu as roupas.

— Mas e as coisas de quando ela era mais nova? E... os móveis? Ou lembranças?

Ginny dá de ombros.

— Desculpe. Só estou aqui há cinco anos, e Sadie ficou muito tempo conosco. Acho que as coisas se quebram e se perdem, e não são substituídas...

— Certo. — Tentando esconder meu choque, começo a tirar as poucas coisas da caixa. Uma pessoa vive durante 105 anos, e isso é tudo o que resta? Uma caixa de sapato?

Quando pego o emaranhando de colares e broches no fundo, começo a ficar mais animada. Vou desfazendo os nós dos fios, procurando as contas de vidro amarelo, o brilho do strass, a libélula...

Não está lá.

Ignorando o mau pressentimento, mexo no emaranhado de contas outra vez, e alinho todos eles. Há 13 colares no total. Nenhum deles é o certo.

— Ginny, não achei o colar de libélula.

— Oh, céus! — Ginny olha por cima de meu ombro, preocupada. — Deveria estar aí! — Ela pega outro colar, feito de contas roxas pequenas, e sorri carinhosamente para ele. — Este era outro preferido dela...

— Eu realmente preciso encontrar o colar de libélula. — Sei que pareço agitada. — Poderia estar em algum outro lugar?

Ginny parece perplexa.

— Que estranho... Vamos falar com Harriet. Ela fez a arrumação. — Vou atrás dela pelo corredor e entramos na sala dos funcionários. É uma sala pequena e aconchegante, onde há três enfermeiras sentadas em poltronas floridas antigas, bebendo chá.

— Harriet! — Ginny fala, dirigindo-se a uma garota de óculos e bochechas rosadas. — Esta é a sobrinha-neta de Sadie, Lara. Ela está atrás daquele lindo colar de libélula que Sadie usava. Você o viu?

Oh, Deus. Por que ela falou assim? Fica parecendo que sou um personagem horrível e ambicioso de *Scrooge*.

— Não o quero para mim — digo, rapidamente. — Preciso dele para... uma boa causa.

— Não está na caixa de Sadie — Ginny explica. — Você sabe onde pode estar?

— Não está mesmo? — Harriet parece surpresa. — Bem, talvez não estivesse no quarto. Agora que você falou, não me lembro de tê-lo visto. Desculpe, sei que deveria ter feito um inventário, mas arrumamos o quarto com um pouco de pressa. — Ela olha para mim, defendendo-se. — Estamos tão enroladas...

— Você tem ideia de onde pode estar? — Olho para elas, desamparada. — Será que foi colocado em algum lugar? Será que foi dado a algum dos outros moradores?

— O bazar! — grita uma enfermeira magra e morena que está no canto. — Será que não foi vendido por engano no bazar?

— Que bazar? — olho para ela.

— Fizemos um bazar para arrecadar dinheiro, há dois fins de semana. Todos os moradores e suas famílias doaram coisas. Havia um estande cheio de bijuterias.

— Não — balanço a cabeça. — Sadie nunca teria doado o colar. Ele era muito especial para ela.

— Foi como eu disse — a enfermeira explica. — Eles foram de quarto em quarto. Havia caixas de coisas em todos os lugares. Talvez tenha sido recolhido por engano.

Ela diz isso com tanto descaso que de repente fico com raiva por Sadie.

— Mas esse tipo de erro não pode acontecer! As coisas das pessoas deveriam estar seguras! Os colares não deveriam simplesmente *desaparecer*!

— Temos um cofre no porão — Ginny acrescenta, ansiosa. — Pedimos aos residentes para deixar objetos valiosos lá, como anéis de diamante, essas coisas. Se fosse de valor, deveria estar no cofre...

— Acho que não era de valor, exatamente. Era só... importante. — Sento-me coçando a testa, tentando organizar meus pensamentos. — Então será que podemos encontrá-lo? Vocês sabem quem estava no bazar? — Olhares de dúvida são trocados pela sala e eu suspiro. — Não me digam. Vocês não tem ideia.

— Temos, sim! — A enfermeira morena de repente coloca a xícara de chá na mesa. — Ainda temos a lista da rifa?

— A lista da rifa! — diz Ginny, animada. — É claro! Todas as pessoas que vieram ao bazar compraram uma rifa — ela explica. — Todos deixaram nome e endereço, caso ganhassem. O prêmio principal era uma garrafa de Baileys — ela acrescenta orgulhosa. — E também tínhamos um conjunto da Yardley...

— Vocês têm a lista? — interrompo. — Podem me dar?

Cinco minutos depois, estou segurando uma lista de nomes e endereços de quatro páginas. São 67 ao todo.

Sessenta e sete alternativas.

Não, "alternativa" é uma palavra muito forte. Sessenta e sete possibilidades remotas.

— Bem, obrigada. — Sorrio, tentando não me sentir desanimada demais. — Vou falar com essas pessoas. E se vocês virem o colar...

— É claro! Vamos ficar de olho, não vamos? — Ginny fala com as pessoas da sala, e todas concordam com a cabeça.

Vou atrás de Ginny pelo corredor, e quando chegamos à porta da frente, ela para.

— Temos um caderno de visitas, Lara. Não sei se você gostaria de assiná-lo.

— Ah — hesito, constrangida. — Sim... quero. Por que não?

Ginny pega um caderno grande e vermelho e o folheia.

— Todos os moradores têm uma página própria. A de Sadie nunca teve muitas assinaturas. Agora que está aqui, achei que

seria legal se você assinasse, mesmo que ela tenha partido... —
Ginny fica ruborizada. — É besteira minha?
— Não, é gentileza. — Sinto-me culpada novamente. —
Devíamos tê-la visitado mais.
— Aqui está... — Ginny folheia as páginas devotadas. — Veja
só! Ela teve visita este ano! Foi há algumas semanas. Eu estava
de férias, então não sabia.
— Charles Reece — leio enquanto escrevo "Lara Lington"
bem grande na página, para compensar a falta de assinaturas.
— Quem é Charles Reece?
— Não sei. — Ela dá de ombros.
Charles Reece. Olho para o nome, intrigada. Talvez fosse um
dos amigos de infância queridos de Sadie. Ou talvez um amante.
Meu Deus, é isso. Talvez seja um velhinho fofo de bengala que
veio segurar a mão de sua querida Sadie mais uma vez. Agora ele
nem sabe que ela está morta e nem foi convidado para o funeral...
Nós somos mesmo uma porcaria de família.
— Ele deixou algum contato, esse Charles Reece? — Olho
para Ginny. — Ele era muito velho?
— Não sei, mas posso perguntar... — Ela pega o caderno da
minha mão e seu rosto se ilumina quando ela lê meu nome. —
Lington! Alguma relação com o café Lington?
Oh, Deus. Não posso lidar com isso hoje.
— Não. — Sorrio. — É só uma coincidência.
— Bem, foi um grande prazer conhecer a sobrinha-neta de
Sadie. — Quando chegamos à porta, ela me dá um abraço carinhoso. — Sabe, Lara, acho que você tem um pouco dela. Vocês
têm o mesmo espírito. Consigo sentir a mesma bondade.
Quanto mais legal a enfermeira é comigo, pior eu me sinto.
Não sou uma pessoa boa. *Olhe* para mim. Eu nem sequer visitei
minha tia-avó. Não participo de passeios de bicicleta por caridade.
Tudo bem, eu até compro revistas vendidas por desabrigados, mas

só se não estiver com um cappuccino na mão e se não der muito trabalho pegar o dinheiro na bolsa...

— Ginny — chama uma enfermeira ruiva. — Posso falar com você rapidinho? — Ela puxa Ginny para o lado e sussurra algumas coisas. Entendo apenas algumas palavras. "... Estranho... polícia".

— A *polícia*? — Os olhos de Ginny se arregalam de surpresa. "... não sei... número..."

Ginny pega o pedaço de papel e se vira para sorrir para mim novamente. Consigo apenas dar um sorriso rígido, completamente paralisado pelo horror.

A polícia. Tinha me esquecido da polícia.

Eu disse a eles que Sadie havia sido assassinada pelos funcionários do asilo. Essas enfermeiras queridas e boazinhas. Por que eu disse isso? O que eu estava *pensando*?

É tudo culpa de Sadie. Não, não é. A culpa é minha. Eu deveria ter ficado de boca *fechada*.

— Lara? — Ginny olha para mim assustada. — Você está bem?

Ela vai ser acusada de homicídio e não faz a menor ideia. E é tudo culpa minha. Vou acabar com a vida de todo mundo, o asilo vai ser fechado e abandonado e todos os velhinhos vão ficar desabrigados...

— Lara?

— Estou bem — respondo finalmente, com uma voz meio rouca. — Estou bem, mas preciso ir embora. — Começo a sair pela porta com as pernas bambas. — Muito obrigada. Tchau.

Espero até descer todo o caminho e estar segura de volta à calçada para pegar meu celular e ligar para o inspetor James, quase hiperventilando de pânico. Nunca deveria ter acusado ninguém de assassinato. Nunca, nunca mais vou fazer isso de novo. Vou confessar tudo, rasgar meu depoimento...

— Escritório do inspetor James. — Uma voz aguda de mulher interrompe meus pensamentos.
— Ah, alô. — Tento parecer calma. — Aqui fala Lara Lington. Posso falar com o inspetor James ou com a investigadora Davies?
— Sinto muito, mas os dois estão atendendo a chamados. Quer deixar um recado? Se for urgente...
— Sim, é muito, muito urgente. É sobre um caso de assassinato. Pode dizer ao inspetor James que tive uma... uma... uma revelação...?
— Uma revelação — ela repete, obviamente anotando.
— Isso. Sobre meu depoimento. É uma revelação crucial.
— Acho que talvez seja melhor você conversar com o inspetor James pessoalmente...
— Não! Não pode esperar! Você precisa dizer a ele que não foram as enfermeiras que mataram minha tia-avó. Elas não fizeram nada. Elas são maravilhosas, e foi tudo um grande engano, e... Bem... A questão é que...

Estou me preparando para ter coragem e assumir que inventei a história toda, quando de repente sou acometida por um pensamento horrível. Eu *não posso* confessar nada. Não posso admitir que inventei tudo, senão o funeral vai ser imediatamente retomado. Tenho um flashback do grito angustiado de Sadie no funeral e sinto um arrepio de ansiedade. Não posso deixar isso acontecer. Simplesmente não posso.

— Pois não? — diz a mulher, pacientemente.
— Eu... Bem... A questão é que...

Minha mente está dando piruetas, tentando encontrar uma solução que envolva tanto ser sincera quanto ganhar tempo para Sadie. Mas não encontro nenhuma. Não existe essa solução. E a mulher vai desistir de esperar em um minuto e vai desligar o telefone... Preciso dizer *alguma coisa*...

Preciso de algo que desvie do assunto. Alguma coisa para distraí-los durante um tempo, só enquanto procuro o colar.

— Foi outra pessoa — digo, rapidamente. — Um homem. Foi *ele* que eu ouvi no pub. Fiquei confusa antes. Ele tinha um cavanhaque com uma trança — acrescento. — E uma cicatriz na bochecha. Estou lembrando claramente agora.

Nunca vão encontrar um homem com um cavanhaque com uma trança e uma cicatriz na bochecha. Estamos seguras, por enquanto.

— Um homem com uma barba com uma trança... — A mulher parece estar tentando acompanhar.

— E uma cicatriz.

— Desculpe, mas o que esse homem fez?

— Ele matou minha tia-avó! Já dei um depoimento, mas está errado. Então se você puder cancelar...

Há uma pausa relativamente longa, então a mulher diz:

— Querida, não podemos cancelar declarações. Acho que o inspetor James vai querer falar com você pessoalmente.

Oh, Deus. O problema é que eu realmente não quero falar com o inspetor James.

— Tudo bem. — Tento parecer animada. — Não tem problema. Contanto que ele saiba que definitivamente não foram as enfermeiras. Será que você pode escrever esse recado em um post-it ou algo do tipo? "Não foram as enfermeiras."

— "Não foram as enfermeiras" — ela repete com um tom de dúvida.

— Exatamente. Com letras grandes. Coloque na mesa dele.

Há outra pausa, ainda mais longa. Depois a mulher diz:

— Pode me dar seu nome de novo?

— Lara Lington. Ele sabe quem eu sou.

— Tenho certeza que sabe. Bom, como eu disse, Srta. Lington, tenho certeza de que o inspetor James vai procurar você.

Desligo o celular e desço a rua, com as pernas fracas. Acho que consegui me safar por pouco. Mas, sinceramente, estou uma pilha de nervos.

Duas horas depois, não estou só uma pilha de nervos, estou exausta.

Na verdade, estou criando uma perspectiva nova sobre a população britânica. Parece ser fácil ligar para algumas pessoas em uma lista e perguntar se compraram um colar. Parecer ser simples e direto, até você tentar fazer isso.

Sinto-me como se pudesse escrever um livro sobre a natureza humana, chamado *As pessoas são inúteis*. Primeiro de tudo, elas querem saber como você conseguiu o nome e o telefone delas. Depois, quando você diz a palavra "rifa", elas querem saber o que ganharam e gritam para os maridos: "Darren, ganhamos aquela rifa!", e quando você diz rapidamente "Você não ganhou nada", o clima vira de suspeita.

Então, quando você aborda o assunto sobre o que compraram no bazar, elas ficam mais desconfiadas ainda. Elas se convencem de que você está tentando vender alguma coisa ou que está tentando roubar os detalhes do cartão de crédito por telepatia. No terceiro número para que liguei, havia um homem ao fundo dizendo: "Já ouvi falar disso. Eles ligam e fazem você ficar falando. É um golpe de internet. Desligue o telefone, Tina."

Como pode ser um golpe de internet?, eu queria gritar. *Não estamos na internet!*

Apenas uma mulher até agora estava disposta a ajudar: Eileen Roberts. Na verdade, ela era um saco. Ficou dez minutos falando comigo no telefone, contando sobre tudo que tinha comprado no bazar, dizendo que era uma pena e se eu tinha pensado em fazer um colar para substituir o perdido, pois havia uma loja maravilhosa de peças para bijuterias em Bromley.

Argh.

Coço minha orelha, que está queimando de tanto ficar pressionada ao telefone, e conto os nomes riscados na lista. Vinte e três. Faltam 44. Essa ideia foi péssima. Nunca vou encontrar esse colar idiota. Espreguiço-me, dobro a lista e a coloco na bolsa. Vou ligar para o restante amanhã. Talvez.

Vou até a cozinha, sirvo uma taça de vinho e estou colocando uma lasanha no forno quando a voz dela surge:

— Encontrou meu colar?

Levo um susto, batendo a cabeça no forno, e olho para cima. Sadie está sentada no peitoril da janela.

— Me dê algum *aviso* quando for aparecer! — grito. — Aliás, onde você estava? Por que me abandonou?

— Aquele lugar era horrível. — Ela levanta o queixo. — Cheio de gente velha. Eu precisava sair dali.

Ela está calma, mas percebo que ela tinha surtado com o fato de ter voltado ao asilo. Deve ser por isso que ficou sumida por tanto tempo.

— *Você* era velha — lembro-a. — Você era a mais velha do lugar. Veja, é você! — Coloco a mão no bolso do casaco e pego a foto dela toda enrugada e de cabelo branco. Vejo um singelo traço de receio no rosto de Sadie antes de ela dar uma olhada rápida e desdenhosa para a imagem.

— Não sou eu.

— É sim! A enfermeira do asilo me deu a foto. Disse que foi tirada no seu aniversário de 105 anos! Você deveria se orgulhar! Recebeu telegramas da rainha e tudo...

— Não sou *eu*. Nunca me senti assim. Ninguém se sente assim por dentro. É assim que eu me sinto. — Ela abre os braços. — Assim, como uma garota de 20 e poucos anos. A vida toda. A parte exterior é só... uma proteção.

— Enfim... Você poderia ter me avisado que ia embora. Fiquei completamente sozinha lá!

colar? Está com você? — O rosto de Sadie ...erança, e não consigo evitar fazer uma expressão negra. Havia uma caixa com as suas coisas, mas o ... Sin... lá. Ninguém sabe onde foi parar. Sinto muito colar n... para o chilique, o grito estridente... mas nada mes... simplesmente pisca de leve, como se alguém tirado a voltagem.

estou correndo atrás — acrescento. — Estou ligando mundo que foi ao bazar, para ver se compraram o ...sei a tarde toda no telefone. Deu muito trabalho, na — acrescento. — Foi bem exaustivo.

...ou esperando algum tipo de agradecimento de Sadie, um breve discurso sobre como sou brilhante e como ela aprecia todo o meu esforço. Mas ela simplesmente suspira impaciente e atravessa a parede.

— De nada — digo.

Vou até a sala de estar e, ao mudar os canais da televisão, ela aparece de novo. Parece ter se animado imensamente.

— Você mora com umas pessoas muito esquisitas! Tem um homem no andar de cima deitado em uma máquina, gemendo.

— O quê? — Eu a encaro. — Sadie, você não pode espionar os vizinhos!

— O que quer dizer "mexer a poupança"? — pergunta ela, me ignorando. — Uma menina com um aparelho sem fio estava cantando isso. Parece besteira.

— Quer dizer... dançar. Botar pra quebrar.

— Mas por que "poupança"? — Ela continua intrigada. — As pessoas dançam com dinheiro?

— É claro que não! A poupança é o seu... — Levanto e dou um tapa no meu traseiro. — Você dança assim. — Faço alguns passos de street dance, e vejo Sadie tendo uma crise de riso.

— Parece que você está tendo convulsões.
— É uma dança moderna. — Olho com *o não é dançar!* çar é um assunto delicado para mim, por sinal *ento. Dan-* do vinho e olho criticamente para ela. Ela está v *m gole* agora, assistindo a *EastEnders* de olhos arregalados. *são*
— O que é isso?
— *EastEnders*. É uma novela.
— Por que estão todos bravos uns com os outros?
— Sei lá. Eles estão sempre bravos. — Bebo mais um de vinho. Não acredito que estou explicando *EastEnders* e "me a poupança" para minha falecida tia-avó. Será que não poderíamos conversar sobre alguma coisa mais importante?
— Olhe, Sadie... O que você *é*? — digo, impulsivamente, desligando a televisão.
— Como assim, o que sou? — Ela parece ofendida. — Sou uma garota, assim como você.
— Uma garota morta — afirmo. — Então não é *exatamente* como eu.
— Não precisa me lembrar disso — ela diz, friamente.
Observo enquanto ela se ajeita na ponta do sofá, obviamente tentando parecer natural, apesar de não ter nenhuma força da gravidade atuando sobre ela.
— Você tem algum superpoder? — Tento outra abordagem.
— Consegue fazer fogo? Consegue se esticar até ficar muito magra?
— Não. — Ela parece ofendida. — De qualquer jeito, eu *sou* magra.
— Você tem algum inimigo para liquidar? Como a Buffy?
— Quem é Buffy?
— A Caça-Vampiros — explico. — Ela aparece na televisão. Ela luta contra demônios e vampiros...

— Não seja ridícula — ela me interrompe. — Vampiros não existem.

— Bem, fantasmas também não! — respondo. — E não é ridículo! Você não sabe de nada? A maioria dos fantasmas volta para lutar contra as forças do mal, ou levar as pessoas até a luz, ou algo do tipo. Eles fazem coisas *positivas*. Não ficam de bobeira, vendo televisão.

Sadie dá de ombros, como se dissesse: "E eu com isso?"

Bebo meu vinho, pensativa. Ela obviamente não está aqui para salvar o mundo das forças malignas. Talvez ela dê alguma luz ao sofrimento do ser humano ou ao significado da vida ou algo do tipo. Talvez eu devesse aprender com ela.

— Então, você passou pelo século XX todo — arrisco. — Que legal! Como era... Bem... Winston Churchill? Ou JFK? Você acha que ele realmente foi assassinado por Lee Harvey Oswald?

Sadie olha para mim como se eu fosse uma imbecil.

— Como é que eu vou saber?

— Vai sim! — digo defensivamente. — Porque você é da História! Como foi passar pela Segunda Guerra Mundial? — Para minha surpresa, Sadie fica apática. — Você não *lembra* como foi? — digo, incrédula.

— É claro que lembro como foi! — Ela recupera a compostura. — Era frio e sombrio e os amigos das pessoas morriam e eu prefiro não pensar nisso — diz ela, claramente, mas aquela hesitação despertou minha curiosidade.

— Você se lembra de toda a sua vida? — pergunto, cautelosamente.

Ela deve ter lembranças de mais de cem anos. Como será que consegue se lembrar de tudo?

— Parece... um sonho — sussurra Sadie, quase falando sozinha. — Algumas partes estão confusas. — Ela está enrolando a saia com o dedo, com uma expressão distante. — Eu me lembro de tudo que preciso lembrar — diz, finalmente.

— Você escolhe o que quer lembrar — arrisco.

— Não foi o que eu disse. — Seus olhos brilham com um sentimento impenetrável e ela vai sumindo da minha vista como se quisesse dar um fim à conversa. Aparece em frente à prateleira sobre a lareira e examina uma foto minha. É um suvenir do museu Madame Tussaud onde estou sorrindo ao lado do boneco de cera de Brad Pitt.

— *Este* é o seu amante? — Ela se vira para mim.

— Quem me dera — digo sarcasticamente.

— Você não tem nenhum amante? — Ela parece estar com tanta pena que me sinto ofendida.

— Eu tinha um namorado chamado Josh até algumas semanas atrás. Mas acabou. Então... estou solteira no momento.

Sadie me olha com expectativas.

— Por que não arranja outro amante?

— Porque eu simplesmente não quero! — digo, irritada. — Não estou pronta!

— Por que não?

— Porque eu o amava! E foi muito traumatizante! Ele era minha alma gêmea, nós nos completávamos....

— Por que ele terminou tudo, então?

— Não sei! Eu simplesmente não sei! Pelo menos, tenho uma teoria... — Paro de falar, arrasada. Ainda é doloroso falar sobre Josh. Mas, por outro lado, é um alívio ter uma pessoa nova para ouvir. — Muito bem. Me diga o que *você* acha. — Tiro os sapatos, sento de pernas cruzadas no sofá e me inclino na direção de Sadie. — Estávamos namorando, e tudo estava ótimo...

— Ele é bonito? — Ela me interrompe.

— É claro que ele é bonito! — Pego meu celular, acho a foto mais bonita dele e mostro para ela. — Aqui está ele.

— Humm. — Ela faz um gesto de mais ou menos com a mão.

Humm? É tudo que ela tem a dizer? Josh é, com certeza, definitivamente bonito, e não sou suspeita para falar.

— Nós nos conhecemos numa festa. Ele trabalha com publicidade de tecnologia de informação. — Mostro outras fotos para ela. — A gente se gostou de cara, sabe como é? Passávamos a noite toda conversando.

— Que saco... — Sadie franze o nariz. — Prefiro passar a noite toda jogando no cassino.

— Nós estávamos nos conhecendo — digo, olhando ofendida para ela. — Como se *faz* em um relacionamento.

— Vocês saíam para dançar?

— Às vezes! — digo impacientemente. — Essa não é questão! A questão é que éramos um par perfeito. Falávamos sobre tudo. Estávamos envolvidos um com o outro. Eu realmente achei que ele era o cara para mim. Até que... — Faço uma pausa enquanto meus pensamentos repassam por antigos caminhos. — Bem, duas coisas aconteceram. Primeiro, houve uma vez em que eu... fiz uma coisa errada. Estávamos passando por uma loja de joias e eu disse: "Este é o anel que você pode comprar para mim." Eu estava *brincando*. Mas acho que o deixei nervoso. Então, algumas semanas depois, um dos amigos dele terminou um relacionamento sério. Eram como ondas de choque passando pelo grupo. A questão do compromisso abalou todos eles e nenhum conseguiu lidar com isso, então todos fugiram. De repente, Josh estava... se afastando. Depois ele terminou comigo e não quis conversar sobre isso.

Fecho meus olhos enquanto as lembranças dolorosas começam a ressurgir. Foi um choque tão grande... Ele terminou comigo por e-mail. Por *e-mail*.

— O problema é que eu *sei* que ele ainda gosta de mim. — Mordo o lábio. — O fato de ele não falar comigo só reforça isso! Ele tem medo, ou está fugindo, ou existe algum motivo que não

sei qual é... Mas me sinto tão impotente... — Sinto as lágrimas surgindo em meus olhos. — Como vou consertar as coisas se ele não quer conversar? Como posso melhorar se não sei o que ele está pensando? O que *você* acha?
   Silêncio. Olho para cima e vejo Sadie de olhos fechados, cantando baixinho.
   — Sadie? *Sadie?*
   — Oh! — Ela pisca para mim. — Desculpe. Costumo entrar em transe quando as pessoas falam coisas chatas.
   Falam coisas chatas?
   — Eu não estava falando uma coisa chata! — digo, indignada. — Estava falando sobre meu relacionamento.
   Sadie está me analisando, fascinada.
   — Você é terrivelmente *séria*, não é? — ela pergunta.
   — Não sou não — respondo defensivamente. — O que quer dizer?
   — Quando eu tinha a sua idade, se um garoto se comportasse mal, a garota simplesmente riscava o nome dele do cartão de dança.
   — Pois bem. — Tento não parecer muito condescendente. — É um pouco mais sério que cartões de dança. Fizemos um pouco mais que dançar.
   — Minha melhor amiga, Bunty, foi muito maltratada por um garoto chamado Christopher no Ano-Novo. No táxi, sabe. — Sadie arregala os olhos. — Mas ela chorou um pouquinho, passou pó no nariz e prontinho! Estava noiva antes da Páscoa!
   — "Prontinho"? — Não consigo evitar o desdém em minha voz. — Essa é sua atitude em relação aos homens? *Prontinho?*
   — Qual é o problema?
   — E os relacionamentos equilibrados? E o compromisso?
   Sadie parece perplexa.
   — Por que você fica falando em compromisso? Está se referindo a uma transação monetária?

— Não! — Tento manter a paciência. — Olhe, você já foi casada?
Sadie dá de ombros.
— Fui casada durante um tempo. Discutíamos demais. Era tão desgastante que comecei a me perguntar por que cheguei a gostar do rapaz em primeiro lugar. Então o deixei. Viajei para o Oriente. Foi em 1933. Nós nos divorciamos durante a guerra, ele me acusou de adultério — ela acrescenta, animada. — Mas todo mundo estava ocupado demais para pensar no escândalo naquela época.
Na cozinha o forno apita para me avisar que a lasanha está pronta. Vou até lá, a cabeça buzinando com tanta informação nova. Sadie é divorciada. Ela era festeira. Morou no "Oriente", onde quer que isso seja.
— Você quer dizer na Ásia? — Pego a lasanha e sirvo meu prato com um pouco de salada. — Porque é assim que falamos hoje. E, a propósito, nós *nos esforçamos* nos relacionamentos.
— Esforço? — Sadie aparece do meu lado, franzindo o nariz. — Não parece ser nem um pouco divertido. Talvez seja por isso que vocês terminaram.
— Não é, nada! — Tenho vontade de dar um tapa nela de tanta raiva. Ela não entende.
— "Conte com a gente" — ela lê na embalagem da lasanha.
— O que isso quer dizer?
— Quer dizer que tem pouca gordura — digo, relutante, esperando o sermão de sempre que recebo de minha mãe sobre comidas light processadas, sobre eu ser completamente normal e que as garotas hoje em dia são preocupadas demais com o peso que têm.
— Ah, você está de *dieta*. — Os olhos de Sadie se iluminam. — Você deveria fazer a dieta de Hollywood. Você não come nada além de oito grapefruits, um ovo cozido e café puro

por dia. E muitos cigarros. Fiz isso durante um mês e a gordura simplesmente *sumiu* de mim. Uma garota na minha cidade jurou que tinha tomado comprimidos de tênia — ela acrescenta, se lembrando do passado. — Mas ela não disse onde arranjou os comprimidos.

Olho para ela, sentindo-me um pouco revoltada.

— Tênias?

— Elas engolem toda a comida de dentro de você, sabia? É uma ideia maravilhosa.

Sento-me e olho para a lasanha, mas não estou mais com fome. Em parte porque estou imaginando um monte de tênias. E em parte porque eu não falava sobre Josh há muito tempo. Estou me sentindo agitada e frustrada.

— Se eu apenas pudesse conversar com ele... — Separo um pedaço de pepino e olho para ele em sofrimento. — Se eu apenas pudesse entender o que ele pensa. Mas ele não me atende, não quer me ver...

— *Mais* falação? — Sadie está chocada. — Como você vai esquecê-lo se não para de falar nele? Querida, quando as coisas dão errado na vida, eis o que você faz. — Ela adota um tom de sabedoria. — Você levanta a cabeça, dá um lindo sorriso, faz uma bebidinha... e vai para rua.

— Não é tão simples — digo ressentida. — E eu não *quero* esquecê-lo. Algumas pessoas têm coração, sabia? Algumas pessoas não desistem do amor verdadeiro. Algumas pessoas...

De repente reparo que os olhos de Sadie estão fechados e que ela está cantando baixinho de novo.

É óbvio que só eu seria assombrada pelo fantasma mais esquisito do mundo. Uma hora, está gritando em meu ouvido, na outra, está fazendo comentários, na outra, espionando meus vizinhos... Pego um pouco de lasanha e mastigo com raiva. Pergunto-me o que mais ela viu no apartamento dos vizinhos. Talvez eu pudesse

pedir para ela espionar o cara do andar de cima quando ele estiver fazendo barulho, para ver o que ele está fazendo...
Espere.
Oh, meu Deus.
Quase me engasgo com a comida. Sem avisar, uma ideia nova surge em minha cabeça. Um plano brilhante, completamente estruturado. Um plano que vai resolver tudo.
Sadie pode espionar Josh.
Ela pode entrar no apartamento dele. Pode ouvir as conversas dele. Pode descobrir o que ele pensa sobre tudo e me contar e, de algum jeito, eu poderia entender qual era o problema entre nós e resolvê-lo...
Essa é a resposta. É isso. É por *isso* que ela foi enviada a mim.
— Sadie! — Pulo da cadeira, eletrizada por uma adrenalina de euforia. — Descobri! Já sei por que você está aqui! É para me ajudar a voltar com o Josh!
— Não é nada — Sadie protesta. — É para pegar meu colar.
— Você não pode estar aqui só por causa de um colar idiota. — Faço um gesto que demonstra falta de importância. — Talvez o motivo verdadeiro seja você me ajudar! É por *isso* que você foi enviada.
— Eu não fui *enviada*! — Sadie parece estar fatalmente ofendida com a ideia. — E o meu colar não é idiota! E eu não quero ajudar você. Você deveria estar *me* ajudando.
— Quem disse? Aposto que você é meu anjo da guarda. — Estou forçando a barra. — Aposto que você foi enviada de volta à Terra para me mostrar que, na verdade, minha vida é maravilhosa, como naquele filme.
Sadie me olha em silêncio por um momento, depois examina a cozinha.
— Não acho sua vida maravilhosa — ela diz. — Acho muito sem graça. E o seu cabelo é abominável.

Olho para ela furiosa.

— Você é um péssimo anjo da guarda!

— *Não sou* seu anjo da guarda! — ela responde.

— Como você sabe? — Coloco a mão no peito, determinada. — Estou sentindo uma vibração psíquica muito forte dizendo que você está aqui para me ajudar a voltar com Josh. Os espíritos estão me dizendo.

— Bem, eu estou sentindo uma vibração psíquica muito forte dizendo que eu *não* deveria fazer você e Josh voltarem — ela retruca. — Os espíritos estão *me* dizendo.

Que audácia! O que ela sabe sobre espíritos? Ela, por acaso, vê fantasmas?

— Bem, eu estou viva, então eu mando — digo com raiva.

— E eu digo que você precisa me ajudar. Senão, eu talvez não tenha tempo para procurar seu colar.

Não queria ser tão direta, mas ela me obrigou a ser egoísta. Francamente. Ela deveria *querer* ajudar a própria sobrinha-neta.

Os olhos de Sadie me fitam com raiva, mas percebo que ela sabe que não tem saída.

— Muito bem — ela diz, finalmente, e seus ombros magros se levantam com um grande suspiro de vítima. — É uma péssima ideia, mas acho que não tenho escolha. O que você quer que eu faça?

6

Fazia semanas que eu não me sentia tão animada. Meses. São 8 horas, e estou me sentindo nova em folha! Em vez de acordar deprimida com uma foto de Josh esmagada em meio às lágrimas secas em minha mão, uma garrafa de vodca no chão e Alanis Morissette tocando sem parar...
Tudo bem, isso aconteceu uma vez só.
Enfim, olhe para mim! Enérgica. Renovada. Com delineador nos olhos. Blusa listrada. Pronta para encarar o dia, espionar Josh e trazê-lo de volta para mim. Até pedi um táxi, só para agilizar.
Entro na cozinha e encontro Sadie sentada à mesa, com outro vestido. Esse é roxo com camadas de filó e um efeito drapeado nos ombros.
— Nossa! — Não consigo me segurar. — Como você tem todas essas roupas?
— Não é maravilhoso? — Sadie parece feliz. — E é muito fácil, sabe. Simplesmente me imagino com uma roupa e ela aparece em mim.
— E esta é uma das suas preferidas?
— Não, essa era de uma menina que conheci chamada Cecily. — Sadie puxa a saia para baixo. — Sempre cobicei esta roupa.

— Você pegou a roupa de outra menina? — Não me aguento e começo a rir. — Você roubou a roupa?
— Não *roubei* a roupa — ela responde, friamente. — Não seja ridícula.
— Como você pode saber? — Não consigo não alfinetá-la. — E se ela também for um fantasma e quiser usar o vestido hoje, e não puder? E se ela estiver sentada em algum lugar, aos prantos?
— Não é assim que funciona — Sadie retruca com frieza.
— Como você sabe como funciona? Como você sabe... — Interrompo-me quando um pensamento repentino brilhante me ocorre. — Ei! Já sei! Você deveria *imaginar* seu colar. Visualize a imagem dele em sua mente, e você o terá. Rápido, feche os olhos, pense com força...
— Você é sempre lerda assim? — Sadie interrompe. — Já tentei isso. Tentei imaginar minha capa de pelo de coelho e meus sapatos de dança também, mas não consegui resgatá-los. Não sei por quê.
— Talvez você só possa usar roupas de fantasmas — digo, após um momento de consideração. — Roupas que estejam mortas também. Que tenham sido retalhadas ou destruídas ou algo do tipo.
Olhamos para o vestido roxo por um instante. Parece triste pensar nele sendo retalhado. Na verdade, queria não ter dito aquilo.
— Então, você está pronta? — Mudo de assunto. — Se formos logo, podemos pegar Josh antes de sair para o trabalho. — Pego um iogurte da geladeira e começo a comê-lo com uma colher. Só de pensar em ficar perto de Josh de novo fico eufórica. Na verdade, não consigo nem terminar de tomar meu iogurte de tão animada. Coloco o pote pela metade de volta na geladeira e jogo a colher na pia. — Vamos! Vamos indo! — Pego a escova de cabelo de seu lugar, a fruteira, e ataco meu cabelo com ela. Pego minha chave e vejo Sadie me observando.

— Meu Deus, mas que braços gorduchos — ela diz. — Não tinha reparado antes.
— Não são gorduchos — respondo, ofendida. — Isso é músculo. — Mostro meu bíceps e ela recua.
— Pior ainda. — Ela olha para baixo, complacente, para seus próprios braços magros e brancos. — Sempre fui famosa por meus braços.
— Hoje as pessoas apreciam braços definidos — eu a informo. — Frequentamos academias. Está pronta? O táxi vai chegar em um minuto. — O interfone toca e eu atendo: — Alô. Já estou descendo...
— Lara? — Ouço uma voz abafada familiar. — Querida, é seu pai. E sua mãe. Estamos só dando uma passada para ver se você está bem. Queríamos encontrá-la antes de você sair para trabalhar.

Olho para o interfone, descrente. Meu pai e minha mãe? De todos os momentos... E o que é esse negócio de "uma passada"? Meus pais nunca dão "uma passada".

— Ah... que bom! — Tento parecer contente. — Já vou descer!

Saio do prédio e encontro meus pais em pé na calçada. Minha mãe está segurando uma planta, e meu pai, carregando uma sacola cheia da Holland & Barrett, e eles estão sussurrando. Quando me veem, vêm em minha direção com um sorriso falso, como se eu fosse uma doente mental.

— Lara, querida. — Posso ver os olhos preocupados de meu pai examinando meu rosto. — Você não respondeu a nenhuma das minhas mensagens e e-mails. Estávamos ficando preocupados!

— É verdade. Desculpe. Ando um pouco ocupada.

— O que aconteceu na delegacia, querida? — minha mãe pergunta, tentando parecer tranquila.

— Foi tudo bem. Dei um depoimento.

— Ah, Michael! — Minha mãe fecha os olhos em desespero.

— Então você realmente acredita que sua tia-avó Sadie foi assassinada? — Posso ver que meu pai está tão assustado quanto minha mãe.

— Olhe, pai, não foi nada de mais — digo, tentando tranquilizá-los. — Não se preocupem comigo.

Os olhos de minha mãe se arregalam.

— Vitaminas — ela diz, e começa a revirar a sacola da Holland & Barrett. — Perguntei à moça sobre... para comportamento...
— Ela para. — E óleo de lavanda... Uma planta pode ajudar com o estresse... Você pode conversar com ela! — Ela tenta me dar a planta e a devolvo com impaciência.

— Eu não quero uma planta! Vou me esquecer de regá-la e ela vai morrer.

— Você não precisa ficar com a planta — responde meu pai em um tom suave, olhando para mamãe com ar de cautela. — Mas está claro que você está sob estresse. Com sua empresa nova, com Josh...

Eles vão ter que mudar esse discurso. Vão se dar conta de que eu estava certa o tempo todo quando Josh e eu voltarmos a namorar e nos casarmos. Não que eu possa dizer isso agora, é claro.

— Pai — sorrio para ele de maneira paciente e lógica — já disse que nem sequer penso mais no Josh. Estou simplesmente seguindo com a minha vida. É você que fica trazendo Josh de volta.

Rá. Isso foi muito esperto. Eu estava a ponto de dizer a meu pai que talvez *ele* estivesse obcecado com Josh, quando um táxi para ao nosso lado na calçada e o taxista grita: "Bickenhall Mansions, 32?"

Droga. Tudo bem, vou fingir que não ouvi.

Meus pais trocam olhares.

— Não é o endereço do Josh? — pergunta minha mãe, hesitante.

— Não lembro — respondo, sem me importar. — De qualquer maneira, é para outra pessoa...

— Bickenhall Mansions, 32? — O taxista se debruça ainda mais para fora do táxi, aumentando a voz. — Lara Lington? Você chamou um táxi?

Saco!

— Por que você está indo para o apartamento de Josh? — Minha mãe parece não acreditar.

— Não estou! — Fico sem jeito. — Deve ser um carro que chamei há meses finalmente aparecendo. Estão sempre atrasados. Você está seis meses atrasado! Vá embora! — enxoto o taxista confuso, que passa a marcha do carro e vai embora.

Fica um silêncio tenso no ar. A expressão do meu pai é tão transparente que chega a ser afetuosa. Ele quer acreditar no melhor de mim. Por outro lado, as evidências apontam para uma única direção.

— Lara, você jura que aquele táxi não era para você? — ele pergunta, finalmente.

— Juro — respondo. — Pela vida da tia-avó Sadie.

Ouço um suspiro. Olho ao redor e vejo Sadie me olhando, furiosa.

— Não consegui pensar em nada melhor! — digo, na defensiva.

Sadie me ignora e vai em direção a meu pai.

— Vocês são uns panacas! — ela diz, enfaticamente. — Ela ainda está enlouquecida pelo Josh. Está indo espioná-lo. E está me obrigando a fazer o trabalho sujo.

— Cala a boca, sua dedo-duro! — grito, sem conseguir me conter.

— O quê? — Papai me encara.

— Nada. — Pigarreio. — Nada! Está tudo bem.

— Você é uma louca. — Sadie vira-se piedosamente.

— Pelo menos não estou *assombrando* pessoas! — Não consigo deixar de revidar.

— Assombrando? — Meu pai tenta entender. — Lara, que diabos...
— Desculpe. — Sorrio para ele. — Só estou pensando alto. Na realidade, estava pensando na pobre da tia-avó Sadie. — Suspiro, balançando a cabeça. — Ela sempre teve braços tão fininhos, pareciam gravetos.
— Eles não pareciam gravetos! — Sadie olha para mim.
— Ela provavelmente pensava que eram muito atraentes. Que ilusão! — Rio alegremente. — Quem quer limpadores de canos no lugar dos braços?
— Quem quer travesseiros no lugar dos braços? — Sadie dispara o olhar contra mim, e suspiro em afronta.
— Eles *não* são travesseiros!
— Lara... — diz meu pai, sem esperanças. — O que não são travesseiros?
Minha mãe parece querer chorar. Ainda está segurando a planta e um livro com o título *Vivendo sem estresse: você CONSEGUE*.
— Enfim, tenho que ir trabalhar. — Dou um abraço apertado em minha mãe. — Foi maravilhoso ver vocês. Vou ler seu livro e tomar algumas vitaminas. E vejo você em breve, pai. — Eu o abraço também. — Não se preocupe!
Jogo beijos para os dois e me apresso pela calçada. Quando chego na esquina, viro-me para dar tchau — e eles ainda estão parados, como dois bonecos de cera.
Realmente sinto pena de meus pais. Talvez eu compre uma caixa de chocolates para eles.

Vinte minutos depois, estou em pé na porta do prédio de Josh, completamente agitada. Tudo está acontecendo de acordo com o planejado. Localizei a janela dele e expliquei como é o apartamento. Agora é com Sadie.

— Vai! — digo. — Atravesse a parede! Isso é sensacional!

— Eu não *preciso* atravessar a parede. — Ela dispara um olhar depreciativo para mim. — Vou simplesmente me imaginar dentro do apartamento dele.

— Tudo bem. Boa sorte. Tente descobrir o máximo de coisas que puder. E tenha cuidado!

Sadie desaparece, e levanto meu pescoço para inspecionar a janela de Josh, mas não consigo ver nada. Sinto-me quase enjoada de ansiedade. É o mais próximo que estive de Josh em semanas. Ele está lá, agora. E Sadie está olhando para ele. E a qualquer instante ela vai aparecer e...

— Ele não está lá. — Sadie aparece na minha frente.

— Não está? — Fico olhando para ela, perplexa. — E onde ele está? Ele não sai para trabalhar antes das 9 horas.

— Não faço a menor ideia. — Ela não se mostra nem um pouco interessada.

— Como estava a casa? — Quero saber os detalhes. — Está uma bagunça? Com caixas de pizza velha abandonadas e garrafas de cerveja por todos os cantos? Como se ele estivesse se largando? Como se não ligasse mais para a vida?

— Não, está toda arrumada. Muitas frutas na cozinha — Sadie acrescenta. — Reparei nisso.

— É, ele está obviamente se cuidando então... — Dou de ombros, um pouco desesperançada. Não que eu *queira* que Josh esteja arrasado emocionalmente, à beira de um desastre, exatamente, mas...

Bem, sabe como é, até que eu me sentiria lisonjeada.

— Vamos — resmunga Sadie. — Já vi o suficiente.

— Eu não vou simplesmente embora! Volte lá dentro. Olhe ao redor para descobrir alguma pista. Por exemplo... tem alguma foto minha ou algo do tipo?

— Não — responde Sadie. — Nada. Nem umazinha.

— Você nem olhou! — Eu a fuzilo com os olhos. — Olhe na mesa dele. Talvez ele esteja escrevendo uma carta para mim.

Vá lá! — Sem pensar, tento empurrá-la em direção ao prédio, mas minhas mãos atravessam seu corpo.

— Eca! — Recuo, sentindo-me nauseada.

— Não faça isso! — ela reclama.

— Doeu? — Olho para minhas mãos como se elas tivessem mesmo penetrado suas entranhas.

— Não exatamente — ela responde, rabugenta. — Mas não é agradável ter alguém apalpando seu estômago.

Ela se afasta novamente. Tento me acalmar e esperar com paciência. Mas ficar parada do lado de fora é totalmente insuportável. Se eu estivesse procurando, encontraria algo, tenho certeza. Como um diário repleto de pensamentos do Josh. Ou um e-mail pela metade, ainda não enviado. Ou... ou uma *poesia*. Imagine só.

Não consigo não inventar uma fantasia de Sadie deparando com um poema rabiscado em um pedaço de papel, largado num canto. Algo simples e direto, como o próprio Josh.

Foi tudo um erro.

Meu Deus, como sinto sua falta, Lara.
Amo seu...

Não consigo pensar em nada que rime com Lara.

— Acorde! *Lara?* — Dou um pulo e abro os olhos, e deparo com Sadie na minha frente de novo.

— Você encontrou algo? — pergunto.

— Sim. Para ser sincera, encontrei! — Sadie parece triunfante. — Algo bastante interessante e extremamente relevante.

— Ai, meu Deus! O quê? — Mal consigo respirar, enquanto ideias tentadoras invadem minha cabeça. Uma foto minha embaixo do travesseiro dele... um diário dizendo que ele tinha resolvido me procurar novamente...

— Ele vai almoçar com uma garota no sábado.

— O quê? — Todas as minhas fantasias se esvaem. Olho para ela fixamente, chocada. — Tem certeza? Ele vai almoçar com uma garota?

— Tinha um bilhete pregado na cozinha: "12h30 — almoço com Marie."

Não conheço nenhuma garota chamada Marie. Josh não conhece nenhuma garota chamada Marie.

— Quem é Marie? — Não consigo conter minha agitação. — Quem é Marie?

Sadie dá de ombros.

— A nova namorada dele?

— Não diga isso! — grito, horrorizada. — Ele não tem uma nova namorada! Ele disse que não tinha outra pessoa. Ele disse que...

Fico quieta, o coração disparado. Nem sequer me ocorreu que Josh já possa estar saindo com outra pessoa. Nunca passou pela minha cabeça.

No e-mail de término que me mandou, ele dizia que não iria se apressar em entrar numa nova relação. Disse que precisava dar um tempo para "repensar a vida toda". Acho que não pensou por muito tempo, não é? Se eu fosse pensar na minha vida toda, levaria *muito mais tempo* que seis semanas. Levaria...um ano! Pelo menos! Talvez dois ou três.

Meninos tratam o pensamento como o sexo. Acham que leva vinte minutos e pronto, e não faz sentido falar sobre isso. Eles não têm *a menor ideia*.

— O bilhete dizia onde eles vão almoçar?

Sadie faz que sim com a cabeça.
— Bistrô Martin.
— Bistrô Martin? — Acho que vou enfartar. — É o lugar onde tivemos nosso primeiro encontro! Sempre íamos lá!

Josh vai levar uma garota ao Bistrô Martin. Uma garota chamada Marie.
— Entre de novo. — Aponto, agitada, para o prédio. — Vasculhe tudo. Descubra mais coisas!
— Não vou lá de novo! — Sadie se opõe. — Você já descobriu tudo o que precisa saber.

Na verdade, faz sentido.
— Você tem razão. — Viro-me abruptamente e começo a me distanciar do apartamento, tão confusa que quase esbarro em um senhor idoso. — É, você tem razão. Sei em que restaurante eles vão estar, e a que horas. Simplesmente vou até lá ver com meus próprios olhos.
— Não! — Sadie aparece na minha frente, e eu paro, surpresa. — Não é o que eu quis dizer. Você *não pode* querer espioná-los.
— Eu tenho que fazer isso! — Olho para ela, perplexa. — De que outra maneira vou descobrir se essa Marie é ou não a nova namorada dele?
— Você *não* vai descobrir. Você diz "Já vai tarde", compra um vestido novo e arruma outro namorado. Ou vários.
— Eu não quero vários namorados — respondo com teimosia. — Eu quero o Josh.
— Mas você não pode tê-lo. Desista!

Eu estou tão, tão, *tão* cansada de ouvir as pessoas me dizerem para eu desistir de Josh. Meus pais, Natalie, aquela velhinha com quem fiquei conversando no ponto de ônibus um dia...
— Por que eu deveria desistir dele? — Minhas palavras soam em tom de protesto. — Por que todas as pessoas ficam me di-

zendo para desistir? O que há de errado em se fixar num único objetivo? Em todas as outras áreas da vida, a perseverança é *encorajada*! É *recompensada*! Nunca disseram a Thomas Edison para desistir das lâmpadas incandescentes, ou disseram? Nunca disseram a Scott para esquecer o Polo Sul! Nunca disseram "Não esquenta, Scotty, tem um monte de outros lugares com neve por aí." Ele continuou tentando. Recusou-se a desistir, não importa o quão difícil ficasse. E ele conseguiu!

Eu me sinto até um pouco animada quando termino de falar, mas Sadie está olhando para mim como se eu fosse uma idiota.

— Scott não conseguiu — ela replica. — Ele morreu congelado.

Olho para ela com raiva. Algumas pessoas são simplesmente muito negativas.

— Bem, de qualquer forma — viro-me e começo a andar pela rua —, vou a esse almoço.

— A pior coisa que uma garota pode fazer é perseguir um cara quando o amor já acabou — Sadie fala com desdém. Ando mais rápido, mas ela não tem problema algum em me alcançar.

— Tinha uma menina chamada Polly na minha cidade, uma perseguidora *terrível*. Ela tinha certeza de que um cara chamado Desmond ainda era apaixonado por ela, e o perseguia em todos os lugares. Então pregamos uma peça nela. Dissemos que Desmond estava no jardim, escondido atrás de uma moita, e que ele era muito tímido para ir falar com ela. Então, quando ela saiu, um dos garotos leu para ela uma carta de amor, supostamente escrita por ele, mas que nós mesmos tínhamos escrito. Todo mundo estava escondido atrás da moita, simplesmente tirando sarro.

Não consigo deixar de sentir um interesse relutante pela história dela.

— O outro garoto não tinha uma voz diferente?
— Ele disse que a voz estava diferente porque estava nervoso. Disse que a presença dela o fazia tremer como uma folha. Polly disse que entendia, porque a perna dela também estava parecendo uma gelatina. — Sadie começa a rir. — Nós a chamamos de Gelatina durante anos depois disso.
— Isso é muito maldoso! — digo, chocada. — E ela não percebeu que era uma brincadeira?
— Só quando a moita começou a se mexer no meio do jardim. Minha amiga Bunty saiu rolando pela grama, gargalhando, e acabou com a brincadeira. Coitada da Polly. — Sadie dá uma risada. — Ela estava espumando de raiva, e não falou com nenhum de nós durante todo o verão.
— Isso não me surpreende! — exclamo. — Acho que foram muito cruéis. De qualquer forma, e se o amor deles *não tivesse* acabado? E se vocês estragaram a chance dela de ter um amor verdadeiro?
— Amor verdadeiro! — Sadie repete com um riso sarcástico. — Você é tão antiquada!
— *Antiquada?* — repito, incrédula.
— Você parece minha avó, com suas canções de amor e sua nostalgia. Você tem até uma fotominiatura do seu querido na bolsa, não tem? Não negue! Já vi você olhando para ela.
Levo um momento para entender do que ela está falando.
— Não é uma fotominiatura, na verdade. Chama-se telefone celular.
— Não importa! Você ainda olha e faz cara de boba, e depois pega seus sais fedorentos daquela garrafinha...
— São Florais de Bach! — digo, furiosa. Caramba, ela está começando a me irritar. — Então você não acredita em amor, é isso que está dizendo? Você nunca amou ninguém? Nem mesmo quando se casou?

Um carteiro que está passando me olha curioso, e rapidamente coloco a mão na orelha, como se estivesse ajeitando um fone. Preciso começar a usar um de disfarce.

Sadie não me responde, e quando chegamos à estação de metrô, paro para analisá-la, genuinamente curiosa.

— Você realmente nunca amou ninguém?

Depois de uma breve pausa, Sadie sacode os braços e balança as pulseiras, jogando a cabeça para trás.

— Eu me diverti. É nisso que acredito! Diversão, alegria, borboletas...

— Borboletas?

— Era assim que eu e Bunty chamávamos — sua boca se curva com um sorriso saudoso. — Começa com um calafrio, quando você vê um homem pela primeira vez. Aí os olhos dele encontram os seus e o calafrio desce pelas suas costas e é como uma sensação de borboletas voando no seu estômago, e você pensa "eu quero dançar com este homem".

— E depois, o que acontece?

— Você dança, toma um drinque, ou dois, flerta... — Seus olhos brilham.

— Você...?

Quero perguntar: "Você transa com ele?", mas não tenho certeza se esse é o tipo de pergunta que se faz à sua tia-avó de 105 anos. Então me lembro da visita ao asilo.

— Ei. — Dou de ombros. — Você pode dizer o que quiser, mas sei que existia alguém especial na sua vida.

— O que você quer dizer com isso? — Ela olha para mim, tensa. — Do que está falando?

— De um certo cavalheiro chamado... Charles Reece?

Estou na expectativa de provocar um rubor, um engasgo, ou algo do tipo, mas ela parece normal.

— Nunca ouvi falar.

— Charles Reece! Ele foi visitá-la no asilo algumas semanas atrás.

Sadie balança a cabeça.

— Não me lembro. — O brilho em seus olhos desaparece, e ela continua. — Não me lembro de muita coisa daquele lugar.

— Imaginei que não se lembrasse... — Paro de falar, constrangida. — Você teve um derrame há alguns anos.

— Eu *sei*. — Ela olha para mim.

Meu Deus, ela não precisa ser tão rabugenta. A culpa não é minha. De repente, percebo que meu telefone está vibrando. Tiro-o do bolso e vejo que é Kate ligando.

— Oi, Kate!

— Lara! Oi. Eu estava pensando... Você vem para o escritório hoje ou não? — ela acrescenta rapidamente, como se estivesse me ofendendo por perguntar isso. — Quer dizer, qualquer uma das opções está ótimo, tudo certo...

Merda. Ando tão ocupada com Josh que quase me esqueço do trabalho.

— Estou a caminho — digo, afobada. — Eu só estava... pesquisando umas coisas em casa. Está tudo bem?

— É Shireen. Ela quer saber o que você fez com relação ao cachorro dela. Pareceu muito chateada. Na verdade, ela falou algo sobre desistir do trabalho novamente.

Caramba, eu nem sequer *pensei* na Shireen ou no cachorro dela.

— Você pode ligar para ela e dizer que estou resolvendo a situação e que vou ligar para ela muito em breve? Obrigada, Kate.

Desligo o telefone e massageio minha têmpora por um momento. Isso não é bom. Aqui estou eu, no meio da rua, espionando meu ex-namorado, abandonando completamente a crise em meu trabalho. Preciso reorganizar minhas prioridades. Preciso me dar conta do que é importante na vida.

Vou deixar Josh para o fim de semana.
— Precisamos ir. — Pego meu cartão do metrô e começo a andar depressa em direção à estação. — Tenho um problema.
— Outro problema com homens? — Sadie pergunta, flutuando sem esforço ao meu lado.
— Não, um problema com um cachorro.
— Com um *cachorro*?
— É minha cliente. — Desço os degraus da estação. — Ela quer levar o cachorro para o trabalho, e eles dizem que não pode, que não é permitido. Mas ela está convencida de que tem outro cachorro no prédio.
— Por quê?
— Porque ela ouviu latidos mais de uma vez. Mas o que eu posso fazer em relação a isso? — Estou quase falando sozinha.
— Estou totalmente sem saber o que fazer. O departamento de recursos humanos nega que exista outro cachorro, e não há como provar que eles estão mentindo. Não posso entrar no prédio e procurar em cada sala...
Paro, surpresa, quando Sadie aparece na minha frente.
— Talvez não. — Seus olhos brilham. — Mas eu posso.

7

A Macrosant fica em uma quadra enorme em Kingsway, com degraus largos e uma escultura de ferro em formato redondo e janelas de vidro. Do Costa Coffee, do outro lado da rua, tenho uma bela visão.

— Qualquer sinal de cachorro — dou instruções a Sadie, por trás de uma edição aberta do *Evening Standard*. — Som de latidos, cestas embaixo de mesas, brinquedos de cachorro... — Tomo um gole do cappuccino. — Vou ficar aqui. E obrigada!

O prédio é tão grande que eu esperava aguardar durante um bom tempo. Folheio o jornal, mordisco vagarosamente um pedaço de brownie, e acabei de pedir outro cappuccino fresquinho quando Sadie se materializa à minha frente. Suas bochechas estão vermelhas, os olhos, brilhando, e ela está toda satisfeita. Pego meu telefone celular, sorrio para a menina da mesa ao lado e finjo estar discando um número.

— E então? — pergunto ao celular. — Você encontrou um cachorro?

— Ah, sobre isso — Sadie responde, como se tivesse esquecido tudo. — Sim, tem um cachorro lá, mas adivinhe só...

— Onde? — eu a interrompo, animada. — Onde está o cachorro?
— Lá em cima. — Ela aponta. — Em uma cesta embaixo de uma mesa. É o pequinês mais fofo...
— Você consegue descobrir o nome do dono? O número da sala? Algo do tipo? Obrigada!

Ela desaparece, e dou um gole do meu novo cappuccino, e depois abraço a mim mesma. Shireen estava certa o tempo todo! Jean mentiu para mim! Espere até eu falar com ela. Espere só. Vou exigir um pedido de desculpas completo, direitos em todo o escritório para Flash, e talvez até uma cesta nova como um gesto de boas-vindas.

De repente, olho para a janela e vejo Sadie saindo pela calçada, vindo em direção ao café. Sinto uma pequena pontada de frustração. Ela não parece estar com a menor pressa. Será que não se dá conta de como isso é importante para mim?

Já estou pronta com meu celular em mãos quando ela chega:
— Deu tudo certo? — pergunto. — Você encontrou o cachorro?
— Ah — ela responde, vagamente. — Sim, o cachorro. Está no 14º andar, sala 1.416, e a dona dele é Jane Frenshew. Acabei de conhecer o cara mais *delicioso* do mundo. — Ela abraça a si mesma.
— O que você quer dizer com "conhecer um cara"? — Estou anotando tudo em um pedaço de papel. — Você não pode conhecer um cara. Você está morta. A não ser que... — Olho para cima com emoção. — Ah... Você conheceu outro fantasma?
— Ele não é um fantasma. — Ela balança a cabeça com impaciência. — Mas é divino! Estava falando em uma das salas pelas quais passei. Parece o Rodolfo Valentino.
— Quem? — pergunto sem entender.
— O ator de cinema, claro! Alto, bronzeado e elegante. Frio na barriga na hora!

— Parece lindo — digo, distraída.

— E ele tem a estatura perfeita — Sadie continua, balançando as pernas em um banco. — Medi minha altura em relação a ele. Minha cabeça se encaixaria perfeitamente em seu ombro, se saíssemos para dançar.

— Que ótimo! — Termino de escrever, pego minha bolsa e me levanto. — Certo. Preciso voltar ao escritório para desvendar essa história.

Saio do café e começo a me apressar em direção ao metrô, mas, para minha surpresa, Sadie bloqueia meu caminho.

— Eu quero aquele homem!

— O quê? — Olho para ela.

— O homem que acabei de conhecer. Eu senti, bem aqui. O friozinho. — Ela pressiona o estômago côncavo. — Quero dançar com ele.

Ela está brincando?

— Isso seria ótimo — digo, finalmente, em tom calmo. — Mas realmente preciso voltar para o escritório...

Continuo andando, até que Sadie faz uma barreira com o braço em meu caminho e eu paro, com um tranco.

— Você sabe há quanto tempo eu não danço? — ela pergunta com desejo. — Você sabe quanto tempo faz que eu... não mexo a poupança? Todos esses anos, amarrada a esse corpo idoso. Em um lugar sem música, sem vida...

Sinto um pouco de culpa quando me lembro da foto de Sadie, anciã, envolta em seu xale rosa.

— Tudo bem — digo, rapidamente. — É justo. Vamos dançar em casa, então. Vamos ligar o som, diminuir as luzes, fazer uma festinha...

— Não quero dançar em casa para o nada! — ela grita com desprezo. — Quero sair com um homem e aproveitar!

— Você quer ir a um *encontro*? — pergunto, descrente, e seus olhos brilham.

— Isso! Exatamente! Um encontro com um homem. Com ele. — Ela aponta para o prédio.

Qual parte de "ser um fantasma" ela ainda não entendeu?

— Sadie, você está *morta*.

— Eu sei! — ela fala, irritada. — Você não precisa ficar me lembrando disso!

— Então, você não pode ir a um encontro. Desculpe. A vida é assim. — Dou de ombros e começo a andar novamente. Dois segundos depois, Sadie aterrissa na minha frente mais uma vez, com o maxilar trincado.

— Chame-o para sair por mim.

— O quê?

— Não posso fazer isso sozinha. — Sua voz soa rápida e determinada. — Preciso de uma mediadora. Se você for a um encontro com ele, posso ir a um encontro com ele. Se você dançar com ele, posso dançar com ele também.

Ela está falando sério. Eu me seguro para não cair na gargalhada.

— Você quer que eu vá a um encontro por você — repito, para esclarecer —, com um homem que eu não conheço. Para que você possa dançar.

— Eu só quero uma última diversão com um homem bonito enquanto ainda posso. — A cabeça de Sadie cai para a frente e sua boca faz novamente aquele formato de "O" tristonho. — Um último rodopio no salão. É tudo o que peço antes de ir embora desse mundo. — Sua voz fica baixinha, como um sussurro penoso. — É meu último desejo. Meu último pedido.

— Não é seu último pedido! — exclamo, indignada. — Você já fez seu último pedido: procurar o colar, lembra?

Por um instante, Sadie parece pega de surpresa.

— É meu outro último pedido — diz, finalmente.

— Olhe, Sadie — tento parecer sensata —, não posso simplesmente chamar um estranho para sair. Você vai ter que se virar sozinha. Desculpe.

Sadie me olha com uma expressão tão silenciosa, amedrontadora e magoada que eu penso que estou pisando em seu pé.

— Você está realmente dizendo "não" — ela conclui, por fim, com a voz falhando de emoção. — Você está realmente me rejeitando. Um último desejo inocente. Um minipedido.

— Olhe...

— Passei anos naquele asilo. Sem nenhuma visita. Sem nenhuma risada. Sem nenhuma vida. Só velhice... e solidão... e sofrimento...

Ai, meu Deus. Ela não pode fazer isso comigo. Não é justo.

— Todos os Natais sozinha. Sem nenhuma visita. Sem nenhum presente...

— A culpa não foi minha — digo com delicadeza, mas Sadie me ignora.

— E agora vejo a chance de uma pontinha de felicidade. Um pouco de prazer. Porém, minha sobrinha-neta egoísta e insensível...

— Está bem. — Paro de falar e esfrego a testa. — Tudo bem. Que seja! Vamos lá. Vou ao encontro.

Todos em minha vida já pensam mesmo que sou uma maluca. Convidar um estranho para sair não fará a menor diferença. Na verdade, é provável que meu pai fique contente.

— Você é um anjo! — O humor de Sadie melhora rapidamente. Ela rodopia na calçada, com as camadas do vestido voando. — Vou mostrar onde ele está. Vamos!

Eu a sigo pelos degraus largos e entro na enorme sala de espera. Se vou mesmo fazer isso, é melhor que seja logo, antes que eu mude de ideia.

— Então, onde ele está? — Olho em volta na sala de mármore ecoante.

— Em uma sala lá em cima. Vamos! — Ela parece um filhote puxando a coleira.

— Não posso simplesmente invadir um escritório! — murmuro de volta, gesticulando nas roletas eletrônicas de segurança. — Preciso de um plano, de uma desculpa. Preciso de...

Na parede tem um banner dizendo "Seminário de Estratégias Globais". Duas meninas com um olhar entediado estão sentadas atrás de uma mesa de crachás.

— Olá — eu as abordo. — Desculpe, estou atrasada.

— Sem problemas. Acabou de começar. — Uma das meninas senta-se direito e procura uma lista, enquanto a outra encara decididamente o teto. — E você é...?

— Sarah Connoy — respondo, pegando um crachá qualquer.

— Obrigada. Vou me apressar...

Corro até as roletas de segurança, mostro meu crachá para o guarda e chego a um corredor com quadros sofisticados pendurados na parede. Não faço ideia de onde eu esteja. Há mais de vinte empresas diferentes em todo o prédio, e a única que eu tinha visitado é a Macrosant, do 11º ao 17º andar.

— Onde está esse cara, afinal? — murmuro para Sadie pelo canto da boca.

— No vigésimo andar.

Vou em direção aos elevadores, cumprimentando as pessoas com um ar profissional. No vigésimo andar, saio do elevador e me vejo novamente em uma recepção enorme. Seis metros à frente de onde estou tem uma mulher assustadora vestida em um terno cinza, sentada numa mesa de granito. A placa na parede diz "Turner Murray Consultoria".

Nossa. Turner Murray são os gênios que pegam as grandes empresas. Esse cara deve ser muito poderoso, seja lá quem for.

— Vamos! — Sadie vai dançando em direção a uma porta com um painel de segurança. Dois homens de terno passam por mim, e um deles me olha, curioso. Pego meu celular, seguro-o na orelha para evitar conversa e sigo o homem. Ao chegarmos à porta, um dos homens digita um código.

— Obrigada. — Aceno com meu ar mais profissional, e continuo seguindo. — Gavin, eu disse que as imagens europeias não fazem sentido — digo no celular.

O homem alto hesita, como se fosse me desafiar. Merda. Acelero meu passo e caminho direto por eles.

— Tenho uma reunião em dois minutos, Gavin — digo, impaciente. — Quero essas imagens atualizadas no meu BlackBerry. Agora preciso ir, falar sobre... porcentagens.

Tem um banheiro à esquerda. Tentando não correr, apresso-me para entrar e me infiltro em um reservado revestido de mármore.

— O que você está fazendo? — pergunta Sadie, materializando-se dentro do reservado comigo. Sinceramente, ela não tem noção de privacidade?

— O que você acha que estou fazendo? — respondo, em meio a minha respiração. — Precisamos esperar um pouco.

Sento ali por três minutos e saio do banheiro feminino. Os dois homens desapareceram. O corredor está vazio e silencioso: somente um longo caminho de carpete cinza-claro, ocasionais filtros de água e portas de madeira clara abertas. Ouço pedaços de conversas e alguns sons de computador.

— Onde ele está? — pergunto a Sadie.

— Hum... — Ela procura ao redor. — Em uma dessas portas por aqui...

Ela anda pelo corredor e a sigo com cautela. É surreal. O que estou fazendo, andando em um escritório estranho, procurando um homem estranho?

— Ali! — Sadie aparece a meu lado, animada. — Ele está ali! Ele tem os olhos mais penetrantes que já vi. Completamente sedutor. — Ela aponta para uma porta de madeira antiga, com uma placa "Sala 2.012".

— Tem certeza?

— Acabei de sair dali. Ele está lá dentro. Vá! Convide-o. — Ela tenta me empurrar.

— Espere! — Dou alguns passos para trás, tentando pensar. Não posso simplesmente entrar. Preciso de um plano.

1. Bater e entrar na sala do cara estranho.
2. Dizer "oi" de uma maneira natural e gentil.
3. Convidá-lo para sair.
4. Quase morrer de vergonha quando ele chamar os seguranças.
5. Ir embora muito rápido.
6. Não dizer meu nome em hipótese alguma. Assim, posso fugir e apagar tudo isso da minha memória, e ninguém jamais saberá que fui eu. Talvez ele até pense que sonhou com isso.

Tudo vai demorar, no máximo, trinta segundos, e então Sadie vai parar de me amolar. Certo, vamos acabar logo com isso. Eu me aproximo da porta, tentando ignorar o fato de meu coração estar praticamente galopando de nervoso. Respiro fundo, elevo a mão e bato à porta, gentilmente.

— Você não fez som algum! — reclama Sadie atrás de mim.

— Bata com mais força e entre. Ele está aí dentro. Vamos!

Apertando os olhos, bato mais forte, giro a maçaneta e dou um passo para dentro da sala.

Vinte pessoas de terno sentadas ao redor de uma mesa de reunião viram-se, de uma só vez, para mim. Há um homem no outro extremo da sala para a apresentação de PowerPoint que está fazendo.

Fico onde estou, paralisada.
Não é uma sala comum. É uma sala de conferências. Estou dentro de uma empresa na qual não trabalho, numa reunião à qual não pertenço, e todos estão esperando que eu fale algo.
— Desculpe — gaguejo, finalmente. — Não quero interromper. Continue.
Com o canto do olho, vejo algumas cadeiras vazias. Sem saber direito o que estou fazendo, puxo uma cadeira e me sento. A mulher sentada a meu lado me observa, incerta, por um momento, e depois me passa um bloco de papel e uma caneta.
— Obrigada — murmuro de volta.
Não acredito. Ninguém me mandou sair. Eles não perceberam que eu não sou daqui? O homem à minha frente termina seu discurso, e algumas pessoas anotam coisas. Repetidamente, olho ao redor da mesa. Há aproximadamente 15 homens na sala. O de Sadie poderia ser qualquer um. Há um homem do outro lado da mesa, com cabelo claro, que é bonitinho. O homem fazendo a apresentação também é bem bonito. Tem cabelos castanhos encaracolados e olhos azuis-claros, e a mesma gravata que comprei para Josh de aniversário. Ele gesticula para um gráfico, e fala com uma voz animada.
— ... e as notas de satisfação dos clientes aumentam a cada ano...
— Pare por aí. — Um homem em pé na janela, que eu nem tinha visto, vira-se. Ele tem sotaque americano, veste um terno escuro e tem o cabelo castanho penteado para trás. Tem uma ruga em formato de "V", funda, entre as sobrancelhas, e olha para o homem de cabelo encaracolado como se este representasse uma grande decepção pessoal para ele. — Notas de satisfação de clientes não é com o que nos preocupamos. Eu não quero prestar um serviço para o qual os clientes deem nota 10. Quero prestar um serviço para o qual *eu* dê nota 10.

O homem de cabelo encaracolado parece inseguro, e sinto simpatia por ele.

— É claro — ele resmunga.

— O foco desta reunião está todo errado — o homem americano resmunga ao redor da mesa. — Não estamos aqui para fazer ajustes táticos e rápidos. Deveríamos estar influenciando estratégias. Inovando. Desde que estou aqui...

Eu me disperso quando percebo Sadie sentar na cadeira a meu lado. Pego meu bloco de papel e escrevo "QUAL HOMEM?"

— O que se parece com Rodolfo Valentino — ela responde, surpresa com minha necessidade de perguntar.

Pelo amor de Deus.

"COMO VOU SABER A CARA DESSE TAL DE RODOLFO VALENTINO?", escrevo. "QUAL DELES?"

Aposto no homem de cabelo encaracolado. A não ser que seja o homem loiro sentado bem na minha frente. Ele é bonito. Ou talvez aquele cara de bigode?

— Ele, é claro! — Sadie aponta para o outro lado da sala.

"O HOMEM FAZENDO A APRESENTAÇÃO?", escrevo, só para confirmar.

— Não, sua boba! — Ela ri. — Ele! — Ela aparece na frente do americano com a ruga, e olha para ele com carinho. — Não é um pão?

— Ele?

Opa. Falei muito alto. Todos se viram para mim, e tento fingir que estou pigarreando alto.

"SÉRIO QUE É ELE?", escrevo no bloco enquanto ela retorna para meu lado.

— Ele é uma delícia! — ela sussurra em meu ouvido, parecendo ofendida.

Analiso o americano em dúvida, tentando ser justa. Acho que ele é até bonito naquele jeitão almofadinha. Seu cabelo cai um pouco sobre a testa larga e quadrada, e ele tem um leve bronzeado, e pelos pretos no punho são visíveis, saindo das mangas brancas imaculadas. E seus olhos *são* sedutores. Ele tem aquela coisa magnética que os líderes sempre parecem ter. Mãos e gestos fortes. Ao falar, chama atenção.

Mas, sinceramente, não tem nada a ver comigo. Muito intenso. Muito carrancudo. E todas as pessoas na sala parecem ter medo dele.

— Por falar nisso — ele pega uma pasta de plástico e desliza-a com habilidade pela mesa, em direção ao homem de cavanhaque —, ontem à noite juntei algumas questões a respeito da consultoria para Morris Farquhar. Só algumas anotações. Pode ser que ajude.

— Ah. — O cara de cavanhaque parece totalmente perdido.
— Bem... obrigado. Eu agradeço. — Ele folheia, pensativo. — Posso usar?

— É essa a ideia — diz o americano, com um sorriso tão irônico, tão breve que, se você piscasse, perdia. — Então, sobre o último tópico...

Do meu lugar nos fundos, vejo o cara de cavanhaque folhear as páginas impressas, inquieto:

— Quando será que ele teve tempo para fazer isso? — ele sussurra para o homem ao lado dele, que dá de ombros.

— Preciso ir. — O americano consulta o relógio repentinamente. — Peço desculpas por ter de fugir da reunião. Simon, continue.

— Só tenho uma pergunta. — O homem com cabelos claros rapidamente levanta a mão. — Quando estava falando sobre procedimentos de inovação, você quis dizer...

— Rápido! — a voz de Sadie ecoa, de repente, em meu ouvido, fazendo-me dar um pulo. — Convide-o para sair. Ele está indo embora. Você prometeu! Vá, vá, vá...

"ESTÁ BEM!!!!!", escrevo, hesitando. "ESPERE UM SEGUNDO."
Sadie vai para o outro lado da sala e fica me observando, cheia de expectativa. Depois de alguns instantes, ela começa a fazer gestos impacientes de "Vá!" com as mãos. O Sr. Bronco Americano termina de responder ao homem de cabelos claros e está guardando uns papéis em sua pasta.
Não *posso* fazer isso! É ridículo!
— Vá! *Vá!* — Sadie tenta me obrigar. — *Convide!*
O sangue pulsa em minha cabeça. Minhas pernas tremem embaixo da mesa. De alguma forma, eu me forço a levantar a mão.
— Com licença — digo em uma voz envergonhada.
O Sr. Bronco Americano vira-se e olha para mim, confuso.
— Desculpe, acho que não fomos apresentados. Você queira me desculpar, estou com pressa...
— Tenho uma pergunta.
Todos ao redor da mesa viram-se para olhar para mim. Ouço um homem sussurrar "quem é essa?" para alguém a seu lado.
— Tudo bem — ele concorda. — Mais uma rápida pergunta. O que é?
— Eu... é que... eu gostaria de perguntar... — Minha voz falha e pigarreio. — Você gostaria de sair comigo?
Um silêncio aterrorizante paira no ar, além do barulho de alguém que derramou o café. Meu rosto está fervendo, mas aguento firme. Vejo alguns olhares chocados entre as pessoas na mesa.
— Perdão? — diz o americano, parecendo desnorteado.
— Como... em um encontro? — Arrisco um sorriso.
De repente, vejo Sadie ao lado dele:
— *Diga sim!* — ela sussurra em seu ouvido, tão alto que tenho vontade de me esconder por ele. — *Diga sim! Diga sim!*
Para minha surpresa, vejo o americano reagir. Ele ergue a cabeça, como se pudesse ouvir um sinal de rádio a distância. Será que ele consegue ouvi-la?

— Senhorita — responde o homem de cabelo cinza —, não é realmente a melhor hora nem lugar...
— Não quis interromper — digo, de forma submissa. — Não vou demorar muito. Só preciso de uma resposta, mesmo que seja negativa. — Viro-me para o americano novamente. — Você quer sair comigo?
— *Diga sim! Diga sim!* — Os gritos de Sadie aumentam para um nível insuportável.
É surreal. O americano, definitivamente, consegue ouvir alguma coisa. Balança a cabeça e dá uns passos para trás, mas Sadie o segue, berrando. Seus olhos estão vidrados, e ele parece estar em transe.
Ninguém mais na sala se mexe nem fala. Todos parecem paralisados, em choque. Uma mulher põe as mãos no rosto, como se assistisse a um acidente de trem.
— *Diga sim!* — Sadie começa a ficar rouca de tanto berrar. — *Agora! Diga! DIGA SIM!*
É quase cômica a visão dela gritando tanto e conseguindo apenas uma reação covarde. Mas enquanto assisto, sinto pena. Ela parece tão impotente! É como se estivesse gritando atrás de uma vidraça, e a única pessoa que pode ouvi-la sou eu. Pego-me pensando que o mundo de Sadie deve ser muito frustrante. Ela não pode tocar em nada, não pode se comunicar com ninguém, e é óbvio que nunca vai conseguir nada com esse homem...
— Sim! — o americano concorda, em tom desesperado
Minha pena desaparece.
Sim?
Há um suspiro em toda a mesa, e uma risada afobada contida. Todos imediatamente viram-se para olhar para mim, boquiabertos, mas fico temporariamente atordoada demais para responder.
Ele disse sim.

Isso significa que... eu realmente terei que sair com ele?
— Ótimo! — Tento recobrar a razão. — Então... Vou mandar um e-mail para você. Posso? A propósito, meu nome é Lara Lington. Esse é meu cartão... — Reviro minha bolsa.
— Meu nome é Ed. — O homem ainda parece confuso. — Ed Harrison. — Ele coloca a mão no bolso e pega um cartão.
— Então... bem... tchau, Ed! — Pego minha bolsa e rapidamente desapareço, ouvindo uma algazarra ao fundo. Ouço alguém perguntar "Quem era essa fulana?", e uma mulher fala em tom urgente "Viu? Você só precisa ter coragem. Tem que ser direta com os homens. Nada de joguinho. Diga de uma vez o que quer. Se eu soubesse, na idade dela, o que essa menina sabe...".
O que eu sei?
Não sei nada, exceto que preciso sair daqui.

8

Ainda estou em estado de choque quando Sadie me alcança, no meio do caminho para a sala de espera do térreo. Minha cabeça fica repassando a cena em total incredulidade. Sadie se comunicou com um homem. Ele realmente a ouviu. Não sei exatamente o que ele ouviu, mas foi o suficiente.

— Ele não é uma graça? — diz ela com um tom sonhador.
— Eu sabia que ele ia aceitar.
— O que aconteceu ali? — digo incrédula. — Que gritaria foi aquela? Achei que você não pudesse falar com ninguém além de mim!
— Falar não adianta — concorda ela. — Mas percebi que, quando eu realmente solto a minha voz no ouvido de alguém, a maioria ouve um murmurinho. Só que dá muito trabalho.
— Então você já fez isso antes? Já falou com mais alguém?

Sei que é ridículo, mas sinto um pouco de ciúme do fato de ela poder falar com outras pessoas. Sadie é *meu* fantasma.

— Ah, eu bati um papo com a rainha — diz ela, alegremente. — Só por diversão.
— Está falando *sério*?

— Talvez. — Ela me dá um sorriso sapeca. — Mas é horrível para as cordas vocais. Sempre preciso parar depois de um tempo. — Ela tosse e massageia a garganta.

— Achei que eu fosse a única pessoa que você estava assombrando — digo de maneira infantil. — Achei que eu fosse especial.

— Você é a única pessoa com quem posso estar instantaneamente — diz Sadie depois de pensar por um momento. — Só preciso pensar em você e pronto.

— Ah. — Secretamente, fico muito satisfeita em ouvir aquilo.

— Então, aonde você acha que ele vai nos levar? — Sadie olha para cima, os olhos brilhando. — No Savoy? Eu *adoro* o Savoy!

Minha atenção é levada para a situação presente. Ela realmente imagina nós três juntos em um encontro? Um encontro esquisito, bizarro, a três com um fantasma?

Muito bem, Lara, mantenha-se sã. Aquele cara não vai concretizar o encontro. Ele vai rasgar meu cartão e pensar que isso aconteceu devido à ressaca/ao vício/ao estresse e nunca mais o verei. Sentindo-me mais confiante, vou em direção à saída. Este dia já teve loucura demais. Tenho coisas a fazer.

Assim que chego ao escritório, faço uma ligação para Jean, relaxo em minha cadeira giratória e me preparo para aproveitar o momento.

— Jean Savill.

— Olá, Jean — digo, agradavelmente. — Aqui é Lara Lington. Estou ligando para falar de novo sobre a política que proíbe cachorros, a qual compreendo e com a qual concordo totalmente. Entendo perfeitamente você querer manter seu local de trabalho um lugar sem animais, mas eu só gostaria de saber por que essa regra não se aplica a Jane Frenshew da sala 1.416.

Rá!

Nunca ouvi Jean tão ansiosa. Primeiro, ela negou tudo. Depois tenta dizer que é por causa de circunstâncias especiais e que não gera precedentes. Mas é só eu falar em advogados e direitos europeus que ela cede. Shireen pode levar Flash ao trabalho! Vai ser acrescentado ao contrato dela amanhã e ele ainda vai ganhar uma cesta! Desligo o telefone e ligo para Shireen. Ela vai ficar tão feliz! Finalmente este emprego está sendo *divertido*.

E fica ainda mais divertido quando Shireen suspira incrédula no telefone.

— Não consigo imaginar ninguém na Sturgis Curtis se dando ao mesmo trabalho — ela diz. — Essa é a diferença quando você trabalha com pequenos negócios.

— Pequenas empresas — eu a corrijo. — Temos o toque pessoal. Avise a seus amigos!

— Pode deixar! Estou impressionada mesmo! Como você descobriu o outro cachorro, aliás?

Hesito brevemente.

— Com jeitinho — digo, finalmente.

— Você é brilhante!

Finalmente desligo o telefone, alegre, e vejo Kate me encarando muito curiosa

— Como você descobriu sobre o cachorro? — pergunta.

— Instinto. — Dou de ombros.

— Instinto? — repete Sadie, que estava rondando o escritório todo. — Você não tinha instinto algum! Fui eu! Você deveria dizer: "Minha tia-avó maravilhosa me ajudou, e estou muito agradecida."

— Sabe, Natalie nunca teria se preocupado em encontrar o cachorro — diz Kate de repente. — Nunca. Nem por um decreto.

— Ah. — Minha alegria diminui. De repente percebo que ver as coisas do ponto de vista executivo de Natalie não me faz me sentir profissional. Talvez fosse um pouco ridículo desperdiçar tanto tempo e esforço em um cachorro. — Bem, eu só queria resolver a situação. Parecia ser a melhor maneira...

— Não, você não entendeu — Kate me interrompe, o rosto ruborizado. — Quis dizer que é uma coisa boa.

Fico tão surpresa que não sei o que dizer. Ninguém nunca tinha me comparado favoravelmente a Natalie antes.

— Vou comprar um café para comemorar! — diz Kate, sorridente. — Você quer alguma coisa?

— Está tudo bem. — Sorrio para ela. — Você não precisa fazer isso.

— Na verdade... — Kate parece constrangida. — Estou com muita fome. Ainda não tirei meu horário de almoço.

— Meu Deus! — digo, chocada. — Vá! Almoce! Você vai morrer de fome!

Kate dá um salto, batendo a cabeça em uma gaveta aberta do arquivo e pega sua bolsa em uma prateleira alta. Assim que ela fecha a porta, Sadie vem em direção à minha mesa.

— Então. — Ela se apoia e me olha com expectativa.

— O que foi?

— Vai ligar para ele?

— Ele quem?

— Ele! — Ela se debruça por cima do meu computador. — *Ele!*

— Você está falando de Ed Sei Lá O Quê? Quer que eu *ligue* para ele? — Olho para ela com pena. — Você tem ideia de como essas coisas funcionam? Se ele quiser ligar, ele liga. — *O que não vai acontecer nunca,* acrescento silenciosamente.

Apago alguns e-mails, digito uma resposta e olho para a frente de novo. Sadie está sentada em cima de um arquivo, encarando fixamente o telefone. Quando percebe que estou olhando, ela leva um susto e rapidamente olha para outro lugar.

— *Agora* quem está obcecada por um homem? — Não consigo deixar de implicar.

— Não estou obcecada — ela responde arrogantemente.

— Se você ficar encarando o telefone, ele não toca. Não sabia?

Sadie me olha com raiva, mas logo depois se vira e começa a examinar o puxador da persiana como se quisesse analisar todas as fibras. Depois vai até a janela oposta. Então olha para o telefone de novo.

Eu realmente preferiria não estar com um fantasma apaixonado zanzando por meu escritório enquanto estou tentando trabalhar.

— Por que não vai dar uma volta na cidade? — sugiro. — Você pode ir ver o prédio Gherkin, pode ir à Harrods...

— Já fui à Harrods. — Ela franze o nariz. — Está muito estranha esses dias.

Estou quase sugerindo que ela vá dar uma bela volta no Hyde Park quando meu celular toca. Como um raio, Sadie está a meu lado, observando animada enquanto verifico quem é.

— É ele? É ele?

— Não sei que número é esse. — Dou de ombros. — Pode ser qualquer um.

— É ele! — Ela se abraça. — Diga a ele que queremos ir ao Savoy tomar uns drinques.

— Está louca? Não vou dizer isso!

— O encontro é meu e eu quero ir ao Savoy — ela diz com teimosia.

— Se você não calar a boca, não vou atender!

Nós nos olhamos enquanto o celular toca outra vez, então Sadie dá um passo relutante para trás, com a cara amarrada.

— Alô.

— É Lara? — É uma mulher que não reconheço.

— Não é ele, está bem? — sussurro para Sadie. Faço um gesto com a mão para ela ir embora e volto ao celular.
— É Lara, sim. Quem está falando?
— É Nina Martin. Você deixou uma mensagem sobre um colar. No bazar da terceira idade.
— Ah, sim! — Fico alerta de repente. — Você comprou algum?
— Comprei dois. Um de pérolas negras e outro vermelho. Estão em boas condições. Posso vender os dois para você, se quiser. Eu tinha planejado colocá-los para vender no eBay...
— Não — desanimo. — Não são esses colares que estou procurando. Obrigada mesmo assim.

Pego a lista e risco o nome Nina Martin, enquanto Sadie observa criticamente.

— Por que você ainda não ligou para *todos* os nomes? — exige.

— Vou ligar para mais alguns esta noite. Preciso trabalhar agora — acrescento enquanto ela me olha. — Desculpe, mas preciso mesmo.

Sadie dá um grande suspiro.

— Toda essa espera é insuportável. — Ela voa em direção à minha mesa e encara o telefone. Depois voa para a janela e de volta para o telefone.

Não existe a menor possibilidade de eu passar a tarde toda com ela voando e suspirando. Vou ter que ser extremamente sincera.

— Olhe, Sadie. — Espero até ela se virar. — É sobre Ed. Você precisa saber a verdade: ele não vai ligar.

— Como assim, ele não vai ligar? — Sadie retruca. — É claro que vai.

— Não vai não. — Balanço a cabeça. — Não existe nenhuma possibilidade de ele ligar para uma maluca que mentiu para entrar na reunião dele. Ele vai jogar meu cartão fora e esquecer o assunto. Sinto muito.

Sadie está me encarando com repreensão, como se eu tivesse arruinado todas as esperanças dela de propósito.

— Não é culpa minha! — digo defensivamente. — Só estou tentando ser sincera com você.

— Ele vai ligar — diz ela com uma lenta determinação. — E nós vamos sair.

— Está bem, ache o que quiser. — Viro-me para o computador e começo a digitar. Quando olho para a frente, ela se foi, e não consigo deixar de respirar aliviada. Finalmente, um pouco de paz. Um pouco de silêncio!

Estou no meio de um e-mail de confirmação para Jean sobre Flash quando o telefone toca. Atendo despreocupada e apoio o telefone entre o queixo e o ombro.

— Alô, aqui é Lara.

— Olá. — Uma voz masculina constrangida soa ao telefone. — Aqui é Ed Harrison.

Fico paralisada. Ed Harrison?

— Ah... Oi! — Olho rapidamente pelo escritório atrás de Sadie, mas ela não está em lugar nenhum.

— Então acho que vamos sair — diz Ed, tenso.

— É... Acho que sim.

Parecemos pessoas que ganharam um encontro em uma rifa e não conseguem se livrar dele.

— Há um bar em St. Christopher's Place — ele diz. — O Crowe. Quer tomar um drinque lá?

Consigo ler a mente dele imediatamente. Está sugerindo um drinque porque é o tipo de encontro mais rápido que existe. Ele realmente não quer sair comigo. Então por que ligou? Será que é tão antiquado e educado que não podia me dar o bolo, por mais que eu pudesse ser uma serial killer?

— Boa ideia — digo, animada.

— Sábado à noite, 19h30?

— A gente se vê lá.
Quando desligo o telefone, sinto-me estranha. Realmente vou sair com o Sr. Bronco Americano. E Sadie não faz a menor ideia.
— Sadie. — Olho em volta. — Sa-die! Está me ouvindo? Você não vai acreditar! Ele ligou!
— Eu sei. — A voz de Sadie surge atrás de mim, e eu me viro e a vejo sentada no peitoril da janela, completamente serena.
— Você perdeu! — digo, animada. — O seu cara ligou! Nós vamos... — Paro de falar quando me dou conta. — Meu Deus. Foi *você* que fez isso, não foi? Você ficou gritando para ele.
— É claro que fui eu! — ela diz com orgulho. — Estava simplesmente *muito* chato esperar ele ligar, então decidi dar uma forcinha. — A sobrancelha dela abaixa em desaprovação. — Você tinha razão, aliás. Ele *tinha* jogado o cartão fora. Estava no lixo dele, todo amassado. Ele não ia ligar mesmo para você!
Ela parece revoltada, e seguro o riso.
— Seja bem-vinda ao mundo dos encontros do século XXI. Como fez para ele mudar de ideia?
— Deu muito trabalho! — Sadie parece ofendida. — Primeiro eu só disse para ele ligar para você, mas ele me ignorou completamente. Ele fugia de mim e digitava mais rápido. Então cheguei bem perto e disse que se ele não ligasse para você para marcar o encontro logo, ele seria amaldiçoado com uma doença pelo Deus Ahab.
— Quem é Deus Ahab? — pergunto sem acreditar.
— Ele aparecia em um romance que eu li uma vez. — Sadie parece satisfeita consigo mesma. — Eu disse que ele perderia as habilidades dos membros e que ficaria coberto de verrugas grotescas. Percebi que ele se mexeu, mas ainda estava tentando me ignorar. Então olhei para a máquina de escrever dele...
— Computador? — interrompo.

— O que quer que seja — ela diz impacientemente. — Eu disse que quebraria e que ele ia perder o emprego se não ligasse para você. — Sua boca se curva em um sorriso. — Ele fez tudo bem rápido depois disso. Apesar de tudo, mesmo quando estava com o cartão na mão, ele passava a mão na cabeça e se perguntava: "Por que vou ligar para essa garota? Por que vou fazer isso?" Então gritei no ouvido dele: "Você *quer* ligar para ela! Ela é muito bonita!" — Sadie joga o cabelo para o lado de maneira triunfante. — Então ele ligou para você. Está impressionada?

Olho para ela sem saber o que dizer. Ela chantageou o cara para ele sair comigo. Enlouqueceu-o. Obrigou-o a entrar em um romance em que ele não estava minimamente interessado.

Ela é a única mulher que conheço que conseguiu fazer um homem ligar. A única.

Tudo bem, ela usou poderes sobrenaturais, mas conseguiu.

— Tia-avó Sadie — digo vagarosamente —, você é brilhante.

9

À̀s vezes, quando não consigo dormir, imagino todas as regras que eu inventaria se fosse dona do mundo. Existem várias relacionadas a ex-namorados por sinal, e agora tenho mais uma: *Ex-namorados não podem levar outra garota ao restaurante especial que frequentavam com a namorada anterior.*
   Ainda não consigo acreditar que Josh vai levar essa garota ao Bistrô Martin. Como pode? É o *nosso* lugar. Nosso primeiro encontro foi lá, pelo amor de Deus. Ele está traindo todas as nossas lembranças. É como se nosso relacionamento todo fosse um Traço Mágico e ele estivesse sacudindo o objeto de propósito e desenhando uma imagem nova, esquecendo tudo sobre a imagem anterior e muito mais interessante que estava ali.
   Além do mais, acabamos de terminar. Como ele pode estar com outra garota depois de apenas seis semanas? Ele não sabe *nada*? Começar logo um novo relacionamento nunca é a resposta. Aliás, é provável que o deixe muito triste. Eu poderia ter dito isso a ele, se me perguntasse.
   São 12h30 de sábado e estou esperando há vinte minutos. Conheço o restaurante tão bem que consegui planejar as coisas

perfeitamente. Estou no canto, sem poder ser vista, usando um boné só para garantir. O restaurante é uma daquelas *brasseries* agitadas com várias mesas, plantas e ganchos para casacos, então consigo me disfarçar facilmente.

A reserva de Josh é em uma das grandes mesas de madeira na janela — olhei a lista de reserva. Tenho uma bela visão da mesa do meu lugar no canto, então vou poder analisar essa Marie com muito cuidado e observar sua linguagem corporal. Melhor ainda, vou poder ouvir a conversa toda, porque coloquei um microfone na mesa deles.

Não é brincadeira, eu realmente coloquei um microfone na mesa. Há três dias comprei na internet um minimicrofone com controle remoto chamado "Meu Primeiro Kit de Espião". Quando chegou, percebi que era feito para meninos de 10 anos de idade e não para ex-namoradas adultas, pois também estava incluído um "Diário do Espião" de plástico e um "Decifrador de Códigos Legal".

Mas e daí? Eu já testei e funciona! Só tem alcance de 6 metros, mas é tudo de que preciso. Há dez minutos, passei casualmente pela mesa, fingi derrubar alguma coisa e grudei o minimicrofone na parte de baixo da mesa. O fone está escondido embaixo do meu boné. Só preciso ligá-lo quando estiver pronta.

Tudo bem, sei que não se deve espionar as pessoas. Sei que estou fazendo uma coisa moralmente errada. Na verdade, tive uma grande discussão com Sadie sobre isso. Primeiro, ela disse que eu não deveria ir ao restaurante de jeito nenhum. Depois, quando ficou óbvio que ela ia perder essa discussão, disse que se eu estivesse tão desesperada para saber o que Josh ia falar, eu deveria sentar perto da mesa e ouvir. Mas qual seria a diferença? Se você vai ouvir uma conversa, você vai ouvir uma conversa, mesmo que esteja a 60 centímetros ou a 3 metros da pessoa.

A questão é que no amor há um tipo diferente de ética. Vale tudo no amor e na guerra. É para um bem maior. É como aquelas pessoas em Bletchley tentando decifrar códigos alemães. Isso também é invasão de privacidade, se você for pensar. Mas eles não se importaram, não é mesmo?

Eu me imagino casada e feliz com Josh, almoçando no domingo e dizendo a meus filhos: "Sabe, eu quase *não* coloquei o microfone na mesa do papai. E aí nenhum de vocês estaria aqui."

— Acho que ele está chegando agora! — Sadie diz de repente. Acabei conseguindo convencê-la a ser minha assistente, apesar de que tudo que ela fez até agora foi ficar passeando pelo restaurante falando mal da roupa das pessoas.

Dou uma olhada discreta para a porta e me sinto como se estivesse em uma montanha-russa. Meu Deus, meu Deus. Sadie tem razão — é ele. E ela. Estão juntos. Por que estão juntos?

Muito bem, não tenha uma crise de pânico. Não imagine os dois acordando de manhã, sonolentos depois de uma noite de sexo. Há várias outras explicações perfeitamente sensatas. Talvez eles tenham se encontrado no metrô ou algo assim. Tomo um gole de vinho e olho de novo. Não sei quem analisar primeiro, Josh ou ela.

Ela.

Ela é loura. É bem magra, está de calça corsário laranja e com uma regata branquinha do tipo que as mulheres usam em propagandas de iogurte e pasta de dentes. É um tipo de camiseta que você só pode usar se realmente souber passar roupa, o que indica como ela deve ser chata. Seus braços estão bronzeados e há mechas de outra cor em seu cabelo, como se ela tivesse acabado de voltar de férias.

Enquanto mudo meu olhar para Josh, meu estômago começa a se revirar. É apenas... Josh. O mesmo cabelo desajeitado, o mesmo sorriso bobo e torto ao cumprimentar o maître, a mesma

calça jeans desbotada, o mesmo tênis de lona (de uma marca japonesa legal que não consigo pronunciar), a mesma camisa...
Espere um pouco. Olho para ele chocada e incrédula. É a camisa que dei para ele de aniversário. Como ele pode estar fazendo isso? Ele não tem coração? Ele está usando a *minha* camisa no *nosso* lugar. E está sorrindo para essa garota como se ninguém mais existisse no mundo. Agora ele está pegando o braço dela e fazendo uma piada que não consigo escutar, mas que a está fazendo jogar a cabeça para trás e rir com seus dentes brancos de anúncio de pasta de dentes.

— Parece que eles combinam — diz Sadie, toda feliz, em meu ouvido.

— Não parece nada — reclamo. — Fique quieta.

O maître os está levando à mesa na janela. Com a cabeça abaixada, coloco a mão dentro do bolso e ligo o controle remoto do microfone. O som está baixo e poluído, mas consigo ouvir a voz dele.

— ... não estava prestando atenção. É claro que no fim das contas a porcaria do GPS tinha me mandado para a Notre Dame errada. — Ele dá um sorriso charmoso e ela dá risadinhas.

Estou quase levantando da mesa de tanta raiva. Essa história é *nossa*! Isso aconteceu com *a gente*! Fomos parar na Notre Dame errada em Paris e não vimos a verdadeira. Ele esqueceu que estava comigo? Está me cortando da vida dele?

— Ele parece bem feliz, não acha? — Sadie observa.

— Ele não está feliz! — Dou um olhar venenoso. — Está em negação.

Eles pedem uma garrafa de vinho. Ótimo. Agora tenho que ficar vendo os dois ficando bebinhos. Pego algumas azeitonas e as mastigo desconsolada. Sadie se senta à minha frente e me observa com pena.

— Eu avisei, nunca seja uma perseguidora.

— Não sou uma perseguidora! Só estou... tentando entendê-lo. — Mexo a taça de vinho algumas vezes. — Terminamos tão de repente. Ele simplesmente me cortou. Eu queria fazer nosso relacionamento dar certo, entende? Eu queria conversar. Tipo, *era* a coisa do compromisso? Ou havia alguma outra coisa? Mas ele não quis. Não me deu chance.

Olho para Josh, que está sorrindo para Marie enquanto o garçom abre a garrafa. Era como se eu visse nosso primeiro encontro. Era a mesma coisa, cheio de sorrisos e histórias engraçadinhas e vinho. Onde tudo deu errado? Como vim parar aqui no canto espionando Josh?

Então a solução me aparece, com total clareza. Inclino-me em direção a Sadie com uma urgência repentina.

— Vá perguntar a ele.

— Perguntar o quê? — Ela faz uma cara esquisita.

— Onde tudo deu errado! Pergunte a Josh o que havia de errado comigo! Faça com que ele fale, como fez com Ed Harrison. Assim eu vou saber!

— Não posso fazer isso! — ela protesta na hora.

— Pode sim! Entre na cabeça dele! Faça com que ele fale! É a única maneira de eu saber... — Paro de falar quando a garçonete se aproxima da mesa, bloquinho na mão. — Ah, olá. Eu adoraria uma... sopa. Obrigada.

Quando a garçonete vai embora, olho suplicante para Sadie.

— Por favor. Eu vim até aqui. Fiz tanto esforço...

Há um momento de silêncio, então Sadie revira os olhos.

— Muito bem.

Ela desaparece, e um segundo depois aparece do lado da mesa de Josh. Fico observando, meu coração a galopes. Empurro o fone mais para dentro do ouvido, ignorando a poluição sonora, e ouço a risada de Marie enquanto conta uma história sobre andar a cavalo. Ela tem um leve sotaque irlandês, que eu não havia percebido antes. Quando olho para eles, vejo Josh enchendo a taça de vinho dela.

— Sua infância parece ter sido incrível — ele diz. — Você precisa me contar mais.

— O que você quer saber? — Ela ri, arrancando um pedaço de pão. Mas sem colocá-lo na boca, reparo.

— Tudo. — Ele sorri.

— Vai demorar um pouco.

— Não estou com pressa. — A voz de Josh engrossa um pouquinho. Estou observando horrorizada. Eles têm aquela coisa emocionante de troca de olhares. A qualquer minuto, ele vai pegar a mão dela, ou fazer coisa pior. O que Sadie está *esperando*?

— Bem, eu nasci em Dublin. — Ela sorri. — A caçula de três.

— Por que você terminou com a Lara? — Sadie fala tão alto no fone que quase dou um pulo da cadeira. Eu nem tinha reparado que ela estava atrás da cadeira de Josh.

Josh a ouviu, consigo perceber. Interrompeu o movimento de servir a água com gás.

— Meus dois irmãos me atormentaram a infância toda. — Marie continua falando, obviamente sem perceber nada. — Eles eram tão cruéis...

— Por que você terminou com a Lara? O que deu errado? Fale com Marie sobre isso! Fale, Josh!

— ... encontrei sapos na minha cama, na minha mochila... uma vez até no meu pote de cereal! — Marie ri e olha para Josh, claramente esperando que ele reaja. Mas ele está parado como uma estátua enquanto Sadie grita em seu ouvido: "*Diga! Diga! Diga!*"

— Josh? — Marie passa a mão na frente do rosto dele. — Você ouviu alguma coisa do que eu disse?

— Desculpe! — Ele esfrega o rosto. — Não sei o que aconteceu. O que você estava dizendo?

— Ah, nada. — Ela dá de ombros. — Só estava falando dos meus irmãos.
— Seus irmãos! Certo! — Fazendo um esforço óbvio, ele se concentra nela e dá um sorriso charmoso. — Então, eles ficam querendo proteger a irmãzinha?
— É melhor você tomar cuidado! — Ela sorri de volta e dá um gole no vinho. — E você? Tem irmãos?
— Diga por que você terminou com a Lara! O que havia de errado com ela?
Posso ver Josh ficando apático de novo. Ele parece estar tentando ouvir o eco distante de um rouxinol pelos vales.
— Josh? — Marie se inclina para a frente. — Josh!
— Desculpe! — Ele volta a si e balança a cabeça. — Desculpe! É estranho. Eu estava pensando na minha ex, Lara.
— Ah. — Marie continua sorrindo o mesmo sorriso, mas consigo ver os músculos ficarem tensos em seu rosto. — O que tem ela?
— Não sei. — Josh faz uma cara estranha, parecendo perplexo. — Eu estava pensando no que deu errado entre nós.
— Os relacionamentos terminam — Marie diz tranquilamente, e bebe um gole de água. — Quem sabe por quê? Essas coisas acontecem.
— É. — Josh ainda está com um olhar distante, o que não é nenhuma surpresa porque Sadie está gritando como uma sirene no ouvido dele: *"Diga por que deu errado! Bote para fora!"*
— Então. — Marie muda de assunto. — Como foi sua semana? Aquele cliente foi infernal, lembra que te contei?
— Acho que ela era um pouco intensa — Josh desabafa.
— Quem?
— Lara.
— É mesmo? — Percebo que Marie finge estar interessada.
— Ela lia colunas de conselhos amorosos de uma revista qualquer para mim e queria conversar sobre como éramos pareci-

dos com outros casais. Durante horas. Isso me irritava. Por que ela tinha que analisar tudo? Por que ela precisava destrinchar todas as discussões e conversas?

Ele bebe o vinho e eu o observo do outro lado do restaurante, chocada. Não sabia que ele pensava assim.

— Parece ser irritante mesmo — Marie concorda, compreensiva. — Enfim, como foi aquela reunião importante? Você disse que seu chefe tinha alguma coisa a dizer.

— O que mais? — Sadie está gritando para Josh, abafando Marie. — O que mais?

— Ela enchia o banheiro de cremes e porcarias. — Josh franze a testa, se lembrando. — Toda vez que ia fazer a barba, eu tinha que lutar contra um monte de potes. Me deixava louco.

— Que mala! — diz Marie, sendo bem clara. — Enfim...

— E eram as pequenas coisas também. Como o fato de ela cantar no chuveiro. Eu não me importo que ela cante, mas a mesma música todo santo *dia*? E ela não queria coisas novas. Não se interessa por viagens, pelas mesmas coisas que eu... Por exemplo, uma vez comprei um livro de fotografias de William Eggleston para ela, achei que pudéssemos conversar sobre ele ou algo assim. Mas ela simplesmente folheou o livro sem o menor interesse... — De repente Josh repara em Marie, cujo rosto está quase congelado com o esforço de prestar atenção educadamente. — Droga. Marie, sinto muito! — Ele esfrega o rosto com ambas as mãos. — Não sei por que Lara fica surgindo na minha cabeça. Vamos falar sobre outra coisa.

— Isso, vamos. — Marie sorri rigidamente. — Eu ia falar sobre meu cliente, aquele exigente de Seattle. Lembra?

— É claro que lembro! — Ele vai pegar o vinho, então parece mudar de ideia e pega o copo de água com gás.

— Sopa? Com licença, a senhora não pediu sopa? Com licença?

De repente percebo que o garçom está ao lado da minha mesa segurando uma bandeja com sopa e pão. Não faço ideia de há quanto tempo ele está ali tentando chamar minha atenção.

— Ah, sim — digo rapidamente, me virando para ele. — Obrigada.

O garçom coloca a comida na mesa e pego uma colher, mas não consigo comer. Estou muito impressionada com o que Josh acabou de dizer. Como ele pode ter se sentido assim e nunca ter falado nada? Se o fato de eu cantar o irritava, porque ele não disse? E o livro de fotografia, achei que ele tinha comprado para ele mesmo, e não para mim! Como eu ia saber que era tão importante para ele?

— Bem! — Sadie aparece e senta na cadeira à minha frente.

— Que interessante! Agora você sabe onde tudo deu errado. E eu concordo com a questão da cantoria — acrescenta. — Você é muito desafinada.

Ela não tem nem uma gota de compaixão?

— Obrigada — falo baixo, e encaro melancolicamente minha sopa. — Sabe o que é pior? Ele nunca disse nada disso para mim. Nada! Eu poderia ter consertado tudo! Eu teria consertado tudo. — Começo a partir um pedaço de pão. — Se ele tivesse apenas me dado uma chance...

— Podemos ir embora? — Ela parece entediada.

— Não! Ainda não acabamos! — Respiro fundo. — Vá perguntar o que ele gostava em mim.

— O que ele gostava em você? — Sadie me olha em dúvida.

— Tem certeza de que ele gostava de alguma coisa?

— Tenho! — sussurro, indignada. — É claro que gostava! Vá lá!

Sadie abre a boca como se fosse falar alguma coisa — então dá de ombros e atravessa o restaurante. Empurro mais ainda o fone no ouvido e olho para Josh. Ele está bebendo vinho e espetando azeitonas enquanto Marie fala.

— ... três anos é muito tempo. — Ouço a voz alegre dela apesar da poluição sonora. — É claro, foi difícil terminar, mas ele não tinha razão e nunca me arrependi nem olhei para trás. Acho que o que estou tentando dizer é que... os relacionamentos acabam, mas você precisa seguir em frente. — Ela bebe vinho. — Entende?

Josh concorda com a cabeça automaticamente, mas percebo que não está ouvindo nenhuma palavra. Está com uma expressão confusa e fica tentando afastar a cabeça de Sadie, que grita: "*O que você gostava na Lara? Diga! Diga!*"

— Adorava o fato de ela ter tanta energia — ele diz com uma pressa desesperada. — E ela era interessante. Estava sempre com um colar bonito ou com um lápis enfiado no cabelo ou algo assim... E realmente *apreciava* as coisas. Sabe, algumas garotas aceitam as coisas por obrigação, mas não ela. Ela era muito doce. Era divertido.

— Estamos falando da sua ex-namorada de novo, por acaso?

— Há um tom grosseiro na voz de Marie que me assusta. Josh parece voltar a si.

— Droga! Marie, não sei o que me deu. Não sei por que estou pensando nela. — Ele passa a mão na testa com uma expressão tão atônita que eu quase sinto pena dele.

— Se quiser minha opinião, você ainda está obcecado por ela — diz Marie diretamente.

— O quê? — Josh ri, chocado. — Não estou obcecado! Nem sequer estou interessado nela!

— Então por que está me dizendo como ela era ótima? — Observo, boquiaberta, enquanto Marie joga o guardanapo na mesa, empurra a cadeira para trás e se levanta. — Me ligue quando a tiver esquecido.

— Eu já esqueci! — Josh exclama com raiva. — Jesus Cristo! Isso é ridículo demais. Eu não tinha nem *pensado* nela até hoje. — Ele chega a cadeira para trás, tentando recuperar a atenção de Marie. — Preste atenção, Marie. Lara e eu tínhamos um relacionamento. Era bom, mas não era ótimo. Então ele acabou. Ponto final.

Marie está balançando a cabeça.

— E é por isso que você fala dela a cada cinco minutos.

— Não falo, nada! — Josh quase grita de frustração, e algumas pessoas nas mesas próximas olham para ele. — Não normalmente! Não falo dela nem penso nela há semanas! Não sei qual é o meu problema hoje!

— Você precisa se resolver — diz Marie em um tom ameno. pegando a bolsa. — Até mais, Josh.

Enquanto ela vai passando entre as mesas e sai do restaurante, Josh se afunda na cadeira, pasmo. Ele fica ainda mais lindo quando está com raiva do que quando está feliz. De algum jeito seguro minha vontade de sair correndo e abraçá-lo e dizer que ele não queria ficar com uma garota certinha de anúncio de pasta de dentes mesmo.

— Está satisfeita agora? — Sadie volta para perto de mim.

— Você estragou o caminho do amor verdadeiro. Achei que isso fosse contra seus princípios.

— Aquilo não era amor verdadeiro. — Olho com raiva para ela.

— Como você sabe?

— Porque sei. Cale a boca.

Observamos em silêncio enquanto Josh paga a conta, pega o casaco e vai embora. O maxilar dele está travado e seu andar leve se foi, e me sinto um pouco culpada. Mas me obrigo a reprimir isso. Sei que estou fazendo a coisa certa. Não é só por mim, mas por Josh também. Posso resolver tudo entre nós, eu *sei* que posso.

— Coma logo! Vamos! — Sadie interrompe meus pensamentos. — Precisamos ir para casa agora. Você precisa começar a se arrumar.
— Para quê? — Olho para ela, confusa.
— Para nosso encontro!
Ai, meu Deus. O encontro.
— Faltam seis horas — esclareço. — E só vamos tomar um drinque. Não é preciso ter pressa.
— Eu demorava o dia todo me arrumando para as festas. — Ela me olha acusatória. — É o meu encontro. Você vai me representar. Precisa estar divina.
— Vou estar o mais divina que conseguir, está bem? — Tomo uma colherada de sopa.
— Mas você ainda não escolheu um vestido! — Sadie está quicando de impaciência. — Já são duas horas! Precisamos ir para casa agora! *Agora!*
Pelo amor de Deus.
— Está bem, que seja. — Empurro minha sopa, já fria. — Vamos embora.

No caminho para casa, estou absorvida em meus pensamentos. Josh está vulnerável. Confuso. É a hora certa de eu reacender a chama da paixão. Mas preciso usar o que aprendi. Preciso mudar.
Fico obcecada refletindo sobre tudo o que ele disse, tentando me lembrar de todos os detalhes. E toda vez que me lembro de uma frase em particular, me contorço toda. *Era bom, mas não era ótimo.*
Está tudo muito claro agora. Nosso relacionamento não era ótimo porque ele não era sincero comigo. Ele não me contou nenhuma daquelas implicâncias. E tudo se acumulou na cabeça dele, e por isso ele me deu o fora.

Mas está tudo bem — porque agora que sei quais são os problemas, posso resolvê-los! Todos eles! Já elaborei um plano de ação e vou começar arrumando meu banheiro. Assim que chegamos em casa, entro feliz, cheia de otimismo, e Sadie me desvia de tudo.

— O que você vai vestir hoje? — pergunta. — Me mostre.
— Mais tarde. — Tento passar por ela.
— Mais tarde, não! Agora! Agora!
Pelo amor de Deus.
— Está bem! — Entro no quarto e abro uma cortina que fica na frente do meu armário. — Que tal... isto? — Pego uma maxissaia e meu novo colete fechado da edição limitada da TopShop. — E talvez sandálias plataforma.
— *Espartilho?* — Sadie age como se eu estivesse exibindo um porco morto. — E uma saia longa?
— É uma maxissaia, está bem? Está na moda, na verdade. E isto não é um espartilho, é um colete fechado.
Sadie encosta no colete com calafrios.
— Minha mãe tentou me obrigar a usar espartilho para o casamento de minha tia — ela diz. — Joguei no fogo, então ela me trancou no quarto e disse aos empregados para não me soltarem.
— Sério? — Sinto uma faísca de interesse, apesar de tudo.
— Então você não foi ao casamento?
— Saí pela janela, peguei o carro, fui para Londres e tosei meu cabelo — ela diz, orgulhosa. — Quando minha mãe viu, ficou dois dias de cama.
— Nossa. — Coloco as roupas na cama e olho bem para Sadie.
— Você era rebelde mesmo. Sempre fazia esse tipo de coisa?
— Eu realmente torturei meus pais. Mas eles eram tão sufocantes. Tão *vitorianos*. A casa toda parecia um museu. — Ela estremece. — Meu pai não aprovava o fonógrafo, o Charleston, as

bebidas... *nada*. Ele achava que as garotas deveriam passar o tempo arrumando flores e costurando. Como minha irmã, Virginia.

— Você quer dizer... vovó? — De repente, fico fascinada para saber mais. Só tenho vagas lembranças de vovó como uma senhora de cabelo branco que gostava de jardinagem. Não consigo imaginá-la como uma garota. — Como ela era?

— Horrivelmente virtuosa. — Sadie faz uma careta. — *Ela* vestia espartilhos. Mesmo depois que todo o mundo parou de usar, Virginia usava laços, prendia o cabelo e arrumava as flores da igreja toda semana. Era a garota mais sem graça de Archbury. E então ela se casou com o homem mais sem graça de Archbury. Meus pais ficaram felicíssimos.

— O que é Archbury?

— É onde morávamos. Uma cidade em Hertfordshire.

Aquilo não me soa estranho. *Archbury*. Sei que já ouvi falar...

— Espere um pouco! — digo de repente. — A casa Archbury. É uma casa que pegou fogo nos anos 1960. Era a sua casa?

Estou me lembrando de tudo agora. Anos atrás, meu pai me contou sobre a antiga casa da família, a casa Archbury, e me mostrou uma foto dela em preto e branco dos anos 1800. Disse que ele e tio Bill passavam o verão lá quando eram pequenos, e depois foram morar lá quando os avós deles morreram. Era um lugar maravilhoso, com corredores antigos, porões gigantescos e uma escadaria enorme. Mas depois do incêndio a terra foi vendida e um condomínio foi construído no lugar.

— Isso. Virginia estava morando lá com a família na época. Aliás, foi ela que provocou o fogo. Deixou uma vela acesa. — Há um momento de silêncio antes de Sadie acrescentar com um tom ácido. — Ela não era tão perfeita assim.

— Passamos por lá uma vez — digo. — Vimos as casas novas. Eram normais.

Sadie não parece me ouvir.

— Perdi todas as minhas coisas — ela diz, distante. — Todas as coisas que deixei lá enquanto estava fora do país. Tudo foi destruído.

— Que horror — digo, sentindo-me sem graça.

— Mas que diferença faz? — Ela de repente parece voltar a si e me dá um sorriso delicado. — Quem se importa? — Ela vai em direção ao armário e aponta para ele decidida. — Tire suas roupas daí. Preciso ver todas elas.

— Tudo bem. — Pego vários cabides e jogo tudo na cama.

— Conte-me sobre seu marido. Como ele era?

Sadie pensa por um momento.

— Ele usou um colete escarlate no nosso casamento. Fora isso, me lembro muito pouco dele.

— Só isso? Um colete?

— E ele tinha um bigode — acrescenta.

— Não entendo você. — Jogo mais um monte de roupas na cama. — Como pôde se casar com alguém que não amava?

— Porque era a única maneira de escapar — diz Sadie, como se fosse uma coisa óbvia. — Eu tinha discutido feio com meus pais. Meu pai havia cortado minha mesada, o vigário ligava dia sim, dia não, eu ficava trancada de castigo no quarto toda noite...

— O que você fez? — pergunto, morrendo de curiosidade. — Você tinha sido presa de novo?

— Eu... Não faz diferença — diz Sadie depois de uma leve pausa. Ela foge do meu olhar e olha pela janela. — Eu precisava ir embora. O casamento me pareceu um caminho como outro qualquer. Meus pais já tinham encontrado um jovem adequado. E acredite em mim, não havia quase nenhum naquela época.

— Ah, bem, sei como é — digo, revirando os olhos, entendendo tudo. — Não existem homens solteiros em Londres. Nenhum. Todo mundo sabe disso.

Vejo Sadie me encarando com uma incompreensão vazia.
— Todos os homens haviam morrido na guerra — diz.
— Ah, é claro. — Engulo. — A guerra.
Era a Primeira Guerra Mundial. Não tinha me dado conta.
— Os que sobreviveram não eram os mesmos garotos de antes. Ficaram machucados por dentro, destruídos. Ou então se sentiam muito culpados por terem sobrevivido... — Uma sombra passa pelo rosto dela. — Meu irmão mais velho morreu, sabia? Edwin. Tinha 19 anos. Meus pais nunca se recuperaram.

Olho para ela chocada. Eu tive um tio-avô chamado Edwin que morreu na Primeira Guerra Mundial? Por que eu não *sei* dessas coisas?

— Como ele era? — pergunto timidamente. — Edwin?
— Ele era... engraçado. — Sua boca se mexe como se quisesse dar um sorriso, mas ela não se permite. — Ele me fazia rir. Fazia com que meus pais fossem mais suportáveis. Ele fazia *tudo* ser mais suportável.

O ambiente fica em silêncio, a não ser pelo barulho bem baixo da televisão do andar de cima. O rosto de Sadie está paralisado, fixado em lembranças ou pensamentos. Ela parece estar em transe.

— Mas mesmo que não houvesse homens — digo —, você precisava mesmo se casar? Você tinha de se casar com um homem qualquer? Por que não esperou pelo homem certo? E o amor?

— "E o amor?" — ela me imita, implicante, interrompendo completamente seus pensamentos. — E o amor! Meu Deus, você é muito monótona. — Ela examina o monte de roupas na cama. — Separe tudo para que eu veja direito. Vou escolher seu vestido para esta noite. E *não* vai ser uma saia comprida horrorosa que vai até o chão.

Obviamente, o momento de relembrar o passado acabou.

— Está bem. — Começo a espalhar as roupas na cama. — Pode escolher.

— Eu também vou cuidar do seu penteado e da sua maquiagem — Sadie acrescenta firmemente. — Vou tomar conta de tudo.

— Tudo bem — digo pacientemente.

Quando volto ao banheiro, minha cabeça ainda está cheia das histórias de Sadie. Nunca fui muito fã de histórias de família e árvores genealógicas, mas estou achando tudo fascinante. Talvez eu peça para meu pai pegar umas fotos da antiga casa da família. Ele vai adorar.

Fecho a porta e examino meus potes de creme e cosméticos, todos equilibrados na bancada da pia. Hum. Talvez Josh tenha razão. Talvez eu não precise de esfoliante de damasco e de aveia *e* de sal marinho. Qual é o nível de esfoliação que a pele precisa?

Depois de meia hora, tudo está organizado em fileiras e consegui encher umas sacola de compras com potes antigos e semivazios para jogar fora. Meu plano de ação já foi iniciado! Se Josh visse meu banheiro agora ficaria impressionado! Quase tiro uma foto e mando para ele pelo celular. Sentindo-me contente comigo mesma, sigo de volta para o quarto, mas Sadie não está lá.

— Sadie? — chamo, mas ninguém responde. Espero que ela esteja bem. Com certeza foi muito difícil para ela relembrar o irmão. Talvez precisasse de um pouco de tempo sozinha.

Coloco a sacola de potes perto da porta para jogar fora depois e preparo uma xícara de chá. A próxima coisa da minha lista é encontrar aquele livro de fotografias ao qual ele se referiu. Deve estar em algum lugar por aqui. Talvez embaixo do sofá...

— Encontrei! — A voz animada de Sadie surgindo do nada me faz bater a cabeça na mesa de centro.

— Não faça isso! — Levanto e pego minha xícara de chá — Preste atenção, Sadie, eu só quero dizer... Você está bem? Quer conversar? Sei que as coisas não devem ter sido fáceis...
— Você tem razão, não foi fácil — diz ela claramente — Seu armário é muito incompleto.
— Não estou falando das roupas! Estou falando de *sentimentos*. — Olho para ela de maneira compreensiva. — Você passou por muita coisa, deve ter sido afetada.
Sadie não está nem me ouvindo. Se está, finge que não.
— Encontrei um vestido para você — anuncia. — Venha ver! Ande logo!
Se ela não quer conversar, não quer conversar. Não posso *obrigá-la*.
— Ótimo. O que você escolheu, então? — Sigo em direção ao quarto.
— Não está aí. — Sadie aparece na minha frente. — Temos que sair! Está em uma loja!
— Uma loja? — Paro e olho para ela. — Como assim, em uma loja?
— Fui obrigada a sair. — Ela levanta o queixo com audácia.
— Não havia nada no seu armário. Nunca tinha visto roupas tão sem graça!
— Não são sem graça!
— Então saí e encontrei um vestido *angelical*! Você simplesmente *precisa* comprá-lo!
— Onde? — Fico tentando imaginar aonde ela poderia ter ido. — Que loja? Você foi para o centro de Londres?
— Vou mostrar onde é! Vamos! Pegue sua bolsa!
Não consigo deixar de me sentir emocionada por Sadie ter ido à H&M ou a qualquer outra loja procurar uma roupa para mim.

— Tudo bem, então — digo finalmente. — Contanto que não seja muito caro. — Enfio a mão na bolsa para ver se minha chave está lá. — Vamos lá. Me mostre onde é

Estou esperando que Sadie me leve até o metrô e me obrigue a ir a Oxford Circus ou algum lugar assim. Mas, em vez disso, ela vira a esquina em direção a ruas pequenas que eu nunca tinha explorado.

— Tem certeza de que é por aqui? — hesito, confusa.
— Tenho! — Ela tenta me arrastar. — Vamos!

Passamos por fileiras de casas, por um parque e por uma faculdade. Nada aqui parecer ser uma loja. Estou quase dizendo a Sadie que errou o caminho quando ela vira a esquina e aponta triunfante:

— Ali!

Estamos na frente de uma pequena fileira de lojas. Há uma papelaria, uma lavanderia e, bem no fim, uma loja minúscula com uma placa de madeira pintada que diz: "Empório Fashion Vintage". Há um manequim na janela usando um vestido longo de cetim, luvas até o cotovelo, um chapéu com um véu e broches espalhados em todos os lugares. Do lado dela há uma pilha de caixas de chapéu antigas e uma penteadeira com uma ampla seleção de escovas de cabelo laqueadas.

— Esta é *de longe* a melhor loja na sua vizinhança — diz Sadie enfaticamente. — Encontrei tudo de que precisávamos. Venha!

Antes que eu pudesse dizer alguma coisa, ela já tinha se materializado dentro da loja. Não tenho escolha a não ser ir atrás dela. A porta toca um sininho quando entro e uma mulher de meia-idade sorri para mim de um balcão pequeno. Ela tem um cabelo desgrenhado tingido de um tom vivo de amarelo e está vestindo o que parece ser um cafetã original dos anos 1970 com uma estampa de círculos verdes brilhantes, além de muitos colares cor de âmbar no pescoço.

— Olá! — Ela dá um sorriso simpático. — Seja bem-vinda à loja. Sou Norah. Já veio aqui antes?
— Oi — respondo. — É minha primeira vez.
— Está interessada em alguma roupa ou época específica?
— Vou... dar uma olhada. — Sorrio de volta. — Obrigada.
Não consigo ver Sadie, então começo a andar pela loja. Nunca apreciei roupas vintage, mas vejo que existem coisas bem legais aqui. Um vestido rosa psicodélico dos anos 1960 está exposto ao lado de uma peruca alta. Há um cabideiro cheio de espartilhos de barbatana e anáguas. Na manequim de costureira há um vestido de noiva creme com laços, um véu e um buquê de flores secas muito pequeno. Há uma caixa de vidro com patins de couro branco, enrugados e gastos pelo uso. Há coleções de leques, bolsas de mão, estojos antigos de batom...
— Onde você está? — A voz impaciente de Sadie penetra meu ouvido — Venha aqui!
Ela está chamando de um cabideiro lá de trás. Um pouco preocupada, vou em direção a ela.
— Sadie — digo em voz baixa —, concordo que essas coisas sejam legais e tudo mais. Mas só vou sair para tomar um drinque. Você não pode achar que...
— Veja! — Ela aponta triunfante. — É perfeito.
Nunca mais deixo um fantasma me dar dicas de moda.
Sadie está apontando para um vestido melindrosa dos anos 1920. É um vestido bronze de seda com uma cintura baixa, alças cheias de contas e uma capa combinando. Na etiqueta está escrito: "Vestido original dos anos 1920, feito em Paris."
— Não é uma graça? — Ela junta as mãos e dá uma voltinha, seus olhos brilhando de entusiasmo. — Minha amiga Bunty tinha um muito parecido com esse, só que prateado.
— Sadie! — falo alto. — Não posso usar isto em um encontro! Não seja boba!

— É claro que pode! Experimente! — Ela está me empurrando com seus braços finos e brancos. — Você vai ter que cortar todo o seu cabelo, é claro...

— Não vou cortar meu cabelo! — Afasto-me horrorizada. — E não vou experimentar o vestido!

— Encontrei sapatos que combinam também. — Ela voa rapidamente para uma estante e mostra sapatilhas da cor bronze. — E uma maquiagem apropriada. — Ela rodopia em direção a um balcão de vidro e aponta para um estojo Bakelite com uma plaquinha que diz: "Maquiagem original dos anos 1920. Muito rara."

— Eu tinha um kit igual a esse. — Ela o encara com carinho. — É o melhor batom que existe. Vou ensiná-la a passar direito.

Pelo amor de Deus.

— Sei passar batom, obrigada...

— Você não faz ideia. — Ela me interrompe bruscamente. — Mas vou ensiná-la. E vamos fazer cachos em seu cabelo. Tem babyliss aqui. — Ela aponta para uma caixa velha de papelão onde há um aparelho de metal antigo e esquisito. — Você vai ficar *tão* mais bonita se fizer um esforço. — Ela vira a cabeça de novo. — Se apenas pudéssemos encontrar meias decentes...

— Sadie, pare com isso! — sussurro. — Você deve estar louca! Não vou comprar nada disso...

— Ainda me lembro do cheiro delicioso de me arrumar para as festas. — Ela fecha os olhos rapidamente como se estivesse absorvida pelos pensamentos. — Batom e cabelo queimado...

— Cabelo queimado — digo horrorizada. — Você não vai queimar meu cabelo!

— Não se preocupe! — diz ela, impaciente. — Só queimávamos *algumas vezes*.

— Está tudo bem aí? — Norah aparece, seus colares âmbar balançando, e pulo de susto.

— Ah. Sim, obrigada.
— Você está interessada nos anos 1920? — Ela vai em direção à caixa de vidro. — Temos alguns itens originais maravilhosos aqui. Todos novinhos de um leilão recente.
— Pois é — concordo educadamente. — Eu estava dando uma olhada neles.
— Não sei exatamente para que servia isto... — Ela pega um pote enfeitado com joias encaixado em um anel circular. — É uma coisinha estranha, não é? Um medalhão, talvez?
— É um anel de ruge — diz Sadie, revirando os olhos. — Ninguém tem mais noção de *nada*?
— Acho que é um anel de ruge — acabo dizendo, casualmente.
— Ah! — Norah parece impressionada. — Você é uma especialista! Talvez saiba como usar esses babyliss Marcel antigos — Ela pega o aparelho de metal e o levanta cuidadosamente com a mão. — Acredito que era preciso ter um jeitinho. Foi antes da minha época, infelizmente.
— É fácil — diz Sadie com um tom esnobe em meu ouvido. — Vou mostrar.
Ouvimos o sininho da porta e duas garotas entram, fazendo "ohs" e "ahs" enquanto olham em volta.
— Este lugar é maneiro — ouço uma delas dizer.
— Com licença. — Norah sorri. — Vou deixá-la continuar dando uma olhada. Se quiser experimentar alguma coisa, é só me avisar.
— Pode deixar. — Sorrio para ela. — Obrigada.
— Diga que quer experimentar o vestido bronze! — Sadie me empurra para a frente. — Vá lá!
— Pare com isso! — sussurro enquanto a mulher desaparece. — Não quero experimentá-lo!
Sadie parece confusa.

— Mas você precisa experimentar. E se não couber?
— Não preciso experimentar porque não vou usá-lo. — Minha frustração toma conta de mim. — Cai na real! Estamos no século XXI! Não vou usar um batom antigo e um babyliss ancião! Não vou usar vestido melindrosa em um encontro! Simplesmente não vai acontecer!
Durante um tempo, Sadie parece surpresa com minha resposta.
— Mas você prometeu. — Ela me olha, magoada. — Você prometeu que ia me deixar escolher o vestido.
— Achei que você estava se referindo a roupas normais! — digo, exasperada. — Roupas do século XXI! Não isto. — Pego o vestido e mostro para ela. — É ridículo! É uma fantasia!
— Mas se você não usar o vestido que eu escolher vai ser como se o encontro não fosse meu. Vai ser um encontro seu! — A voz de Sadie começa a ficar mais alta; posso ver que ela está a um passo de começar a gritar. — É melhor eu ficar em casa! Saia sozinha com ele, então!
Suspiro.
— Olhe, Sadie...
— Ele é *meu* homem! — grita ela, nervosa. — Meu! Com minhas regras! É minha última chance de me divertir com um homem e você quer estragar tudo usando uma roupa horrorosa...
— Não quero *estragar* nada...
— Você prometeu que ia fazer as coisas do meu jeito! *Você prometeu!*
— Pare de gritar comigo! — Afasto-me, cobrindo as orelhas.
— Jesus!
— Está tudo bem por aqui? — Norah aparece novamente e me olha desconfiada.
— Está — digo, me recompondo. — Eu estava... Bem... No telefone.

— Ah. — O rosto dela volta ao normal. Ela faz que sim com a cabeça para o vestido melindrosa bronze, que ainda está em meus braços. — Quer experimentar? É uma peça linda. Foi feito em Paris. Já viu os botões de madrepérola? São divinos.
— Eu... Bem...
— Você prometeu! — Sadie está a 7 centímetros de mim, seu queixo empinado, seus olhos flamejantes. — Você prometeu! É meu encontro! Meu! Meu!
Ela é como uma sirene de bombeiro incessante. Olho para o lado, tentando pensar direito. Não vou conseguir suportar uma noite toda com Sadie gritando comigo. Minha cabeça vai explodir.
E, vamos admitir, Ed Harrison já me acha maluca mesmo. Que diferença faz se eu aparecer de vestido melindrosa?
Sadie tem razão. A noite é dela. É melhor eu fazer as coisas do jeito dela.
— Muito bem! — digo, finalmente, interrompendo o grito insistente de Sadie. — Você me convenceu. Vou experimentar o vestido.

10

Se alguém que eu conheço me vir agora, eu morro. Morro. Ao sair do táxi, olho rapidamente para os dois lados da rua. Ninguém à vista, graças a Deus. Nunca fiquei tão ridícula em toda minha vida. É isso o que acontece quando você deixa sua tia-avó morta escolher sua roupa.

Estou usando aquele vestido vintage, do qual mal consegui fechar o zíper. Evidentemente as mulheres não tinham seios fartos nos anos 1920. Meus pés estão esmagados dentro do sapato. Seis longos colares de contas estão pendurados em meu pescoço. Ao redor da minha cabeça há uma faixa preta enfeitada com pedras, e uma pena saindo dela.

Uma *pena*.

Meu cabelo foi submetido a uma sessão de tortura com estilos fora de moda, cheios de ondas e cachos, que levou umas duas horas para fazer com babyliss Marcel. Quando ficou pronto, Sadie insistiu para que eu passasse um creme esquisito que ela também havia comprado na lojinha vintage, e agora está duro feito pedra.

Sem falar na maquiagem. Realmente achavam isso bonito em 1920? Meu rosto está coberto por um pó pastel com uma rodela de blush em cada bochecha. Meus olhos estão fortemente contornados por um delineador preto. Minhas pálpebras estão borradas com uma pasta verde brilhosa, que também saiu do estojo Bakelite. Ainda não sei exatamente o que tem em minhas sobrancelhas: uma coisa estranha e grudenta que Sadie chama de "cosmetique". Ela me fez ferver aquilo em uma panela e depois espalhar sobre os olhos.

Fala sério, eu *tenho* um rímel novo da Lancôme, à prova d'água, com fibras flexíveis e tudo. Mas Sadie não se interessou. Estava muito eufórica com toda aquela maquiagem velha idiota, contando como ela e Bunty arrumavam-se juntas para festas, colocando cílios postiços uma na outra e dando pequenos goles em suas garrafinhas.

— Deixe-me ver. — Sadie aparece a meu lado e me olha de cima a baixo. Ela está com um vestido dourado e luvas que vão até os cotovelos. — Você precisa reforçar o batom.

Não há sentido em sugerir um gloss da Mac em vez do batom. Suspirando, procuro na bolsa o pote daquela substância grudenta vermelha e passo um pouco mais em meus lábios.

Duas garotas passam por nós, cutucando uma a outra e sorrindo curiosamente para mim. Elas com certeza acham que estou indo a uma festa a fantasia e concorrendo no quesito "Fantasia mais extravagante".

— Você está divina! — diz Sadie, animada. — Só precisa de um cigarro. — Ela começa a olhar para os dois lados da rua. — Onde tem uma tabacaria? Ah, devíamos ter trazido uma cigarreira lindinha para você.

— Eu não fumo — digo, interrompendo-a. — E não se pode mais fumar em lugares públicos mesmo. É a lei.

— Uma lei ridícula! — ela responde com um tom de preconceito. — Como uma pessoa pode, então, dar uma festa do cigarro?

— Não se fazem mais festas do cigarro. Fumar causa câncer. É *perigoso*!
Sadie faz um murmúrio de impaciência.
— Vamos, então!
Começo a segui-la na rua a caminho da placa do bar Crowe, quase impossibilitada de andar em meus sapatos dos anos 1920. Quando chego à porta, me dou conta de que ela desaparecera. Aonde ela foi?
— Sadie? — Viro-me e olho para a rua. Se ela tiver me abandonado, vou matá-la...
— Ele já está lá! — Ela aparece de repente, mais agitada do que antes. — Ele é muito atraente.
Meu coração dói. Esperava que ele tivesse me dado um bolo.
— Como estou? — Sadie penteia o cabelo, e sinto uma pontada de compaixão por ela. Não deve ser muito bom ir a um encontro e ser invisível.
— Você está linda — digo, tranquilizando-a. — Se ele pudesse vê-la, a acharia muito gostosa.
— Gostosa? — Ela fica confusa.
— Sexy. Bonita. Você está um tesão. É assim que falamos.
— Meu Deus! — Seus olhos passeiam nervosos entre mim e a porta. — Agora lembre-se, antes de entrarmos, que esse é o *meu* encontro.
— Eu sei que é seu encontro — respondo, impaciente. — Você já me disse várias vezes.
— O que quero dizer é... seja eu. — Ela me olha fixamente com um olhar insistente. — Diga tudo o que eu mandar. Faça tudo o que eu mandar. Assim vou sentir que sou realmente eu falando com ele. Entendeu?
— Não se preocupe! Entendi. Você me diz as frases e eu digo a ele. Prometo.
— Então vá! — Ela aponta para a porta.

Empurro as portas pesadas de vidro e me vejo num lobby vivo com paredes revestidas de camurça e luz baixa. Há outras portas duplas à frente, através das quais eu vejo o bar. Ao entrar, miro rápido meu reflexo em um espelho sombreado e sinto um pequeno pavor.

Sinto-me milhões de vezes mais ridícula aqui do que estava me sentindo em casa. Meus colares fazem um barulho enorme a cada passo que dou. A pena se mexe para cima e para baixo em minha cabeça. Pareço um holograma dos anos 1920. E estou em um bar minimalista cheio de pessoas legais em suas roupas simples Helmut Lang.

Sigo andando adiante, cheia de confiança, quando vejo Ed. Ele está sentado em uma cadeira a uns 9 metros de distância, vestindo um convencional conjunto de calça e paletó e bebendo o que parece ser um convencional gim-tônica. Ele me vê, olha de relance em minha direção e fica em choque.

— Viu? — pergunta Sadie, triunfante. — Está paralisado só de te ver.

Ele está paralisado, é verdade. O queixo dele caiu e seu rosto ficou pálido.

Bem devagar, apesar de estar jogando a si mesmo na lama, e.e se levanta e vem até mim. Vejo os funcionários do bar se cutucando enquanto ando até ele, e ouço uma risada vinda de uma mesa ali perto.

— Sorria! — Sadie insiste alto em meu ouvido. — Vá ao encontro dele com um olhar vibrante e diga "Olá, papai!".

Papai?

Esse encontro não é meu, lembro a mim mesma com veemência. É o encontro de Sadie. Estou apenas atuando.

— Olá, papai! — digo com vivacidade enquanto ele se aproxima.

— Oi — ele responde, baixinho. — Você está... — Ele mexe as mãos incessantemente.

Todo o barulho das conversas ao nosso redor silencia. O bar inteiro está nos assistindo. Que ótimo.

— Diga mais alguma coisa! — Sadie fica pulando a meu lado animada, claramente esquecendo-se da estranheza da situação.

— Diga "Você está muito elegante, velhote." E mexa no colar.

— Você está muito elegante, velhote. — Olho para ele com um sorriso torto, mexendo nos colares tão depressa que um deles atinge meu olho.

Ai, essa doeu.

— Está certo. — Ed parece quase impossibilitado de falar de tanta vergonha. — Você quer algo para beber? Uma taça de champanhe?

— Peça uma varetinha de mexer bebida! — instrui Sadie.

— E sorria! Você ainda não sorriu nenhuma vez!

— Pode vir com uma varetinha de mexer bebida? — Dou um enorme sorriso amarelo. — Adoro essas varetinhas!

— Uma varetinha de bebida? — Ed franze as sobrancelhas. — Para quê?

Vai saber para quê! Fuzilo Sadie com um olhar.

— Diga "Para furar as bolhas do champanhe, querido!" — ela sussurra.

— Para furar as bolhas do champanhe, querido! — Dou novamente um sorriso amarelo e mexo nos colares.

Ed parece querer se enfiar em um buraco no chão, e não o culpo por isso.

— Por que você não se senta? — ele pergunta num tom de voz tenso. — Vou trazer as bebidas.

Vou em direção à mesa onde ele estava sentado e puxo uma cadeira estofada de camurça.

— Sente-se assim. — Comanda Sadie, adotando uma pose afetada com as mãos nos joelhos, e a copio da melhor maneira que consigo. — Abra mais seus olhos! — Ela olha incessantemente

para as pessoas sentadas em grupos e de pé no bar. O zumbido das conversas diminuíra e uma música de fundo começa a tocar.
— Quando a banda chega? Quando começa a dança?
— *Não há banda* resmungo. — *Não há dança*. Não estamos nesse tipo de local.
— Não há dança? — pergunta ela, chateada. — Mas precisa ter dança. O objetivo principal é dançar! Não tem uma música mais agitada? Não tem nada com um pouco de vida?
— Não sei — respondo, sarcástica. — Pergunte a ele. — Aponto minha cabeça em direção ao barman, e Ed chega com a taça de champanhe e algo que parece um gim-tônica. Acho que deve ser triplo. Ele se senta à minha frente, põe os drinques na mesa e levanta seu copo.
— Saúde!
— Tim-tim! — digo com um sorriso ofuscante. Mexo rapidamente meu champanhe com a varetinha e dou um gole. Olho para Sadie para obter aprovação, mas ela desapareceu. Procuro em volta diversas vezes e finalmente a vejo atrás do bar, berrando algo no ouvido do barman.

Ai, meu Deus. Que confusão ela está causando agora?
— Então... Você veio de muito longe?

Minha atenção está voltada para outro lugar. Ed está falando comigo, e Sadie não está aqui para me dizer as falas. Que ótimo! Vou realmente ter que conversar.
— É... Não, não muito. De Kilburn.
— Kilburn! — Ele mexe a cabeça como se eu tivesse dito algo muito profundo.

Enquanto tento pensar em algo para dizer, olho-o de cima a baixo. O paletó escuro é lindo, preciso admitir. Ele é mais alto do que me lembrava, com um corpo maior e mais firme, e veste uma camisa que parece cara. Tem a barba por fazer e franze as sobrancelhas da mesma maneira que fez no escritório. Pelo amor de Deus! É fim de semana, ele está em um encontro e parece que está em uma dessas reuniões onde todos estão a ponto de ser demitidos e perder todo o bônus.

Fico um pouco irritada. Ele podia ao menos *tentar* fingir que está se divertindo.

— Então, Ed! — Faço um esforço heroico e sorrio para ele.

— Pelo seu sotaque, imagino que seja americano.

— Isso mesmo. — Ele faz que sim com a cabeça, mas não continua a conversa.

— Há quanto tempo está aqui?

— Cinco meses.

— E está gostando de Londres?

— Ainda não conheci muito.

— Ah, mas precisa conhecer! — Não consigo esconder meu entusiasmo. — Você devia ir à roda-gigante London Eye, ao Covent Garden, e depois pegar um barco até Greenwich...

— Talvez. — Ele sorri com timidez e dá um gole em sua bebida. — Estou muito atarefado no trabalho.

É a coisa mais estúpida que já ouvi. Como alguém se muda para uma cidade e não vai conhecê-la? Eu *sabia* que não gostava desse cara. Olho para cima e vejo Sadie a meu lado, mal-humorada, com os braços cruzados.

— Aquele barman é muito arrogante — ela reclama. — Vá dizer a ele para trocar a música.

Ela é *maluca*? Fuzilando-a com os olhos, olho novamente para Ed e sorrio educadamente.

— Lara, com o que você trabalha? — Ele claramente percebe que terá que conversar também.

— Sou caça-talentos.

Imediatamente, Ed fica desconfiado.

— Você não trabalha na Sturgis Curtis não, né?

— Não, tenho minha própria empresa, a L&N Recrutamentos Executivos.

— Que bom. Não gostaria de ofendê-la.

— O que há de errado com a Sturgis Curtis? — Não pude resistir e perguntei.

— Eles são predadores infernais. — Ele faz uma cara de tamanho horror que fico com vontade de rir. — Me perseguem todos os dias. Se quero este trabalho aqui?; Se estou interessado naquele outro emprego?... Eles usam artimanhas para enganar minha secretária... eles são *bons*. — Ele tem um calafrio.

— Até me convidaram para sentar à mesa deles no jantar da *Business People*.

— Puxa! — Não consigo esconder que fico impressionada. Nunca fui ao jantar da *Business People*, mas já vi nas revistas. É sempre em um grande hotel de Londres e é muito chique. — E você vai?

— Vou dar uma palestra lá.

Uma *palestra*? Meu Deus, ele deve ser muito importante. Não tinha a menor ideia. Olho para cima para levantar as sobrancelhas para Sadie, mas ela sumiu.

— Você vai? — pergunta ele gentilmente.

— Hum... este ano não. — Tento mostrar que é uma falha ocasional. — Minha empresa não conseguiu uma mesa este ano.

Se bem me lembro, cada mesa é para 12 pessoas e custa 5 mil libras, e a L&N Recrutamentos Executivos tem exatamente duas pessoas trabalhando e aproximadamente 5 mil negativos na conta.

— Ah, sim. — Ele inclina a cabeça.

— Mas tenho certeza de que estaremos lá no ano que vem — completo rapidamente. — É provável que tenhamos duas mesas. Você sabe, para fazer tudo direito. Até lá já teremos ampliado a empresa... — desconverso. Não sei por que estou me esforçando para agradar esse cara. Ele claramente não está interessado em nada do que eu digo.

Enquanto mexo minha bebida novamente, percebo que a música para de tocar. Viro meu corpo para olhar para o barman e ele está em pé, em frente ao CD player atrás do bar, experimentando um momento de guerra entre sua própria vontade e o som de Sadie berrando algo em seus ouvidos. O que ela está fazendo?

Finalmente, chegando a uma conclusão, o barman pega um CD e coloca para tocar. Logo em seguida, o som de uma banda estridente, cafona, do estilo Cole Porter começa a preencher o ambiente. Sadie aparece atrás da cadeira de Ed com um sorriso de satisfação no rosto.

— Até que enfim! Sabia que aquele homem tinha algo adequado na gaveta. Agora chame Lara para dançar! — ela instrui Ed, e abaixa-se para perto de sua orelha. — *Chame Lara para dançar!*

Ai, meu Deus! De jeito nenhum.

Resista, mando uma mensagem em silêncio para Ed. *Não a escute. Seja forte.* Mando meus sinais telepáticos mais fortes, mas não adianta. Quando Sadie fala em seu ouvido, um olhar confuso e estranho toma conta do rosto de Ed. É como se ele realmente não quisesse dizer as palavras, mas não tivesse opção.

— Lara. — Ele limpa a garganta e esfrega o rosto. — Você quer... dançar?

Se eu disser que não, Sadie vai derramar toda sua vingança em mim, eu sei. Era o que ela queria; esse é o motivo pelo qual estamos todos aqui. Para que ela possa dançar com Ed.

— Está bem.

Sem acreditar no que estou fazendo, coloco o copo na mesa e me levanto. Sigo Ed até um pequeno espaço vazio perto dos bancos do bar, e ele se vira para mim. Por um instante, ficamos olhando um para o outro, paralisados pela atrocidade da situação.

É um cenário cem por cento não dançante. Não estamos em uma pista de dança. Esse lugar não é uma discoteca, e sim um bar. Ninguém está dançando. A banda de jazz ainda toca a música estridente e um sujeito canta algo sobre seu sapato bonito. Não há ritmo, não há nada. Não há possibilidade de dançarmos.

— Dancem! — Sadie nos sobrevoa inquieta, girando com impaciência. — Dancem juntos! *Dancem!*

Com um olhar de desespero, Ed começa a se mexer de forma estranha de um lado para o outro, tentando ao máximo seguir a música. Ele parece tão deprimente que começo a imitá-lo, só para que ele se sinta melhor. Nunca vi uma dança tão pouco convincente como esta em minha vida.

De soslaio, consigo ver todas as pessoas virando-se para nós. Meu vestido balança de um lado para o outro e meus colares fazem barulho. Os olhos de Ed estão focados em algo muito distante, como se ele estivesse vivenciando uma experiência de fora do corpo.

— Com licença. — Um dos atendentes do bar se infiltra entre nós carregando um prato de comida chinesa.

Além de não estarmos em uma pista de dança, estamos no caminho das pessoas. Essa é a maior tortura que já vivi em toda a minha vida.

— Dance direito! — Sadie me olha, horrorizada. — Isso não é dançar!

O que ela espera que a gente faça, dance valsa?

— Parece que vocês estão andando na lama! É assim que se dança.

Ela começa a dançar uma coisa do tipo Charleston de 1920, com pernas, cotovelos e joelhos voando. Ela sorri, feliz, eu posso ouvi-la murmurando a melodia. Pelo menos *alguém* está se divertindo.

Assisto a Sadie dançar perto de Ed e colocar as mãos finas nos ombros dele. Ela gentilmente passa uma das mãos no rosto dele e diz "Ele não é lindo?". Ela passa as mãos no peito dele, ao redor da cintura, e vai até as costas.

— Você consegue senti-lo? — pergunto, incrédula, e Sadie hesita, como se eu a tivesse pegado no flagra.

— Isso não importa — ela responde, defensiva. — E não é da sua conta.

Certo, então ela não consegue. Vale qualquer coisa que a deixe feliz, suponho. Mas eu preciso assistir?

— Sadie! — murmuro, enquanto as mãos dela vão descendo ainda mais pelo corpo dele.

— Desculpe, o que disse? — Com um esforço visível, Ed olha para mim. Ele ainda dança de um lado para o outro, sem perceber que tem uma garota de 23 anos passando as mãos vorazmente por seu corpo.

— Eu disse... vamos parar! — Desvio meus olhos de Sadie, que tenta mordiscar as orelhas dele.

— Não! — protesta Sadie, furiosa. — Mais!

— Ótima ideia — concorda Ed, e começa a voltar para nossa mesa.

— Ed? Ed Harrison? — Uma mulher loura o para no caminho de volta. Ela veste uma calça bege e uma camisa branca, e faz uma expressão de inesperada alegria. Na mesa atrás dela vejo vários outros executivos também bem-vestidos observando avidamente. — Achei que fosse você! Você estava... *dançando?*

Enquanto Ed avalia todas as pessoas da mesa, fica evidente que o pesadelo dele se tornara cinquenta vezes pior. Quase sinto pena dele.

— Eu... estava — responde finalmente, apesar de ele mesmo quase não acreditar. — Estávamos dançando. — Parece voltar à realidade. — Lara, você conhece Genevieve Bailey, da

DFT? Genevieve, Lara. Olá, Bill, Mike, Sarah... — Ele cumprimenta todas as pessoas sentadas à mesa.
— Seu vestido é adorável. — Genevieve diz com um olhar condescendente para meu vestido. — Um estilo dos anos 1920, é claro!
— É original — replico.
— Não tenho dúvida!
Eu me esforço ao máximo para sorrir de volta, mas ela me atingiu na alma. Eu não *quero* estar vestida feito uma boneca da coleção "série dos anos 1920" que vem junto com o *Daily Mail*. Principalmente não na frente de pessoas que evidentemente são executivos de alto escalão.
— Vou retocar a maquiagem. — Forço outro sorriso. — Volto em um minuto.
No banheiro feminino, pego um lenço, molho e esfrego-o em meu rosto. Mas nada parece sair.
— O que você está fazendo? — Sadie aparece atrás de mim.
— Você vai estragar sua maquiagem!
— Só estou tentando clarear um pouco — respondo enquanto esfrego o rosto.
— Esse ruge não vai sair — retruca Sadie, lentamente. — É indelével. Dura dias, assim como o batom.
Indelével?
— Onde você aprendeu a dançar? — Sadie coloca-se entre mim e o espelho.
— Em lugar nenhum. Não se aprende a dançar em algum lugar. Simplesmente se dança.
— Dá para ver. Você dança muito mal.
— Você é totalmente exagerada — revido, chateada. — Parecia que você queria trepar com ele ali mesmo!
— Trepar? — Sadie estranha. — O que significa isso?

— Significa... Você sabe. — Paro de falar. Não tenho certeza de que isso seja algo que eu queira conversar com minha tia-avó.

— O que é? — Sadie insiste, impaciente. — O que significa?

— É aquilo que se faz com outra pessoa. — Escolho as palavras com bastante cuidado. — É como a festa do pijama, mas sem pijama.

— Ah, é isso? — Pela sua expressão, ela identificou a coisa.

— Vocês chamam isso de trepar?

— Às vezes — respondo com desdém.

— Que jeito esquisito de chamar. Nós chamávamos de sexo.

— Ah — digo, sem graça. — É, nós também.

— Ou de fornicar — ela completa.

Fornicar? E ela tem coragem de dizer que "trepar" é um jeito esquisito de chamar?

— Bem, chame do que quiser! — Tiro um dos sapatos e esfrego meus dedos esmagados. — Parecia que você queria fazer isso com ele bem ali no bar.

Sadie sorri e ajeita a faixa do cabelo, enquanto se olha no espelho.

— Você tem que admitir que ele é lindo.

— Do lado de fora, talvez — resmungo. — Mas ele não tem personalidade.

— Tem sim! — diz Sadie, ofendida.

Como ela pode saber? Fui eu que tive que ficar conversando com ele.

— Não, não tem. Ele mora em Londres há meses e nunca se importou em conhecer nada! — Calço o sapato de volta. — Que tipo de pessoa retrógrada faz isso? Que tipo de pessoa não está interessada em uma das cidades mais incríveis do mundo? — Começo a elevar minha voz com indignação. — Ele não merece morar aqui.

Sendo uma londrina, considero aquilo uma ofensa pessoal. Olho para Sadie para ver o que ela acha, mas ela está com os olhos fechados, cantando baixinho. Nem sequer está me ouvindo.

— Você acha que ele iria gostar de mim? — Ela abre os olhos.

— Se pudesse me ver. Se pudesse dançar comigo.

Ela está tão esperançosa e radiante que minha revolta se esvai. Estou sendo boba. O que importa como esse cara é? Ele não tem nada a ver comigo. Essa é a noite de Sadie.

— Sim — respondo, o mais convincente que consigo. — Acho que ele adoraria você.

— Também acho. — Ela fica satisfeita. — A faixa no seu cabelo está torta, sabia?

Ajeito a faixa e avalio meu reflexo, rabugenta.

— Estou *ridícula*.

— Você está divina. É a garota mais bonita deste lugar. Depois de mim — ela acrescenta sutilmente.

— Você tem ideia de como estou me sentindo? — Esfrego minhas bochechas novamente. — Não, é claro que não. Você só se importa com o seu namoradinho.

— Vou dizer uma coisa — desconversa Sadie observando-me de forma crítica no espelho. — Você tem uma boca de estrela de cinema. No meu tempo, todas as garotas *morreriam* por uma boca como a sua. Você podia ter sido modelo.

— Sei, sei. — Reviro os olhos.

— *Olhe* para si mesma, sua boba. Você parece uma heroína de filme!

Olho para o espelho de novo, relutantemente, tentando me imaginar em preto e branco, amarrada à linha do trem enquanto um piano toca uma música ameaçadora. Na verdade, ela está certa. Até que sou bonitinha.

— Ah, Senhor, me poupe! — Adoto uma pose em frente ao espelho, piscando os olhos.

— Exatamente! Você teria sido a estrela das telas de cinema.

Sadie me olha nos olhos e não consigo evitar encará-la de volta. Esse é o encontro mais estranho e mais idiota da minha vida, mas de alguma forma o bom humor dela me contagia.

Ao voltarmos para o bar, Ed ainda está conversando com Genevieve. Ela está encostando-se para trás da cadeira numa pose "casual", que instantaneamente percebo que é para mostrar seu corpo alto e esbelto para Ed. Também percebo instantaneamente que ele nem sequer reparou, o que o deixa até mais bonito aos meus olhos.

Entretanto, Sadie repara. Fica tentando empurrar Genevieve do caminho, gritando "Saia!" em seus ouvidos, mas Genevieve a ignora completamente. Deve ser feita de algo bastante resistente.

— Lara! — Genevieve me chama com um sorriso falso. — Desculpe. Não quero estragar sua noite *à deux* com Ed.

— Sem problemas. — Devolvo para ela o mesmo sorriso.

— Vocês se conhecem há muito tempo? — Ela aponta para mim e para Ed com seu punho elegante em uma manga de seda.

— Não, há pouco tempo.

— E como vocês se conheceram?

Não consigo evitar olhar para Ed. Ele fica tão desconfortável com a pergunta que me dá vontade de rir.

— Foi no escritório, não foi? — respondo para ajudá-lo.

— No escritório. Foi sim — Ed responde, aliviado.

— Bem! — Genevieve ri, daquela vibrante e radiante forma de quando se está realmente incomodado com alguma coisa. — Ed, você é uma caixa de surpresas! Não fazia ideia de que você tinha namorada!

Por um segundo, nossos olhares se encontram. Posso ver que ele está tão certo em relação a isso quanto eu.

— Ela não é minha namorada — diz primeiro. — Digo, não é...

— Não sou namorada dele — interrompo, afobada. — Só estamos... em um tipo de único...
— Só estamos tomando um drinque juntos. — Ed complementa.
— Provavelmente não nos veremos nunca mais.
— Provavelmente — afirma Ed. — Definitivamente.
Ambos concordamos completamente. Na realidade, acho que pela primeira vez pensamos da mesma forma.
— Entendo. — Genevieve parece totalmente confusa.
— Deixe-me pegar outra bebida para você, Lara. — Ed sorri para mim pela primeira vez na noite.
— Não, eu vou pegá-las! — Sorrio de volta. Saber que você precisa passar somente os próximos dez minutos com uma pessoa o faz sentir-se repentinamente generoso em relação a ela.
— O que você quer dizer? — murmura uma voz atrás de mim, e, quando me viro, vejo Sadie vindo em minha direção. Seu brilho desaparecera; ela é um poço de fúria. — Não é nada de único encontro. Você me prometeu!
Ela é corajosa. Que tal "Obrigada por se vestir como uma palhaça, Lara"?
— Eu mantive minha promessa! — cochicho pela lateral da boca enquanto ando até o bar. — Fiz minha parte do combinado.
— Não fez nada! — Ela me olha, revoltada. — Você nem sequer dançou direito com ele! Só ficou arrastando os pés sem vontade.
— Sinto muito. — Pego meu telefone e finjo falar nele. — Você disse que queria um encontro. Arrumei um para você. Ponto final. Uma taça de champanhe e um gim-tônica, por favor — acrescento para o barman enquanto procuro o dinheiro na bolsa. Sadie fica quieta, o que provavelmente significa que ela está se preparando para um momento de gritaria. Mas quando do a olho novamente, ela não está mais. Olho em volta e a vejo de costas ao lado de Ed.

Ela está berrando no ouvido dele. Ai, meu Deus, o que ela está fazendo?

Pago as bebidas o mais rápido possível e corro de volta para a mesa. Ed está olhando para o nada com aquele olhar vidrado e fixo de novo. Genevieve está no meio de uma piada sobre a Antígua e não parece sequer reparar na expressão distante de Ed. Ou talvez ela ache que ele está petrificado de admiração por ela.

— E então eu vi a parte de cima do meu biquíni! — Ela solta uma gargalhada. — No mar! Nunca me recuperei dessa vergonha.

— Aqui está, Ed — digo, entregando o gim-tônica a ele.

— Obrigado. — Ele parece voltar à realidade.

— Pergunte agora! — Sadie lança-se para a frente e grita no ouvido dele. — Convide-a AGORA!

Convidar a mim? Convidar para quê? É melhor que não seja para outro encontro, porque não vai acontecer. Sem condições. Seja o que for que Sadie queira...

— Lara... — Ed foca o olhar em mim com certa dificuldade, com a testa mais franzida do que nunca. — Você gostaria de ir comigo ao jantar da *Business People*?

Não *acredito* nisso.

Em choque, direciono meu olhar para Sadie — ela está me olhando com uma expressão triunfante, os braços cruzados sobre o peito.

— Não diga que sim por minha causa — diz ela, despreocupada. — Fica a seu critério. Completamente.

Ah. Ela é *boa* nisso. É muito mais esperta do que imaginei. Eu nem percebi que ela estava prestando atenção na conversa.

Isso é impossível. Eu jamais vou negar um convite para o jantar da *Business People*. É um evento enorme. Vai estar cheio de executivos importantes. Vou poder conhecer pessoas... fazer contatos... É uma oportunidade gigantesca. Não posso recusar. Simplesmente não posso.

Filha da mãe.
— Sim — finalmente respondo, com firmeza. — Obrigada, Ed. É muito gentil da sua parte. Eu adoraria ir.
— Ótimo. Que bom! Vou passar os detalhes.
Nós dois parecemos estar lendo falas de uma peça. Genevieve fica olhando, perplexa.
— Então vocês *são* um casal — ela diz.
— Não! — respondemos os dois em uníssono.
— De maneira alguma — enfatizo. — Não mesmo. Digo... Jamais. Nem por um decreto. — Bebo um gole do champanhe e olho para Ed. É só minha imaginação ou ele parece ter ficado um pouquinho ofendido?

Fico ali mais uns vinte minutos, ouvindo Genevieve se gabar de todas as férias que teve, praticamente. Então Ed olha para mim e para minha taça vazia, e diz:
— Não se prenda por minha causa.
Não se prenda por minha causa. Que bom que eu não estou a fim desse cara! Se isso não quer dizer "não aguento nem mais um minuto em sua companhia", não sei o que quer dizer então.
— Você deve ter planos para o jantar — ele completa educadamente.
— Tenho — digo, sorridente. — Tenho sim, por acaso. Com certeza. Planos para o jantar. — Olho em silêncio para o relógio. — Meu Deus, a hora é essa mesmo? Tenho que ir. Meus convidados devem estar esperando. — Resisto à tentação de complementar "no Lyle Place, com champanhe".
— Bem, eu também tenho planos. — Ele concorda com a cabeça. — Talvez devêssemos...
Ele havia feito planos para o jantar. Claro que havia. Provavelmente tinha outro encontro muito melhor na fila.
— Sim, vamos. Foi... ótimo.

Ambos levantamos, fazemos um gesto banal de adeus para os executivos e nos encaminhamos para o lado de fora do bar, até a rua.

— Então... — Ed hesita. — Obrigado pela... — Ele faz um movimento como se fosse me dar um beijo na bochecha, mas claramente desiste e estende a mão. — Foi ótimo. Ligo para você para combinarmos o jantar da *Business People*.

A expressão dele é tão fácil de ler que quase dá pena. Ele já está imaginando como foi que se meteu nessa enrascada — mas ter me convidado em frente a uma multidão torna quase impossível ele voltar atrás.

— Vou para esse lado — ele completa.

— Vou para aquele — respondo. — Obrigada de novo. Tchau. — Rapidamente me viro e começo a descer, a passos largos, a rua. Que fiasco...

— Por que você está indo para casa tão cedo? — pergunta Sadie em meu ouvido. — Você devia ter sugerido ir a uma boate!

— Tenho planos para o jantar, lembra? — digo, incisiva. — E ele também. — Paro no meio da rua. Eu estava com tanta pressa de ir embora que saí andando na direção completamente oposta. Olho para trás, mas não há sinais de Ed. Ele deve ter corrido tão rápido quanto eu.

Estou faminta, e também me sentindo um pouco patética. Eu devia realmente ter feito planos para o jantar, penso enquanto subo a rua de volta. Entro em uma lanchonete e leio, compenetrada, o cardápio de sanduíches. Resolvo comprar um wrap e uma sopa, *e também* um brownie de chocolate. Vou chutar o balde.

Quando estou indo pedir um smoothie, ouço uma voz familiar entre as vozes dos fregueses.

— Pete. Oi, cara. Tudo bem?

Sadie e eu nos olhamos surpresas, reconhecendo a voz.

Ed?

Instintivamente me encolho, tentando me esconder atrás de uma pilha de batatinhas. Meus olhos examinam uma fila de pessoas e param em um paletó caro. Lá está ele. Comprando um sanduíche e falando ao telefone. Esses são os planos dele para o jantar?

— Ele não tinha jantar algum! — resmungo. — Ele mentiu!

— Igual a você.

— É, mas... — Fico um pouco chateada, sem saber bem por quê.

— Que bom! Como está a mamãe? — A voz de Ed é reconhecível no meio do tumulto.

Olho diversas vezes ao redor, tentando planejar uma trilha de fuga, mas há uma quantidade ridícula de espelhos nesse lugar. É muito provável que ele me veja. Vou ter que esperar aqui até ele ir embora.

— Diga a ela que li a carta da advogada. Não acho que vá dar processo. Vou mandar um e-mail para ela hoje à noite. — Ele ouve por um instante. — Pete, não tem problema, vai levar cinco minutos, no máximo... — Outro silêncio prolongado. — Eu *estou* me divertindo. Está tudo ótimo. Está... — Ele respira fundo e, quando fala de novo, soa um pouco aborrecido. — Que nada! As coisas são como devem ser, você sabe. Tive uma noite esquisita.

Minha mão aperta ansiosa o copo do smoothie. Será que ele vai falar de mim?

— Acabei de perder um tempo da minha vida com a mulher mais desagradável do mundo.

Não consigo evitar sentir uma certa dor. Eu não fui desagradável. Tudo bem, estou vestida de uma maneira um pouco diferente...

— Você deve tê-la conhecido. Genevieve Bailey? Da DFT? Não, não foi um encontro. Eu estava com... — Ele hesita. — Foi uma situação estranha.

Estou tão concentrada na tentativa de me esconder atrás da prateleira das batatinhas que paro de observar Ed. Mas, de repente, me dou conta de que ele já pagou seu pedido e se encaminha para fora da lanchonete, levando uma sacola para viagem. Ele caminha na minha direção. Acaba de passar por mim. Um passo a mais... por favor, não olhe...

Merda.

Como se pudesse ouvir meus pensamentos, ele olha de relance para a direita — e encontra meus olhos. Ele fica surpreso, mas não com vergonha.

— Até mais, amigão — diz, e desliga o telefone. — Olá.

— Ah, oi! — Tento soar casualmente indiferente, como se o plano tivesse sempre sido ser pega escondida numa lanchonete, agarrada a um wrap e a um smoothie. — Que ótimo... encontrá-lo aqui. Meus planos de jantar foram por água abaixo. — Pigarreio.

— No último minuto. Meus amigos ligaram e cancelaram, então pensei em comer algo rápido. Os wraps daqui são ótimos...

Me obrigo a parar de tagarelar. Por que eu deveria estar envergonhada? Por que *ele* não está envergonhado? Ele foi pego na mentira assim como eu.

— Achei que *você* tivesse planos para o jantar — digo lentamente, dando de ombros. — O que houve com seus planos? Foram cancelados também? Ou é um jantar desses chiques em que ficamos com medo de passar fome? — Olho de soslaio para a sacola para viagem sorrindo, esperando que ele fique desconfortável.

Ele nem sequer pestaneja:

— Esse *era* o meu plano. Comprar comida e trabalhar um pouco. Tenho que pegar um avião para Amsterdã amanhã no primeiro horário para uma reunião. Vou apresentar uma tese.

— Ah — digo, desconcertada.

A expressão dele é calma. Vejo que ele está dizendo a verdade. Droga.

— Certo — digo novamente. — Bem...

Uma pausa sem jeito, e Ed acena com a cabeça educadamente:

— Tenha uma boa noite. — Ele vai embora e o observo sair, envergonhada.

Josh jamais me faria sentir envergonhada. Eu *sabia* que não tinha gostado desse cara.

— Big Issue? — Uma voz interrompe meus pensamentos.

— Ah. — Volto minha atenção para o homem magro à minha frente. Ele não está com a barba feita, veste um gorro de lã e tem um crachá oficial da *Big Issue*. Me sinto mal por todas as vezes que passei direto devido à pressa, e resolvo ajudar. — Quero cinco exemplares — digo com firmeza. — Muito obrigada.

— Obrigada, querida — o homem agradece, olhando para minha roupa vintage. — Bonito vestido.

Entrego o dinheiro e pego cinco revistas, então vou em direção ao caixa. Ainda estou tentando pensar na coisa genial e petulante que eu devia ter dito a Ed. Devia ter dado uma bela risada e dito "Da próxima vez que você fizer planos para o jantar, Ed, me lembre de...".

Não, devia ter dito: "Realmente, Ed, quando você disse *jantar...*"

— O que é *Big Issue*? — A voz de Sadie me tira do transe. Pisco algumas vezes, um pouco irritada comigo mesma. Por que estou desperdiçando espaço na minha cabeça com ele? Quem se importa com o que ele pensa?

— É uma revista de rua — explico. — O dinheiro vai para projetos para os sem-teto. É uma boa causa.

Vejo Sadie digerindo o que falei.

— Eu me lembro de pessoas vivendo nas ruas — ela diz com os olhos distantes. — Depois da guerra. Parecia que o país jamais se ergueria novamente.

— Desculpe, senhor, mas não pode vender isso aqui dentro.

— De repente vejo uma menina de uniforme enxotando o vendedor da *Big Issue* da lanchonete. — Apreciamos o trabalho que você faz, mas a política da empresa...

Observo o homem pela porta de vidro. Ele parece profundamente conformado em ser expulso do local, e após um momento vejo-o oferecendo revistas para os transeuntes, enquanto todos o ignoram.

— Posso ajudá-la? — Percebo que a mulher do caixa me chama e me apresso até o balcão. Meu cartão de crédito foi parar no fundo da bolsa, e levo um tempo pagando. Perco Sadie de vista.

— Mas o que...

— Minha nossa, o que está acontecendo?

De repente vejo que todos os vendedores estão trocando olhares assustados. Viro-me devagar para ver o que estão olhando, e não consigo acreditar em meus próprios olhos.

Uma multidão de clientes da lanchonete. Estão todos se amontoando na rua ao redor do vendedor da *Big Issue*. Vejo alguns segurando diversas cópias, outros dando dinheiro a ele.

Sobra um único cliente na lanchonete. Sadie o sobrevoa com a expressão intensa e a boca em seu ouvido. Logo depois, com um olhar surpreso, ele larga a caixa de sushi que segurava e sai correndo para juntar-se à multidão do lado de fora, já pegando a carteira. Sadie fica observando de longe, os braços cruzados de satisfação. Ela olha para mim e não consigo evitar um enorme sorriso.

— Você arrasa, Sadie — balbucio. No minuto seguinte ela está a meu lado, olhando confusa para mim.

— Você disse que eu sou *rasa*?

— Você arrasa! — Pego minha sacola e começo a andar. — Significa que... você é demais. Fez uma coisa muito bonita. — Aponto para os clientes do lado de fora, em volta do vendedor da *Big Issue*. Agora os transeuntes estão se juntando à multidão para ver o que está havendo, e o vendedor parece impressionado. Ficamos olhando por uns instantes, e então viramos e começamos a descer a rua juntas, num silêncio profundo.

— Você também é demais — diz Sadie depressa, e olho para ela, surpresa.

— O que disse?

— Você também fez uma coisa bonita. Eu sabia que você não queria usar esse vestido esta noite, mas você usou. Por mim — ela completa. — Portanto, obrigada.

— Tudo bem. — Dou de ombros e tasco uma mordida em meu wrap de frango. — No final das contas, não foi tão ruim assim.

Não vou admitir para Sadie, pois ela iria me encher a paciência e ficaria insuportável, mas, na verdade, esse estilo anos 1920 está me conquistando um pouco.

Um pouco.

11

As coisas estão indo de vento em popa! Posso sentir. Até esse segundo encontro com Ed é uma coisa boa. Precisamos agarrar as oportunidades, como diz tio Bill. E é disso que se trata. Ir ao jantar da *Business People* será uma grande chance de conhecer centenas de profissionais experientes, distribuir meus cartões e impressionar pessoas. Natalie sempre disse que tinha de estar "por aí" e manter-se conhecida. Bem, agora eu estarei "por aí" também.

— Kate! — digo ao entrar no escritório na segunda de manhã. — Preciso de todos os meus cartões de contato, preciso comprar um desses porta-cartões, e preciso também de todo o histórico da *Business People*... — Paro de falar, surpresa. Ela está segurando o telefone com uma das mãos e faz círculos no ar violentamente com a outra. — O que houve?

— É a polícia! — Ela coloca a mão no fone. — Estão no telefone. Querem vir aqui falar com você.

— Ah, tudo bem.

Uma pedra de gelo parece descer violentamente até meu estômago. A polícia. Estava rezando para que a polícia simplesmente me esquecesse.

Olho em volta para ver se Sadie está na sala, mas não há nenhum sinal dela. Durante o café ela estava falando algo sobre uma loja vintage em Chelsea, então deve ter ido até lá.
— Posso passar a ligação para você? — Kate pergunta, ansiosa.
— Pode. Por que não? — Tento parecer confiante e despreocupada, como se eu lidasse com assuntos policiais todo dia, como Jane Tennison ou alguém assim. — Alô. Lara Lington falando.
— Lara, aqui é a investigadora Davies. — Assim que ouço a voz dela, tenho um flashback do dia em que me sentei naquela sala dizendo que era competidora de marcha atlética e estava treinando para as Olimpíadas, enquanto ela anotava tudo e me olhava completamente indiferente. Em que eu estava *pensando*?
— Olá. Como vai?
— Bem, obrigada, Lara. — Ela é gentil, porém direta. — Estou aqui por perto e estava pensando se eu podia ir até o seu escritório para batermos um papo. Você está livre agora?
Ah, meu Deus. Um papo? Não quero bater um papo.
— Sim, estou. — Minha voz ficou baixinha, como um grunhido petrificado. — Estou esperando, então. Até já!
Coloco o telefone no gancho. Meu rosto está suando. Por que ela está dando continuidade a isso? A polícia não está normalmente atrás de infratores de trânsito, enquanto ignora os assassinatos? Por que não pode ignorar *esse* assassinato?
Olho para Kate e ela está me encarando com os olhos assustados:
— O que a polícia quer? Estamos ferradas?
— Não — respondo rapidamente. — Nada com que se preocupar. É sobre o assassinato da minha tia-avó.
— *Assassinato?* — Kate põe a mão na boca, chocada.
Esqueço como a palavra "assassinato" soa quando colocada no meio de uma frase.

— É... foi. Então, o que você fez no fim de semana?
Meu truque para distração não funciona. A expressão de choque de Kate não muda. Na verdade, até piora.
— Você nunca me disse que sua tia-avó tinha sido assassinada! Aquela daquele funeral a que você foi?
— Isso — digo, concordando com a cabeça.
— Por isso você estava tão triste! Ai, Lara, que coisa horrível! Como ela foi morta?
Ai, meu Deus. Eu realmente não quero entrar em detalhes, mas não sei como sair desse assunto.
— Veneno — finalmente murmuro.
— Quem deu?
— Bem... — Limpo a garganta. — Eles não sabem.
— Eles não *sabem*? — Kate parece completamente horrorizada. — Mas estão procurando? Pegaram as impressões digitais? Meu Deus, a polícia é mesmo imprestável! Passam o tempo inteiro multando os motoristas no trânsito, e quando alguém é realmente assassinado, eles não dão a mínima!
— Acho que estão fazendo o melhor que podem — digo, nervosa. — Provavelmente vão me atualizar nas investigações. Na verdade, é provável que tenham encontrado o criminoso.
O pensamento mais assustador toma minhas ideias. E se for verdade? E se a investigadora Davies estiver vindo aqui para me dizer que encontraram o homem de cicatriz e barba? O que faço?
Tenho uma imagem repentina de um homem esquelético e barbudo, com olhar feroz e uma cicatriz, trancado em uma cela, pendurado na grade gritando "Vocês cometeram um erro! Eu jamais vi essa senhora!", enquanto um policial jovem assiste, os braços cruzados de satisfação, e diz "Ele vai cansar já, já".
Por um momento me sinto quase deprimida de culpa. O que foi que eu fiz?
O interfone toca, e Kate se levanta para atender.

— Quer que eu faça um chá? — pergunta ela, e aperta o botão do interfone. — Quer que eu fique ou que eu vá embora? Você quer apoio moral?

— Não, pode ir. — Na tentativa de ficar calma, arrasto a cadeira para trás, derrubo uma pilha de papéis com o ombro e corto minhas mãos pegando-os de volta. — Vou ficar bem.

"Vai ficar tudo bem", digo a mim mesma fervorosamente. "Não é nada de mais."

Mas não consigo evitar. Quando vejo a investigadora Davies entrando pela porta, com seu sapato barulhento, suas calças finas e um ar autoritário, sinto minha calma se desintegrando em pânico infantil.

— Vocês encontraram o assassino? — deixo escapar, ansiosa. — Já prenderam alguém?

— Não — responde a investigadora Davies, olhando-me de forma estranha. — Não prendemos ninguém ainda.

— Graças a Deus. — Respiro aliviada, e depois me dou conta de como isso pode ter soado. — Digo... por que não? O que vocês fazem o dia todo?

— Vou deixá-las a sós — diz Kate saindo pela porta, e simultaneamente mexe os lábios sem som dizendo "Imprestável!" por trás da investigadora Davies.

— Sente-se. — Aponto para a cadeira e recuo para trás da minha mesa, tentando recuperar um ar profissional. — Então, como as coisas estão progredindo?

— Lara. — A investigadora Davies me dirige um olhar longo e severo. — Iniciamos uma investigação preliminar e não encontramos nenhuma evidência de que sua tia-avó tenha sido assassinada. De acordo com o laudo médico, ela morreu de causa natural. De velhice.

— *Velhice?* — Faço uma expressão de choque. — Mas isso é ridículo.

— A menos que encontremos alguma evidência que possa sugerir o contrário, o caso será arquivado. Você tem alguma prova?

— Mmm... — Faço uma pausa, como se examinasse a pergunta com cautela. — Não o que vocês considerariam *prova*. Não desse tipo.

— E esse recado que você deixou? — Ela pega um pedaço de papel. — Não foram as enfermeiras.

— Ah, esse recado. Sim. — Concordo com a cabeça várias vezes enquanto ganho tempo. — Percebi que tinha um detalhe errado em meu depoimento. Só queria esclarecer as coisas.

— E esse "homem de barba"? Um homem que nem sequer apareceu em seu depoimento original?

O sarcasmo em sua voz é evidente.

— Claro — respondo, tossindo. — A imagem voltou de repente à minha cabeça. Me lembrei de tê-lo visto no bar naqueles dias e o achado suspeito... — Fico muda. Meu rosto ferve. A investigadora Davies me olha como uma professora que pega um aluno colando na prova de geografia.

— Lara, não tenho certeza se você está ciente disso — ela diz em tom calmo e sereno —, mas mentir para a polícia pode resultar em prisão. Se você fez uma acusação leviana...

— Eu não estava sendo leviana! — exclamo, horrorizada. — Eu só estava...

— Estava o quê, exatamente?

Os olhos dela estão fixos nos meus. Ela não vai me deixar escapar dessa enrascada. De repente, fico com medo.

— Olhe, me desculpe — digo, em pânico. — Eu não quis desperdiçar seu tempo. Só tive esse instinto muito forte de que minha tia-avó foi assassinada. Mas talvez... pensando sobre isso mais friamente... eu tenha cometido um erro. Talvez ela tenha mesmo morrido de velhice. Por favor, não me processe por isso — acrescento, rápido.

— Não vamos fazer nenhuma acusação contra você dessa vez. — A investigadora Davies levanta a sobrancelha. — Mas considere isso um aviso.
— Está bem. — Engulo em seco. — Obrigada.
— O caso está arquivado. Gostaria que assinasse esse formulário confirmando que tivemos esta conversa... — Ela estende um papel com um parágrafo impresso, que diz "Eu, abaixo assinado, tive uma conversa particular, entendi a situação e não vou encher o saco da polícia de novo." Com essas palavras.
— OK — concordo, submissa, e assino o papel. — E o que acontece agora com o... o... — Não consigo sequer dizer. — O que acontecerá com minha tia-avó?
— O corpo será entregue de volta à responsabilidade do parente mais próximo, no devido tempo — afirma a investigadora Davies, de um jeito profissional. — Presumo que vão providenciar outro funeral.
— E quanto tempo isso vai demorar?
— A papelada deve levar um tempinho. — Ela fecha a bolsa. — Duas semanas, talvez, ou um pouquinho mais.

Duas *semanas*? Sinto-me como se fosse golpeada. E se eu não conseguir encontrar o colar até lá? Duas semanas não são nada. Preciso de mais tempo. Sadie precisa de mais tempo.

— Isso pode ser... postergado de alguma forma? — Tento soar espontânea.

— Lara. — A investigadora Davies me olha longamente e respira fundo. — Tenho certeza de que você gostava muito da sua tia-avó. Perdi minha avó no ano passado, sei como é esse sentimento. Mas adiar o funeral dela e desperdiçar o tempo de todo mundo não é a solução. — Ela faz uma pausa, e continua gentilmente: — Você precisa aceitar isso. Ela se foi.

— Não se foi! — falo mais rápido do que deveria. — Digo... ela precisa de mais tempo.

— Ela tinha 105 anos. — A investigadora Davies sorri, amorosa. — Acho que ela teve tempo suficiente, não concorda?
— Mas ela... — Expiro, frustrada. Não há nada que eu possa dizer. — Obrigada por sua ajuda.

Após a investigadora Davies partir, sento-me e fico olhando fixamente para o computador, até que ouço a voz de Sadie atrás de mim.
— Por que a polícia veio aqui?

Olho ao redor em alerta e a vejo sentada em cima de um armário, com um vestido creme de cintura baixa e um chapéu da mesma cor cheio de penas preto-azuladas voando e tocando sua bochecha.

— Eu estava fazendo compras! Encontrei o wrap mais divino do mundo. Você precisa provar. — Ela ajeita a gola de pelo de animal e pisca para mim. — Por que a polícia veio aqui?

— Você ouviu alguma coisa da conversa? — pergunto casualmente.

— Não. Já disse, eu estava fazendo compras. — Ela estreita os olhos. — Aconteceu alguma coisa?

Eu a encaro, impressionada. Não posso contar a verdade. Não posso dizer que ela só tem mais duas semanas antes de eles... antes...

— Nada! Só visita de rotina. Eles queriam consumar alguns detalhes. Gostei do seu chapéu — acrescento, para distraí-la. — Vá lá e encontre um igual para mim.

— Você não poderia usar um chapéu como esse — ela retruca, complacente. — Você não tem esse formato de rosto.

— Então encontre um que fique bem em mim.

Os olhos de Sadie se arregalam de surpresa:

— Você promete que vai comprar o que eu escolher? E usar?
— Vou! É claro! Vá lá!

Assim que ela desaparece, abro a gaveta. Preciso encontrar o colar de Sadie. Agora. Não posso mais perder tempo. Puxo a lista de nomes e rasgo o papel que está atrás.

— Kate — digo quando ela volta ao escritório. — Tarefa nova. Estamos tentando encontrar um colar. Longo, com contas de vidro e um pingente de libélula. Qualquer uma dessas pessoas pode ter comprado esse colar num bazar no asilo Fairside. Você pode ligar para elas?

Ela me observa com um olhar de surpresa, e logo pega a lista e concorda sem fazer perguntas, como um leal tenente do Exército:

— Claro!

Corro a lista com os dedos até o fim dos nomes riscados e ligo para o número seguinte. Após alguns toques, uma mulher atende:

— Alô?

— Olá. Meu nome é Lara Lington. Você não me conhece...

Depois de duas horas, finalmente coloco o telefone no gancho e olho para Kate, preocupada:

— E então, alguma resposta boa?

— Não. — Ela respira fundo. — Sinto muito. E você?

— Nada.

Sento-me de volta na cadeira e esfrego as bochechas. Minha adrenalina evaporara há mais de uma hora, transformando-se numa espécie de decepção cruel à medida que me aproximava do fim da lista. Ligamos para cada um daqueles números. Não tenho mais nenhum lugar para recorrer. O que vou fazer?

— Quer que eu vá comprar uns sanduíches? — pergunta Kate.

— Ah, quero! — Mostro um sorriso. — Frango com abacate, por favor. Muito obrigada.

— Não há de quê! — Ela morde os lábios de ansiedade. — Espero que encontre o colar.

Quando ela sai, abaixo a cabeça e massageio meu pescoço dolorido. Vou ter que voltar ao asilo para fazer mais perguntas. Tem que haver mais caminhos a serem explorados. *Tem que haver* uma resposta. Simplesmente não faz sentido. O colar estava lá, no pescoço de Sadie, e sumiu...

De repente, um pensamento invade minha cabeça. Aquele visitante, Charles Reece. Nunca investiguei esse cara. Preciso conferir todas as suspeitas. Pego meu celular, encontro o telefone do asilo e ligo.

— Alô, asilo Fairside — atende uma voz feminina.

— Olá. Aqui é Lara Lington, sobrinha-neta de Sadie Lancaster.

— Ah, sim.

— Eu estava pensando... será que alguém poderia me dizer algo sobre um visitante que foi vê-la antes de ela morrer? Charles Reece?

— Só um momento.

Enquanto espero, pego o esboço do colar e começo a estudá-lo à procura de pistas. Já olhei para este desenho tantas vezes que praticamente poderia desenhar de cor cada conta. Quanto mais o observo, mais bonito parece. Não vou me perdoar se Sadie não recuperá-lo.

Talvez eu devesse mandar fazer uma cópia secretamente, me pego pensando. Uma réplica perfeita. Eu podia pegá-lo rapidamente, dizer a Sadie que é o original, e ela ia amá-lo...

— Alô? — Uma voz animada me traz de volta dos pensamentos. — Lara, aqui é Sharon, uma das enfermeiras. Eu estava com Sadie quando Charles Reece a visitou. Na verdade, eu o registrei na entrada. O que você quer saber sobre ele?

Só quero saber se ele pegou o colar?

— Bem... o que aconteceu exatamente durante a visita dele?

— Ele sentou-se com ela um pouquinho e depois foi embora. Só isso.
— No quarto dela?
— Isso — ela responde. — Sadie não saía mais do quarto nos últimos dias.
— Certo. Então... será que ele poderia ter tirado um colar dela?
— É possível. — Ela soa duvidosa.
É possível. Já é um começo.
— Você pode me dizer como ele era? Quantos anos tinha?
— Eu diria que uns 50 e poucos. Era um homem bonito.
Essa história fica cada vez mais intrigante. Quem é esse cara? O garotão de Sadie?
— Se ele visitar o asilo novamente, ou ligar, você poderia me avisar? — Eu rabisco "Charles Reece, 50 e poucos" em meu caderno de anotações. — E você poderia pegar o endereço dele?
— Posso tentar. Não prometo.
— Obrigada. — Respiro fundo, um pouco desanimada. Como vou conseguir uma pista desse cara? — E não há mais nada que você possa me dizer sobre ele? — insisto, como última tentativa.
— Nada incomum? Nada que você tivesse reparado?
— Bem. — Ela ri. — É engraçado você se chamar Lington.
— Como assim? — Fito o telefone, confusa.
— Ginny diz que não, você não é parente daquele Bill Lington dos copos de café, sabe? O milionário?
— Por que você está perguntado isso? — Fico, repentinamente, em alerta.
— Porque é exatamente com quem ele se parece! Eu disse isso naquele dia para as garotas. Apesar de ele usar óculos escuros e um cachecol, dava para ver. Era igualzinho a Bill Lington.

12

Não faz sentido. Nenhum. De qualquer maneira que eu tente entender, é insano.

Será que "Charles Reece" é mesmo tio Bill? Mas por que ele visitaria Sadie com um nome falso? E por que ele não teria comentado sobre a visita?

E quanto à ideia de ele ter alguma coisa a ver com o sumiço do colar... fala sério. Ele é multimilionário. Por que precisaria de um colar velho?

Eu queria bater com a cabeça na janela para fazer todos os pedaços da história se organizarem. Mas, como nesse exato minuto estou sentada na limusine elegante com motorista de tio Bill, provavelmente não vou fazer isso. Ter chegado até aqui já foi um aborrecimento. Não quero tornar as coisas ainda mais difíceis.

Nunca havia ligado para tio Bill na vida, por isso, não tinha certeza de como entrar em contato com ele. (Obviamente eu não podia perguntar a meus pais, pois eles iriam querer saber para que eu precisava falar com tio Bill, por que eu estava visitando Sadie no asilo, do que eu estava falando, de que colar?).

Liguei para o escritório central da Lington, persuadi uma pessoa de que eu estava falando a verdade, fui transferida para uma das atendentes e perguntei se podia marcar um horário com tio Bill.

É como se eu estivesse pedindo para me encontrar com o presidente. Dentro de uma hora, cerca de seis assistentes começaram a me mandar e-mails coordenando o horário, mudando o horário, mudando o local, organizando um carro, pedindo para eu levar carteira de identidade, dizendo que eu não poderia exceder meu tempo, perguntando que tipo de bebida da Lington eu preferia para tomar no carro, ...

Tudo isso para um encontro de dez minutos.

O carro é de estrela de cinema, preciso confessar. Tem dois bancos compridos, um de frente para o outro, e uma televisão. Um smoothie de morango geladinho esperava por mim, como eu havia pedido. Estaria mais agradecida se meu pai não tivesse dito a vida toda que tio Bill envia carros para buscar as pessoas porque, no minuto em que ele se cansa delas, pode mandá-las embora.

— William e Michael. — Sadie aparece de repente, pensativa, no banco oposto ao meu. — Deixei tudo para esses meninos no meu testamento.

— Certo — concordo. — Entendi.

— Espero que eles tenham ficado agradecidos. Tinha uma bela quantia em dinheiro.

— Grande quantia! — Minto descaradamente, lembrando-me de uma conversa que ouvi entre meus pais uma vez. Aparentemente, tudo fora gasto para custear o asilo, mas Sadie não ia gostar de ouvir aquilo. — Eles ficaram muito felizes.

— E deviam mesmo. — Ela se senta com satisfação. Logo em seguida, o carro aponta para uma entrada e depara com dois portões enormes. Quando o carro para na portaria e um segurança se aproxima, Sadie espreita a mansão.

— Meu Deus! — Ela me olha confusa, como se alguém estivesse lhe pregando uma peça. — É uma casa e tanto. Como ele se tornou tão rico?

— Eu já contei — digo, baixinho, enquanto entrego meu passaporte ao motorista. Ele o entrega para o segurança, que o confere, como se eu fosse algum tipo de terrorista.

— Você disse que ele tem lojas de café. — Sadie torce o nariz.

— Sim. Muitas. Pelo mundo todo. Ele é muito famoso.

Uma pausa, e Sadie continua:

— Eu queria ter sido famosa.

A voz dela soa um pouco melancólica, e eu, automaticamente, abro minha boca para dizer "Talvez você seja, um dia!". Mas assim que me dou conta da situação, fecho a boca, sentindo-me um pouco triste. Não existe mais "um dia" para ela, certo?

Enquanto o carro ronrona encostado na calçada, não consigo evitar olhar para fora da janela, feito uma criança. Só vim à mansão de tio Bill algumas poucas vezes na vida, e sempre esqueço o quão impressionante e assustadora ela é. A casa é em estilo georgiano com uns 15 quartos e uma parte debaixo com duas piscinas. *Duas*.

Não vou ficar nervosa, digo a mim mesma firmemente. É só uma casa. Ele é só uma pessoa.

Mas, meu Deus, tudo é tão grandioso. Há gramados e fontes em toda parte, e jardineiros aparando cercas vivas. E quando chegamos à porta de entrada, um homem alto vestindo terno preto e óculos escuros, com um discreto microfone de ouvido, vem descendo os degraus em perfeito estado de conservação para me receber.

— Lara. — Ele aperta minha mão como se fôssemos velhos amigos. — Sou Damian e trabalho para Bill. Ele a está esperando. Vou levá-la até a ala do escritório. — Enquanto caminhamos

sobre o cascalho, ele pergunta sutilmente: — O que exatamente você quer conversar com Bill? Ninguém parece muito objetivo.
— É... particular. Desculpe.
— Sem problemas. — Ele sorri. — Ótimo. Estamos chegando, Sarah — ele fala no microfone.
O prédio lateral é tão impressionante quanto a casa principal, só que em estilo diferente. Todo de vidro e arte moderna, com os canos d'água em aço inoxidável. Uma moça aparece para nos receber, vestida também em um terno preto impecável.
— Olá, Lara. Seja bem-vinda. Sou Sarah.
— Vou deixá-la aqui, Lara. — Damian me mostra os dentes novamente e caminha de volta pelo cascalho.
— É uma honra conhecer a sobrinha de Bill! — Sarah exclama ao me guiar para dentro do prédio.
— Obrigada.
— Não sei se Damian mencionou — Sarah me conduz até um sofá e senta-se à minha frente —, mas eu estava pensando se você poderia me dizer o assunto que tem para tratar com Bill. É algo que perguntamos a todos os visitantes, para que possamos prepará-lo, fazer alguma pesquisa, se necessário... torna a vida mais fácil para todo mundo.
— Damian perguntou sim, mas é particular. Desculpe.
Sarah mantém seu sorriso agradável:
— Se você pudesse, pelo menos, ser bastante abrangente, dar uma ideia do assunto...
— Eu realmente não quero adiantar o assunto. — Posso sentir meu rosto ficando vermelho. — Desculpe. É um assunto... de família.
— Claro! Tudo bem. Com licença.
Ela se afasta até um canto da recepção, e a vejo murmurando no microfone. Sadie desliza até Sarah e fica lá por dois minutos,

e então aparece de volta a meu lado. Para minha admiração, ela está chorando de rir.

— O que é? — reclamo num sussurro. — O que ela estava dizendo?

— Ela disse que você não parece violenta, mas que devem chamar os seguranças de qualquer forma.

— O quê? — não me contenho e grito, e Sarah imediatamente vira-se para me inspecionar.

— Desculpe. — Aceno para ela, tranquila. — Eu só espirrei... o que mais ela disse? — cochicho quando Sarah vira-se de costas novamente.

— Aparentemente, você tem um ressentimento com Bill. Algo sobre um emprego que ele não te deu. Estou certa?

Ressentimento? Emprego? Fico olhando para ela, desnorteada, por um segundo, até que a ficha cai. O funeral. *Claro*.

— A última vez em que tio Bill me viu eu estava anunciando um assassinato no meio de um funeral. Ele deve ter dito a todo mundo que sou uma psicopata!

— Você está ofegante? — Sadie dá um sorriso amarelo.

— Não é engraçado! — retruco. — Todos provavelmente pensam que vim assassiná-lo ou algo do tipo! Você percebe que isso tudo é culpa *sua*? — Paro de falar de repente, quando Sarah se aproxima novamente.

— Oi, Lara. — A voz dela está calma, mas tensa. — Um dos assistentes de Bill se sentará com vocês durante a conversa, somente para fazer anotações. Tudo bem?

— Olhe, Sarah — Tento soar o mais sã e calma possível. — Não sou nenhuma maluca. Não tenho ressentimento algum com ninguém. Não preciso que alguém faça anotações. Só quero ter uma conversa com meu tio, em particular. Só nós dois. Cinco minutos. É só o que quero.

Silêncio por um momento. Sarah ainda mantém o sorriso intenso estampado no rosto, mas seus olhos não param de olhar para a porta e de volta para mim.

— Certo, Lara — diz ela, enfim. — Vamos fazer as coisas do seu jeito.

Ao me sentar, vejo-a encostar no microfone, como se estivesse confirmando o funcionamento.

— E então, como vai tia Trudy? — pergunto para puxar assunto. — Ela está aqui?

— Trudy foi passar uns dias na casa na França — Sarah responde.

— E Diamanté? Talvez pudéssemos tomar um café ou conversar um pouco. — Na verdade, eu não quero tomar café com Diamanté, só quero provar que sou normal e amigável.

— Você quer ver Diamanté? — Os olhos de Sarah ficam ainda mais inquietos. — Agora?

— Só tomar um café, se ela estiver por aqui...

— Vou ligar para a assistente dela. — Ela se levanta, corre para o canto e murmura no microfone. Quase imediatamente volta para o sofá. — Acredito que Diamanté esteja fazendo as unhas agora. Ela perguntou se pode ser em uma próxima vez.

Sim, sei. Sarah nem sequer entrou em contato com ela. Tenho até um pouco de pena dessa Sarah, na verdade. Ela parece nervosa, como se estivesse tomando conta de um leão. Tenho uma súbita vontade de gritar "Mãos ao alto!" só para ver o quão rápido ela se joga no chão.

— Adorei sua pulseira — digo, finalmente. — É bem diferente.

— Ah, sim. — Ela estica o braço cuidadosamente e sacode as duas pequenas argolas de prata atreladas à corrente. — Você nunca viu essa pulseira? É da nova coleção da Duas Moedinhas. Vamos colocar um estande de produtos em cada loja da Lington a partir de janeiro. Tenho certeza de que Bill lhe dará uma. Temos também um pingente, camisetas e kits de presente com duas moedinhas numa caixa de joias...

— Parece ótimo! — digo, educadamente. — Deve ser um bom negócio.

— Ah, a Duas Moedinhas é enorme — ela me assegura, séria. — Enorme. Será uma marca tão grande quanto a Lington. Sabia que vai virar um filme de Hollywood?

— Sim, sim — concordo. — Pierce Brosnan será tio Bill, ouvi dizer.

— E é claro que o reality show será um grande sucesso. É uma mensagem muito poderosa. Qualquer um pode seguir o caminho de Bill. — Os olhos de Sarah brilham, e ela parece se esquecer de ter medo de mim. — Qualquer um pode pegar duas moedinhas e decidir mudar seu futuro. E isso se aplica à família, aos negócios, à economia... Você sabe que muitos políticos experientes ligam para Bill desde o lançamento do livro? Eles perguntam: "Como podemos aplicar seu segredo em nosso país?" — Ela baixa a voz, demonstrando respeito. — Incluindo o presidente dos Estados Unidos.

— O presidente ligou para tio Bill? — Fico intimidada.

— Os assistentes dele. — Ela faz um gesto de desprezo e balança a pulseira. — Todos nós achamos que Bill devia entrar na política. Ele tem tanto a oferecer ao mundo. É um grande privilégio trabalhar para ele.

Ela é uma discípula perfeita. Olho para Sadie, que ficara bocejando durante o discurso de Sarah.

— Vou explorar a casa — ela anuncia, e antes que eu diga qualquer coisa, desaparece.

— Certo — Sarah responde ao microfone. — Estamos a caminho. Bill está pronto para recebê-la, Lara.

Ela se levanta e faz um gesto para eu segui-la. Andamos por um corredor repleto do que pareciam ser Picassos verdadeiros e paramos em outra recepção menor. Puxo minha saia e respiro fundo. É ridículo eu ficar nervosa. Ele é meu tio. Tenho o direito de vê-lo. Não há motivos para eu me sentir de outra forma, senão tranquila...

Não consigo controlar. Minhas pernas tremem.

Acho que é porque as portas são muito grandes. Não são como portas normais. Elas vão até o teto, feito torres, em grandes blocos de madeira clara polida que abrem e fecham silenciosamente a cada vez que as pessoas entram e saem.

— Esse é o escritório de tio Bill? — Aponto com a cabeça para a porta.

— É a antessala do escritório dele. — Sarah sorri. — Ele vai recebê-la na sala de dentro. — Ela ouve o microfone e de repente, em alerta, murmura: — Estou entrando com ela.

Ela empurra uma das portas altas e me guia, passando por uma sala grande e arejada com paredes de vidro, e dois homens bonitos em baias de trabalho. Um deles veste uma camiseta da Duas Moedinhas. Ambos me olham e sorriem educadamente, mas não param de digitar. Chegamos a outra porta gigante, e paramos. Sarah olha o relógio — e então, como se cronometrasse os segundos, bate à porta e a empurra para abri-la.

É uma sala clara e ampla, com uma abóbada no teto, uma escultura de vidro em um pódio e uma área rebaixada para sentar. Seis homens de terno levantam-se de suas cadeiras, como se terminassem uma reunião. E ali, atrás de sua mesa enorme, está tio Bill, vestindo camisa polo cinza e calças jeans. Ele está mais bronzeado do que no funeral, com o cabelo mais preto e emplastrado de gel do que nunca, segurando uma caneca de café da Lington com uma das mãos.

— Muito obrigado por nos ceder seu tempo, Bill — diz um dos homens, calorosamente. — Ficamos muito gratos.

Tio Bill nem sequer responde, somente levanta uma das mãos, como se fosse o Papa. Enquanto os homens se encaminham para a saída, três meninas em uniformes pretos aparecem do nada e limpam a mesa repleta de copos de café em aproximadamente trinta segundos, e Sarah me conduz a uma cadeira. De repente, ela parece nervosa também.

— Sua sobrinha, Lara — ela murmura para tio Bill. — Ela quer conversar a sós. Damian tomou a decisão de dar a ela cinco minutos, mas não sabemos nada sobre o assunto. Ted está à disposição. — Sarah fala mais baixo ainda: — Posso chamar os seguranças.

— Obrigado, Sarah. Ficaremos bem. — Tio Bill interrompe Sarah e volta sua atenção para mim. — Lara, sente-se.

Ao me sentar, ouço Sarah dirigindo-se para a saída e a porta se fechando atrás de mim.

Tio Bill fica em silêncio enquanto digita algo em seu BlackBerry. Para passar o tempo, olho para a parede de fotos de tio Bill cheia de pessoas famosas. Madonna. Nelson Mandela. A seleção inglesa de futebol.

— Então, Lara. — Ele finalmente olha para mim. — O que posso fazer por você?

— Eu... bem... — Limpo a garganta. — Eu estava...

Eu tinha preparado todos os tipos de discursos de abertura. Mas agora que estou realmente aqui, no gabinete privado, eles estão desaparecendo em meus lábios. Sinto-me paralisada. Estamos falando de Bill Lington. O grande magnata que anda de jatinho, com uma milhão de coisas para fazer, como dizer ao presidente como governar seu país. Por que ele iria a um asilo e pegaria um colar de uma velhinha? Em que eu estava pensando?

— Lara? — ele pergunta, confuso.

Ai, meu Deus. Se vou mesmo fazer isso, precisa ser logo. É como saltar de um trampolim. Tampe o nariz, respire fundo e pule.

— Fui ao asilo de tia Sadie na semana passada — digo, apressada. — E aparentemente ela recebeu uma visita há algumas semanas de uma pessoa que se parecia muito com você, um homem chamado Charles Reece, e não fazia o menor sentido para mim, então pensei em vir aqui e perguntar...

Paro de falar. Tio Bill olha para mim tão chocado quanto se eu estivesse dançando hula.

— Meu Deus — ele murmura. — Lara, você ainda está alegando que Sadie foi assassinada? É por isso que está aqui? Porque eu *realmente* não tenho tempo... — Ele pega o telefone do gancho.

— Não, não é por isso! — Meu rosto ferve, mas me forço a persistir. — Eu não acho que ela foi assassinada. Fui até lá porque... porque me senti mal, pois ninguém jamais tinha demonstrado nenhum interesse nela. Digo, quando estava viva. E havia outro nome na lista de visitantes, e disseram que o homem era exatamente igual a você, e eu só estava... pensando. Você sabe. Só pensando.

Sinto meu coração pulsar em minhas orelhas quando termino de falar.

Lentamente, tio Bill põe o telefone de volta no gancho e fica em silêncio. Por alguns segundos ele parece considerar o que eu disse.

— Bem, parece que nós dois tivemos o mesmo instinto — ele finalmente confessa, recostando-se na cadeira. — Você está certa. Fui até lá visitar Sadie.

Meu maxilar cai de choque.

Eu estava certa! Totalmente certa! Devia me tornar detetive particular.

— Mas por que você usou o nome Charles Reece?

— Lara. — Tio Bill suspira pacientemente. — Tenho muitos fãs por aí. Sou uma celebridade. Existem várias coisas que faço e não anuncio. Caridade, visitas a hospitais... — Ele abre as mãos. — Charles Reece é o nome que uso quando quero ficar anônimo. Você pode imaginar a confusão se soubessem que Bill Lington fora visitar pessoalmente uma senhora? — Ele me encara e dá uma piscadela amigável, e, por um instante, não consigo controlar e sorrio de volta.

Até que faz sentido. Tio Bill é uma estrela e tanto. Ter um pseudônimo é o tipo de coisa que ele deveria fazer.

— Mas por que você não contou a ninguém da família? No funeral, você disse que nunca havia visitado tia Sadie.

— Eu sei — tio Bill concorda. — E eu tinha minhas razões para dizer aquilo. Não queria que o resto da família se sentisse, de forma alguma, culpado ou defensivo por nunca ter ido visitá-la. Principalmente seu pai. Às vezes ele é... rabugento.

Rabugento? Meu pai não é rabugento.

— Meu pai é tranquilo — digo.

— Ele é ótimo — Bill fala imediatamente. — Um cara absolutamente fantástico. Mas não deve ser fácil ser o irmão mais velho de Bill. Sinto muito por ele.

Fico indignada com aquele comentário. Ele está certo. Não é fácil ser o irmão mais velho de Bill Lington, porque Bill Lington é um idiota arrogante.

Eu nunca deveria ter sorrido para ele. Queria que existisse uma maneira de tomar sorrisos de volta.

— Você não precisa sentir muito por meu pai — digo, o mais educadamente possível. — Ele não sente por ele mesmo. Ele se saiu muito bem na vida.

— Sabe, comecei a usar seu pai de exemplo em meus seminários. — Tio Bill adota um tom de meditação. — Dois garotos.

Mesma criação. Mesma educação. A única diferença entre eles era que um deles *queria* crescer. O outro tinha o *sonho* de crescer.

Ele soa como se estivesse ensaiando um discurso para um DVD. Meu Deus, ele está fora de si. Quem disse que todos querem ser Bill Lington? O sonho de algumas pessoas *não* é ter a cara estampada pelo mundo em copos de café.

— Então, Lara. — Ele volta a atenção para mim. — Foi um prazer revê-la. Sarah vai acompanhá-la até a saída...

É só isso? Minha entrevista acabou? Eu nem sequer cheguei a parte do colar.

— Tem mais uma coisa — acrescento, apressadamente.

— Lara...

— Serei muito breve, prometo. Só estive pensando se, quando você visitou tia Sadie...

— Sim? — Posso ver que ele tenta parecer paciente. Olha para o relógio e aperta uma das teclas.

Ai, meu Deus. Como vou dizer isso?

— Você sabe algo sobre... — digo, me enrolando. — Digo, você viu... ou possivelmente pegou, por acidente... um colar? Um colar longo com contas de vidro e um pingente de libélula?

Espero outro suspiro arrogante, um olhar vazio e um comentário indiferente. Não espero que ele congele. Não espero que seus olhos fiquem repentinamente rígidos e cautelosos.

Quando o olho, fico chocada e com falta de ar. Ele sabe do que estou falando. Ele *sabe*.

No momento seguinte, a cautela some de seus olhos e ele está de volta com a gentileza fingida. Quase posso dizer que imaginei a outra expressão.

— Um colar? — Ele bebe um gole de café e digita algo no computador. — Você quer dizer um colar de Sadie?

A parte de trás de meu pescoço dói, e a dor se expande por todo o corpo. O que está acontecendo? Vi, dentro dos olhos dele,

ele reconhecer o colar, sei que vi. Por que ele está fingindo que não sabe do que estou falando?

— Sim. É só uma joia antiga que estou tentando recuperar.

— Um instinto me diz que preciso parecer tranquila e despreocupada. — As enfermeiras do asilo disseram que desapareceu, então... — Observo tio Bill atentamente para obter alguma reação, mas a máscara fria dele se mantém perfeitamente no lugar.

— Interessante. Por que você quer esse colar? — ele pergunta superficialmente.

— Por nenhuma razão em particular. É que vi uma foto de Sadie usando-o em seu aniversário de 105 anos, e achei que seria bom encontrá-lo.

— Fascinante. — Ele faz uma pausa. — Posso ver a foto?

— Não a trouxe comigo.

Essa conversa está muito estranha. Parece um jogo de tênis, onde estamos os dois rebatendo a bola gentilmente no ar e resistindo ao impulso de rebater com força e vencer.

— Bem, acho que não sei do que você está falando. — Tio Bill coloca sua caneca na mesa com um ar de finalização. — Estou com pouco tempo, então teremos que terminar aqui.

Ele empurra a cadeira para se levantar, mas eu não me mexo. Ele sabe algo sobre o colar. Tenho certeza disso. Mas o que fazer? Quais opções tenho?

— Lara? — Ele está em pé ao lado da minha cadeira, esperando. Com relutância, eu me levanto. Ao chegarmos à porta, ela se abre como mágica. Somos recebidos por Sarah e Damian a escoltando, com seu BlackBerry na mão.

— Terminaram? — pergunta Damian.

— Terminamos — tio Bill concorda com convicção. — Mande lembranças a seu pai, Lara. Até logo.

Sarah coloca a mão em meu ombro e, gentilmente, começa a me levar para fora da sala. Minha chance está se esvaindo. Em desespero, coloco a mão na porta.

— É uma pena a história do colar, você não acha? — Olho diretamente para tio Bill, tentando provocar uma resposta. — O que você acha que aconteceu com ele?

— Lara, eu esqueceria esse colar — responde tio Bill, conciliador. — É provável que tenha se perdido há muito tempo. Damian, entre.

Damian passa por mim apressado e os dois homens vão para o outro lado da sala. A porta está se fechando. Olho fixamente para tio Bill, quase explodindo de frustração.

O que está acontecendo? Qual é o problema com esse colar? Preciso falar com Sadie agora. Nesse minuto. Olho para todos os lados, mas não há sinal dela. Típico. Provavelmente encontrou um jardineiro gato para ficar cobiçando.

— Lara — Sarah me chama, com um sorriso tenso. — Você poderia tirar seus dedos da porta, por favor? Não consigo fechá-la.

— Tudo bem — respondo, tirando a mão. — Não entre em pânico! Não vou fazer um protesto.

Os olhos de Sarah saltam de medo com a palavra "protesto", que ela imediatamente disfarça com uma risada fingida. Ela devia desistir de trabalhar para tio Bill. É nervosa demais para isso.

— Seu carro está esperando na porta. Vou levá-la até lá.

Droga. Se ela for comigo até a saída, não vou conseguir me infiltrar em algum lugar, nem vasculhar algumas gavetas.

— Quer um café para viagem? — Sarah me pergunta ao passarmos pelo lobby.

Reprimo meu desejo de responder "Sim, por favor, um Starbucks".

— Não, obrigada. — Sorrio.

— Foi ótimo vê-la, Lara. — O entusiasmo falso dela me dá repulsa. — Volte em breve!

Sim, é claro. Com isso, você quer dizer "Por favor, nunca mais coloque os pés aqui de novo. Nunca mais".

O motorista da limusine abre a porta e, quando estou quase entrando no carro, Sadie aparece na minha frente, bloqueando meu caminho. Seu cabelo está um pouco despenteado e ela respira com dificuldade.

— Encontrei o colar! — ela diz, dramática.

— O quê? — Paro com um dos pés para dentro do carro.

— Está dentro da casa! Vi em um quarto no segundo andar, numa penteadeira. Está aqui! Meu colar está aqui!

Olho para ela. Eu sabia. Eu *sabia*.

— Tem certeza absoluta de que é o seu?

— Claro que tenho! — Sua voz fica estridente e ela começa a gesticular em direção à casa: — Eu podia ter pego o colar! Eu *tentei* pegá-lo. Não consegui, é claro... — Ela se mostra frustrada.

— Lara, está tudo bem? — Sarah desce a escada novamente. — Há algo errado com o carro? Neville, está tudo bem? — Ela olha para o motorista.

— Está tudo bem! — ele responde, defendendo-se, e vira o rosto. — Ela começou a falar sozinha.

— Você quer outro carro, Lara? — Posso perceber que Sarah se esforça ao máximo para manter sua postura educada. — Ou quer ir para outro lugar? Neville pode levá-la a qualquer lugar. Talvez você queira usar os serviços dele até o fim do dia.

Ela *realmente* quer se livrar de mim.

— Esse carro está ótimo, obrigada — respondo, sorridente.

— Entre no carro — eu murmuro para Sadie com o canto da boca. — Não posso conversar aqui.

— Você disse alguma coisa? — Sarah pergunta, desconfiada.

— Estou... no telefone. É que o microfone é mínimo. — Dou um tapinha na orelha e rapidamente entro no carro.

A porta do carro se fecha e nos encaminhamos em direção aos portões. Verifico se a divisória de vidro está fechada, sento-me novamente e olho para Sadie.

— É inacreditável! Como você o encontrou?

— Fui procurar — diz ela, dando de ombros. — Procurei em todos os armários e gavetas, e no cofre.

— Você foi ao cofre de tio Bill? — pergunto, ansiosa. — Caramba! O que tem lá?

— Alguns papéis, e joias horrorosas — Sadie responde, impaciente. — Estava quase desistindo, quando passei por uma penteadeira e lá estava.

Não acredito. Estou morrendo de raiva. Tio Bill se sentou na minha frente e disse que não sabia de nada sobre o colar de libélula. Sem sequer piscar. Ele é um safado... *mentiroso*. Precisamos bolar um plano de ação. Pego minha bolsa para pegar um caderno e uma caneta o mais rápido que consigo.

— Alguma coisa está acontecendo — digo, escrevendo "PLANO DE AÇÃO" no topo da página. — Tem que haver uma razão para ele ter pego o colar, e uma razão para ele estar mentindo. — Esfrego a testa, frustrada. — Mas o que será? Por que o colar é tão importante para ele? Você sabe de mais alguma coisa desse colar? Ele tem algum valor histórico, ou de colecionador?

— É isso o que você vai fazer? — explode a voz de Sadie. — Falar, falar, resmungar, resmungar? Precisamos pegá-lo. Você precisa escalar uma janela e pegá-lo! Imediatamente!

— Hum... — Tiro os olhos do meu caderno.

— Vai ser bem fácil — diz Sadie, confiante. — Pode tirar os sapatos.

— Certo.

Estou concordando. Mas a verdade é que não me sinto *nada* preparada para isso. Invadir a casa de tio Bill agora? Sem um plano?

— A questão é que... — especulo, após instantes. — Ele tem vários seguranças, alarmes e coisas do tipo.
— E daí? — Sadie me encara. — Está com medo de alguns alarmes?
— Não — respondo rapidamente. — Claro que não.
— Aposto que está — ela zomba. — Nunca conheci alguém tão boba em toda minha vida. Você não fuma porque é perigoso! Usa cinto de segurança porque é perigoso! Não come manteiga porque é perigoso!
— Eu não acho que comer manteiga seja *perigoso* — retruco, indignada. — É só que azeite tem menos gordura...
Eu me calo diante do olhar desdenhoso de Sadie.
— Você vai escalar a janela e pegar meu colar?
— Vou — respondo, após um rápido segundo. — Claro que vou.
— Bem, vamos, então. Pare o carro!
— Deixe de ser mandona! — digo, brava. — Eu já *ia* fazer isso!
Debruço-me para a frente e abro a divisória de vidro entre nós e o motorista:
— Com licença. Estou me sentindo enjoada. Você poderia me deixar sair, por favor? Vou para casa de metrô. Não estou desprezando sua carona, nem nada parecido — acrescento rapidamente quando o vejo olhar confuso pelo retrovisor. — Você é ótimo. Uma... direção leve.
O carro encosta e o motorista me olha, desconfiado:
— Eu deveria levá-la até sua casa.
— Não se preocupe! — respondo, já saindo do carro. — De verdade, só preciso de um pouco de ar puro. Muito obrigada.
Estou na calçada. Fecho a porta e aceno para o motorista. Ele me olha com um último ar suspeito, pega o retorno e segue de volta para a casa de tio Bill. Assim que ele some de vista, come-

ço a refazer meu caminho, andando discretamente pelo canto da calçada. Viro uma esquina, vejo os portões da casa de tio Bill e paro.

Os portões estão fechados e são gigantescos. O segurança está em sua casinha de vidro. Câmeras de segurança estão por toda parte. Não dá para simplesmente entrar na casa de tio Bill. Preciso de uma estratégia. Respiro fundo e me aproximo dos portões, mostrando-me o mais inocente possível.

— Olá. Sou eu de novo, Lara Lington — digo pelo interfone.
— Deixei meu guarda-chuva lá dentro. Que esquecida!

Após uns instantes, o guarda abre o portão para mim e coloca a cabeça para fora da janela.

— Falei com Sarah, e ela não sabe nada sobre o guarda-chuva. Mas está vindo até aqui.

— Vou encontrá-la no caminho para dar menos trabalho — digo alegremente, e me apresso, antes que ele possa contestar. Certo, passei por um obstáculo.

— Avise assim que ele olhar para o outro lado — cochicho para Sadie pelo canto da boca. — Diga "Agora".

— Agora! — ela fala de repente, e me esquivo para o lado do caminho de cascalho. Dou alguns passos pela grama, depois me abaixo, rolo por trás de uma cerca viva e paro, como nos filmes de ação.

Meu coração bate forte. Nem me importo de ter estragado minha meia-calça. Pela cerca viva, vejo Sarah andar, ligeira, pelo caminho de cascalho, com uma expressão perturbada no rosto.

— Onde ela está? — Ouço a voz dela dirigindo-se aos portões.
— ... Eu a vi há um instante. — O guarda parece chocado. Rá!

Na verdade, nada de "Rá". Eles vão começar a me procurar com os Rottweilers já, já.

— Onde está o colar? — sussurro para Sadie. — Leve-me até lá. E fique de olhos abertos!

Começamos a andar pelo gramado em direção à casa, desviando-nos da cerca viva para as fontes d'água e para as esculturas vencedoras de prêmios. Congelo a cada vez que ouço pessoas andando pelo caminho. Mas até agora ninguém me viu.

— Ali! — Viramos a esquina e Sadie aponta para um conjunto de portas francesas no primeiro andar. Elas estão entreabertas e dão para uma varanda com degraus acessíveis pelo jardim. Não vou precisar escalar a parede de hera, no fim das contas. Fico quase decepcionada.

— Faça a escolta — resmungo para Sadie. Tiro meus sapatos, rastejo em direção aos degraus e corro para subi-los em silêncio. Com cuidado, chego à porta francesa e recupero a respiração.

Lá está ele.

Em cima de uma penteadeira, dentro do quarto. Duas voltas longas de contas de vidro amarelas brilhantes, com um pingente de libélula esculpido delicadamente, contornado com madrepérola e adornado com strass. É o colar de Sadie. Brilhante e mágico, exatamente como ela descrevera, apesar de mais longo do que imaginei, e com algumas das contas desgastadas.

Conforme contemplo o colar, sinto-me tomada pela emoção. Depois de todo esse tempo. Depois de toda essa saga, dessa espera; depois de cogitar em segredo se ele realmente existia... aqui está. A alguns passos de mim. Eu poderia praticamente debruçar-me e alcançá-lo sem nem ter de entrar no quarto.

— É maravilhoso. — Viro-me de volta para Sadie, com a voz em choque. — É com certeza a coisa mais bonita que já...

— Pegue o colar! — Ela movimenta os braços em turbilhão, frustrada, as veias saltando. — Pare de falar! Pegue o *colar*!

— Certo, certo!

Abro a porta francesa, tento dar um passo para dentro e, quando estou quase alcançando o colar, ouço passos se aproximando. No que parece um milésimo de segundo, a porta se abre. Merda. Alguém está vindo.

Em pânico, ando para trás da sacada e me escondo do lado.

— O que você está fazendo? — Sadie pergunta lá de baixo.

— Pegue o colar!

— Alguém entrou lá. Vou esperar até que a pessoa vá embora!

Em um instante, Sadie está na varanda, espiando pelo vidro, dentro do quarto.

— É uma empregada. — Ela olha para mim. — Você devia ter pego o colar!

— Vou pegar em um minuto, assim que ela sair! Não fique nervosa! Continue fazendo a escolta!

Escondo-me atrás da parede, rezando para que a empregada, ou quem quer que seja, não resolva ir até a varanda para respirar um pouco de ar puro, e pensando loucamente em desculpas caso ela apareça.

De repente, meu coração dispara quando a porta francesa começa a se mexer — mas não está se abrindo. Ela se fecha com um barulho alto. O que ouço logo em seguida é o clique da chave sendo girada.

Ah, não.

Não, não.

— Ela te trancou aqui fora! — Sadie entra feito um furacão no quarto, depois sai de novo. — Agora ela se foi. Você está presa! Está presa!

Tento abrir a porta francesa, mas está firmemente trancada.

— Sua idiota! — Sadie está descontrolada. — Você é muito burra! Por que simplesmente não pegou o colar?

— Eu estava quase pegando! — retruco, na defensiva. — Você deveria estar olhando se alguém está vindo!

— O que vamos fazer agora?
— Eu não sei. Não *sei*!
Um silêncio paira no ar quando nos encaramos, levemente ofegantes.
— Preciso calçar meus sapatos — digo, finalmente. Desço os degraus e coloco os sapatos. Em cima, Sadie ainda está entrando e saindo do quarto, frustrada, como se não suportasse a ideia de abandonar o colar. Por fim, ela desiste e me encontra no jardim. Por instantes, nenhuma de nós olha no olho uma da outra.
— Desculpe! Não fui rápida o suficiente para pegá-lo — finalmente murmuro.
— Bem — diz Sadie, claramente fazendo um esforço enorme —, a culpa não foi *completamente* sua.
— Vamos dar uma volta ao redor da casa. Talvez possamos entrar por outro lugar. Vá lá dentro e veja se está livre.
Sadie desaparece, e deslizo com cautela pelo gramado e começo a me mover pela parede da casa. O progresso é lento, pois cada vez que passo por uma janela, eu me agacho e rastejo no chão. Apesar de isso não ajudar muito no caso de algum segurança aparecer...
— Você está aqui! — Sadie surge através da parede atrás de mim. — Adivinha?
— Jesus! — Aperto meu peito. — O quê?
— É seu tio! Eu estava observando o que ele estava fazendo! Ele acabou de ir até o cofre no quarto dele. Olhou lá dentro, mas não encontrou o que queria. Então o fechou com força e começou a berrar chamando Diamanté. A menina. Nome esquisito. — Ela enruga o nariz.
— Minha prima — concordo. — Outra de suas sobrinhas-netas.
— Ela estava na cozinha. Ele disse que queria conversar em particular e mandou que todos os empregados saíssem. Pergun-

tou se ela estivera em seu cofre pegando coisas. E *então* disse que um colar antigo havia sumido, e perguntou se ela sabia de alguma coisa.

— Ai, meu Deus! — Olho fixamente para ela. — Ai, meu Deus! O que ela respondeu?

— Ela disse que não, mas ele não acreditou nela.

— Talvez ela esteja mentindo. — Minha mente está abarrotada de pensamentos. — Talvez aquele quarto, onde o colar estava, seja o quarto dela.

— Exatamente! Então temos que pegá-lo agora, antes que ele se dê conta de onde está e o tranque novamente. Não tem ninguém por aqui. Todos os empregados desapareceram. Podemos entrar na casa.

Não tive tempo para pensar se era ou não uma boa ideia. Com o coração disparado, sigo Sadie por uma porta lateral e entro em uma lavanderia maior que meu apartamento inteiro. Ela me leva até duas portas de vaivém, passando por um corredor, e estende a mão quando chegamos ao corredor principal, com o olhar cauteloso. Ouço tio Bill gritando, sua voz aumentando cada vez mais.

—... cofre particular... segurança pessoal... como você se *atreve*... a senha era somente para emergências...

—... não é justo! Você nunca deixa eu ficar com *nada*!

É a voz de Diamanté, e está se aproximando. Por puro instinto, escondo-me atrás de uma cadeira e agacho. Meus joelhos tremem. No momento seguinte, ela adentra o corredor, vestindo uma minissaia rosa esquisita e assimétrica e uma microminiblusa.

— Eu *compro* um colar para você! — Tio Bill adentra o corredor atrás dela. — Não tem problema. Diga o que você quer, Damian encontra...

— Você sempre diz isso! — ela berra para ele. — Você nunca escuta! Aquele colar é perfeito! Preciso dele para meu próximo desfile. Minha coleção nova é toda baseada em borboletas, insetos essas coisas! Eu *crio* coisas, caso você ainda não tenha percebido.

— Se você é tão criativa, meu amor — diz tio Bill, com uma voz sarcástica —, por que contratei três designers para fazer seus vestidos?

Por um momento, fico pasma. Diamanté usa outros designers? No minuto seguinte, não consigo entender como não descobri isso antes.

— Eles são... as porras dos... *assistentes*! — ela grita de volta.
— É a *minha* visão! E eu preciso daquele colar...
— Você não vai usá-lo, Diamanté. — A voz de tio Bill é ameaçadora. — E você nunca mais vai abrir meu cofre. Vai me devolver o colar agora!
— Não, não vou! E você pode dizer a Damian para sumir daqui. Ele é um imbecil. — Ela sobe as escadas correndo, seguida por Sadie.

Tio Bill parece furioso, como se estivesse fora do controle de suas ações. Ele respira forte e passa a mão no cabelo, enquanto olha para a escadaria. Ele fica tão ridículo e descontrolado que quase começo a rir.

— Diamanté! — ele grita. — Volte aqui!
— Me deixa, porra! — diz uma voz distante.
— Diamanté! — Tio Bill começa a subir as escadas. — Acabou. Eu não vou ter...
— Ela está com ele! — A voz de Sadie aparece repentinamente em minha orelha. — Ela pegou o colar. Precisamos alcançá-la! Você vai por trás da casa. Vou tomar conta dos degraus da entrada.

Levanto-me do chão, corro pelo corredor de volta, passo pela lavanderia e saio no jardim. Corro, ofegante, ao redor da casa, sem me importar se alguém está me vendo — e congelo, horrorizada.

Merda.

Diamanté está em um Porsche preto conversível, descendo pelo cascalho em alta velocidade em direção aos portões de entrada, que estão sendo abertos rapidamente pelo segurança.

— Nãããão! — lamento sem me dar conta.

Ao parar no portão de entrada, Diamanté mostra o dedo para a casa, e no minuto seguinte, está na rua. Em sua outra mão, vejo o colar de Sadie, enrolado nos dedos, brilhando à luz do sol.

13

Só há uma possibilidade. Não é strass. São diamantes. O colar é cravado de diamantes raros e antigos e vale milhões de libras. Só pode ser isso. É a única razão pela qual tio Bill poderia estar tão interessado nele.

Procurei no Google várias páginas sobre diamantes e joias, e é impressionante o quanto as pessoas pagam por um diamante de 10 quilates, colorido, de 1920.

— Qual era o tamanho da maior pedra do colar? — pergunto mais uma vez para Sadie. — Mais ou menos.

Sadie suspira.

— Doze milímetros?

— Era muito brilhante? Parecia perfeito? Isso pode interferir no valor.

— Você ficou muito interessada no valor do colar de repente. — Sadie me lança um olhar de ressentimento. — Não sabia que era tão interesseira.

— Não sou interesseira! — replico, indignada. — Só estou tentando entender por que tio Bill estava atrás dele! Ele não perderia tempo com isso a menos que fosse valioso.

— Que diferença isso faz se não podemos pegá-lo?
— Nós *vamos* pegá-lo.
Tenho um plano, e um plano muito bom. Estou usando minhas habilidades de detetive desde que voltei da casa de tio Bill. Primeiro, descobri tudo sobre o próximo desfile de Diamanté. Será nesta quinta-feira no hotel Sanderstead, às 18h30, com lista de convidados fechada. O único problema é que Diamanté jamais me colocaria na lista, levando-se em conta que não sou fotógrafa da *Hello!* nem uma de suas amigas celebridades e não tenho 400 libras para gastar em um vestido. Então veio minha ideia genial. Mandei um e-mail amigável para Sarah e disse que adoraria ajudar Diamanté em sua empreitada de moda. Perguntei se poderia falar com tio Bill sobre isso. Posso dar uma passada na casa dele, sugeri. Talvez amanhã! E acrescentei algumas carinhas felizes só para garantir.

Sarah respondeu imediatamente que Bill estava um pouco ocupado no momento e que eu não deveria ir amanhã, mas que ela poderia falar com a assistente de Diamanté. E, quando me dei conta, dois ingressos chegaram à minha porta. Sinceramente, é muito fácil conseguir o que se quer quando as pessoas pensam que você é psicopata.

O único problema é que a segunda e crucial parte do plano — falar com Diamanté e convencê-la a me dar o colar logo depois do desfile — não deu certo até agora. A assistente não me diz onde ela está nem me dá o número de seu celular. Ela diz ter dado o recado, mas é claro que ela não me ligou de volta. Por que Diamanté se daria ao trabalho de ligar para a prima não milionária sem importância?

Sadie foi ao escritório de Diamanté no Soho para tentar ver o colar, mas parece que Diamanté nem pisa lá. O escritório é coordenado por assistentes, e todas as roupas, feitas por uma empresa em Shoreditch. Então não adianta.

Só tem um jeito. Vou ter que ir ao desfile, esperar acabar, cercar Diamanté e convencê-la de alguma forma a me dar o colar Ou então... pegá-lo.

Com um suspiro, fecho a página da internet sobre joias e me viro para observar Sadie. Hoje, ela está usando um vestido prateado que queria muito aos 21 anos, mas sua mãe nunca comprou. Está sentada no parapeito com os pés balançando no ar sobre a rua. O vestido deixa as costas nuas exceto por duas finas tiras prateadas sobre seus ombros magros e uma rosa na altura da lombar. De todos os vestidos fantasmas que ela usou, é meu favorito.

— O colar ficaria maravilhoso com esse vestido — digo impulsivamente.

Sadie concorda com a cabeça, mas não diz nada. Seus ombros parecem encolhidos em sinal de depressão, mas isso não surpreende. Estávamos tão perto. *Nós o vimos*. E o perdemos.

Eu a observo ansiosa por um momento. Sei que Sadie detesta ficar remoendo as coisas. Mas talvez ela se sinta melhor falando. Só um pouco.

— Me conte de novo... *por que* o colar é tão importante para você?

Sadie não diz nada por um momento, e me pergunto se ela chegou a ouvir o que perguntei.

— Já falei — diz, por fim. — Quando usava, eu me sentia linda. Como uma deusa. Radiante. — Ela se apoia na janela.
— Você deve ter algo no armário que a faça se sentir assim.
— É... — hesito.

Não sei se posso dizer que já me senti como uma deusa. Ou radiante.

Como se pudesse ler meus pensamentos, Sadie se vira e examina minha calça jeans em dúvida.

— Talvez não. Devia tentar usar algo *bonito* para variar.
— Esta calça jeans é ótima. — Aponto, defendendo-me. — Talvez não seja exatamente bonita.

— É azul. — Ela recupera o bom humor e me lança um olhar mordaz. — Azul! A cor mais feia do arco-íris. Vejo o mundo inteiro andando por aí de pernas azuis. Por que *azul*?
— Porque... — digo, confusa. — Não sei.
Kate saiu do escritório mais cedo para ir ao dentista, e os telefones estão quietos. Talvez eu saia também. Está quase na hora mesmo. Olho o relógio e sinto uma ponta de ansiedade.
Ajeito o lápis que segura meu cabelo, levanto-me e olho minha roupa. Uma camiseta de estampa peculiar da Urban Outfitters. Um pingente fofo de sapo. Calça jeans e sapatilhas estilo balé. Pouca maquiagem. Perfeito.
— Podíamos sair para uma caminhada — digo distraidamente para Sadie. — O dia está tão lindo!
— Caminhada? — Ela me olha confusa. — Que tipo de caminhada?
— Uma caminhada! — Antes que ela possa dizer algo, fecho o computador, ligo a secretária eletrônica do escritório e pego minha bolsa. Agora que meu plano está quase dando certo, estou muito animada.

Levamos apenas vinte minutos para chegar a Farringdon, e, descendo as escadas do metrô, olho o relógio. 17h45. Perfeito.
— O que está fazendo? — A voz desconfiada de Sadie me segue. — Achei que fôssemos caminhar.
— E vamos. Mais ou menos.
Desejo em parte ter me livrado de Sadie. O problema é que acho que vou precisar dela se as coisas ficarem complicadas. Vou até a esquina da rua principal e paro.
— O que está esperando?
— Ninguém — digo, na defensiva. — Não estou esperando ninguém. Só estou... passeando. Vendo o mundo. — Apoio-me em uma caixa do correio e saio dali rapidamente quando uma mulher se aproxima para enviar uma carta.

Sadie aparece à minha frente e examina meu rosto; depois suspira forte quando vê o livro em minhas mãos.

— Sei o que está fazendo! Está seguindo alguém! Está esperando Josh! *Não está?*

— Estou tomando as rédeas da minha vida. — Desvio o olhar.

— Estou mostrando a ele que mudei. Quando ele me vir, vai perceber o erro que cometeu. Espere só.

— É uma ideia muito ruim. Muito, muito ruim.

— Não é verdade! Cala a boca! — Vejo meu reflexo e passo mais batom, depois tiro. Não vou ouvir uma palavra do que Sadie diz. Estou empolgada e preparada. Sinto-me capaz. Sempre que tentei saber o que se passava na cabeça de Josh, sempre que tentei perguntar o que ele queria da nossa relação, ele me afastava. Mas, agora, finalmente, sei o que ele quer! Sei como fazer as coisas darem certo!

Desde aquele almoço, sou uma pessoa totalmente transformada. Mantive o banheiro arrumado. Parei de cantar no chuveiro. Prometi nunca mais mencionar os relacionamentos dos outros. Até olhei o livro de fotografias de William Eggleston, mas acho que pareceria coincidência demais estar segurando ele na hora. Por isso, estou com um livro chamado *Los Alamos*, outra coleção dele. Josh vai me achar tão diferente que vai ficar encantado! Agora, só tenho que encontrar com ele acidentalmente de propósito na hora em que ele sair do escritório. Que fica a quase 200 metros daqui.

Com os olhos fixos na entrada, dirijo-me a um pequeno esconderijo ao lado de uma loja de onde consigo ter uma boa visão de quem vai na direção da estação do metrô. Dois colegas de Josh passam apressados, e sinto um frio na barriga. Ele logo vai aparecer.

— Ouça. — Viro-me para Sadie com urgência na voz. — Talvez você precise me ajudar rapidinho.

— Como assim, ajudar você? — pergunta ela, em tom arrogante.

— Induza o Josh um pouco. Diga que ele gosta de mim. Só para garantir.
— Por que ele precisaria disso? — ela responde. — Disse que ele iria perceber o erro assim que a visse.
— E vai — retruco, impaciente. — Mas talvez não perceba *logo de cara*. Talvez precise... de um incentivo. Um empurrãozinho. Como um carro velho — acrescento, em um momento de inspiração. — Como na sua época. Lembra? Virava a chave várias vezes e, de repente, o motor pegava e o carro andava. Você deve ter feito isso milhões de vezes.
— Com *motores* — ela diz. — Não com homens!
— É a mesma coisa! Passado o momento inicial, vai ficar tudo bem. Tenho certeza. — Recupero o fôlego. — Meu Deus! Lá está ele.
Com o iPod no ouvido e segurando uma garrafa de água e uma pasta de laptop nova e muito bonita. Minhas pernas começam a tremer de repente, mas não tenho tempo a perder. Dou um passo para fora do esconderijo, depois outro e outro, até estar no caminho dele.
— Puxa! — Tento demonstrar surpresa na voz. — É... oi, Josh!
— Lara! — Ele tira os fones e me olha confuso.
— Esqueci totalmente que você trabalha por aqui! — Coloco um enorme sorriso no rosto. — Que coincidência!
— Pois... é... — diz ele devagar.
Sinceramente. Ele não parece suspeitar de nada.
— Eu me lembrei de você outro dia — continuo logo —, da vez que fomos para a Notre-Dame errada. Lembra? Quando o GPS deu a instrução errada? Não foi engraçado?
Estou falando muito rápido. Calma.
— Que estranho — diz Josh, depois de uma pausa. — Eu estava pensando nisso outro dia também. — Seus olhos encontram o livro em minha mão e posso ver a surpresa. — Isso é... *Los Alamos?*

— Ah, é... — digo, fingindo indiferença. — Eu estava dando uma olhada num livro maravilhoso chamado *Democratic Camera* outro dia. As fotos são tão lindas que *precisei* comprar este. — Dou uma batidinha no livro afetuosamente, depois olho para cima. — Não era você que gostava de William Eggleston também? — Franzo as sobrancelhas inocentemente. — Ou era outra pessoa?
— Eu adoro William Eggleston — diz Josh, lentamente. — Fui eu que te dei *Democratic Camera*.
— Ah, é verdade. — Dou um tapa na testa. — Tinha esquecido.
Consigo ver que ele está perplexo. Está em desvantagem. Hora de usar minha vantagem.
— Josh, eu queria dizer... — Dou um sorriso meio sem graça. — Sinto muito pelas mensagens que mandei para você. Não sei o que me deu.
— Bem... — Josh tosse, sem graça.
— Você me deixaria lhe pagar uma bebida rapidinho? Só para me desculpar. Sem ressentimentos.
Silêncio. Quase posso ouvir os pensamentos dele. *É uma sugestão razoável. Uma bebida. Ela parece sã.*
— Tudo bem. — Ele guarda o iPod. — Por que não?
Lanço um olhar de vitória para Sadie, que está balançando a cabeça e fazendo um gesto como se estivesse cortando o pescoço. Bem, não me importo com o que ela pensa. Levo Josh para um pub perto dali, peço vinho branco para mim e cerveja para ele e arranjo uma mesa no canto. Brindamos, tomamos um gole, e abro um pacote de batatinhas.
— Então... — Sorrio para Josh e ofereço o pacote.
— Então... — Ele limpa a garganta, claramente sem graça.
— Como vão as coisas?
— Josh. — Apoio os cotovelos na mesa e o encaro seriamente. — Sabe de uma coisa? Não vamos *analisar* tudo. Caramba,

estou de saco cheio das pessoas analisando tudo nos mínimos detalhes. De saco cheio de conversas que são um retrocesso. Viva. Aproveite a vida. Não pense nisso!

Josh me olha, completamente confuso.

— Mas você adorava analisar as coisas. Você até lia aquela revista, *Analyze*.

— Eu mudei. — Dou de ombros. — Mudei tanto, Josh. Compro menos maquiagem. Meu banheiro está completamente vazio. Estou pensando em viajar. Para o Nepal, talvez. Tenho certeza de que me lembro dele falando no Nepal uma vez.

— Você quer viajar? — Ele parece surpreso. — Mas nunca disse isso.

— Tenho pensado nisso ultimamente — digo, séria. — Por que não me aventuro? Há tanto para ver. Montanhas... cidades... os templos de Katmandu.

— Eu adoraria conhecer Katmandu — diz ele, parecendo animado. — Estava pensando em ir no ano que vem.

— Não! — Abro um sorriso. — Que maravilha!

Passamos os dez minutos seguintes falando sobre o Nepal. Quer dizer, Josh fala sobre o Nepal, e eu concordo com tudo o que ele diz. E o tempo voa. Ambos estamos corados e rindo quando ele olha para o relógio. Parecemos um casal feliz. Sei disso porque não paro de olhar nosso reflexo no espelho.

— Preciso ir — Josh diz de repente, olhando para o relógio.

— Tenho treino de squash. Foi bom ver você, Lara.

— Ah, sim — digo, surpresa. — Foi ótimo ver você também.

— Obrigado pela bebida. — Meio em pânico, vejo-o pegar a pasta. Não deveria ser assim. — Foi uma ótima ideia, Lara. — Ele sorri e se abaixa para me dar um beijo na bochecha. — Sem ressentimentos. Vamos manter contato.

Manter contato?

— Vamos pedir mais uma bebida! — Tento não parecer desesperada. — Rapidinho!
Josh pensa por um momento e olha para o relógio de novo.
— Está bem. Rapidinho. O mesmo? — Ele vai até o bar. Assim que sai de perto, chamo Sadie e faço sinal para ela, que estava sentada o tempo todo no meio de dois executivos de camisa listrada.
— Diga a ele que ele me ama!
— Mas ele não ama você — diz Sadie, como se explicasse algo muito simples a alguém muito burro.
— Ama sim! Ele me ama! Só está com medo de admitir, até para ele mesmo. Mas você nos viu. Estávamos indo muito bem. Ele só precisa de um empurrãozinho na direção certa. Por favor... por favor — imploro. — Depois de tudo o que fiz por você. *Por favor...*
Sadie suspira alto.
— Está bem.
Um microssegundo depois, ela está ao lado de Josh, sussurrando em seu ouvido *"Você ainda ama Lara! Cometeu um erro! Ainda ama Lara!"*
Posso vê-lo enrijecer e balançar a cabeça, tentando se livrar do barulho. Passa a mão nas orelhas algumas vezes e, com a respiração pesada, esfrega o rosto. Por fim, ele me olha. Parece tão confuso que, se eu não estivesse tão ansiosa, teria rido.
— Você ainda ama Lara! Ainda ama Lara!
Josh traz as bebidas e se senta a meu lado. Parece apavorado. Sorrio para Sadie em agradecimento e tomo um gole de vinho, esperando que Josh se declare. Mas ele simplesmente se senta, rígido, o olhar distante.
— Está pensando em alguma coisa, Josh? — Tento dar a deixa em tom gentil. — Porque, se estiver, pode me dizer. Somos velhos amigos. Pode confiar em mim.

— Lara... — Ele para.
Olho para Sadie desesperada por mais ajuda. Ele está quase lá, *quase* lá...
— *Você ama Lara! Não resista, Josh! Você a ama!*
As sobrancelhas dele relaxam. Está tomando fôlego. Acho que ele vai...
— Lara.
— Sim, Josh. — Mal saem as palavras. Continue, *continue*...
— Acho que eu errei. — Josh engole em seco. — Acho que ainda amo você.
Mesmo sabendo que ele iria dizer aquilo, meu coração se enche de romantismo e lágrimas despontam em meus olhos.
— Bem, eu ainda amo você, Josh — digo com a voz trêmula. — Sempre amei.
Não sei se eu o beijei ou ele me beijou, mas, de repente, estamos abraçados e devorando um ao outro. (Está bem, acho que eu o beijei.) Quando nos separamos, ele parece mais confuso que antes.
— Bem — ele diz, após um instante.
— Bem. — Entrelaço meus dedos amorosamente com os dele. — Que sorte...
— Lara, tenho treino de squash... — Ele olha para o relógio, desconfortável. — Preciso...
— Não se preocupe — digo, generosamente. — Vá. Conversamos depois.
— Está bem — ele concorda. — Mando meu novo número por mensagem.
— Ótimo. — Sorrio.
Nem vou mencionar que acho um exagero ele ter trocado de número de celular só por causa de algumas mensagens que mandei. Podemos falar disso em outro momento. Sem pressa.

Enquanto ele abre o telefone, olho por cima de seu ombro e tenho uma grande surpresa. Ele ainda tem uma foto nossa na tela. Eu e ele. Em uma montanha, vestidos com roupas de esqui no pôr do sol. Só dá para ver nossas sombras, mas me lembro claramente do momento. Havíamos esquiado o dia todo, e o pôr do sol estava espetacular. Pedimos a um alemão para tirar uma foto, e ele passou meia hora dando aulas para Josh sobre as configurações do telefone. E Josh guardou a foto! Esse tempo todo!

— Bonita foto — digo casualmente, apontando com o rosto.

— É. — O rosto de Josh relaxa enquanto olha para a foto. — Me sinto bem sempre que olho para ela.

— Eu também — digo, meio sem ar.

Eu sabia. Eu *sabia*. Ele me ama. Só precisava de um empurrãozinho, de uma injeção de confiança. Só precisava de uma voz dizendo que ficaria tudo bem.

Meu telefone faz um barulho de mensagem, e o número de Josh aparece na tela. Não posso conter um suspiro de satisfação. Eu o consegui de volta. Ele é meu!

Saímos do pub, de mãos dadas bem apertadas, e paramos na esquina.

— Vou pegar um táxi — diz Josh. — Você quer...

Estou quase dizendo "Ótimo! Pego junto com você!", mas a nova Lara me impede. *Não seja ansiosa. Dê espaço a ele.*

Balanço a cabeça.

— Não, obrigada. Vou para o outro lado. Te amo. — Beijo seus dedos um por um.

— Te amo — ele responde. Um táxi para, e Josh se inclina para me beijar de novo antes de entrar.

— Tchau! — Aceno enquanto o táxi sai, depois me viro, abraçando-me, empolgadíssima com a vitória. Nós voltamos! Eu voltei com Josh!

14

Não consigo resistir a contar novidades às pessoas. Por que não alegrar a vida de alguém também? Então, na manhã seguinte, já tinha mandado mensagem para todos os meus amigos para contar que Josh e eu havíamos voltado. E para alguns dos amigos dele também, só porque, por acaso, tenho os números deles gravados no meu telefone. E para o cara que entrega pizza. (Isso foi um erro. Mas até ele ficou feliz por mim.)
— Meu Deus, Lara! — A voz de Kate entra violentamente pela porta ao mesmo tempo que ela. — Você fez as pazes com Josh?
— Ah, você recebeu minha mensagem? — digo, fingindo indiferença. — Foi. Legal, não é?
— É incrível! Quer dizer... é incrível!
Ela não precisa parecer *tão* surpresa. Mas é legal ter alguém feliz por mim. Sadie tem uma visão muito pessimista sobre a situação. Não disse nem uma vez que estava feliz, e, toda vez que eu recebia uma mensagem de resposta de algum amigo, ela bufava. Agora mesmo, está me lançando um olhar de reprovação de cima do arquivo. Mas não me importo, porque ainda tenho a ligação mais importante para fazer e estou superempol-

gada. Disco o número, recosto-me e espero meu pai atender. (Atender o telefone deixa minha mãe ansiosa, pois podem ser sequestradores. Não pergunte.)
— Michael Lington.
— Ah, oi, pai. É a Lara — digo no tom tranquilo que pratiquei a manhã toda. — Só queria contar que Josh e eu voltamos.
— O quê? — pergunta meu pai, após uma pausa.
— É, nos encontramos ontem — digo, como se fosse a coisa mais normal do mundo. — E ele disse que ainda me ama e que cometeu um grande erro.
Mais silêncio do outro lado da linha. Meu pai deve estar muito chocado para responder.
Rá! Que momento mágico! Quero saboreá-lo para sempre. Após todas as semanas ouvindo as pessoas dizendo que eu estava triste, desiludida e deveria partir para outra. Estavam *todos errados*.
— Então parece que eu tinha razão, não é? — não resisto a acrescentar. — Eu *disse* que fomos feitos um para o outro. — Olho para Sadie, orgulhosa.
— Lara... — Meu pai não parece tão feliz quanto imaginei que fosse ficar. Na verdade, ele parece bastante nervoso, levando-se em conta que sua filha mais nova acabou de reencontrar a felicidade nos braços do homem que ama. — Você tem *certeza* absoluta de que você e Josh... — Ele hesita. — Você tem *certeza* de que foi isso que ele quis dizer?
Não é possível. Ele acha que eu inventei isso?
— Pode ligar para ele, se quiser! Pode perguntar a ele! Nós nos encontramos por acaso, tomamos uma bebida, conversamos e ele disse que ainda me amava. E agora estamos juntos de novo. Assim como você e mamãe.
— Bem. — Posso ouvir meu pai suspirando. — Isso é... incrível. Ótima notícia.

— Eu sei. — Não consigo conter um sorriso de satisfação.
— Só serve para mostrar que relacionamentos são complicados e que quem está de fora não deveria se meter achando que sabe de tudo.

— É verdade — diz ele, desanimado.

Pobre papai. Acho que quase provoquei um ataque cardíaco nele.

— Ei... — Procuro ansiosamente algo para alegrá-lo. — Pai, eu estava pensando sobre a história da nossa família outro dia. E queria saber se você tem fotos da casa da tia-avó Sadie.

— Como, querida? — Meu pai parece não estar conseguindo me acompanhar.

— A antiga casa que pegou fogo. Em Archbury. Você me mostrou uma foto uma vez. Ainda a tem?

— Acho que sim. — Meu pai parece desconfiado. — Lara, você parece meio obcecada com a sua tia-avó Sadie.

— Não estou obcecada — digo, chateada. — Só estou demonstrando interesse pela minha ascendência. Achei que você fosse ficar *feliz*.

— Eu estou feliz — diz meu pai, rápido. — Claro que estou. Só estou... surpreso. Você nunca demonstrou interesse pela história familiar.

Ele tem razão. Meu pai trouxe algumas fotos antigas no Natal passado, e eu dormi enquanto ele as mostrava. (Em minha defesa, devo dizer tinha comido vários chocolates com licor.)

— Pois é, as pessoas mudam, não? E agora estou interessada. Aquela foto é a única lembrança que temos da casa, não é?

— Não é bem a única — diz meu pai. — A mesa de carvalho do corredor veio da casa.

— Do nosso corredor? — Olho para o telefone, surpresa. — Achei que tudo tivesse se perdido no incêndio.

— Pouquíssimo foi salvo. — Percebo que meu pai está mais calmo. — As coisas foram colocadas em um depósito e ficaram anos lá. Ninguém conseguia lidar com a situação. Foi Bill que resolveu tudo após a morte de seu avô. Ele estava à toa. Eu estava ocupado com as provas de contabilidade. É estranho imaginar, mas Bill estava desocupado na época. — Meu pai ri, e posso ouvi-lo tomar um gole de café. — Foi nesse ano que sua mãe e eu nos casamos. Aquela mesa de carvalho foi nosso primeiro móvel. É uma linda peça Art Nouveau.

— Nossa!

Estou fascinada pela história. Já passei por aquela mesa umas dez mil vezes, mas nunca me ocorreu perguntar de onde ela teria vindo. Talvez tenha sido de Sadie! Talvez tenha papéis secretos dentro dela! Quando desligo o telefone, Kate está trabalhando duro. Não posso mandá-la buscar café. Mas estou louca para contar a Sadie o que acabei de ouvir.

"Ei, Sadie!", digito no computador. "Nem tudo se perdeu no incêndio. Algumas coisas estavam em um depósito! E adivinhe só! Temos uma mesa da sua antiga casa!"

Talvez tenha uma gaveta secreta cheia de seus tesouros perdidos, penso animada. E só Sadie sabe como abri-la. Ela vai me dizer o código secreto e vou abri-la cuidadosamente, soprar a poeira e dentro estará... algo muito legal. Gesticulo para ela e aponto para a tela.

— Sei que a mesa foi salva — diz Sadie após ler minha mensagem. Ela não parece nada impressionada com a notícia. — Mandaram-me uma lista na época, para o caso de eu querer recuperar algo. Louça horrível. Quinquilharias de peltre fosco. Mobília horrenda. Nada daquilo me interessava.

"A mobília não é horrenda!", digito, um pouco indignada. "É uma linda peça original Art Nouveau."

Olho para Sadie, e ela está colocando o dedo na garganta.

— É "caído" — ela diz, e tenho que rir.

"Onde aprendeu essa expressão?", digito.

— Ouvi por aí. — Sadie faz um gesto de indiferença.

"Contei a meu pai sobre Josh", digito, e olho para Sadie buscando uma reação. Mas ela revira os olhos e desaparece.

Está bem. *Seja assim.* Não me importo com o que ela pensa mesmo. Recosto-me, pego meu celular e coloco em uma das mensagens de Josh. Sinto-me de coração aquecido e feliz, como se tivesse acabado de tomar uma caneca de chocolate quente. Voltei com Josh, e está tudo certo no mundo.

Talvez eu mande uma mensagem para ele dizendo como as pessoas estão felizes por nós.

Não. Não quero ficar em cima dele. Vou esperar meia hora, mais ou menos.

Do outro lado da sala, o telefone toca e me pergunto se é ele. Mas, logo depois, Kate diz "Vou colocá-la em espera" e me olha preocupada.

— Lara, é Janet, da Leonidas Sports. Posso passar a ligação?

Todo o chocolate quente desaparece do meu estômago.

— Sim. Tudo bem. Vou falar com ela. Me dê trinta segundos. — Preparo-me mentalmente e pego o telefone da maneira mais tranquila e digna de uma consultora e recrutadora de sucesso. — Oi, Janet! Tudo bem? Recebeu a lista de candidatos?

Kate mandou a lista para Janet por e-mail ontem à noite. Eu deveria imaginar que ela ligaria. Eu devia ter passado o dia fora ou fingido que perdi a voz.

— Espero que esteja tão empolgada quanto eu! — acrescento, animada.

— Não estou — diz Janet em seu tom normal, rouco e autoritário. — Lara, não entendi. Por que Clive Hoxton está na lista?

— Ah, Clive — digo, tentando parecer segura. — Que homem! Que talento!

Certo, é o seguinte. Sei que meu almoço com Clive não terminou do melhor jeito, mas a verdade é que ele seria perfeito para a vaga. E talvez eu consiga convencê-lo antes da entrevista. Então o coloquei na lista de qualquer forma, com "incerto" ao lado de seu nome, em letras pequenas.

— Clive é um executivo brilhante, Janet — começo, para vender o peixe dele. — Ele tem experiência em marketing, é muito dinâmico, está pronto para uma mudança...

— Sei de tudo isso — Janet me interrompe. — Mas me encontrei com ele em uma festa ontem à noite. Ele disse que deixou bem claro que não estava interessado. Na verdade, ele ficou chocado ao saber que estava na lista.

Droga!

— É mesmo? — Busco um tom de surpresa. — Que estranho! Muito estranho. Não foi essa a impressão que tive. Pelo que percebi, tivemos uma reunião excelente. Ele estava entusiasmado...

— Ele me disse que abandonou a reunião — diz Janet, categoricamente.

— Ele... abandonou a reunião, é claro. — Tusso. — Nós dois abandonamos. Pode-se dizer que *nós dois* abandonamos.

— Ele me disse que você estava ao telefone com outro cliente durante a reunião e que nunca mais quer fazer negócios com você.

O sangue me sobe ao rosto. Clive Hoxton é um dedo-duro cruel.

— Bem. — Limpo a garganta. — Janet, estou perplexa. Só posso dizer que devemos ter tido impressões diferentes...

— E esse Nigel Rivers? — Janet segue em frente. — É o homem com caspa? Que já se inscreveu uma vez?

— A caspa está bem melhor ultimamente — digo, apressada. — Acho que ele está usando xampu especial.

— Sabia que nosso departamento médico é muito exigente com relação a higiene pessoal?

— Eu... bem... não estava ciente disso, Janet. Vou anotar.
— E esse Gavin Mynard?
— Muito, muito talentoso. — Minto logo de cara. — Um sujeito muito talentoso e criativo que não teve a atenção merecida. Seu currículo não reflete sua... riqueza de experiências...
Janet suspira.
— Lara.
Enrijeço-me, apreensiva. O tom de voz dela é inconfundível. Ela vai me despedir agora mesmo. Não posso deixar isso acontecer. Não posso, será o nosso fim...
— E, é claro, tenho outro candidato! — ouço-me dizer com pressa.
— Outro candidato? Fora da lista?
— Sim. Muito melhor do que todos os outros! Na verdade, eu diria que ele é quem está procurando.
— Bem, quem é? — pergunta Jane, desconfiada. — Por que não tenho os detalhes?
— Porque... preciso confirmar algumas coisas primeiro. — Estou com os dedos cruzados tão apertados que doem. — É confidencial. Estamos falando de uma pessoa muito importante, Janet. De alto escalão, muito experiente. Acredite, estou empolgada.
— Preciso de um nome! — ela grita, com raiva. — Preciso de um currículo! Lara, isso é altamente antiprofissional. Nossa reunião com o cliente é na quinta-feira. Posso falar com a Natalie, por favor?
— Não! — digo, em pânico. — Quer dizer... Quinta-feira. Com certeza. Você terá toda a informação na quinta-feira. Prometo. E só posso adiantar que ficará impressionada com o calibre desse candidato. Janet, preciso ir. Foi ótimo falar com você...
— Desligo o telefone com o coração na boca.
Droga. *Droga*. O que vou fazer agora?

— Nossa! — Kate se vira para mim com os olhos brilhando.
— Lara, você é uma estrela. Sabia que conseguiria! Quem é esse candidato importantíssimo?
— Não tem candidato nenhum! — digo, desesperada. — Precisamos encontrar um!
— Certo. — Kate começa a olhar em volta como se estivesse procurando algo, como se o profissional de marketing de sucesso estivesse escondido no arquivo. — Hã... onde?
— Eu não sei! — Passo a mão pelo cabelo. — Não há nenhum!
Ouço um barulhinho estridente: é meu telefone recebendo uma mensagem. Eu o pego, querendo, em um momento de loucura, que seja um profissional de marketing de sucesso perguntando se tenho alguma vaga em empresa de esportes de varejo. Ou talvez seja Josh me pedindo em casamento. Ou talvez meu pai dizendo que ele agora percebeu que eu estava certa e queria pedir desculpas por ter duvidado de mim. Ou Diamanté, dizendo que não precisa mesmo daquele colar de libélula e perguntando se eu quero que o entregador o traga.

Mas não é nenhum deles. É Natalie.

Oi, querida! Estou fazendo ioga na praia. Aqui é tão legal! Mandei uma foto. Repara só na vista. Impressionante, né?
Bjs, Natalie.
P.S.: Tudo bem no escritório?

Tenho vontade de atirar o telefone pela janela.

Às 19 horas, meu pescoço está doendo e meus olhos, vermelhos. Fiz uma nova lista de candidatos de emergência, usando edições antigas da *Business People*, a internet e uma cópia da *Marketing Week*, que fiz Kate correr para comprar. Mas nenhum deles me atende.

Nem para falar de trabalho, nem para me permitir colocá-los na lista no último minuto.
Tenho 48 horas. Terei que inventar um diretor de marketing de sucesso. Ou imitar um.
O lado bom é que a garrafa de Pinot Grigio está pela metade do preço na Oddbins.
Assim que cheguei em casa, liguei a televisão e comecei a entornar o vinho garganta abaixo. Quando *EastEnders* começou, já tinha bebido metade da garrafa, o cômodo estava rodando de um lado para o outro e meus problemas de trabalho estavam desaparecendo.
No fim das contas, só o amor importa, não é?
Preciso ver as coisas em perspectiva. Em comparação. O negócio é o amor. Não o trabalho. Não diretores de marketing. Não conversas assustadoras com Janet Grady. Só preciso me lembrar disso e ficarei bem.
Estou com meu telefone no colo e, volta e meia, abro minhas mensagens para lê-las de novo. Estou mandando mensagens para Josh o dia todo, para melhorar meu humor. E ele mandou duas mensagens de volta! Bem curtinhas, mas mesmo assim. Ele está em uma conferência chatíssima em Milton Keynes e disse que mal pode esperar para voltar para casa.
O que, obviamente, significa que ele mal pode esperar para me ver!
Estou ponderando se mando outra mensagem amigável e tranquila perguntando o que ele está fazendo, quando olho para cima e vejo Sadie sentada em cima da lareira com um vestido de chiffon cinza-claro.
— Ah, oi — digo. — Aonde você foi?
— Ao cinema. Vi dois filmes. — Ela me lança um olhar de acusação — Fica tudo muito solitário durante o dia. Você está muito preocupada com seu trabalho.

Ela também estaria se tivesse Janet Grady em sua cola.

— Bem, me desculpe se preciso ganhar a vida — respondo sarcasticamente. — Desculpe, mas não sou uma madame que pode ver filmes o dia todo...

— Já conseguiu o colar? — ela pergunta, passando pela minha frente. — Fez mais alguma coisa para consegui-lo?

— Não, Sadie — digo, irritada. — Não fiz. Tive outros problemas hoje. — Espero que ela pergunte quais foram os problemas, mas ela só faz um gesto de indiferença. Ela não vai nem perguntar o que aconteceu? Não vai me dar nenhum apoio? Que anjo da guarda... — Josh tem me mandado mensagens, não é ótimo? — acrescento para irritá-la. Ela para de cantarolar e me lança um olhar maligno.

— Não é ótimo. Tudo isso é completamente falso.

Ela me olha com raiva, e a olho de volta. Obviamente, nenhuma de nós duas está de bom humor hoje.

— *Não é* falso. É real. Você o viu me beijar, ouviu o que ele disse.

— Ele é uma marionete — diz ela, desdenhando. — Ele disse o que mandei que dissesse. Eu poderia tê-lo mandado fazer amor com uma árvore, e ele teria feito. Nunca vi alguém tão influenciável. Mal tive que sussurrar, e ele já se jogou.

Ela é tão arrogante! Quem ela pensa que é? Deus?

— Bobagem — digo, friamente. — Está certo que você deu um empurrãozinho. Mas ele nunca teria dito que me amava sem que tivesse um fundo de verdade. Claro que ele estava expressando o que sentia no fundo.

Sadie ri sarcasticamente.

— "O que ele sente no fundo". Querida, você é uma comédia. Ele não *sente* nada por você.

— Sente sim! — digo com raiva. — É claro que sente! Ele tinha minha foto no celular, não tinha? Estava com ela todo esse tempo! Isso é amor.

— Não é amor. Não seja ridícula. — Sadie parece tão confiante que sinto a fúria tomar conta de mim.

— Você *nunca* se apaixonou! Então como vai saber? Josh é um homem de verdade, com sentimentos de verdade e amor de verdade, algo sobre o qual você não sabe *nada*. E pode pensar o que quiser, mas eu realmente acredito que posso fazer dar certo. Acredito de verdade que Josh tem sentimentos fortes por mim...

— *Acreditar não é o suficiente!* — A voz de Sadie parece exaltada, quase violenta. — Você não percebe, sua burra? Poderia passar toda a sua vida esperando e acreditando! Se um caso de amor é unilateral, então será sempre uma dúvida, nunca uma resposta. Não pode passar sua vida esperando uma resposta.

Ela vai embora, irritada.

O silêncio é absoluto, exceto por dois personagens de *EastEnders* brigando na tela. Meu queixo caiu de surpresa e, de repente, percebo que estou quase derramando vinho no sofá. Ajeito minha mão e tomo um gole. Caramba! O que foi aquele escândalo?

Achei que Sadie não se importasse com o amor. Achei que ela só se importasse com diversão e "prontinho" e champanhe Mas naquela hora, pareceu que...

— Foi isso que aconteceu com você, Sadie? — tento perguntar. — Passou a vida toda esperando uma resposta?

Na mesma hora, ela desaparece. Sem aviso, sem "até mais". Simplesmente desaparece.

Ela *não* pode fazer isso comigo. Preciso saber mais. Tem que haver alguma história. Desligo a televisão e grito por ela em meio ao silêncio. Toda a minha irritação desapareceu. Estou consumida pela curiosidade.

— Sadie! Me conte! É bom falar sobre as coisas! — O quarto está silencioso, mas, de alguma forma, sei que ela ainda está ali. — Vamos — insisto. — Contei tudo a meu respeito. Sou sua sobrinha-neta. Pode confiar em mim. Não vou contar a ninguém.

Nada ainda.
— Faça o que quiser. — Dou de ombros. — Achei que fosse mais corajosa que isso.
— Eu sou corajosa. — Sadie aparece na minha frente com cara de furiosa.
— Então me conte. — Cruzo os braços.

O rosto de Sadie nem se mexe, mas posso vê-la me olhar e desviar o olhar rapidamente.

— Não há nada para contar — diz ela, finalmente, com a voz baixa. — É só porque eu *sei* o que é pensar que está apaixonada. Sei o que é desperdiçar todas as suas horas, lágrimas e seu coração em algo que acabou se revelando... não ser nada. Não desperdice sua vida. Só isso.

Só isso? Ela está brincando? Ela *não pode* dizer só isso! Havia algo *sim*. O que era?

— O que houve? Você teve um caso? Algum homem quando estava morando fora? Sadie, me conte!

Por um momento, Sadie parece que ainda não vai responder, ou vai desaparecer de novo. Depois, ela suspira, se vira e anda até o aparador da lareira.

— Foi há muito tempo. Antes de eu viajar. Antes de me casar. Houve... um homem.

— A grande briga com seus pais! — De repente, junto as pistas. — Foi por causa dele?

Sadie move a cabeça um milímetro em assentimento. Eu deveria ter *desconfiado* que havia sido um homem. Tento imaginá-la com um namorado. Algum jovem simpático de chapéu palheta, talvez. Com um daqueles bigodes.

— Seus pais pegaram vocês juntos ou algo assim? Vocês estavam... de saliência?

— Não! — Ela cai na gargalhada.

— Então o que houve? Conte! Por favor!

Ainda não consegui superar o fato de que Sadie já esteve apaixonada. Depois de me dar tantas broncas a respeito de Josh. Depois de fingir que não se importava com nada.

— Eles encontraram desenhos. — Seu riso se desfaz, e ela abraça o tronco magro. — Ele era pintor. Gostava de me pintar. Meus pais ficaram escandalizados.

— Qual é o problema em ele pintar você? — pergunto, confusa. — Eles deviam ficar felizes! É um elogio, um artista querer...

— Nua.

— *Nua?*

Estou chocada. E um tanto impressionada. Eu nunca posaria nua para um quadro. Nunca na vida! A menos que o pintor pudesse fazer alguns retoques.

Ou dar uns toques, sei lá o que os artistas fazem.

— Eu usava algo para me cobrir. Mas, mesmo assim, meus pais... — Sadie fecha os lábios com força. — Foi dramático o dia em que eles encontraram os desenhos.

Minha mão está sobre a boca. Sei que eu não deveria rir, sei que não é engraçado, mas não consigo evitar.

— Então eles viram... a sua...

— Eles ficaram histéricos. — Ela solta um risinho escondido. — Foi engraçado, mas foi horrível também. Os pais dele ficaram tão irritados quanto os meus. Queriam que ele fosse para a faculdade de direito. — Ela balança a cabeça. — Ele nunca seria um bom advogado. Era um homem atormentado. Pintava o dia inteiro, bebia vinho, fumava cigarros baratos o tempo todo e os apagava na paleta... Nós dois. Eu passava a noite toda com ele no estúdio. No galpão da casa dos pais dele. Eu o chamava de Vincent, por causa de Van Gogh. Ele me chamava de Mabel.

— Ela dá outra risadinha.

— *Mabel?* — Faço uma cara de nojo.

— Havia uma empregada na casa dele chamada Mabel. Eu disse a ele que era o nome mais feio que já tinha ouvido e que eles deveriam fazê-la mudá-lo. Então ele passou a me chamar de Mabel. Ele era bem cruel... Seu tom parecia de brincadeira, mas seus olhos ficaram molhados. Não sei se ela queria se lembrar disso tudo ou não.

— Você... — começo, e perco a coragem antes de terminar a pergunta. Eu queria perguntar "Você realmente o amava?", mas Sadie está perdida em pensamentos.

— Eu fugia de casa enquanto todos estavam dormindo, descia pela trepadeira. — Ela viaja, os olhos distantes. De repente, ela parece muito triste. — Quando fomos descobertos, tudo mudou. Ele foi mandado para a França, para a casa de um tio, para pintar e acabar com aquilo logo. Como se alguém pudesse fazê-lo parar de pintar.

— Qual era o nome dele?

— Stephen Nettleton. — Sadie suspira alto. — Não digo o nome dele em voz alta há... setenta anos. Pelo menos.

Setenta *anos*?

— Então o que houve? Depois disso.

— Nunca mais nos falamos, nunca mais — diz Sadie sem rodeios.

— Por que não? — pergunto, chocada. — Não escreveu para ele?

— Ah, escrevi. — Ela dá um sorriso forçado que me faz recuar. — Mandei várias cartas, mas nunca recebi resposta. Meus pais disseram que fui muito ingênua. Disseram que ele me usou para o que quis. Não acreditei neles logo de cara e os odiei por terem dito aquilo. Mas depois... — Ela olha para cima, levanta o queixo, como se me desafiasse a sentir pena dela. — Eu era como você. "Ele me ama, me ama mesmo!" — Ela faz uma voz aguda e zomba de mim. — "Ele vai escrever! Vai voltar para mim. Ele me *ama!*" Sabe como me senti quando finalmente caí na real?

Houve um silêncio tenso.

— Então o que você fez? — Mal tenho coragem de perguntar.

— Me casei, é claro. — Posso ver a rebeldia. — O pai de Stephen conduziu a cerimônia. Foi nosso pastor. Stephen deve ter ficado sabendo, mas nem mandou um cartão.

Ela fica em silêncio e permaneço sentada, a cabeça fervilhando. Ela se casou com o cara do colete para se vingar. É óbvio. É horrível. Não me admira não ter durado. Desanimo completamente. Queria não ter pressionado tanto Sadie. Não queria mexer nessas lembranças dolorosas. Achei que ela fosse se divertir, contar histórias interessantes e eu fosse descobrir como era o sexo nos anos 1920.

— Nunca pensou em seguir Stephen até a França? — não consigo não perguntar.

— Eu tinha meu orgulho. — Ela me lança um olhar incisivo, e sinto vontade de responder "Bem, pelo menos eu consegui meu namorado de volta!".

— Você guardou algum desenho? — Procuro desesperadamente algo positivo.

— Eu os escondi. — Ela nega com a cabeça. — Havia um quadro grande também. Ele me deu sem que ninguém soubesse logo antes de ir para a França, e o escondi no porão. Meus pais não faziam ideia. Mas depois, é claro, a casa foi incendiada e o perdi.

— Meu Deus! — Desabo de decepção. — Que pena!

— Na verdade, não. Não me importei. Por que eu deveria me importar?

Eu a observo por um minuto, dobrando a saia obsessivamente, os olhos ocupados com lembranças.

— Talvez ele nunca tenha recebido suas cartas — digo, esperançosa.

— Tenho certeza de que recebeu. — Sua voz parece emocionada. — Sei que chegaram ao correio. Tive que levá-las até lá sozinha.

Não aguento. Cartas escondidas. Pelo amor de Deus. *Por que* não havia celulares nos anos 1920? Pense em quantos mal-entendidos poderiam ter sido evitados no mundo. O arquiduque Ferdinando poderia ter mandado uma mensagem de texto para seu povo: "Acho que tem um maluco me seguindo", e não teria sido assassinado. A Primeira Guerra Mundial não teria acontecido. E Sadie poderia ter ligado para seu homem, eles poderiam ter se entendido...

— Será que ele ainda está vivo? — Agarrando-me a esperanças irracionais. — Podíamos procurá-lo! Podemos procurar no Google, ir à França; aposto que conseguiremos encontrá-lo...

— Ele morreu jovem. — Sadie me interrompe, a voz distante. — Doze anos após ter deixado a Inglaterra. Trouxeram seus restos mortais para casa e fizeram um funeral na cidade. Eu estava morando fora na época. Não fui convidada. E não teria ido.

Estou tão horrorizada que não consigo responder. Ele não só a deixou, ele *morreu*. É uma péssima história com um final terrível; eu queria nunca ter perguntado.

O rosto de Sadie está tenso enquanto ela olha pela janela. A pele parece mais pálida do que nunca e posso ver sombras sob seus olhos. Em seu vestido cinza-prata, ela parece um gravetinho delicado. Sinto lágrimas nos olhos. Ela amava esse cara. É óbvio. Por trás da aparência confiante e corajosa e das respostas malcriadas, ela realmente o amava. Amou a vida inteira, provavelmente.

Como ele pode não ter correspondido? Cretino. Se ele estivesse vivo agora, eu o encontraria e espancaria. Mesmo que fosse um velho gagá com vinte netos.

— É muito triste. — Esfrego o nariz. — É muito, muito triste.
— Não é triste — ela responde imediatamente, e seu ar debochado retorna. — É assim que as coisas são. Existem outros homens, existem outros países, existem outras vidas para viver. Mas é assim que eu sei. — Ela começa a me criticar de repente.
— Eu *sei*, e você tem que acreditar em mim.
— Sabe o quê? — Não estou entendendo nada. — Acreditar em quê?
— As coisas nunca vão dar certo com seu rapaz. Seu Josh.
— Por quê? — Lanço um olhar de raiva, defendendo-me. Sabia que ela iria colocar Josh no meio disso.
— Porque você pode querer, querer e querer. — Ela se vira e abraça os joelhos. Consigo ver os ossos de sua coluna através do vestido. — Mas se ele não a quiser também, é como se estivesse querendo que o céu fosse vermelho.

15

Não vou entrar em pânico. Mesmo que seja quarta-feira e eu ainda não tenha a solução e Janet Grady esteja pronta para uma briga.

Passei do nível de pânico. Estou em um estado alternativo. Como uma iogue.

Estou ignorando as ligações de Janet o dia todo. Kate já disse que estou no banheiro, almoçando, presa no banheiro e, da última vez, a ouvi dizendo desesperada "Não posso incomodá-la, não posso mesmo... Janet, não sei quem é o candidato. Janet, por favor, não me ameace...".

Ela desligou o telefone tremendo. Parece que Janet está sendo cruel. Acho que está meio obcecada com essa lista de candidatos. Eu também. Currículos estão nadando à minha frente, e o telefone parece estar soldado em minha orelha.

Ontem, tive um momento de inspiração. Pelo menos, pareceu inspiração. Talvez tenha sido desespero. Tonya! Ela é forte, tem nervos de aço e todas aquelas qualidades assustadoras. Seria um par perfeito para Janet Grady.

Então liguei e perguntei, como quem não quer nada, se ela havia pensado em voltar a trabalhar, agora que os gêmeos estão com 2 anos. Se havia pensado em mudar para a área de marketing, talvez. Na área de roupas esportivas, quem sabe. Tonya tinha um cargo alto na Shell antes de ter os meninos. Aposto que seu currículo é impressionante.

— Estou dando um tempo na carreira — ela retrucou. — Mag-da! Esses peixes empanados, não. Olhe na gaveta de baixo do freezer...

— Já deve ter tido um bom tempo. Uma mulher com seu talento... deve estar *louca* para voltar a trabalhar.

— Na verdade, não.

— Mas seu cérebro vai atrofiar!

— Não vai atrofiar! — Ela parecia insultada. — Faço aulas no método Suzuki de música toda semana com os meninos. É estimulante para crianças e pais, e conheci outras ótimas mães por aí.

— Está me dizendo que prefere estudar música e beber cappuccinos a ser uma diretora de marketing de sucesso? — Tentei dar a impressão de que não acreditava, mesmo que eu preferisse um milhão de vezes estar estudando música e bebendo cappuccinos a ter de lidar com essa confusão.

— Sim — ela afirmou categoricamente. — Prefiro. Por que está me ligando, Lara? — Sua voz parecia mais alerta. — O que está havendo? Está com algum problema? Porque pode falar comigo, sabe? Se as coisas estiverem indo na direção errada...

Ai, Deus. Falsa compaixão, não.

— Não há nada errado. Só estou tentando fazer um favor para minha irmã mais velha. — Dei uma pequena pausa antes de acrescentar de forma casual: — Então, as mães que você conheceu nas aulas de Suzuki... Nenhuma delas era diretora de marketing, era?

Era de se esperar que entre oito mães ex-profissionais haveria uma diretora de marketing com experiência em varejo que gostaria de voltar ao trabalho logo. Parece que não.

Bem, lá se foi minha grande ideia. Na verdade, lá se foram *todas* as minhas ideias. A única possibilidade que encontrei foi um homem em Birmingham que poderá mudar de emprego se a Leonidas Sports pagar seu transporte de helicóptero toda semana. O que nunca, em tempo algum, irá acontecer. Estou encrencada. Considerando a situação, agora não seria a melhor hora para me arrumar toda e ir a uma festa.

No entanto, aqui estou eu em um táxi, toda arrumada e indo para uma festa.

— Chegamos! Park Lane! — Sadie olha pela janela. — Pague o motorista! Vamos!

Os flashes brilhantes das câmeras estão iluminando nosso táxi, e posso ouvir o burburinho das pessoas se cumprimentando. Vejo um grupo de dez pessoas em trajes formais chegando ao tapete vermelho que leva ao hotel Spencer, onde o jantar da *Business People* está acontecendo. De acordo com o *Financial Times*, quatrocentos dos executivos mais talentosos de Londres estarão aqui esta noite.

Como uma das executivas de talento, eu estava prestes a cancelar por várias razões.

1. Acabei de voltar com Josh e não deveria participar de jantares com outros homens.
2. Estou muito estressada com o trabalho.
3. Quer dizer, muito estressada.
4. Janet Grady pode estar aqui e gritar comigo.
5. Clive Hoxton, a mesma coisa.
    Sem contar que:
6. Terei que falar com o Sr. Bronco Americano a noite toda.

Mas então caí na real. Quatrocentos executivos juntos na mesma sala. Alguns têm que ser altos executivos de marketing. E alguns têm que estar querendo um novo emprego. Com certeza.

Então esta é minha última esperança. Vou encontrar um candidato para a Leonidas Sports hoje no jantar.

Confiro se minha bolsa está abastecida de cartões de visita e observo meu reflexo na janela. Não é preciso dizer que Sadie se encarregou da minha roupa de novo. Estou com um vestido vintage preto de lantejoulas com mangas de franja e medalhões estilo egípcio nos ombros. Por cima, uso uma capa. Meus olhos estão bem pretos, estou com uma pulseira de cobra dourada e um par de meias de nylon, exatamente como Sadie usava. E, na cabeça, um chapéu cloche com imitação de diamante que Sadie encontrou em uma loja de antiguidades.

Hoje me sinto bem mais segura. Para começar, todo mundo estará bem-vestido também. E, mesmo tendo protestado contra o chapéu, secretamente acho que fiquei uma graça. Pareço glamorosa e retrô.

Sadie está arrumada também, com um vestido de franja todo em turquesa e verde e um xale azul. Ela está usando uns dez colares e, na cabeça, um ornamento ridículo com uma cascata de strass caindo por cima de cada orelha. Fica abrindo e fechando a bolsa e parece agitada. Na verdade, ela está assim desde que me contou a história de seu velho amor que morreu. Tentei perguntar mais sobre o assunto, mas ela sai, some ou muda de assunto. Então desisti.

— Vamos! — Suas pernas já se mexem. — Mal posso esperar para começar a dançar!

Pelo amor de Deus. Ela está obcecada. E, se ela acha que vou dançar com Ed no meio do bar de novo, está muito enganada.

— Sadie, ouça — digo, firme. — É um jantar de negócios. Não haverá dança. Estou aqui a trabalho.
— Arranjaremos uma dança — ela diz, confiante. — Sempre se pode arranjar uma dança.
Tá bom. Que seja...
Quando saio, as pessoas bem-vestidas estão por toda parte, apertando as mãos umas das outras confiantes, rindo e posando para as câmeras. Muitas delas reconheço de fotos da *Business People*. Por um momento, sinto uma pontada de tensão. Mas olho para Sadie e levanto a cabeça, assim como ela. E daí que eles são importantes? Sou tão boa quanto eles. Sou sócia da minha própria empresa. Mesmo a empresa sendo duas pessoas e uma máquina de café esquisita.
— Oi, Lara. — A voz de Ed me cumprimenta por trás e me viro. Lá está ele, na beca e lindo como eu poderia imaginar. O smoking lhe cai muito bem; o cabelo negro penteado para trás, perfeitamente.
Josh nunca usa smoking. Sempre usa algo mais excêntrico, como blazer de gola Nehru e calça jeans. Mas Josh é um cara moderno.
— Oi. — Aperto a mão de Ed antes que ele resolva me beijar. Não que eu ache que ele vá. Ele está olhando minha roupa de cima a baixo com uma expressão confusa.
— Você está muito... anos 20.
Na mosca, Einstein.
— Sim, pois é... — digo. — Gosto da moda dos anos 20.
— Não brinca — diz ele, frio.
— Você está delicioso! — diz Sadie alegremente para Ed. Ela se joga em cima dele, passa os dois braços ao redor de seu peito e cheira seu pescoço.
Eca. Ela vai fazer isso a noite toda?

Estamos nos aproximando de um grupo pequeno de fotógrafos e, ao sinal de uma mulher com um fone de ouvido, Ed para e revira os olhos.

— Desculpe, mas tenho que fazer isso.

— Droga! — digo, em pânico, enquanto os flashes das câmeras me deixam cega. — O que eu faço?

— Fique um pouco de lado — ele sussurra para me tranquilizar. — Levante a cabeça e sorria. Não se preocupe, é normal ficar com medo. Fiz um treinamento para esse tipo de coisa. Da primeira vez, fiquei tão duro que parecia um boneco de marionete dos *Thunderbirds*.

Não consigo conter um sorriso. Na verdade, ele até se parece um pouco com um Thunderbird, com o queixo quadrado e a sobrancelha escura.

— Sei o que está pensando — ele diz enquanto os flashes continuam vindo. — Pareço um Thunderbird mesmo. Tudo bem. Aguento a verdade.

— Eu não estava pensando isso! — digo, sem convencer muito. Passamos para outro grupo de fotógrafos. — Como conhece *Thunderbirds*?

— Está brincando? Eu assistia quando era criança. Adorava. Queria ser Scott Tracy.

— Eu queria ser Lady Penelope. — Olho para ele. — Tem interesse em alguma coisa da cultura britânica, pelo menos?

Não sei se a programação infantil da televisão conta como cultura, mas não resisto. Ed parece surpreso e respira fundo como se fosse responder. Mas antes que o faça, a moça do fone de ouvido vem nos acompanhar e o momento passa.

À medida que entramos no hotel, olho em volta, examinando as pessoas, tentando ver se posso abordar alguém sobre a vaga da Leonidas Sports. Preciso circular rápido, antes que todos se sentem para comer.

Enquanto isso, Sadie está grudada em Ed, fazendo-lhe cafuné, esfregando o rosto no dele e passando a mão em seu peito. Quando paramos em frente à mesa da recepção, ela se abaixa e enfia a cabeça no bolso de seu blazer. Fico tão constrangida que dou um pulo.

— Sadie! — reclamo baixinho atrás de Ed. — O que está fazendo?

— Olhando as coisas dele! — ela diz, levantando-se. — Não havia nada interessante. Só alguns papéis e cartões. Imagino o que há nos bolsos da calça... Hum... — Ela olha para a calça, e seus olhos brilham.

— Sadie! — digo, chocada. — Não!

— Sr. Harrison! — Uma mulher de vestido azul-marinho se aproxima de Ed. — Sou Sonia Taylor, diretora de Relações Públicas da Dewhurst Publishing. Estamos esperando ansiosamente seu discurso.

— É um prazer estar aqui. — Ed agradece com a cabeça. — Gostaria de apresentar Lara Lington, minha... — Ele me olha em dúvida, como se estivesse procurando uma palavra. — Meu par.

— Olá, Lara. — Sonia se vira para mim com um sorriso gentil. — Você trabalha em quê?

Nossa! A diretora de Relações Públicas da Dewhurst Publishing.

— Oi, Sonia. — Aperto sua mão da forma mais profissional possível. — Estou na área de recrutamento, deixe-me lhe dar meu cartão... Não! — exclamo, involuntariamente.

Sadie está abaixada e com o rosto enfiado no bolso da calça de Ed.

— Você está bem? — Sonia Taylor parece preocupada.

— Tudo bem! — Meus olhos estão em todo lugar, menos na visão à minha frente. — Tudo bem. Muito, muito bem...

— Que bom. — Sonia me lança um olhar meio estranho. — Vou pegar o crachá de vocês.

A cabeça de Sadie reaparece brevemente, depois volta para dentro. O que ela está *fazendo* ali?
— Lara, tem alguma coisa errada? — Ed se vira para mim com uma expressão confusa.
— É... não! — consigo dizer. — Está tudo bem, tudo bem.
— Nossa! — A cabeça de Sadie reaparece de repente. — Há uma bela visão ali.
Tento conter o riso com a mão. Ed me olha, desconfiado.
— Desculpe — consigo dizer. — Só estava tossindo.
— Aqui! — Sonia volta da mesa e nos entrega os crachás. — Ed, posso roubá-lo um momento para repassarmos a ordem dos eventos? — Ela dá um sorriso educado e leva Ed.
Imediatamente, pego meu telefone para disfarçar e me viro para Sadie.
— Não faça isso de novo! Você me envergonha! Eu não sabia para onde olhar!
Sadie levanta as sobrancelhas, numa expressão maldosa.
— Só queria satisfazer minha curiosidade.
Nem vou *perguntar* o que isso significa.
— Bem, não faça mais isso! Aquela Sonia acha que sou louca. Ela nem pegou meu cartão de visita.
— E daí? — Sadie faz um gesto de indiferença. — Quem se importa com o que ela pensa?
E, de repente, me dou conta. Ela não percebeu como estou desesperada? Não notou que eu e Kate estamos trabalhando 13 horas por dia?
— *Eu* me importo! — Parto para cima dela furiosa, e ela se encolhe. — Sadie, por que acha que estou aqui? Estou tentando construir meu negócio! Estou tentando conhecer pessoas importantes! — Aponto para o salão cheio de gente. — Preciso encontrar um candidato para a Leonidas Sports até amanhã! Se eu não fizer nada logo, vai acontecer um desastre. Já pratica-

mente aconteceu. Estou totalmente estressada. Você nem notou. — Minha voz está tremendo um pouco. Deve ser por causa dos cafés com leite duplos que tomei hoje. — Bem. Que seja... Faça o que quiser. Só fique longe de mim.

— Lara... — Sadie começa a falar, mas me afasto dela em direção à porta dupla que dá para o salão do jantar. Ed e Sonia estão no palco, e posso vê-la explicando para ele como usar o microfone. À minha volta, as mesas estão se enchendo de homens e mulheres importantes. Posso ouvir partes de conversas sobre mercado, setores do varejo e campanhas publicitárias na televisão.

Esta é minha grande chance. Vamos, Lara. Juntando toda a minha coragem, pego uma taça de champanhe de um garçom que passa e me aproximo de um grupo de executivos, todos rindo de alguma coisa.

— Oi! — falo com eles. — Sou Lara Lington, Recrutadora da L&N. Permitam-me lhes dar meu cartão!

— Olá — diz um homem ruivo simpático. Ele apresenta o grupo, e entrego cartões a todos. Pelos nomes nos crachás, parece que trabalham para empresas de software.

— Alguém aqui trabalha com marketing? — pergunto casualmente. Todos se viram para um louro.

— Culpado. — Ele sorri.

— Você gostaria de um novo emprego? — digo. — É em uma empresa de equipamentos esportivos, com ótimos benefícios, uma oportunidade imperdível!

Silêncio. Mal consigo respirar de tão tensa. Todos caem na gargalhada.

— Gosto do seu estilo — diz o ruivo, e vira-se para o homem do lado. — Estaria interessada em uma subsidiária de software asiática, só dez anos no mercado?

— Único dono cuidadoso — Brinca outro cara, e surgem mais riscos.

Eles acham que estou brincando. Claro que acham. Começo a rir logo também. Mas, por dentro, me sinto uma idiota completa. Nunca vou encontrar um candidato. Foi uma ideia ridícula. Depois de um tempo, peço licença e saio dali. Ed vem até mim.
— Como está indo? Desculpe tê-la abandonado.
— Sem problemas. Eu estava... fazendo networking.
— Estamos na mesa 1. — Ele me acompanha até o palco e sinto uma pontinha de orgulho, apesar do mau humor. Mesa 1 no jantar da *Business People*!
— Lara, tenho uma pergunta — diz Ed enquanto andamos.
— Por favor, não me entenda mal.
— Tenho certeza de que não entenderei — digo. — Pode mandar.
— Eu só queria entender uma coisa. Você não quer ser minha namorada. Certo?
— Certo — concordo. — E você não quer ser meu namorado.
— Não — ele diz, balançando a cabeça para reforçar. Chegamos à mesa. Ed cruza os braços e me analisa, perplexo. — Então o que estamos fazendo juntos?
— É... bem. Boa pergunta.
Não sei como responder. A verdade é que não existe razão.
— Amigos? — sugiro, por fim.
— Amigos — ele repete, meio em dúvida. — Acho que podemos ser amigos.
Ele puxa a cadeira e me sento. Em cada lugar há a programação com *Apresentador Convidado: Ed Harrison* escrito embaixo.
— Está nervoso?
Os olhos de Ed brilham, e ele dá um singelo sorriso.
— Se eu estivesse, não diria.
Olho o verso da programação e sinto orgulho quando encontro meu nome na lista. Lara Lington, L&N Recrutamento de Executivos.

— Você não parece uma típica caça-talentos — diz Ed, seguindo meu olhar.

— É mesmo? — Não sei bem como reagir. — Isso é bom ou ruim?

— Para começar, não parece obcecada por dinheiro.

— Eu gostaria de ganhar mais dinheiro — digo, com sinceridade. — Muito mais. Mas acho que não é meu principal objetivo. Sempre vi caça-talentos como... — Paro, sem graça, e tomo um gole de vinho.

Uma vez, contei minha teoria sobre caça-talentos para Natalie, e ela disse que eu era louca e me mandou parar de falar sobre isso.

— O quê?

— Como um trabalho de cupido. Casar a pessoa perfeita com o trabalho perfeito.

Ed parece achar engraçado.

— É outra maneira de ver a profissão. Não sei se as pessoas aqui considerariam que têm um caso de amor com seus trabalhos. — Ele aponta para as pessoas no salão.

— Talvez considerariam se tivessem o trabalho certo — digo, ansiosa. — Se pudesse encaixar as pessoas com o que elas querem exatamente...

— E você seria o cupido.

— Está rindo de mim.

— Não estou. — Ele balança a cabeça firmemente. — Gosto da teoria. Como funciona na prática?

Suspiro. Ed tem alguma coisa que me faz baixar a guarda. Talvez seja porque, sinceramente, não me importo com o que ele pensa de mim.

— Não muito bem. Na verdade, neste momento, pessimamente.

— Tão ruim, é?

— Põe ruim nisso. — Tomo outro gole de vinho, depois olho para cima e vejo Ed me observar confuso.

— Você tem uma sociedade, não é?
— Sim.
— Então, como decidiu com quem abrir a empresa? — ele pergunta tranquilamente. — Como tudo aconteceu?
— Natalie — digo. — Porque ela é minha melhor amiga, conheço-a há muito tempo e ela é uma caça-talentos competente e de sucesso. Ela trabalhava para a Price Bedford Associates, sabe? São uma empresa enorme.
— Eu sei. — Ele parece parar e pensar um momento. — Só de curiosidade, quem lhe contou que ela era uma caça-talentos competente e de sucesso?
Olho para ele, me sentindo meio sem graça.
— Ninguém teve que me *contar*. Ela simplesmente *é*. Quero dizer... — Encontro seu olhar cético. — O quê?
— Não é da minha conta. Mas quando nós dois... — Novamente ele hesita, como se estivesse procurando a palavra. — ...nos encontramos...
— Sim — concordo, impaciente.
— Andei perguntando por aí. Ninguém nem havia ouvido falar de vocês.
— Ótimo. — Tomo um grande gole de vinho. — Exatamente.
— Mas tenho um contato na Price Bedford, e ele me falou um pouco sobre Natalie. Interessante.
Sua expressão me dá um pressentimento ruim.
— Ah, é mesmo? — digo, na defensiva. — Porque aposto que eles estavam com raiva por tê-la perdido. Então, o que quer que ele dissesse...
Ed levanta as mãos.
— Não quero entrar nesse assunto. É sua sociedade, sua amiga, suas escolhas.
Certo. Agora estou com um mau pressentimento.

— Conte-me. — Coloco o copo na mesa, minha máscara de corajosa some. — Por favor, Ed. Conte-me. O que ele disse?

— Bem, parece que ela atraiu vários profissionais importantes para uma lista de uma empresa líder de mercado anônima que não existia. Depois, tentou oferecer a eles um cliente menor e disse que era essa a vaga que tinha oferecido desde o começo. A coisa explodiu. O sócio da empresa teve que intervir para acalmar as coisas. Por isso ela foi despedida. — Ed hesita.

— Mas você sabia disso, não?

Olho para ele, sem fala. Natalie foi despedida? Ela *foi despedida*?

Ela me disse que tinha decidido deixar a Price Bedford porque não era valorizada e poderia ganhar muito mais trabalhando por conta própria.

— Ela veio hoje? — Ele procura pelo salão. — Vou conhecê-la?

— Não. — Acabo recuperando minha voz. — Ela... não está por aqui no momento.

Não posso contar a ele que ela me deixou na mão tocando a empresa sozinha. Não posso admitir que a coisa é bem pior do que ele pensa.

O sangue sobe e desce em meu rosto enquanto tento processar tudo isso.

Ela nunca me disse que havia sido despedida. Nunca. Ainda consigo me lembrar de quando ela me falou sobre a ideia de abrir a empresa, tomando champanhe em um bar sofisticado. Ela me disse que todos no ramo estavam loucos para fazer sociedade com ela, mas que ela queria alguém em quem realmente confiasse. Uma velha amiga. Alguém com quem ela pudesse se *divertir*. Ela descreveu um quadro tão incrível e falou de tantos nomes importantes que fiquei maravilhada. Pedi demissão do meu emprego na semana seguinte e saquei todas as minhas economias. Sou tão idiota e ingênua. Sinto lágrimas molhando meus cílios e rapidamente tomo um gole da minha bebida.

— Lara? — A voz estridente de Sadie surge, ao pé do meu ouvido. — Lara, venha rápido! Preciso falar com você.

Não quero mesmo falar com Sadie. Mas também não posso ficar sentada aqui com Ed me olhando tão preocupado. Acho que ele percebeu que foi tudo uma surpresa para mim.

— Voltarei em um segundo! — digo, animada, e empurro minha cadeira. Vou em direção ao salão lotado, tentando ignorar Sadie, que está me perseguindo falando em meu ouvido.

— Sinto muito — ela diz. — Pensei melhor e você tem razão, fui egoísta e não tive consideração. Então decidi ajudá-la e consegui! Encontrei um candidato para você! Um candidato maravilhoso, perfeito!

Suas palavras interrompem meu ciclo de pensamentos dolorosos.

— O quê? — Me viro para ela. — O que você disse?

— Pode achar que não estou interessada em seu trabalho, mas estou — ela declara. — Você precisa de um executivo troféu, e encontrei um. Não sou esperta?

— Do que você está falando?

— Estou ouvindo as conversas de todo mundo! — ela diz, orgulhosa. — Estava começando a pensar que não tinha jeito, mas então ouvi uma mulher chamada Clare cochichando com a amiga no canto. Ela não está feliz. São os jogos de poder, sabe? — Sadie arregala os olhos de um jeito impressionante. — As coisas estão muito ruins no trabalho, e ela está pensando em pedir demissão.

— Certo. Então a questão é...

— Ela é diretora de marketing, é claro! — diz Sadie, triunfante. — Estava no crachá. Eu sabia que era isso o que queria, uma diretora de marketing. Ela ganhou um prêmio no mês passado, sabia? Mas seu novo diretor executivo nem a parabenizou. Ele é um cretino — ela acrescenta, em segredo. — Por isso ela quer sair.

Engulo em seco várias vezes, tentando manter a calma. Uma diretora de marketing que quer trocar de emprego. Uma diretora de marketing vencedora de prêmio que quer trocar de emprego. Ai, Deus. Eu poderia morrer.

— Sadie, isso é verdade?

— É claro. Ela está logo ali! — Sadie aponta para o outro lado do salão.

— Ela gosta de esportes? Exercícios?

— Panturrilha durinha — diz Sadie, triunfante. — Notei logo.

Corro até um quadro próximo e olho a lista de convidados. Clare... Clare...

— Clare Fortescue, diretora de marketing da Shepherd Homes? — Sinto uma pontada de empolgação. — Ela estava na minha lista nova! Eu queria falar com ela, mas não consegui!

— Bem, ela está aqui! Vamos, vou levá-la até ela!

Meu coração está a mil e cruzo o salão lotado buscando em todos os rostos alguém que tenha cara de Clare.

— Ali! — Sadie aponta uma mulher de óculos e vestido azul-escuro. Ela tem cabelos pretos e curtos, uma pinta no nariz e é baixinha. Provavelmente, eu nem a teria visto se Sadie não tivesse apontado.

— Olá! — Vou até ela e respiro fundo. — Clare Fortescue?

— Sim — ela diz rapidamente.

— Posso dar uma palavrinha com você?

— Tudo bem. — Parecendo um pouco confusa, Clare Fortescue me permite tirá-la do grupo onde estava conversando.

— Oi. — Dou um sorriso nervoso. — Meu nome é Lara e sou consultora em recrutamento. Estou querendo falar com você há um tempo. Sua fama a precede, sabia?

— É mesmo? — Ela parece suspeitar de algo.

— É claro! Tenho que parabenizá-la pelo último prêmio que ganhou.
— Ah. — As orelhas de Clare Fortescue ficam coradas. — Muito obrigada.
— Estou recrutando para uma vaga de diretor de marketing no momento. — Diminuo a voz discretamente. — E só queria que soubesse. É uma empresa muito boa de roupas de esportes com grande potencial, e acho que seria perfeita. Seria minha escolha número 1. — Paro, depois acrescento casualmente: — Mas é claro que talvez você esteja feliz onde está agora...
Silêncio. Não sei dizer o que se passa por trás dos óculos de Clare Fortescue. Meu corpo inteiro está tenso, e nem consigo respirar.
— Na verdade, tenho pensado em mudar — ela diz, por fim, tão baixinho que mal consigo ouvir. — Talvez eu esteja interessada. Mas teria que ser a situação certa. — Ela me lança um olhar certeiro. — Não vou aceitar menos do que mereço. Tenho padrões.
Não sei como, mas consigo não comemorar. Ela está interessada *e* é difícil!
— Ótimo! — Sorrio. — Talvez eu possa ligar para você de manhã. Ou, se tiver alguns minutos agora... — Tento não parecer desesperada. — Podemos conversar. Rapidamente.
Por favor... por favor... por favor, por favor, por favor...
Dez minutos depois, volto à mesa, tonta de alegria. Ela vai me mandar o currículo amanhã. Ela jogava hóquei na lateral direita! É a pessoa perfeita!
Sadie parece até mais empolgada do que eu enquanto voltamos para a mesa.
— Eu sabia! — ela continua falando. — Sabia que ela seria a pessoa certa!
— Você é uma estrela — digo, alegremente. — Somos uma equipe. Bate aqui!

— O quê? — Sadie parece confusa.
— Bate aqui! Não sabe o que quer dizer "bate aqui"? Levante a mão e...
Certo. No fim das contas, tentar um "bate aqui" com um fantasma é um erro. A mulher de vermelho achou que eu queria bater nela. Continuo andando apressada, chego à mesa e sorrio para Ed.
— Voltei!
— Voltou mesmo. — Ele me olha confuso. — Como está?
— Maravilhosamente bem, se quer saber.
— Maravilhosamente bem! — Sadie repete, e pula no colo dele. Pego uma taça de champanhe. De repente, tenho vontade de festejar.

16

Esta noite está sendo um dos melhores eventos da minha vida. O jantar está delicioso. O discurso de Ed foi fantástico. Quando as pessoas vinham cumprimentá-lo, ele me apresentava. Distribuí todos os meus cartões de visita e marquei duas reuniões para a semana seguinte. E uma amiga de Clare Fortescue acabou de vir me perguntar discretamente se posso fazer alguma coisa por ela.

Estou eufórica. Finalmente, sinto que estou indo na direção certa!

O único pequeno problema é Sadie, que ficou entediada com o papo de negócios e começou a falar sobre dançar de novo. Ela deu uma volta para explorar o local e disse que há uma boate na rua em que estamos que é perfeita e *temos* que ir para lá imediatamente.

— Não! — falo baixinho. Ela insiste:
— Ssshh! O mágico vai fazer outro truque!

Enquanto bebemos nosso café, um mágico se apresenta nas mesas. Ele acabou de fazer uma garrafa de vinho passar através da mesa, o que foi impressionante. Agora, está pedindo a Ed para escolher uma carta, pois ele vai adivinhar.

— Pronto — diz Ed, escolhendo uma carta. Olho por cima de seu ombro e vejo um rabisco. Ele tinha que escolher entre o rabisco, um quadrado, um triângulo, um círculo e uma flor.

— Pense na forma e em mais nada. — O mágico, que está com um casaco cheio de pedras, um bronzeado artificial e delineador, fixa o olhar em Ed. — O Grande Firenzo vai usar seus poderes misteriosos e ler sua mente.

O nome do mágico é Grande Firenzo. Ele já mencionou o fato umas 95 vezes, e todas as peças que usa têm "Grande Firenzo" escrito em letras vermelhas rebuscada.

Há um silêncio súbito na mesa. O Grande Firenzo coloca as duas mãos na cabeça como se estivesse em transe.

— Estou entrando em comunhão com sua mente — ele diz, com a voz baixa e misteriosa. — A mensagem está chegando. Você escolheu... esta forma! — Como se fizesse brotar uma flor, ele saca uma carta exatamente igual à de Ed.

— Correto. — Ed assente com a cabeça e mostra sua carta na mesa.

— Impressionante! — diz uma loura do outro lado, surpresa.

— Impressionante. — Ed vira sua carta, examinando-a. — Ele não poderia ter visto o que escolhi.

— É o poder da mente — diz o mágico, tirando rapidamente a carta da mão de Ed. — É o poder... do Grande Firenzo!

— Faça o mesmo comigo! — pede a loura, empolgada. — Leia minha mente.

— Muito bem. — O Grande Firenzo vira-se para ela. — Mas cuidado. Quando abrir sua mente para mim, posso ler todos os seus segredos. Os mais secretos e obscuros. — Ele lança um olhar certeiro para ela, e ela ri.

Ela tem uma quedinha pelo Grande Firenzo, é óbvio. Deve estar enviando seus segredos mais profundos e obscuros para ele agora mesmo.

— A mente das mulheres costuma ser mais fácil de... *penetrar*!
— O Grande Firenzo levanta as sobrancelhas sugestivamente. — Elas são mais fracas, mais emotivas... porém mais interessantes por dentro. — Ele sorri para a loura, que ri sem graça.

Eca. Ele é nojento. Olho para Ed, que está com uma expressão distante.

Assistimos à loura escolher uma carta, estudá-la por um momento e anunciar decididamente "Escolhi".

— É o triângulo — diz Sadie, interessada. Ela está atrás da loura, olhando para a carta. — Achei que ela fosse escolher a flor.

— Relaxe. — O Grande Firenzo está com a atenção concentrada intencionalmente na loura. — Anos de estudo no Oriente me tornaram sensível às ondas de pensamento da mente humana. Só o Grande Firenzo pode penetrar o cérebro tão profundamente. Não resista, doce moça. Deixe Firenzo experimentar seus pensamentos. Prometo... — ele sorri de novo — que serei cuidadoso.

Eca. Ele se acha muito sexy, mas é totalmente vulgar. E machista.

— Só o Grande Firenzo tem esse poder — ele diz, dramaticamente, olhando para todos na mesa. — Só o Grande Firenzo pode conseguir tal proeza. Só o Grande Firenzo pode...

— Na verdade, eu também posso — digo, animada. Vou mostrar a *ele* quem tem a mente mais fraca.

— O quê? — O Grande Firenzo me lança um olhar de quem não gostou.

— Posso entrar em comunhão com a mente também. Sei qual carta ela escolheu.

— Por favor, jovem. — O Grande Firenzo dá um sorriso de desaprovação. — Não interrompa o trabalho do Grande Firenzo.

— Só estou dizendo. — Dou de ombros com indiferença. — Eu sei qual é.

— Não sabe não — diz a loura, de forma agressiva. — Não seja ridícula. Você está estragando a brincadeira. Ela bebeu demais? — Ela se vira para Ed.

Que audácia!

— Eu *sei*! — falo, indignada. — Desenho para você, se quiser. Alguém tem uma caneta? — Um homem que estava próximo oferece uma e começo a desenhar no guardanapo.

— Lara — diz Ed em voz baixa —, o que está fazendo?

— Mágica — digo, confiante. Termino meu triângulo e jogo o guardanapo na loura. — Certo?

O queixo da loura cai. Ela olha para mim sem acreditar, depois para o guardanapo de novo.

— Ela tem razão. — Ela vira a carta, e a mesa inteira fica impressionada. — Como fez isso?

— Eu disse. Faço mágica. Também tenho poderes misteriosos vindos do Oriente. Eles me chamam de Grande Lara. — Olho para Sadie, e ela ri.

— Você é membro do Círculo de Mágica? — O Grande Firenzo parece furioso. — Porque nossas regras exigem...

— Não estou em nenhum círculo — digo com prazer. — Mas minha mente é bem forte, como deve perceber. Para uma mulher.

O Grande Firenzo parece ofendido e começa a juntar seus apetrechos.

Olho para Ed, que levanta as sobrancelhas escuras.

— Impressionante. Como fez isso?

— Mágica — falo inocentemente. — Eu disse.

— Grande Lara, é?

— Sim. É assim que meus discípulos me chamam. Mas pode me chamar de Larie.

— Larie. — Sua boca está se mexendo e de repente vejo um sorriso escapar de um lado. Um sorriso verdadeiro.

— Meu Deus! — Aponto, triunfante. — Você sorriu! O Sr. Bronco Americano sorriu de verdade!

Oops. Talvez eu *tenha* bebido demais. Eu não queria tê-lo chamado de Sr. Bronco Americano em voz alta. Por um momento, Ed me olha surpreso. Depois, volta à frieza de sempre.

— Deve ter sido um erro. Tomarei providências. Não vai acontecer de novo.

— Que bom... Porque pode machucar seu rosto *sorrindo* desse jeito.

Ed não responde por um momento, e me pergunto se passei dos limites. Ele parece gentil. Não quero ofendê-lo.

De repente, ouço um homem todo arrumado com um smoking branco tagarelando com um amigo.

— É simplesmente um equilíbrio de probabilidades, só isso. Qualquer um de nós poderia ter calculado a probabilidade de ela escolher o triângulo com um pouco de prática...

— Não poderia não! — interrompo, indignada. — Está bem, vou fazer outro truque. Escreva qualquer coisa. Qualquer coisa. Uma forma, um nome, um número. Vou ler sua mente e lhe dizer o que escreveu.

— Muito bem. — O homem sorri com as sobrancelhas levantadas para as pessoas da mesa como se estivesse dizendo "Vou fazer o que ela quer" e pega uma caneta no bolso. — Vou usar meu guardanapo.

Ele coloca o guardanapo no colo para que eu não possa ver. Troco informações com Sadie pelo olhar, e ela imediatamente aparece atrás dele e se inclina para ver.

— Ele está escrevendo... "Estação de névoa e prosperidade".

— Ela faz uma careta. — Letra horrível.

— Está bem. — O homem metido cobre o guardanapo com a mão e olha para mim. — Diga que forma eu desenhei.

Ah, muito espertinho.

Sorrio gentilmente e levanto minhas mãos em sua direção como o Grande Firenzo fez.

— A Grande Lara agora vai ler sua mente. Uma forma, você diz. Hum... Que formato poderia ser? Círculo... quadrado... Estou captando um quadrado...

O homem metido troca sorrisos maliciosos com o homem a meu lado. Ele se acha muito esperto.

— Abra sua mente, senhor. — Balanço minha cabeça como se o estivesse reprovando. — Livre-se desses pensamentos que dizem que é melhor do que todos aqui nesta mesa! Eles estão me atrapalhando!

Seu rosto fica vermelho.

— Sério... — ele começa.

— Consegui — interrompo-o, determinada. — Li sua mente, e você não desenhou nada. Ninguém pode enganar a Grande Lara. Em seu guardanapo está escrito... — Paro, desejando ter um tambor para fazer suspense. — "Estação de névoa e prosperidade." Mostre seu guardanapo para a mesa, por favor.

Rá! O homem metido ficou com cara de tacho. Lentamente, ele levanta o guardanapo, e a mesa inteira se surpreende e aplaude.

— Caramba! — diz o homem a seu lado. — Como fez isso?

— Ele olha para a mesa. — Ela não poderia saber o que estava escrito.

— É um truque — diz o homem metido, mas ele parece menos convencido.

— Faça de novo! Faça com outra pessoa! — Um homem chama alguém da outra mesa. — Ei, Neil, precisa ver isso. Qual é seu nome mesmo?

— Lara — digo, orgulhosa. — Lara Lington.

— Onde estudou? — O Grande Firenzo está a meu lado bufando enquanto me pergunta ao pé do ouvido. — Quem lhe ensinou isso?
 — Ninguém — falo. — Eu disse. Tenho poderes especiais. Poderes *femininos* — acrescento. — O que significa que são especialmente fortes.
 — Está bem — ele diz, com raiva. — Esqueça. Vou falar com o sindicato sobre você.
 — Lara, vamos embora. — Sadie aparece do meu outro lado e acaricia o peito de Ed com as mãos. — Quero dançar. Vamos!
 — Faça só mais alguns truques — sussurro enquanto os convidados começam a se juntar em volta da mesa para assistir. — Olhe quanta gente! Posso falar com eles, dar meu cartão, fazer contatos...
 — Não me importo com contatos! — Ela faz cara de emburrada. — Quero sacudir o esqueleto!
 — Só mais alguns — falo de lado, usando a taça de vinho como disfarce. — Depois nós vamos. Prometo.

Mas são tantos pedidos que, antes que eu perceba, quase uma hora já se passou. Todos querem que eu leia suas mentes. Todo mundo no salão sabe meu nome! O Grande Firenzo pegou suas coisas e foi embora. Sinto um pouco de pena, mas ele não deveria ter sido tão metido, não é?
 Várias mesas foram arrastadas, cadeiras puxadas para a frente e uma plateia se formou. Agora, meu ato está aperfeiçoado de forma que entro em uma salinha, a pessoa escreve o que for, mostra para o público, depois eu volto e adivinho. Já apareceram nomes, datas, versículos da Bíblia e um desenho do Homer Simpson. (Sadie o descreveu para mim. Sorte que entendi.)
 — E agora... — olho para o público tentando impressionar — a Grande Lara vai fazer um truque ainda mais incrível. Vou ler... cinco mentes de uma vez!

Todos ficam surpresos e satisfeitos e começam a aplaudir.
— Eu! — Uma garota corre para a frente. — Eu!
— E eu! — Outra garota vem passando pelo meio das cadeiras.
— Sente-se naquela cadeira. — Faço um gesto apontando.
— A Grande Lara vai se retirar e depois voltar para ler suas mentes!
Começam os aplausos e alguns gritos e me viro despretensiosamente. Entro na pequena sala anexa e bebo um gole de água. Meu rosto está resplandecente, e estou me sentindo ótima. Isso é fantástico! Devíamos fazer isso o dia todo!
— Muito bem — digo, assim que a porta se fecha. — Vamos fazer em ordem, deve ser fácil... — Paro, surpresa. Sadie está plantada na minha frente.
— Quando vamos embora? — ela cobra. — Quero dançar. Este é o *meu* encontro.
— Eu sei. — Retoco o batom rapidamente. — E vamos dançar.
— Quando?
— Sadie, vamos. Isso é muito divertido. Estão todos adorando. Você pode dançar a qualquer hora!
— Não posso dançar a qualquer hora! — Ela levanta a voz com raiva. — Quem está sendo egoísta agora? — *Quero ir embora! Agora!*
— Nós vamos! Prometo. Só mais um truque...
— Não! Já cansei de ajudá-la! Está por sua conta agora.
— Sa... — Paro, chocada, e ela desaparece diante de meus olhos. — Sadie, não brinque. — Olho em volta, mas nenhuma resposta ou sinal dela. — Está bem. Muito engraçado. Volte. Ótimo. Ótimo, ela ficou ofendida.
— Sadie. — Uso um tom mais humilde. — Desculpe. Entendo que você esteja irritada. Por favor, volte e vamos conversar sobre isso.

Nenhuma resposta. Faz um silêncio mortal no quartinho. Olho em volta, cada vez mais preocupada.

Ela não pode ter ido embora.

Ela não pode ter me *abandonado*.

Dou um pulo ao ouvir alguém bater à porta e Ed entrar. Ed se tornou meu assistente não oficial. Fica organizando os pedidos e entregando canetas e papéis.

— Cinco mentes ao mesmo tempo, é? — ele diz ao entrar.

—Ah. — Coloco rapidamente um sorriso no rosto. — É... sim! Por que não?

— Tem uma plateia enorme lá fora. Todo mundo que estava no bar veio assistir. Só tem lugar em pé. — Ele aponta para a porta. — Está pronta?

— Não! — Instintivamente, me retraio. — Preciso de um momento antes. Preciso organizar as ideias. Fazer uma pausa.

— Não me surpreende. Deve requerer muita concentração.

— Ed se apoia na porta e me analisa por um momento. — Tenho observado você o melhor que posso, mas ainda não consegui descobrir. Seja lá como faz... É impressionante.

— Ah! É... Obrigada.

— Nos vemos lá fora. — A porta se fecha atrás dele, e me viro.

— Sadie — chamo, desesperada. — Sadie! *Sadie!* — Certo. Estou encrencada.

A porta se abre, e tomo um leve susto. Ed me olha de novo, confuso.

— Esqueci. Quer uma bebida do bar?

— Não. — Dou um pequeno sorriso. — Obrigada.

— Está tudo bem?

— Sim! É claro. Só estou... voltando as atenções para meus poderes. Preparando-me.

— Claro. — Ele acena, demonstrando entender. — Vou deixá-la à vontade. — A porta se fecha de novo.

Droga. O que vou fazer? Logo logo vão cobrar que eu saia. Vão esperar que eu leia mentes. Vão esperar que eu faça mágica. Meu coração está apertado de medo.

Só há uma opção: preciso fugir. Olho em volta desesperadamente para a salinha, que é claramente um depósito de móveis. Sem janelas. Há uma saída de emergência no canto, mas está bloqueada por uma pilha enorme de cadeiras douradas de uns 3 metros de altura. Tento empurrar as cadeiras, mas são muito pesadas. Está bem. Vou passar por cima delas.

Determinada, coloco um pé em uma das cadeiras e me levanto. Depois outro. O verniz é um pouco escorregadio, mas estou conseguindo. É como uma escada. Uma escada torta e frágil.

O único problema é que, quanto mais alto chego, mais as cadeiras se mexem. Quando chego a mais ou menos 2 metros e meio, a pilha de cadeiras está inclinada em um ângulo bastante assustador. É como a Torre de Pisa das cadeiras douradas, comigo apavorada perto do topo.

Se eu der mais um passo grande, passo do topo e posso rapidamente descer pelo outro lado para a saída de emergência. Mas, toda vez que mexo o pé, a pilha mexe tanto que desisto com medo. Tento passar para o lado, mas a pilha sacode ainda mais. Agarro-me a outra cadeira desesperada, sem ousar olhar para baixo. Parece que a pilha inteira vai cair, e o chão parece longe demais.

Respiro fundo. Não posso ficar aqui parada para sempre. Não posso. Preciso ser corajosa e passar do topo. Dou um passo enorme, colocando o pé na terceira cadeira antes do topo. Mas, quando mudo de lugar, a pilha se inclina tanto que não consigo sufocar um grito.

— Lara! — A porta se abre e Ed aparece. — O que...
— Socorro! — A pilha inteira de cadeiras está caindo. Eu *sabia* que não devia ter me mexido...
— Meu Deus! — Ed corre para a frente, e eu caio. Ele não me pegou nos braços. Na verdade, estava mais para aparar minha queda com a cabeça.
— Ai!
— Ufa! — Caio no chão. Ed pega minha mão e me ajuda a ficar em pé, depois leva a mão ao peito com uma expressão de dor. Acho que o chutei sem querer ao cair.
— Desculpe.
— O que está fazendo? — Ele me olha incrédulo. — Algum problema?
Olho para a porta com cara de dor. Seguindo meu olhar, ele a fecha.
— O que houve? — ele pergunta, mais gentil.
— Não sei fazer mágica — murmuro olhando para baixo.
— O quê?
— Não sei fazer mágica! — Olho para cima desesperada. Ed me olha confuso.
— Mas... você fez.
— Eu sei. Mas não consigo mais fazer.
Ed me observa em silêncio por alguns segundos; seus olhos brilham quando cruzam com os meus. Ele está com uma cara assustadoramente séria, como se uma grande empresa global fosse falir e ele estivesse bolando um plano para salvá-la.
Ao mesmo tempo, ele parece querer rir.
— Está dizendo que seus poderes orientais misteriosos de leitura de mentes a abandonaram? — ele pergunta, por fim.
— Sim — digo, baixinho.
— Alguma ideia do porquê?
— Não. — Arranho o chão com o pé, tentando não olhar para ele.

— Bem, vá lá fora e conte para todo mundo.
— Não posso! — grito, chocada. — Todos vão achar que sou uma farsa. Já fui a Grande Lara. Não posso chegar lá e dizer "Desculpem, não consigo mais fazer".
— Claro que pode.
— Não. — Balanço a cabeça com determinação. — De jeito nenhum. Preciso ir embora! Preciso fugir.
Vou em direção à saída de emergência de novo, mas Ed segura meu braço.
— Nada de escapar — diz ele, firme. — Nada de fugir. Contorne a situação. Você consegue. Vamos.
— Mas como? — pergunto, desesperada.
— Brinque com eles. Faça disso uma diversão. Não pode ler as mentes, mas pode fazê-los rir. Saímos logo depois, e ainda será a Grande Lara para todos. — Nossos olhares se cruzam. — Se fugir agora, será a Grande Farsa.
Ele tem razão. Não quero que ele tenha razão, mas ele tem.
— Está bem — digo por fim. — Vou fazer isso.
— Precisa de mais tempo?
— Não. Já tive bastante tempo. Só quero acabar logo com isso. E depois vamos embora?
— Depois vamos embora. Combinado. — Um pequeno sorriso escapa de novo. — Boa sorte.
— Obrigada. — Quero acrescentar que já foram dois sorrisos. (Mas não falo nada.)
Ed passa pela porta e eu o sigo, conseguindo, sabe-se lá como, manter a cabeça erguida. Ouço um burburinho de vozes que some quando apareço e se transforma em uma salva de palmas. Posso ouvir assovios lá de trás e vejo alguém me filmando com o celular. Passei tanto tempo fora que eles devem estar pensando que estou montando um grande final.

As cinco vítimas estão sentadas nas cadeiras, cada uma com um pedaço de papel e uma caneta. Sorrio para elas, depois olho para a multidão.

— Senhoras e senhores, desculpem minha ausência. Abri minha mente a várias ondas de pensamentos hoje. E francamente... estou chocada com o que descobri. Chocada. Você. — Viro-me para a primeira menina, que está com o pedaço de papel abraçado ao peito. — É claro que sei o que você *desenhou*. — Faço um gesto de desdém, como se o que ela tivesse desenhado não fosse importante. — Mas muito mais interessante é o fato de que há um homem em seu escritório que você acha um gato. Não negue!

A garota fica vermelha, e sua resposta é abafada pelas gargalhadas.

— É Blakey! — grita alguém, e ouço mais gargalhadas.

— Você, senhor! — Viro-me para um homem de cabelo curto. — Dizem que a maior parte dos homens pensa em sexo uma vez a cada trinta segundos, mas com você é *muito, muito* mais frequente. — As gargalhadas aumentam, e me viro rapidamente para o homem seguinte. — Quanto ao senhor, pensa em *dinheiro* a cada trinta segundos.

Ele cai na gargalhada.

— Ela é uma tremenda leitora de mentes! — ele grita.

— Seus pensamentos, infelizmente, estavam muito embebidos em álcool para que eu pudesse ler. — Sorrio gentilmente para o homem corpulento sentado na quarta cadeira. — E quanto à senhora... — Paro enquanto olho para a garota na quinta cadeira. — Sugiro que nunca, jamais conte à sua mãe o que estava pensando agora. — Levanto minhas sobrancelhas para provocar, mas ela não se levanta.

— O quê? — Ela fecha a cara. — Do que está falando?

Droga.

— Você sabe. — Obrigo-me a manter um sorriso firme. — *Você* sabe...

— Não. — Ela balança a cabeça. — Não tenho ideia do que você está falando.

O falatório do público acabou. Rostos se viraram para nós, interessados.

— Preciso soletrar? — Meu sorriso está ficando forçado. — Esses... pensamentos. Esses que estava pensando agorinha... — Estou chegando ao limite. — Agora mesmo.

De repente, seu rosto se apavora.

— Meu Deus! É. Você tem razão.

Não sei como, consigo respirar aliviada.

— A Grande Lara sempre tem razão! — Faço um gesto de agradecimento. — Adeus e até breve.

Passo rapidamente no meio do público, que aplaude, em direção a Ed.

— Peguei sua bolsa — ele sussurra em meio às palmas. — Mais um agradecimento e vamos embora.

Só respiro quando estamos seguros na rua. O ar está limpo e há uma brisa morna. O porteiro do hotel está cercado de grupos de pessoas aguardando táxis, mas não quero arriscar nenhum dos convidados me alcançando. Então rapidamente vou andando pela calçada.

— Muito bem, Larie! — diz Ed quando começamos a andar.

— Obrigada.

— É uma pena ter perdido seus poderes. — Ele me olha com cara de dúvida, mas finjo que não noto.

— Sim, pois é... — digo casualmente. — Eles vêm e vão. São os mistérios do Oriente. Se formos por aqui... — Olho para uma placa. — Devemos conseguir pegar um táxi.

— Estou por sua conta — diz Ed. — Não conheço esta área. Essa coisa de não conhecer Londres está começando a me irritar.

— Existe alguma área que você conheça?

— Conheço o caminho para o trabalho. — Ed dá de ombros com indiferença. — Conheço o parque em frente ao meu prédio. Conheço o caminho para a Whole Foods.

Está bem. Já chega. Como ele ousa vir para essa cidade maravilhosa e não demonstrar nenhum interesse?

— Não acha isso coisa de gente limitada e arrogante? — Paro.

— Não acha que, se veio morar em outra cidade, deveria respeitá-la o suficiente para conhecê-la? Londres é uma das cidades mais maravilhosas, históricas e fascinantes do mundo! E que raio de Whole Foods! É uma loja americana! Não poderia tentar a Waitrose? — Levanto a voz. — Por que aceitou um emprego aqui se não estava interessado no lugar? O que estava pensando em fazer?

— Estava pensando em explorá-lo com minha noiva — diz Ed calmamente.

Sua resposta quase me tira o ar. Noiva? Que noiva?

— Até ela terminar comigo, uma semana antes de virmos — Ed continua casualmente. — Ela pediu à empresa para dar a vaga de Londres para outra pessoa. Então fiquei com um dilema. Vir para a Inglaterra, me concentrar e fazer o melhor possível ou ficar em Boston, sabendo que a veria quase todo dia. Ela trabalhava no mesmo prédio que eu. — Ele para por um segundo antes de acrescentar. — E seu amante.

— Ah. — Olho para ele, chocada. — Desculpe. Eu... não imaginei.

— Tudo bem.

Seu rosto está impassível; quase parece que ele não se importa. Mas estou começando a entender seu jeito frio. Ele se importa, é claro que sim. De repente, sua cara fechada faz mais sentido. E essa expressão de pessoa carrancuda. E a voz aborrecida que ele tinha no restaurante. Caramba, que vaca devia ser essa noiva dele. Posso até vê-la. Dentes enormes e brancos, típicos de americanos, cabelos esvoaçantes e saltos altíssimos. Aposto como ele comprou um anel enorme para ela. Aposto como ela ficou com ele.

— Deve ter sido horrível — digo, sem graça, enquanto voltamos a andar.

— Eu tinha os guias. — Ele olha fixamente para a frente. — Tinha os itinerários. Milhões de projetos planejados. Stratford-upon-Avon... Escócia... Oxford... Mas foi tudo planejado com Corinne. Meio que perde a graça.

Tenho uma visão de pilhas de guias, todos rabiscados e com anotações dos planos. Depois some. Sinto-me mal por ele. Acho melhor parar de falar agora e de fazer tantas perguntas. Mas um instinto mais forte me faz continuar.

— Então você só vai e volta do trabalho todo dia? — pergunto. — Nunca olha em volta? Vai à Whole Foods, ao parque e volta para casa e pronto?

— Para mim, está ótimo.

— Há quanto tempo está aqui mesmo?

— Cinco meses.

— Cinco meses? — grito, chocada. — Não. Não pode viver assim. Não pode viver só olhando para a frente. Precisa olhar em volta. Precisa superar.

— *Superar* — ele repete em tom de deboche. — Nossa! Certo. Ninguém nunca me disse isso.

Tudo bem. Não sou a única a fazer esse discursinho para ele. Que pena...

— Vou embora daqui a dois meses — ele acrescenta, encerrando o assunto. — Não importa muito conhecer ou não Londres.

— Então só está vendo a vida passar, só existindo, esperando se sentir melhor? Assim, nunca vai se sentir melhor! A menos que *faça* algo a respeito! — Coloco para fora toda a minha frustração. — Olhe só para você, fazendo memorandos para outras pessoas, e-mails para sua mãe, resolvendo os problemas de todo mundo porque não quer pensar nos seus próprios! Desculpe, ouvi você na lanchonete — acrescento, sem graça, e Ed olha para mim. — Se vai morar em algum lugar, não importa o tempo, precisa se envolver. Ou então não estará vivendo de verdade. Estará apenas sobrevivendo. Aposto como nem desfez as malas direito ainda, não é?

— Se quer saber... — Ele para por momento. — Minha empregada desfez as malas para mim.

— Exatamente — digo enquanto andamos mais um tempo em silêncio, nossos passos quase em sincronia. — As pessoas terminam — digo, por fim. — É assim que as coisas são. E não pode perder tempo pensando no que poderia ser. Precisa olhar para o que é.

Enquanto digo essas palavras, tenho um déjà-vu estranho. Acho que meu pai me disse algo assim uma vez sobre Josh. Na verdade, ele deve ter usado exatamente as mesmas palavras.

Mas aquilo foi diferente. É claro que a situação é completamente diferente. Josh e eu não estávamos programando uma viagem, não é? Ou mudança. E agora estamos juntos de novo. É totalmente diferente.

— A vida é como uma escada rolante — acrescento em tom de sabedoria.

Quando meu pai diz isso, fico irritada porque ele simplesmente não entende. Mas, de algum jeito, é diferente quando sou eu dando o conselho.

— Uma escada rolante? — Ed repete. — Achei que fosse uma caixa de chocolates.

— Não. Definitivamente uma escada rolante. Ela leva você independente de qualquer coisa. — Imito uma escada rolante. — Você pode observar a vista e aproveitar cada oportunidade enquanto passa. Ou então será tarde demais. Foi o que meu pai me falou quando terminei com... um cara.

Ed dá alguns passos.

— E seguiu o conselho dele?

— É... bem... — Ponho o cabelo para trás, evitando seu olhar.

— Mais ou menos.

Ed para e me olha sério.

—Você superou? Achou fácil? Porque eu não acho mesmo.

Limpo a garganta, tento ganhar tempo. O que eu fiz não é o motivo da nossa conversa.

— Sabe, há muitas definições para "superar". — Tento manter o tom de sabedoria. — Muitas variações. Cada um tem seu jeito de superar.

Não sei se quero entrar nessa conversa, na verdade. Talvez agora seja a hora de encontrarmos um táxi.

— Táxi! — Aceno para um, mas ele passa direto, mesmo com a luz acesa. *Odeio* quando fazem isso.

— Deixe comigo. — Ed se aproxima do meio-fio e pego o celular. — Tem uma cooperativa de táxi boa que costumo usar. Talvez eles possam nos buscar. Paro em frente à entrada de uma casa, disco o número e espero. Logo descubro que todos os carros estão nas ruas e a espera será de meia hora.

— Nada bom. — Saio dali e encontro Ed parado na calçada. Não está nem tentando chamar um táxi. — Sem sorte? — pergunto, surpresa.

— Lara. — Ele se vira para mim. Sua expressão parece confusa, e seus olhos vidrados. Será que ele se drogou? — Acho que devíamos ir dançar.

— O quê? — Olho para ele, confusa.

— Acho que devíamos ir dançar. — Ele acena com a cabeça. — Seria o jeito perfeito de fechar a noite. Pensei nisso do nada.

Não acredito. *Sadie*.

Dou meia-volta na calçada, procurando na escuridão e, de repente, encontro-a, flutuando perto de um poste de luz.

— Você! — grito, furiosa, mas Ed nem parece notar.

— Tem uma boate aqui perto — ele diz. — Vamos! Só uma dança rápida. É uma ótima ideia. Devia ter pensado nisso antes.

— Como sabe que há uma boate aqui perto? — contesto. — Você não conhece Londres!

— É... — ele concorda, parecendo desconcertado. — Mas tenho quase certeza de que há uma boate aqui na rua. — Ele aponta. — Por ali, na terceira rua à esquerda. Devemos ir olhar.

— Eu adoraria — digo, docemente. — Preciso apenas fazer uma ligação. Ter uma conversa. — Direciono minhas palavras para Sadie.

— Se eu não tiver essa conversa, *não vou poder dançar!*

Ressentida, Sadie desce à calçada, e finjo discar um número no celular. Estou com tanta raiva dela que quase não sei por onde começar.

— Como pôde me abandonar daquele jeito? — falo baixinho. — Fiquei completamente perdida.

— Não ficou não! Você se saiu muito bem. Eu estava assistindo.

— Você estava *lá*?

— Eu me senti mal — diz Sadie, olhando para o horizonte por cima do meu ombro. — Voltei para ver se você estava bem.

— Muito obrigada — digo, sarcasticamente. — Ajudou muito. E o que significa isso agora? — Aponto para Ed.

— Quero dançar! — ela diz, desafiando. — Tive que tomar medidas drásticas.

— O que fez com ele? Ele parece paralisado!

— Fiz algumas... ameaças — ela diz, de forma evasiva.
— Ameaças?
— Não me olhe assim! — Ela começa a me criticar de repente: — Eu não precisaria ter feito isso se você não fosse tão egoísta. Sei que sua carreira é importante, mas quero ir dançar! Dançar direito! Você *sabe* que quero. É por isso que estamos aqui. Esta deveria ser a minha noite. Mas você tomou a frente de tudo e não tive nem chance! Não é justo!

Ela está quase chorando. E, de repente, me sinto mal. Era para ser a noite dela, e eu meio que a roubei.

— Está bem. Você tem razão. Vamos, vamos dançar.
— Maravilha! Vamos nos divertir muito. Por aqui... — Seu bom humor voltou. Sadie me guia por pequenas ruas de Mayfair pelas quais nunca passei. — É perto dali... Aqui!

É um lugar pequeno chamado The Flashlight Dance Club. Nunca ouvi falar dele. Dois seguranças estão na porta, quase dormindo, e nos deixam entrar sem perguntas.

Descemos por uma escada de madeira e chegamos a um salão grande com tapete vermelho, candelabros, uma pista de dança, um bar e dois homens de calças de couro sentados com cara de mal-humorados. Um DJ em um palco mínimo está tocando uma música da J-Lo. Ninguém está dançando.

Isso foi o melhor que Sadie conseguiu encontrar?

— Ouça, Sadie — sussurro quando Ed vai até o bar de luzes neon —, existem boates melhores do que esta. Se quer mesmo dançar, devemos ir a algum lugar mais legal...

— Olá — me interrompe uma voz. Viro-me e vejo uma cinquentona magra, com protuberantes maçãs do rosto, usando blusa preta e uma saia de tecido fino cobrindo as pernas. Seu cabelo vermelho desbotado está com um nó, seu delineador está borrado e ela parece ansiosa. — Você veio para a aula de Charleston?

— Aula de Charleston?
— Desculpe — a mulher continua. — Acabei de me lembrar que tínhamos combinado. — Ela esconde um bocejo. — Lara, não é? Você veio com a roupa certa!
— Com licença. — Sorrio, pego o celular e me viro para Sadie. — O que você fez? — sussurro. — Quem é esta?
— Você precisa de aulas — Sadie diz sem remorso. — Esta é a professora. Ela mora em um quartinho no andar de cima. Normalmente, as aulas são durante o dia.
Olho para Sadie sem acreditar.
— Você a acordou?
— Devo ter me esquecido de marcar o horário na agenda — a mulher fala, e me viro. — Não costumo fazer isso... graças a Deus me lembrei! Do nada, me dei conta de que você estava esperando aqui.
— Sim! — Olho para Sadie com raiva. — Os poderes da mente humana são impressionantes.
— Aqui está sua bebida. — Ed aparece a meu lado. — Quem é esta?
— Sou sua instrutora de dança, Gaynor. — Ela estende a mão e, perplexo, Ed a pega. — Sempre teve interesse em Charleston?
— Charleston? — Ed parece assustado.
Sinto-me histérica. A verdade é que Sadie sempre consegue o que quer. Ela quer que dancemos Charleston. E vamos dançar Charleston. Devo isso a ela. Então que seja aqui e agora.
— Então! — Sorrio sedutoramente para Ed. — Está pronto?

O negócio é que Charleston é mais agitado do que se imagina. E é muito complicado. É preciso muita coordenação motora. Depois de uma hora, meus braços e pernas estão doendo. É implacável. Pior que aula de ginástica localizada. É como correr uma maratona.

— Para a frente e para trás... — a professora entoa. — E mexam esses pés...

Não posso mais mexer os pés. Eles vão cair. Não paro de confundir direita com esquerda e de bater na orelha de Ed sem querer.

"Charleston, Charleston..." A música está dando o compasso, enchendo a boate com sua batida alegre. Os dois homens de calça de couro no bar nos assistem em absoluto silêncio desde que começamos. Parece que as aulas de dança são comuns por aqui à noite. Mas todo mundo quer aprender salsa, segundo Gaynor. Ela não dá aula de Charleston há 15 anos. Acho que está muito feliz por estarmos aqui.

— Passo e chute... acene com os braços... muito bem!

Estou acenando tanto com os braços que já perdi a sensação das mãos. As franjas do meu vestido balançam de um lado para o outro. Ed está concentrado cruzando as mãos para a frente e para trás por cima dos joelhos. Ele me lança um sorrisinho rápido quando olho para ele, mas posso ver que ele está concentrado demais para falar. Ele é bem habilidoso com os pés, aliás. Estou impressionada.

Olho para Sadie, que está dançando em êxtase. Ela é impressionante. *Muito* melhor que a professora. Suas pernas vão para a frente e para trás; ela sabe zilhões de passos e nunca perde o fôlego.

Bem, ela não respira, na verdade.

"Charleston, Charleston..."

O olhar de Sadie cruza com o meu, ela sorri e joga a cabeça pra trás em êxtase. Acho que faz muito tempo desde que ela brilhou na pista de dança. Eu devia ter feito isso antes. Sinto-me muito má agora. Vamos dançar Charleston toda noite de agora em diante, decidi. Faremos todas as coisas favoritas dela dos anos 1920.

O único problema é que agora estou morrendo de dor. Ofegante, cruzo a pista de dança. Agora só preciso fazer Ed dançar com Sadie. Os dois sozinhos. De algum jeito. Aí sim, ela terá ganhado a noite.

— Tudo bem? — Ed me seguiu.
— Sim. Tudo bem. — Seco a testa com um guardanapo. — É difícil!
— Você se saiu muito bem! — Gaynor vem até nós e, emocionada, bate palmas. — Vocês dois prometem! Acho que podem ir longe! Nos vemos de novo semana que vem?
— É... talvez. — Nem ouso olhar para Ed. — Eu ligo para você, pode ser?
— Vou deixar a música tocando — ela diz, entusiasmada. — Podem praticar!

Ela sai correndo pela pista de dança com seus passinhos de dançarina, e encorajo Ed.

— Ei, quero assisti-lo. Vá e dance sozinho um pouco.
— Você está louca?
— Vá! Por favor! Pode fazer aquele negócio do um e dois com os braços. Quero ver como faz. Por favor...

Revirando os olhos de forma bem-humorada, Ed vai para a pista de dança.

— Sadie! — sussurro, e aponto para Ed. — Rápido! Seu par está esperando!

Seus olhos se arregalam quando ela percebe o que quis dizer. Em meio segundo, ela está lá no meio, de frente para ele; seus olhos brilham de felicidade.

— Sim, eu adoraria dançar. — Ouço-a dizer. — Muito obrigada.

Enquanto Ed mexe as pernas para a frente e para trás, ela sincroniza os passos com ele perfeitamente. Ela parece tão feliz! Tudo parece no lugar certo. Suas mãos estão nos ombros dele, suas pulseiras brilham sob as luzes, seu chapéu balança, a música acompanha; é como assistir a um filme antigo...

— Já chega — diz Ed, de repente, com uma risada. — Preciso de uma parceira. — E, para minha surpresa, ele passa através de Sadie em minha direção.

Consigo ver como Sadie ficou triste. Enquanto ela o assiste deixar a pista de dança, parece arrasada. Faço uma expressão de dor. Queria tanto que ele a pudesse ver, que ele soubesse...

— Sinto muito. — Faço com a boca para Sadie enquanto Ed me arrasta para a pista de dança. — Sinto muito mesmo.

Dançamos mais um tempinho, depois voltamos para a mesa. Não consigo conter a empolgação depois de todo esse esforço. E Ed parece estar de bom humor também.

— Ed, você acredita em anjo da guarda? — digo, impulsivamente. — Ou fantasmas? Ou espíritos?

— Não. Em nada disso. Por quê?

Inclino-me como se estivesse prestes a contar um segredo.

— E se eu lhe contasse que há um anjo da guarda neste salão que tem uma quedinha por você?

Ed me olha por um tempo.

— Anjo da guarda é eufemismo para garoto de programa?

— Não! — exclamo, às gargalhadas. — Esqueça.

— Eu me diverti muito. — Ele termina sua bebida e sorri para mim. Um sorriso de verdade, inteiro. Olhos apertados, testa relaxada, tudo! Quase quero gritar "Conseguimos!".

— Eu também.

— Não imaginei terminar a noite deste jeito. — Ele olha em volta. — Mas foi ótimo!

— Diferente! — concordo.

Ele abre um saquinho de amendoins e me oferece enquanto o observo mastigar faminto. Mesmo parecendo relaxado, as linhas de sua testa ainda aparecem.

Não é de se admirar. Ele teve muitos motivos para se aborrecer. Não consigo evitar sentir um pouco de pena quando penso no que ele me disse. Perdeu a noiva. Veio trabalhar em uma cidade estranha. Passou pela vida, semana após semana, sem aproveitá-la. Deve ter sido muito bom para ele dançar. Deve ter sido a maior diversão que ele teve em meses.

— Ed — digo impulsivamente. — Deixe-me levá-lo para ver uns lugares. Você precisa conhecer Londres. É um crime não ter feito isso ainda. Vou lhe mostrar a cidade. No fim de semana, pode ser?

— Eu adoraria. — Ele parece emocionado de verdade. — Obrigado.

— De nada! Vamos trocar e-mails. — Sorrimos um para o outro e acabo com meu Sidecar, sentindo um leve arrepio no final. (Sadie me obrigou a pedir esse drinque. Completamente revoltante.)

Ed olha para seu relógio.

— Então, pronta para ir?

Olho para a pista de dança. Sadie ainda está dançando, balançando braços e pernas sem dar sinais de cansaço. Não me admira que as garotas dos anos 1920 fossem tão magras.

— Vamos! — concordo. Sadie pode nos alcançar quando acabar.

Saímos pela noite de Mayfair. As luzes da rua estão acesas, a névoa sobe das calçadas e não se vê ninguém. Vamos para a esquina e, após alguns minutos, acenamos para alguns táxis. Começo a tremer de frio em meu vestido decotado e minha capa velha. Ed me coloca no primeiro táxi e para, segurando a porta.

— Obrigado, Lara — ele diz em seu tom formal de costume. Estou começando a achá-lo um charme. — Eu me diverti muito. Foi... uma noite e tanto.

— Não foi? — Ajeito meu chapéu, que ficou meio de lado depois de tanta dança, e os lábios de Ed se mexem como se estivesse achando graça.
— Então, devo usar minhas polainas para nossos programas?
— Com certeza — concordo. — E uma cartola.
Ed ri. Acho que é a primeira vez que o ouço rir.
— Boa-noite.
— Boa-noite. — Fecho a porta e o táxi arranca.

17

Na manhã seguinte, sinto-me confusa. A música de Charleston continua tocando em meus ouvidos e não paro de ter flashbacks de meu momento de Grande Lara. Tudo pareceu um sonho.

Só que não foi um sonho, porque o currículo de Clare Fortescue está em minha caixa de entrada quando chego no trabalho. Resultado!

Os olhos de Kate se arregalam quando imprimo o e-mail.

— Quem é essa? — ela pergunta, examinando cuidadosamente o currículo. — Olhe, ela tem MBA! Ganhou um prêmio!

— Eu sei — digo, casualmente. — É uma diretora de marketing premiada. Fizemos contato ontem à noite. Ela vai para a lista da Leonidas Sports.

— E ela *sabe* que vai para a lista? — pergunta Kate, empolgada.

— Sim! — digo, corando levemente. — É claro que sabe.

Às 10 horas, a lista estava pronta e enviada para Janet Grady. Recosto na cadeira e sorrio para Kate, que está com os olhos fixos na tela do computador.

— Encontrei uma foto sua! — ela diz. — Do jantar de ontem. "Lara Lington e Ed Harrison chegam ao jantar da *Business*

People." — Ela para, surpresa. — Quem é ele? Achei que tinha voltado com Josh.
— E voltei — digo logo. — Ed é só... um contato de trabalho.
— Ah, sim. — Kate admira a tela do computador. — Ele é uma gracinha, nao é? Quer dizer, o Josh também é — ela acrescenta rápido. — De um jeito diferente.
Sinceramente, ela não tem bom gosto. Josh é milhões de vezes mais bonito que Ed. O que me lembra de que faz tempo que não tenho notícias dele. É melhor eu ligar. Vai que o telefone dele deu algum problema e ele está me enviando mensagens e se perguntando por que não as respondi.
Espero até Kate ir ao banheiro para ter um pouco de privacidade. Então ligo para o escritório dele.
— Josh Barrett.
— Sou eu — digo, simpática. — Como foi a viagem?
— Ah, oi. Foi ótima.
— Senti sua falta!
Há um silêncio. Tenho quase certeza de que ele disse algo em resposta, mas não consegui ouvir.
— Achei que seu telefone estivesse com defeito — acrescento. — Porque não recebi nenhuma mensagem sua desde ontem de manhã. As minhas estão chegando direito?
Ouço mais alguma coisa que não consigo identificar. Qual é o problema deste telefone?
— Josh? — Bato no telefone.
— Oi. — De repente, sua voz fica mais clara. — Isso. Vou ver o que aconteceu.
— Quer que eu vá para sua casa hoje?
— Você não pode ir hoje! — Sadie aparece do nada. — É o desfile! Vamos pegar o colar!
— Eu sei! — sussurro, cobrindo o telefone com a mão. — *Mais tarde...* Tenho um compromisso antes — continuo dizendo para Josh. — Mas posso ir às 22 horas.

— Ótimo. — Josh parece distraído. — O problema é que tenho uma festa de trabalho esta noite.
Mais trabalho? Ele está trabalhando demais.
 — Está bem — digo, compreensiva. — Que tal um almoço amanhã? Depois vemos o que fazer.
 — Claro — ele diz, após uma pausa. — Ótimo.
 — Eu amo você — digo, docemente. — Mal posso esperar para vê-lo.
Silêncio.
 — Josh?
 — É... isso. Eu também. Tchau, Lara.
Desligo o telefone e recosto. Sinto-me um pouco decepcionada, mas não sei por quê. Está tudo bem. Tudo ótimo. Então por que parece que falta alguma coisa?
Quero ligar de volta para Josh e perguntar se está tudo bem. Se ele quer conversar. Mas não posso. Ele vai achar que estou obcecada — coisa que *não* é verdade; só estou pensando. As pessoas têm o direito de pensar, não têm?
Bem... Que seja... Vamos em frente.
Rapidamente, volto-me para o computador e encontro um e-mail de Ed. Nossa, que rápido!

> Oi, menina de vinte. Ontem foi ótimo. Com relação ao seguro de viagem empresarial, é bom você dar uma olhada neste link. Soube que eles são bons. Ed.

Acesso o link e encontro um site que oferece tarifas reduzidas para empresas pequenas. Típico dele. Menciono um problema uma vez, e ele, rapidamente, encontra uma solução.
Emocionada, clico em responder e rapidamente digito:

Obrigada, menino de vinte. Agradeço muito. Espero que esteja lendo o guia de Londres. P.S.: Já dançou Charleston para seus colegas de trabalho?

Imediatamente, uma resposta chega.

Esta é sua ideia de chantagem?

Rio e começo a procurar uma foto de um casal dançando para mandar para ele.
— Qual é a graça? — pergunta Sadie.
— Nada. — Fecho a janela. Não vou dizer a Sadie que estou trocando e-mails com Ed. Ela é tão possessiva que pode entender errado. Ou pior, começar a ditar infinitos e-mails cheios de gírias idiotas dos anos 1920.

Ela começa a ler a revista *Grazia*, que está aberta na minha mesa e, depois de alguns momentos, me manda virar a página. Esse é seu novo hábito. É bem irritante, para falar a verdade. Virei a escrava viradora de páginas.
— Lara! — Kate entra correndo no escritório. — Chegou uma encomenda especial para você!

Ela me entrega um envelope rosa brilhante com borboletas e joaninhas, com "Tutus e Pérolas" timbrado na frente. Rasgo o envelope e encontro um bilhete da assistente de Diamanté.

Diamanté achou que fosse gostar disso. Estamos esperando você mais tarde!

É um papel impresso com detalhes sobre o desfile junto com um cartão escrito "Convite VIP para os Bastidores". Nossa! Nunca fui VIP na vida. Nem importante já fui.

Viro o cartão, pensativa. Finalmente, conseguiremos o colar! Depois desse tempo todo. E depois...
Meus pensamentos são interrompidos.
Depois... o quê? Sadie diz que não conseguiria descansar até conseguir o colar. Por isso está me atormentando. Por isso ela está aqui. Então, quando ela o pegar, o que vai acontecer? Ela não pode...
Quero dizer, ela não vai...
Ela não iria simplesmente... *embora.*
Olho para ela, sentindo-me estranha de repente. Durante todo esse tempo voltei minhas atenções para o colar. Perdi de vista outras coisas que poderiam acontecer.

— Vire — diz Sadie impaciente, com os olhos fixos num artigo sobre Katie Holmes. — Vire!

Qualquer que seja o caso, já me decidi. Não decepcionarei Sadie desta vez. Assim que vir esse maldito colar, vou pegá-lo. Mesmo que esteja no pescoço de alguém. Mesmo que tenha que nocautear alguém para isso. Chego ao hotel Sandrestead superempolgada. Meus pés estão agitados, e minhas mãos prontas para pegar o colar.

— Fique de olho — sussurro para Sadie enquanto atravessamos a recepção vazia. À nossa frente, duas garotas magrelas de minissaia e salto alto estão caminhando em direção a uma porta dupla decorada com cortinas de seda rosa e balões em forma de borboleta. Deve ser aqui.

Ao me aproximar da sala, vejo várias garotas bem-vestidas circulando, tomando taças de champanhe ao som de uma música delicada. Há uma passarela no meio do salão com uma rede de balões prateados pendurada acima e fileiras de cadeiras revestidas de seda.

Espero pacientemente, enquanto as garotas à minha frente passam pela lista de presença e são encaminhadas a uma jovem em um vestido de baile rosa. Ela tem uma prancheta na mão e sorri friamente para mim.

— Posso ajudá-la?
— Sim. — Assinto com a cabeça. — Vim para o desfile.

Ela examina meu modelito preto confusa. (Calça reta, blusinha, jaqueta curta. Escolhi esse especificamente porque todos do mundo da moda usam preto, não?)

— Você está na lista?
— Sim. — Pego meu convite. — Sou prima de Diamanté.
— Ah, a prima. — Seu sorriso parece mais frio ainda. — Ótimo.
— Na verdade, preciso falar com ela antes do desfile. Sabe onde ela está?
— Creio que ela deve estar ocupada... — a garota começa sutilmente.
— É urgente. Preciso muito, muito vê-la. Tenho isto aqui. — Mostro meu convite VIP para os bastidores. — Posso procurá-la. Mas se puder localizá-la, ajudaria...
— Está bem — diz a garota após uma pausa. Ela pega seu pequeno telefone coberto com joias e disca um número. — Uma prima quer ver Diamanté. Ela está por aí? — acrescenta baixinho para ninguém ouvir. — Não. Nunca a vi na vida. Bem, se você diz... — Ela guarda o telefone. — Diamanté disse que vai encontrá-la nos bastidores. Por aqui. — Ela aponta o corredor que dá para outra porta.

— Vá na frente! — instruo Sadie com um sussurro. — Veja se consegue encontrar o colar nos bastidores! Deve ser fácil de localizar! — Sigo um cara com uma caixa de Chandon pelo corredor acarpetado e mostro meu ingresso VIP para um segurança quando Sadie reaparece.

— Fácil de localizar? — ela pergunta com a voz trêmula. — Deve estar brincando! Nunca vamos encontrá-lo! *Nunca!*

— Como assim? — digo ansiosa enquanto entro. — O que está...

Ah, não. Caramba!

Estou em uma sala grande com espelhos, cadeiras, secadores de cabelo barulhentos, maquiadores conversando e umas trinta modelos. São todas altas e magras, jogadas nas cadeiras ou circulando e falando em seus telefones. Todas vestem modelos pequenos e transparentes. E, pelo menos, vinte colares no pescoço. Correntes, pérolas, pingentes... Para onde olho, vejo colares. É um palheiro de colares.

Troco olhares chocados com Sadie e ouço uma voz arrastada.

— Lara! Você veio!

Viro-me e encontro Diamanté cambaleando em minha direção. Ela veste uma saia curta cheia de corações, um colete colado ao corpo, um cinto prateado decorado e botas de salto de grife. Está segurando duas taças de champanhe e me oferece uma.

— Oi, Diamanté. Parabéns! Muito obrigada por me convidar. É maravilhoso! — Aponto para o salão, depois respiro fundo. O importante é não parecer muito desesperada ou carente.

— Bem... — Procuro um tom leve e casual. — Tenho que lhe pedir um grande favor. Sabe aquele colar de libélula que seu pai estava procurando? Aquele antigo com as contas de vidro?

Diamanté pisca, surpresa.

— Como sabe dele?

— É... uma longa história. Ele pertencia a minha tia-avó Sadie, e minha mãe o adorava. Eu queria levá-lo de surpresa para ela. — Meus dedos estão cruzados apertadinhos nas costas. — Então, talvez depois do desfile eu poderia... É... ficar com ele? Quem sabe? Se não precisar mais...

Diamanté me olha por alguns momentos com os cabelos louros caindo sob suas costas e os olhos vidrados.

— Meu pai é um imbecil — ela diz, por fim, enfática.

Olho para ela confusa até que a ficha cai. Ah, ótimo. É disso que preciso. Ela está irritada. Provavelmente, passou o dia bebendo champanhe.

— Ele é um tremendo... cretino. — Ela bebe o champanhe.

— Sim — digo rapidamente. — Ele é. E é por isso que precisa dar o colar para mim. Para *mim* — repito em alto e bom som.

Diamanté anda de um lado para o outro com suas botas, e a pego pelo braço para que ela pare.

— O colar de libélula — digo. — Você sabe onde está?

Diamanté se vira para me examinar, chega perto e posso sentir cheiro de champanhe, cigarros e Altoids em seu hálito.

— Ei, Lara, por que não somos amigas? Você é legal. — Ela franze o cenho de leve e se corrige: — Não legal, mas... você entendeu... gente boa. Por que não saímos?

Porque você anda com o pessoal de Ibiza e eu só ando com más companhias em Kilburn, talvez?

— É... não sei. Deveríamos. Seria ótimo.

— Devíamos alongar o cabelo juntas! — ela diz, como se subitamente inspirada. — Eu frequento um salão ótimo. Eles fazem unhas também. É totalmente orgânico e ambientalista.

Megahair ambientalista?

— Claro! — concordo, do jeito mais convincente possível.

— Vamos fazer isso com certeza. Megahair. Ótimo.

— Sei o que pensa de mim, Lara. — Seus olhos se focam de repente com uma expressão ébria. — Não pense que não sei.

— O quê? — digo, surpresa. — Não penso nada.

— Acha que exploro meu pai. Porque ele pagou por tudo isso. Tanto faz... Seja sincera.

— Não! — digo, sem graça. — Não acho isso! Só acho...

— Que sou mimada? — Ela toma um gole de champanhe.
— Vá em frente. Diga!
Minha mente viaja. Diamanté nunca pediu minha opinião sobre nada. Devo ser sincera?
— Só acho que... — Paro por um momento, e então continuo. — Talvez se esperasse alguns anos e fizesse tudo isso por conta própria, aprendesse o básico e fosse subindo, se sentiria melhor.
Diamanté move a cabeça lentamente concordando, e percebo que minhas palavras fazem sentido.
— É — ela diz, por fim. — É. Posso fazer isso, acho. Mas seria muito *difícil*.
— É, bem, o objetivo é esse...
— E então eu teria um pai *cretino* metido que acha que é Deus e nos obriga a estar no documentário idiota dele... e não ganharia nada com isso! O que ganho com isso? — Ela abre os braços magros e bronzeados. — O quê?
Certo. Não vou entrar nesse mérito.
— Tenho certeza de que tem razão — digo rapidamente. — Então, sobre o colar de libélula...
— Sabe, meu pai descobriu que você vinha aqui hoje. — Diamanté nem me ouve. — Ele me ligou. Perguntou o que você estava fazendo na lista. Mandou que eu tirasse seu nome. E eu o mandei para aquele lugar! Ela é minha prima de primeiro grau ou sei lá o quê.
Meu coração para por um momento.
— Seu pai... não me queria aqui? — Molho meus lábios secos. — Ele disse por quê?
— Eu disse a ele: "E daí que ela é meio psicopata?" — Diamanté nem presta atenção em mim. — "Seja mais *tolerante, cacete*." E aí, *ele* começou a falar do colar. — Ela arregala os olhos. — Ofereceu vários substitutos. E eu falei: "Não venha me comprar com um *Tiffany*. Sou designer, está bem? Tenho *visão*!"

O sangue está me subindo. Tio Bill ainda está atrás do colar de Sadie. Não entendo por quê. Só sei que preciso pegá-lo.

— Diamanté. — Seguro seus ombros. — Por favor, ouça. Esse colar é muito, muito importante para mim. Para minha mãe. Admiro muito sua visão como designer e tudo o mais... mas, depois do desfile, posso ficar com ele?

Por um momento, Diamanté parece tão alheia que acho que terei que explicar tudo de novo. Ela então põe um dos braços ao redor do meu pescoço e aperta forte.

— Claro que pode, querida. Assim que o desfile acabar, ele é seu.

— Ótimo. — Tento não demonstrar como estou aliviada. — Ótimo! Isso é ótimo! Então onde ele está? Posso ver?

Assim que bater os olhos nesse negócio, pego e fujo. Não correrei mais nenhum risco.

— Claro! Lyds? — Diamanté chama uma garota de blusa minúscula. — Sabe onde está o colar de libélula?

— Oi, querida? — Lyds se aproxima segurando um celular.

— Aquele colar vintage com a libélula bonitinha. Sabe onde está?

— Tem duas voltas de contas amarelas de vidro — acrescento com urgência na voz. — Um pingente de libélula que vem mais ou menos até aqui...

Duas modelos passam com os pescoços tomados por colares e olho desesperadamente para elas.

Lyds nem se dá ao trabalho.

— Não me lembro. Deve estar em uma das meninas em algum lugar.

Deve estar em algum lugar no palheiro. Olho em volta sem esperança. Modelos por toda parte. Colares por toda parte.

— Eu mesma vou procurá-lo — digo. — Se não se importa...

— Não! O desfile vai começar! — Diamanté me empurra para a porta. — Lyds, leve-a para dentro. Coloque-a na primeira fila. Meu pai vai ver só.
— Mas...
É tarde demais. Já me expulsaram.
A porta se fecha, e vou andando frustrada. Está lá dentro. Em algum lugar naquele salão, o colar de Sadie está pendurado no pescoço de alguma modelo. Mas qual delas?
— Não consigo encontrar em lugar algum. — Sadie aparece de repente a meu lado. Para meu horror, ela parece estar quase chorando. — Procurei em todas as meninas. Olhei todos os colares. Não está em lugar algum.
— Tem que estar! — sussurro enquanto atravessamos o corredor. — Sadie, ouça. Tenho certeza de que está em uma das modelos. Olharemos com cuidado cada uma delas na hora do desfile e vamos encontrar. Prometo.
Tento ser o mais otimista e convincente possível, mas, por dentro... não tenho tanta certeza. Não tenho certeza nenhuma.

Graças a Deus estou na primeira fila. Quando o desfile começa, a plateia é enorme e são todos tão altos e magros que não conseguiria ver de mais atrás. A música começa a tocar, e luzes iluminam o salão. Ouço gritos do que parece ser um grupo de amigos de Diamanté.
— Vai, Diamanté! — grita um deles.
Para meu horror, nuvens de gelo seco começam a aparecer na passarela. Como vou ver alguma modelo assim? Que dirá os colares. Ao meu redor, as pessoas estão tossindo.
— Diamanté, não conseguimos ver nada! — grita uma garota. — Desligue isso!
Por fim, a neblina começa a se dissipar. Luzes rosa começam a iluminar a passarela e ouvem-se as batidas de uma músi-

ca do Scissor Sisters nos alto-falantes. Estou inclinada, prestando atenção na primeira modelo, pronta para me concentrar o máximo que puder, quando percebo algo.

Do outro lado da passarela, sentado na primeira fila, está tio Bill. Ele está usando um terno preto e uma camisa com o colarinho aberto e está acompanhado por Damian e outra assistente. Enquanto olho, chocada, ele cruza o olhar com o meu.

Meu estômago embrulha. Sinto-me congelada.

Após um minuto, ele levanta a mão calmamente, cumprimentando-me. Atordoada, faço o mesmo. De repente, a música aumenta e a primeira modelo aparece na passarela com um vestido de alcinha estampado com teias de aranha e desfilando daquele jeito típico, ossos do quadril e das bochechas protuberantes e braços magros. Olho desesperadamente para o colar balançando em seu pescoço, mas ela passa tão rápido que é quase impossível ver direito.

Olho para tio Bill e sinto uma ponta de medo. Ele está observando os colares também.

— Isto é inútil! — Sadie aparece e sobe na passarela. Ela vai direto até a modelo e observa com atenção a bagunça de correntes, contas e pingentes em volta de seu pescoço. — Não o vejo! Eu disse que não estava aqui!

A modelo seguinte aparece e, rapidamente, ela examina os colares da menina também.

— Aqui também não.

— Coleção maravilhosa — grita uma garota a meu lado. — Não acha?

— É... sim — digo, distraída. — Ótima. — Não consigo ver nada além dos colares. Minha visão está um emaranhado de contas, folheados e pedras falsas. Tenho um pressentimento ruim crescente, uma sensação de fracasso...

Meu Deus.

Meu Deus, meu Deus! Lá está ele! Bem na minha frente. Em volta do tornozelo de uma modelo. Meu coração bate com força enquanto olho sem ar para as contas amarelo-claras enroladas como uma tornozeleira. Uma tornozeleira. Não me admira Sadie não ter conseguido encontrá-lo. Conforme a modelo se aproxima, o colar fica a 60 centímetros de mim na passarela. Menos que isso. Eu poderia me inclinar e pegá-lo. Isto é absolutamente insuportável...
Sadie segue meu olhar e suspira.
— Meu colar! — Ela corre para a modelo desatenta e grita.
— Isso é meu! É meu!
Assim que a modelo sair da passarela, vou atrás dela pegar o colar. Não importa o que aconteça. Olho para tio Bill e, para o meu horror, seus olhos também estão grudados no colar de Sadie.
A modelo está desfilando de volta agora. Ela vai sair da passarela já, já. Olho ao redor, fechando os olhos quando um holofote me atinge em cheio, e vejo tio Bill se levantando e as pessoas abrindo caminho para ele passar.
Droga. *Droga.*
Levanto-me também e começo a sair, pedindo desculpas ao tropeçar nos pés das pessoas. Pelo menos tenho uma vantagem: estou do lado da passarela que é mais perto das portas. Sem ousar olhar para trás, passo correndo pela porta dupla e corro pelo corredor para os bastidores, mostrando rapidamente meu convite para o segurança na porta.
Os bastidores são o caos. Uma mulher de calça jeans está gritando instruções e empurrando modelos para a passarela. Garotas estão se despindo, sendo vestidas, secando cabelos, retocando os lábios...
Olho em volta sem conseguir respirar de tanto medo. Já perdi a modelo de vista. Onde ela se meteu? Começo a circular entre

as penteadeiras, desviando de araras de roupas, tentando encontrar a modelo, quando, de repente, percebo algo na porta.
— Este é Bill Lington, certo? — Damian, obviamente perdendo a paciência. — Bill Lington. Só porque ele não tem convite...
— Sem convite não pode entrar — ouço o segurança, irredutível. — Regras da chefe.
— Ele é o chefe — contesta Damian. — Ele pagou por tudo isso, seu idiota.
— De que você me chamou? — diz o segurança em tom de ameaça, e não consigo conter um sorriso. Que logo se desfaz, quando Sadie se materializa, os olhos escuros e desesperados.
— Rápido! Venha!
— O quê? — Começo a andar, mas Sadie desaparece. Um momento depois, ela reaparece, arrasada.
— Ela sumiu! — Ela engole em seco, quase não conseguindo pronunciar as palavras. — Aquela modelo levou meu colar. Ela chamou um táxi, corri para chamar você, mas sabia que viria muito devagar. E quando voltei à rua... ela tinha sumido!
— Um táxi? — Olho para ela chocada. — Mas... mas...
— Nós o perdemos de novo. — Sadie está morta de raiva. — Nós o perdemos!
— Mas Diamanté prometeu. — Balanço a cabeça desesperada, procurando Diamanté. — Ela prometeu que me daria!
Estou muito decepcionada. Não posso acreditar que o perdi de novo. Eu devia tê-lo pego, devia ter sido mais rápida, mais esperta...
Muitas palmas e gritos vêm do salão principal. O desfile deve ter acabado. Logo depois, as modelos se dirigem aos bastidores seguidas por Diamanté, com o rosto vermelho.
— Sensacional! — ela grita para todos. — Vocês são maravilhosos! Amo vocês todos! Agora é hora da festa!

Luto para passar pela confusão para chegar até ela, fazendo caretas quando saltos esmagam meu pé e vozes estridentes machucam meus tímpanos.

— Diamanté! — grito no meio da multidão. — O colar! A garota que estava com ele foi embora!

Diamanté parece confusa.

— Que garota?

Meu Deus! Quantas drogas ela usou?

— Ela se chama Flora — Sadie diz em meu ouvido.

— Flora! Preciso da Flora, mas parece que ela foi embora!

— Ah, Flora. — A testa de Diamanté relaxa. — É, ela foi para Paris para um baile. No JP do pai. Jatinho particular — ela explica ao perceber minha confusão. — Eu disse que ela poderia levar o vestido.

— Mas ela levou o colar também! — Tento com muita força não gritar. — Diamanté, por favor. Ligue para ela. Ligue agora. Diga que me encontro com ela. Vou para Paris, faço o que for necessário. Preciso pegar o colar de volta.

Diamanté me olha de queixo caído por um momento, depois olha para o alto.

— Meu pai tem razão a seu respeito — ela diz. — Você é louca. Mas até que eu gosto. — Ela pega o celular e disca um número da memória.

— Oi, Flora! Querida, você foi maravilhosa! Já está no avião? Tudo bem. Ouça. Lembra daquele colar de libélula que usou?

— Tornozeleira — interrompo com urgência na voz. — Ela estava usando como tornozeleira.

— A tornozeleira — diz Diamanté. — Isso mesmo. Minha prima louca o quer muito. Ela vai a Paris para buscá-lo. Onde é o baile? Ela pode encontrar você lá? — Diamanté ouve por um tempo, acendendo um cigarro lentamente. — Ah, sim. É. Lógico... claro. — Por fim, ela olha para cima, soltando uma nuvem de fumaça. — Flora não sabe onde é o baile. É alguma amiga da mãe dela que está organizando. Ela disse que quer usar o colar porque combina demais com o vestido, mas depois ela manda para você.

— Amanhã de manhã? Assim que acordar?

— Não. Depois do baile — diz Diamanté, como se eu fosse muito burra. — Não sei o dia certo, mas assim que ela acabar de usá-lo, vai mandá-lo para você. Ela prometeu. Não é perfeito? — Ela se empolga e levanta uma mão para bater na minha.

Olho para ela incrédula. *Perfeito?*

O colar estava a 60 centímetros de mim. Eu podia tocá-lo. Ela me prometeu. E agora ele está indo para Paris e não sei quando vou tê-lo de volta. Como isso pode ser perfeito? Tenho vontade de dar um ataque.

Mas nem ouso. Só tenho uma ligação fina e frágil com o colar agora, e o elo mais forte é Diamanté. Se eu a irritar, vou perdê-lo para sempre.

— Perfeito! — Forço um sorriso e bato na mão de Diamanté. Pego o telefone e dito meu endereço para Flora, soletrando cada palavra duas vezes.

Agora só me resta cruzar todos os dedos. Das mãos e dos pés. E esperar.

18

Vamos conseguir o colar de volta. Preciso acreditar nisso. Eu acredito.
Mas, mesmo assim, Sadie e eu estamos no limite desde ontem à noite. Ela gritou quando pisei em seu dedinho hoje de manhã (através de seu dedinho, para ser mais precisa), e gritei com ela por criticar minha maquiagem. A verdade é que sinto que a decepcionei. O colar esteve ao meu alcance duas vezes. E, nas duas vezes, eu o deixei escapar. A ansiedade me devora por dentro, deixando-me tensa e na defensiva.
Hoje de manhã, acordei me perguntando se deveria pegar um trem para Paris. Mas como eu iria localizar Flora? Por onde eu começaria? Sinto-me totalmente impotente.
Nenhuma de nós duas está de muita conversa nesta manhã. Na verdade, Sadie está em silêncio há algum tempo. Quando termino de digitar um e-mail, vejo-a sentada, olhando pela janela com as costas rígidas. Ela nunca disse, mas deve ser muito solitário flutuar pelo mundo só comigo para conversar.
Suspirando, desligo o computador, imaginando onde estará o colar neste exato momento. Em algum lugar em Paris. Em

volta do pescoço daquela Flora, talvez. Ou em uma bolsa aberta jogada no banco de um carro conversível.

Meu estômago fica embrulhado e me sinto enjoada de novo. Preciso parar com isso ou vou virar minha mãe. Não posso continuar obcecada com o que pode acontecer ou o que pode dar errado. O colar vai voltar. Preciso acreditar. Enquanto isso, preciso tocar minha vida. Vou encontrar meu namorado no almoço.

Afasto a cadeira, visto meu casaco e pego minha bolsa.

— Até mais — digo para Kate e Sadie, e saio do escritório rapidamente antes que qualquer uma das duas possa responder. Não quero companhia. Estou meio nervosa por encontrar Josh de novo, para ser sincera. Não é que eu tenha *dúvidas* ou algo assim. Nada disso. Acho que só estou... apreensiva.

Só não estou a fim de aturar Sadie aparecendo a meu lado quando estou quase na estação do metrô.

— Aonde está indo? — Ela cobra uma explicação.

— A lugar nenhum. — Aperto o passo, tentando ignorá-la.

— Me deixe em paz.

— Vai encontrar Josh, não vai?

— Se sabia, por que se deu ao trabalho de perguntar? — digo, soando infantil. — Com licença. — Viro a esquina tentando espantá-la. Mas não adianta.

— Como seu anjo da guarda, insisto que perceba — diz, direta. — Josh não está apaixonado por você e, se pensa por um minuto que ele está, é mais cega do que pensei.

— Você disse que não era meu anjo da guarda — retruco, olhando para trás. — Então suma daqui, velha.

— Não me chame de velha! — diz ela com raiva. — E não vou deixar que se entregue a uma marionete covarde e sem vontade própria.

— Ele não é uma marionete — grito, e desço correndo as escadas do metrô. Posso ouvir um trem vindo, passo meu cartão na entrada, corro para a plataforma e chego na hora certa.

— Você nem o ama. — A voz de Sadie me segue. — Não ama de verdade.

Essa foi a gota d'água. Estou tão irritada que me viro para encará-la, pegando o celular com raiva.

— É claro que o amo! Por que acha que estive tão infeliz? Por que ia querer ele de volta se não o amasse?

— Para provar a todos que está certa. — Ela cruza os braços.

Isso foi uma surpresa. Levo uns momentos para reorganizar a cabeça.

— Isso é... mentira! Só mostra como não sabe de nada! Não é nada disso! Amo Josh, e ele me ama... — Sigo em frente, percebendo as atenções dos outros passageiros voltando-se para mim.

Sento-me no canto, seguida por Sadie. Enquanto ela toma fôlego para me dar mais um sermão, pego meu iPod e ponho os fones no ouvido. Um segundo depois, sua voz está completamente abafada.

Perfeito! Eu devia ter pensado nisso muito antes.

Sugeri a Josh que me encontrasse no Bistrô Martin, para exorcizar as lembranças daquela Marie idiota. Quando entrego meu casaco, vejo que ele já está sentado e sinto uma onda de alívio misturada com vingança.

— Está vendo? — preciso sussurrar para Sadie. — Ele chegou mais cedo. *Agora* me diga que ele não gosta de mim.

— Ele não sabe o que pensa. — Ela balança a cabeça em tom de desdém. — É um boneco de ventríloquo. Eu disse a ele o que dizer, o que pensar.

Ela é uma idiota.

— Ouça, sua... — digo com raiva. — Você não é tão poderosa quanto acha que é, ouviu? Josh tem muita personalidade, se quer saber.

— Querida, posso fazê-lo dançar sobre a mesa e cantar "Brilha, Brilha, Estrelinha" se eu quiser! — ela responde, sem nenhum respeito. — Talvez eu faça isso. Então você vai perceber! Não adianta discutir com ela. Passo através dela de propósito e vou até a mesa de Josh, ignorando os protestos de Sadie. Josh afasta a cadeira; a luz bate em seu cabelo, seus olhos estão azuis e seu olhar leve como sempre. Quando chego perto dele, sinto um frio na barriga. Felicidade, talvez. Ou amor. Ou vitória.

Uma mistura.

Levanto os braços para abraçá-lo, nossos lábios se encontram e só consigo pensar "Issoooo"! Depois de um minuto, ele vai se sentar, mas o puxo para mais um beijo apaixonado. Vou mostrar a Sadie quem está apaixonada.

Por fim, ele se afasta e nos sentamos. Levanto a taça de vinho branco que Josh já pediu para mim.

— Então — digo, feliz. — Aqui estamos.

— Aqui estamos — Josh concorda.

— A nós! Não é maravilhoso estarmos juntos de novo? Em nosso restaurante favorito? Sempre vou associar este restaurante a você — acrescento enfaticamente. — Nunca a mais ninguém. Eu não conseguiria.

Josh parece desconfortável.

— Como está o trabalho? — ele pergunta logo.

— Tudo bem. — Suspiro. — Na verdade, para ser sincera... não muito bem. Natalie se mandou para Goa e me deixou sozinha para tocar a empresa. Tem sido um pesadelo.

— É mesmo? — diz Josh. — Isso é ruim. — Ele pega o cardápio e começa a ler, como se o assunto estivesse encerrado, e sinto uma pontinha de frustração. Eu esperava uma resposta. Porém, agora me lembro. Josh não costuma responder muito as coisas. Ele é tão tranquilo. Lembro-me rapidamente de que é o que amo nele, sua natureza relaxada. Ele nunca se estressa.

Nunca exagera. Nunca se irrita. Sua forma de encarar a vida é: deixe a vida levar. O que é muito *são*.

— Podemos ir para Goa qualquer dia! — mudo de assunto, e a testa de Josh relaxa.

— Com certeza. Deve ser ótimo. Sabe, estou muito empolgado com a ideia de tirar umas férias. Uns seis meses, mais ou menos.

— Podemos fazer isso juntos! — digo alegremente. — Podemos deixar nossos trabalhos, viajar pelo mundo, começando por Mumbai...

— Não comece a *planejar* tudo — ele interrompe, em um mau humor repentino. — Não me sufoque. Caramba!

Olho para ele, chocada.

— Josh?

— Desculpe. — Ele parece surpreso consigo mesmo também. — Desculpe.

— Algum problema?

— Não. Pelo menos... — Ele esfrega a testa com força com as duas mãos, depois me olha confuso. — Sei que é ótimo estarmos juntos de novo. Sei que fui eu que quis. Mas às vezes me pego pensando "O que diabos estamos *fazendo*?".

— Está vendo? — A voz satisfeita de Sadie acima da mesa me faz pular. Ela está pairando sobre nós como um anjo vingativo.

Concentre-se. Não olhe para cima. Finja que ela é só um grande lustre.

— Eu... Acho que isso é normal — digo, olhando determinada para Josh. — Temos que nos acostumar, leva tempo.

— Não é normal! — Sadie grita, impaciente. — Ele não quer estar aqui! Já falei, ele é uma marionete! Posso fazê-lo dizer ou fazer qualquer coisa! *Você quer se casar com Lara algum dia!* — Sadie diz alto no ouvido de Josh. — *Diga a ela!*

O olhar de Josh fica mais confuso ainda.

— Embora eu ache... que um dia... talvez nós dois devêssemos... nos casar.
— *Em uma praia!*
— Em uma praia — ele repete, obediente.
— *E ter seis filhos!*
— Também quero vários filhos — ele diz, um tanto tímido.
— Quatro... cinco... ou até seis. O que acha?
Lanço um olhar de ódio para Sadie. Ela está estragando tudo com esse truquezinho idiota.
— Espere um momento, Josh — digo, o mais calma possível. — Preciso ir ao banheiro.
Nunca andei tão rápido. No banheiro feminino, tranco a porta e olho com raiva para Sadie.
— O que está fazendo?
— Provando minha tese. Ele não tem personalidade própria.
— Tem sim! — digo, furiosa. — E, de qualquer forma, só porque o está influenciando a dizer essas coisas não significa que ele não me ama. Ele provavelmente *quer* se casar comigo, no fundo! E ter muitos filhos!
— Você acha? — diz Sadie, debochando.
— Sim! Não poderia fazê-lo dizer nada em que ele não acreditasse sinceramente em algum nível.
— Você acha? — Sadie levanta a cabeça, e seus olhos brilham.
— Muito bem. Aceito o desafio. — Ela corre para a porta.
— Que desafio? — pergunto, chocada. — Eu não a desafiei!
Volto correndo para o salão, mas Sadie foi mais rápida que eu. Posso vê-la gritando no ouvido de Josh. Posso ver o olhar dele ficar perdido. Não consigo chegar até a mesa porque estou presa atrás de um garçom com cinco pratos. O que ela está *fazendo* com ele?
De repente, Sadie aparece a meu lado novamente. Seus lábios estão colados, como se tentasse não rir.

— O que você fez? — pergunto, irritada.
— Você vai ver. E então acreditará em mim. — Ela parece tão feliz que tenho vontade de enforcá-la.
— Me deixe *em paz*! — sussurro. — Suma daqui!
— Muito bem! — diz ela, levantando o nariz despreocupada. — Vou embora! Mas verá que tenho razão!
Ela desaparece e me aproximo da mesa, nervosa. Josh me olha com uma expressão distante e meu coração afunda. Sadie obviamente conseguiu atingi-lo. O que ela falou?
— Então! — começo, animada. — Já decidiu o que vai comer?
Josh parece nem ouvir. Está em transe.
— Josh! — Estalo os dedos. — Josh, acorde!
— Desculpe, estava longe. Lara, estava pensando. — Ele se inclina para a frente e me observa intensamente. — Acho que eu deveria ser cientista.
— *Cientista*? — Olho para ele, perplexa.
— E devo me mudar para a Suíça. — Josh balança a cabeça com ar sério. — Acabei de pensar nisso, do nada. Foi um insight impressionante. Preciso mudar minha vida. Logo.
Vou matá-la.
— Josh... — Tento manter a calma. — Você não quer se mudar para a Suíça. Não quer ser cientista. Você trabalha com publicidade.
— Não, não. — Seus olhos brilham como se fosse um peregrino diante da Virgem Maria. — Você não entende. Eu estava no caminho errado. Está tudo se encaixando. Quero ir a Genebra estudar astrofísica.
— Você não é cientista! — Minha voz soa estridente. — Como pode ser astrofísico?
— Talvez meu destino seja estudar ciência — diz ele fervorosamente. — Nunca ouviu uma voz dentro de você mandando que mudasse de vida? Dizendo que estava no caminho errado?

— Já, mas não é para ouvir a voz! — Perco totalmente a compostura. — Você ignora a voz! Você diz "Que voz idiota!".

— Como pode dizer isso? — Josh parece chocado. — Lara, está *ouvindo* o que está dizendo? Você sempre me disse isso.

— Mas eu não quis dizer...

— Eu estava aqui quieto, na minha, quando a inspiração veio. — Ele transborda de entusiasmo. — Como um insight. Uma percepção. Como quando percebi que devia voltar com você. Foi a mesma coisa.

Suas palavras são como uma estaca de gelo em meu coração. Por alguns momentos, não consigo falar.

— Foi... exatamente a mesma coisa? — pergunto, por fim.

— É claro. — Josh me observa sem compreender. — Lara, não se zangue. — Ele pega minha mão. — Venha comigo para Genebra. Vamos começar uma vida nova. E quer saber que outra ideia tive, do nada? — Seu rosto se ilumina de alegria enquanto ele toma fôlego. — Quero abrir um zoológico. O que acha?

Quero chorar! Acho que vou chorar.

— Josh...

— Não, ouça. — Ele bate com a mão na mesa. — Começamos uma sociedade protetora dos animais. Espécies ameaçadas de extinção. Contratamos especialistas, conseguimos financiamento...

Estou com lágrimas nos olhos enquanto ele fala. *Está bem*, digo em tom grosseiro para Sadie mentalmente. *Já entendi. Já ENTENDI.*

— Josh... — interrompo. — Por que quis voltar comigo?

Silêncio. Josh ainda parece estar em transe.

— Não me lembro. — Ele franze a testa. — Algo me disse que era a coisa certa a fazer. Essa voz dentro de mim. Disse que ainda a amo.

— Mas *depois* que ouviu a voz... — Tento não parecer desesperada. — Sentiu que tudo o que sentia por mim estava voltando à tona? Como um carro velho, que precisa virar a chave várias vezes e faz aquele barulho e, de repente, o motor ganha vida? Alguma coisa ganhou vida? Pela cara de Josh, parece que foi uma pergunta difícil.
— Foi como se eu ouvisse uma voz dentro de mim...
— *Esqueça a voz!* — praticamente grito. — Teve mais alguma coisa?
Josh franze a testa, irritado.
— O que mais teria?
— A nossa foto! — Procuro uma pista desesperadamente. — No seu telefone. Deve tê-la guardado por alguma razão.
— Ah. Isso. — Sua expressão fica mais tranquila, do mesmo jeito que já vi acontecer antes, quando ele olha para nós dois na montanha. — Adoro essa foto. — Ele pega o telefone e a olha.
— Minha vista favorita no mundo todo.
A vista favorita dele.
— Sei — digo, por fim. Minha garganta está doendo de tanto tentar segurar o choro. Acho que finalmente entendi.
Por um tempo, não consigo dizer nada. Estou passando o dedo na borda da taça de vinho sem conseguir olhar para a frente. Eu tinha tanta certeza. Tanta certeza de que, quando ele estivesse comigo de novo, perceberia. Estaríamos em sintonia. Seria fantástico, como era antes.
Mas talvez eu estivesse pensando em um Josh diferente. Havia o Josh da vida real e o Josh da minha cabeça. E eles eram quase, *quase* exatamente o mesmo, exceto por um pequeno detalhe.
Um me amava, e outro, não.
Levanto a cabeça e olho para ele agora como se fosse a primeira vez. Para seu lindo rosto, a camiseta de uma banda obs-

cura; a pulseira prateada que ele sempre usa. Ele ainda é a mesma pessoa. Não há nada errado com ele. Só que... não sou a tampa de sua panela.

— Já esteve em Genebra? — Josh está falando, e meus pensamentos são puxados de volta à realidade.

Pelo amor de Deus. Genebra. Um zoológico. Como Sadie pensou em tudo isso? Ela confundiu totalmente a cabeça dele. É um absurdo.

Graças a Deus, ela se restringiu a se meter na minha vida amorosa, penso irritada. Graças a Deus, ela não saiu por aí tentando influenciar líderes mundiais ou nada do tipo. Ela poderia ter destruído o mundo.

— Josh, ouça — digo por fim. — Não acho que deva se mudar para Genebra. Ou estudar astrofísica. Ou abrir um zoológico. Ou... — Engulo em seco, preparando-me psicologicamente para dizer isso. — Ou... ficar comigo.

— O quê?

— Acho que tudo isso é um erro. — Aponto para a mesa. — E... a culpa é minha. Desculpe por importuná-lo todo esse tempo. Eu deveria ter deixado você seguir com sua vida. Não vou perturbá-lo de novo.

Josh parece chocado. Mas, se pensar bem, ele passou a maior parte da conversa fora do ar.

— Você tem certeza? — ele pergunta, com a voz fraca.

— Absoluta. — Quando o garçom se aproxima da mesa, fecho o cardápio que estou segurando. — Não vamos querer nada. Só a conta, por favor.

Chegando ao escritório, após pegar o metrô, sinto-me quase anestesiada. Acabei de abrir mão de Josh. Disse a ele que não somos feitos um para o outro. Não consigo processar a magnitude do que acabou de acontecer.

Sei que fiz a coisa certa. Sei que Josh não me ama. Sei que o Josh da minha cabeça era uma fantasia. E sei que vou acabar aceitando a situação. Só é difícil. Principalmente porque eu poderia ter ficado com ele tão facilmente. Tão *facilmente*.

— Então! — A voz de Sadie me tira de meus devaneios. Obviamente, ela estava esperando por mim. — Comprovei minha tese? Não me conte. Está tudo acabado entre vocês.

— Genebra? — digo friamente. — Astrofísica? Sadie cai na gargalhada.

— Hilário!

Ela acha que é tudo diversão. Eu a *odeio*.

— Então o que houve? — Ela está zanzando pela sala com o rosto iluminado de alegria. — Ele disse que queria abrir um zoológico?

Ela quer ouvir que tinha toda razão, que tudo acabou e que só aconteceu por causa de seus superpoderes, não é? Não vou lhe dar o prazer. Não vou deixá-la ser feliz às minhas custas. Mesmo ela estando totalmente certa e estando tudo acabado e tendo tudo acontecido por causa de seus superpoderes.

— Zoológico? — Busco uma expressão de perplexidade. — Não, Josh não falou de nenhum zoológico. Deveria?

— Ah. — Sadie para de zanzar.

— Ele falou rapidamente sobre Genebra, mas logo percebeu que era uma ideia ridícula. Depois disse que andava ouvindo uma voz estridente muito, muito irritante ultimamente. — Dou de ombros com indiferença. — Pediu desculpas se o que dizia não estava fazendo muito sentido. Mas o mais importante é que ele queria ficar comigo. E concordamos em levar o relacionamento mais devagar e tranquilamente — continuo, evitando olhar para ela.

— Quer dizer que ainda estão juntos? — Sadie parece impressionada.

— Claro que estamos — digo, como se estivesse surpresa de ela estar perguntando. — É preciso muito mais que um fantasma com uma voz esganiçada para destruir uma relacionamento Sadie parece totalmente confusa.
— Não pode estar falando sério. — Ela recupera a fala. — *Não* pode.
— Bem, estou — retruco enquanto meu celular dá aviso de mensagem. Vejo que é de Ed.

Oi. Ainda está de pé o passeio no domingo? E.

— Era Josh. — Sorrio com cara de apaixonada para o telefone. — Vamos nos encontrar no domingo.
— Para casar e ter seis filhos? — pergunta Sadie em tom sarcástico. Mas ela parece estar na defensiva.
— Sabe, Sadie... — Dou um sorriso condescendente. — Você pode conseguir influenciar as mentes das pessoas. Mas não pode influenciar seus corações.
Rá! Toma essa, fantasminha.
Sadie me olha com raiva, e vejo que ela não consegue pensar em uma resposta. Ela parece tão desconcertada que quase fico feliz. Dobro a esquina e entro no prédio.
— Há uma garota no escritório — diz Sadie atrás de mim. — Não gosto nem um pouco da cara dela.
— Garota? Que garota? — Subo as escadas com pressa me perguntando se seria Shireen. Abro a porta, entro... e paro, chocada.
É Natalie.
O que diabos Natalie está fazendo aqui?
Ela está bem à minha frente. Sentada na *minha* cadeira. Falando no *meu* telefone. Está muito bronzeada, com uma camisa branca e uma saia reta azul-marinho, às gargalhadas por

causa de alguma coisa Não demonstra surpresa em me ver, só dá uma piscadinha.
— Bem, obrigada, Janet. Estou feliz que tenha gostado do trabalho — ela diz em seu tom profissional e confiante. — Você está certa. Clare Fortescue foi modesta a respeito de seus talentos. Ela é muito competente. Está na medida certa para você. Eu estava determinada a persuadi-la... não, eu que agradeço. É meu trabalho. É para isso que me paga comissão... — Ela dá uma risada rouca.

Lanço um olhar chocado para Kate, que só dá de ombros como se não pudesse fazer nada.

— Manteremos contato — Natalie ainda está falando. — Isso, vou falar com Lara. É claro que ela tem que aprender algumas coisas, mas... Bem, sim, eu tive que intervir e resolver, mas ela tem potencial. Não a corte da lista. — Ela me dá uma piscadinha de novo. — Obrigada, Janet. Almoçaremos qualquer dia. Tchau.

Enquanto olho incrédula, Natalie desliga o telefone, vira-se e sorri para mim tranquilamente.

— Então, como estão as coisas?

19

É domingo de manhã e ainda estou fervendo de raiva. De mim mesma. Como eu pude ser tão idiota? Na sexta eu estava tão chocada que de algum jeito deixei Natalie tomar conta da situação. Não a confrontei. Não expus nenhum dos meus argumentos. Eles estavam todos zumbindo ao redor de minha cabeça como moscas.

Agora eu sei tudo que deveria ter dito a ela: "Você não pode simplesmente voltar e fingir que nada aconteceu", e: "Que tal uma desculpa por nos abandonar na hora H?", e: "Não ouse tomar o crédito por ter encontrado Clare Fortescue, estava tudo em minhas mãos!", e talvez ainda: "Então você foi demitida do seu último emprego, não é? Quando pretendia me contar?".

Mas eu não disse nada disso. Só suspirei e disse fragilmente:

— Natalie! Uau! Como você está... O que...

E então ela começou a contar uma longa história sobre como o cara em Goa na verdade era um imbecil trapaceiro e você só consegue desperdiçar certa quantidade de tempo antes de enlouquecer, e ela tinha decidido me fazer uma surpresa e eu não estava aliviada?

— Natalie — comecei —, tem sido muito estressante sem você...

— Bem-vinda ao mundo dos negócios. — Ela piscou para mim. — O estresse vem com a conquista.

— Mas você simplesmente desapareceu! Não tivemos nenhum aviso! Tivemos que juntar todas as peças...

— Lara. — Ela estendeu a mão como se dissesse "Acalme-se". — Eu sei. Foi difícil. Mas tudo bem. Estou aqui para consertar qualquer problema que tenha acontecido. Alô, Graham? — Ela se voltou para o telefone. — É Natalie Masser.

E ela continuou por toda a tarde, deslocando-se imperceptivelmente de ligação em ligação, de modo que eu não pudesse falar nada. Quando ela foi embora, à noite, estava no celular e só deu a mim e a Kate um tchau despreocupado.

Então é isso, ela está de volta. Está agindo como se fosse a chefe, como se não tivesse feito nada de errado e nós devêssemos ser muito gratas a ela por ter voltado.

Se ela piscar mais uma vez para mim, vou estrangulá-la.

Puxo o cabelo num rabo de cavalo pesarosamente. Estou fazendo o mínimo de esforço hoje. Passeios turísticos não requerem o uso de um vestido melindrosa. E Sadie ainda acha que vou sair com Josh, então não está pegando no meu pé como sempre.

Olho para Sadie discretamente enquanto passo blush. Sinto-me mal mentindo para ela. Mas ela também não devia ser tão insolente.

— Não quero que você venha — aviso pela milésima vez.

— Então nem pense nisso.

— Eu nem *sonharia* em ir com você! — ela responde, ofendida. — Você acha que eu quero ficar andando atrás de você e seu fantoche? Vou ver televisão. Tem um festival de Fred Astaire passando. Vou passar um dia ótimo com Edna.

— Ótimo! Mande um beijo para ela — digo sarcasticamente.

Sadie encontrou uma velha chamada Edna que mora a algumas ruas daqui e não faz nada a não ser ver filmes em preto e branco. Então agora ela vai para lá na maior parte dos dias, senta-se no sofá com Edna e vê um filme. Ela disse que o único problema é quando Edna atende o telefone, então agora ela começou a gritar: *"Cala a boca! Desligue esse telefone!"* bem no ouvido dela. Edna então fica atordoada e algumas vezes até desliga o telefone no meio da frase.

Pobre Edna.

Termino de passar o blush e me olho no espelho. Calça jeans preta skinny, sapatilhas prateadas, camiseta e jaqueta de couro. Maquiagem normal dos dias de hoje. Ed provavelmente não vai me reconhecer. Deveria botar um penacho no meu cabelo só para ele notar que sou eu.

A ideia me faz gargalhar, e Sadie me olha desconfiada.

— Qual é a graça? — Ela me olha de cima a baixo. — Você vai sair assim? Eu nunca *vi* uma roupa tão sem graça. Josh vai olhá-la só uma vez e morrer de tédio. Se você mesma não morrer de tédio antes.

Engraçadinha. Mas talvez ela esteja certa. Talvez eu tenha me desarrumado demais.

Me pego procurando um de meus colares dos anos 1920, colocando-o no pescoço. As contas pretas e prateadas caem e se encaixam rapidamente ao meu andar, e logo me sinto mais interessante. Mais glamorosa.

Passo lápis na boca outra vez, em um tom mais escuro, dando um visual um pouco mais anos 1920. Então pego minha bolsa-carteira e me observo novamente.

— Muito melhor! — diz Sadie. — Que tal um chapeuzinho?

— Não, obrigada. — Reviro os olhos.

— Se eu fosse você, usaria um chapéu — ela insiste.

— Bem, não quero ficar parecida com você. — Jogo o cabelo para trás e sorrio. — Quero me parecer comigo mesma.

Sugeri a Ed que começássemos nosso passeio pela Torre de Londres, e ao deixar a estação de metrô e sentir o ar frio da rua, sinto-me imediatamente animada. Pode esquecer Natalie. Pode esquecer Josh. Pode esquecer o colar. Olhe isso tudo. É maravilhoso! Torres antigas erguendo-se conta o céu azul do mesmo jeito há séculos. Guardas com seu uniforme vermelho e azul-marinho, como se saídos de um conto de fadas. Esse é o tipo de lugar que me dá orgulho de ser londrina. Como Ed nem se importou em vir aqui? É tipo uma das maravilhas do mundo.

Pensando bem, não tenho certeza se eu mesma já visitei a Torre de Londres. Quer dizer, entrar e coisa e tal. Mas isso é diferente. Eu moro aqui. Eu não preciso.

— Lara! Aqui!

Ed já está na fila dos ingressos. Usa jeans e uma camiseta cinza. E não se barbeou, o que é interessante. Eu o tinha por alguém que sempre se vestia bem, até nos fins de semana. Ao me aproximar, ele me olha de cima a baixo com um sorriso no rosto.

— Então você às vezes se veste com roupas do século XXI.

— Muito de vez em quando. — Sorrio de volta, sem graça.

— Eu tinha certeza de que você ia aparecer com outro vestido dos anos 1920. Na verdade, trouxe um acessório para mim. Só para te acompanhar. — Ele mexe no bolso e tira uma caixa de prata martelada. Ele a abre e revela um baralho.

— Legal! — digo, impressionada. — Onde você encontrou isso?

— Comprei no eBay — explica. — Eu sempre trago comigo um baralho. É de 1925 — acrescenta, mostrando um selo pequeno nas cartas.

Não consigo deixar de me emocionar com o fato de ele ter feito isso.
— Adorei. — Olho para a frente quando chegamos à bilheteria. — Dois adultos, por favor. Desta vez fica por minha conta — acrescento firmemente quando Ed tenta pegar a carteira. — Eu o convidei.

Compro os ingressos e um livro chamado *Londres histórica* e conduzo Ed até a frente da torre.

— Então, essa construção que está à sua frente é a Torre de Londres — começo a falar num tom bem-informado de guia turístico. — Um de nossos monumentos mais importantes. Uma das muitas, muitas vistas maravilhosas. É um crime vir a Londres e não ficar sabendo mais sobre nossa maravilhosa herança. — Olho para Ed severamente. — É muito limitado; além do mais, não há nada parecido nos Estados Unidos.

— Você tem razão. — Ele está com uma cara de sofrimento ao olhar a torre. — É espetacular.

— Não é o máximo? — digo orgulhosamente.

Algumas vezes é muito bom ser britânico, e ver grandes castelos históricos é realmente uma dessas vezes.

— Então, quando ele foi construído? — pergunta Ed.

— Hum... — Olho ao redor à procura de alguma placa. Não há nenhuma. Droga. Não posso olhar no guia. Não com ele me olhando desse jeito.

— É de... — viro-me discretamente e balbucio algo incompreensível — ... depois de Cristo.

— De quando?

— É da época dos... — Pigarreio. — Tudors... hum... Stuarts.

— Você quer dizer normando? — Ed sugere educadamente.

— Ah, sim, é o que eu queria dizer. — Fulmino Ed com um olhar de desconfiança. Como ele sabia? Será que ele decorou o livro?

— Vamos por aqui. — Levo Ed confiantemente para uma trincheira, mas ele me puxa de volta.
— Na verdade, acho que a entrada é por aqui, pelo rio. Pelo amor de Deus. Ele é obviamente um desses homens que querem estar sempre no controle. Provavelmente nunca pede informações no trânsito.
— Escute, Ed — digo, tranquilamente. — Você é americano. Nunca esteve aqui. Quem tem mais chances de saber o caminho, eu ou você?

Nesse momento um guarda da torre para ao passar por nós e sorri amigavelmente. Sorrio de volta, pronta para perguntar o melhor caminho, mas ele se dirige a Ed animadamente.

— Bom-dia, Sr. Harrison. Como vai? De volta tão rápido?

O quê?

O *que* acabou de acontecer? Ed conhece os guardas da torre? Como?

Fico muda enquanto Ed aperta a mão do guarda e diz:

— Bom te ver, Jacob. Essa é Lara.

— É... olá — digo, sem graça.

O que vai acontecer agora? A rainha vai aparecer e nos convidar para o chá?

— Está bem — gaguejo assim que o guarda se despede. — O que está acontecendo?

Ed me olha e explode em gargalhadas.

— Conte! — exijo, e ele levanta as mãos em um gesto de desculpas.

— Vou contar tudo. Estive aqui na sexta. Foi uma dinâmica de grupo do trabalho ao ar livre. Conversamos com alguns dos guardas da torre. Foi fascinante. — Ele para, depois acrescenta, rindo: — por isso sei que a torre foi construída em 1078. Por Guilherme, o Conquistador. E a entrada fica por aqui.

— Você poderia ter me contado! — digo.

— Desculpe. Você estava tão feliz e eu achei que seria ótimo sair com você. Mas podemos ir a outro lugar. Você já deve ter vindo aqui um milhão de vezes. Vamos repensar. — Ele pega o guia *Londres histórica* e começa a olhar o sumário.

Fico abanando os ingressos, vendo um grupo de crianças tirarem fotos umas das outras, sentido-me arrasada. Claro que ele está certo. Ele veio na torre na sexta, então por que diabos quereria visitá-la de novo?

Por outro lado, acabamos de comprar os ingressos. E ela é tão bonita. E eu quero vê-la.

— Poderíamos ir direto para a Catedral de St. Paul — Ed fala enquanto examina o mapa do metrô. — Não deve demorar muito...

— Quero ver as joias da coroa — digo, baixinho.

— Perdão? — Ele levanta a cabeça.

— Quero ver as joias da coroa, agora que já estamos aqui.

— Você quer dizer que nunca as viu? — Ed me olha, incrédulo. — Você *nunca* viu as joias da coroa?

— Eu moro em Londres! — digo, reagindo em tom de provocação. — É diferente! Eu posso vê-las a hora que quiser, quando a oportunidade surgir. É só que... nunca pintou uma ocasião.

— Isso não é um pouco limitado da sua parte, Lara? — Posso sentir que Ed está adorando isso. — Você não se interessa pela herança de sua grande cidade? Não acha que é um crime ignorar esses monumentos históricos únicos...

— Cala a boca! — Posso sentir minhas bochechas ficando vermelhas.

Ed me tranquiliza:

— Vamos lá. Vou mostrar as maravilhosas joias da coroa de seu país. Elas são o máximo. Eu conheço toda a história. Você tem noção de que a peça mais antiga data da Restauração?

— É mesmo?

— É sim. — Ele me conduz pela multidão. — A Coroa Imperial do Estado continha um diamante enorme, lapidado do famoso diamante Cullinan, o maior diamante já extraído da terra.
— Uau — digo. Obviamente Ed decorou toda a aula-guia de sexta sobre as joias da coroa.
— Isso mesmo. — Ele assente com a cabeça. — Pelo menos era o que as pessoas pensavam até 1997. Até descobrirem que eram falsas.
— *É mesmo?* — Fico paralisada. — *Falsas?*
Ed ri.
— Só queria ver se você estava ouvindo.

Vemos as joias, vemos os corvos, vemos a Torre Branca e a Torre Sangrenta. Na verdade, todas as torres. Ed insiste em carregar o guia e ler tudo pelo trajeto. Algumas coisas são legais, outras uma porcaria e outras... não tenho certeza. Sua expressão está totalmente séria e com um brilho nos olhos indecifrável.

Ao terminarmos o tour da carceragem real, em minha cabeça crio visões de traidores e tortura, e sinto que nunca mais precisarei ouvir nada sobre quando execuções dão muito errado. Passamos pelo palácio medieval, por dois homens vestidos em trajes da época escrevendo coisas medievais (eu acho), e chegamos a uma sala com janelas pequenininhas e uma lareira enorme.

— Muito bem, espertinho. Conte-me sobre aquele armário.
— Aponto aleatoriamente para uma porta desinteressante na parede. — Será que Walter Raleigh plantou batatas ali ou algo assim?
— Vejamos. — Ed consulta o guia. — Ah, sim, era ali que o sétimo duque de Marmaduke guardava suas perucas. Uma figura histórica interessante, degolava muitas de suas mulheres. Outras ele congelava criogenicamente. Ele também inventou

a versão medieval da máquina de fazer pipoca. Ó vossa pipoca, como era conhecida.
— Ah, é mesmo? — digo em tom sério.
— Você obviamente aprendeu sobre o frenesi da pipoca de 1583. — Ed olha concentrado para o guia. — Aparentemente, Shakespeare ficou por um triz de chamar *Muito barulho por nada* de *Muito barulho por pipoca*.

Estamos olhando fixamente para a portinha de carvalho, e depois de um tempo um casal mais velho com capas impermeáveis se junta a nós.

— É um armário de perucas — Ed diz à mulher, cujo rosto se ilumina com interesse. — O mestre-peruqueiro sentiu-se obrigado a morar no armário junto com as perucas.

— É mesmo? — O rosto da mulher desmorona. — Que horror!

— Na verdade, não — diz Ed, gravemente. — Porque o mestre-peruqueiro era muito pequeno. — Ele começa a demonstrar com as mãos. — Muito, muito pequenininho. A palavra peruca vem da expressão "homem pequenino no armário", sabia?

— É mesmo? — A pobre mulher parece perplexa, e cutuco as costelas de Ed com força.

— Tenha um bom passeio — ele diz charmosamente, e continuamos.

— Você tem um lado malvado! — digo assim que o casal já não pode mais nos ouvir. Ed reflete um pouco e sorri discretamente de um jeito que me desarma.

— Talvez eu tenha. Quando estou com fome. Quer almoçar? Ou prefere visitar o Museu dos Fuzileiros?

Hesito pensativamente, como se estivesse pesando as opções Ninguém poderia estar mais interessada no patrimônio histórico do que eu. Mas o problema dos passeios turísticos é que depois de um tempo eles se tornam procissões turísticas e toda a herança se transforma num vulto de caminhos de pedra e trincheiras e histórias de gente decapitada.

— Podemos almoçar — digo casualmente. — Se você já viu o bastante até agora.

Os olhos de Ed brilham. Sinto-me desconcertada por achar que ele sabe exatamente o que estou pensando.

— Não consigo me concentrar muito — ele diz, impassivelmente. — Sou americano, você sabe. Então talvez devêssemos comer.

Vamos a um café que serve coisas como sopa de cebola georgiana e ensopado de javali. Ed insiste em pagar uma vez que eu paguei os ingressos, e escolhemos uma mesa num canto ao lado de uma janela.

— Então, o que mais você quer ver em Londres? — digo, entusiasmada. — O que mais estava na sua lista?

Ed retrai-se e de repente desejo não ter colocado as coisas dessa maneira. Sua lista de passeios turísticos deve ser um assunto delicado.

— Desculpe — digo, envergonhada. — Não queria ter lembrado...

— Imagina! Não tem problema. — Ele olha para a comida em seu garfo como se estivesse considerando comê-la ou não. — Sabe do que mais? Você tinha razão sobre o que disse outro dia. Coisas assim acontecem, e você tem que continuar vivendo. Adorei aquela história de seu pai sobre a escada rolante. Penso nela desde que conversamos. Para o alto e avante! — Ele põe o garfo na boca.

— É mesmo? — Não consigo não me impressionar. Tenho que contar isso a meu pai.

— Isso mesmo. — Ele mastiga por um momento, depois me olha curioso. — Então... você me contou que houve um término em sua vida também. Quando foi?

Sexta. Menos de 48 horas atrás. Só de pensar nisso me dá vontade de fechar os olhos e gemer baixinho.

— Já faz... um tempo. — Retraio-me. — O nome dele era Josh.

— E o que aconteceu? Se você não se importa de eu perguntar.

— Não, de jeito nenhum. Foi que... nós não éramos... — Interrompo com um suspiro e olho para cima. — Você já se sentiu realmente, mas *realmente*, estúpido?

— Nunca. — Ed balança a cabeça. — Contudo, uma vez me senti muito, mas muito, mas *muito* estúpido.

Não consigo esconder um discreto sorriso. Conversar com Ed me faz enxergar tudo um pouco diferente. Eu não sou a única no mundo a me sentir uma boba. E pelo menos Josh não me traiu. Pelo menos não fui abandonada numa cidade estranha.

— Vamos fazer alguma coisa que não estava na sua lista — digo impulsivamente. — Conhecer um lugar que não estava nos planos. Existe algum?

Ed arranca um pedaço de pão, pensativo.

— Corinne não queria ir à London Eye — ele finalmente diz. — Ela tem medo de altura e achava a roda-gigante boba.

Eu *sabia* que não gostava dessa mulher. Como alguém pode dizer que a London Eye é boba?

— Então vamos à London Eye — digo com firmeza. — E depois talvez um bom e velho Starbucks? É um hábito tradicionalmente inglês, muito charmoso.

Espero a risada de Ed, mas ele só me avalia com os olhos enquanto come o pão.

— Starbucks. Interessante. Você não vai ao Lingtons Coffee? OK, então ele descobriu.

— Às vezes. Depende. — Retraio-me defensivamente. — Então... você sabe que eu tenho parentesco.

— Fiz uma pesquisa sobre você.

Seu rosto está impassível. Ele não fez o que as pessoas costumam fazer quando descobrem sobre meu tio Bill, que é dizer: "Nossa, que incrível, como ele é na vida real?"

Ed está no mundo dos negócios, penso. Deve ter cruzado com tio Bill de uma maneira ou de outra.

— Então, o que você acha do meu tio? — pergunto descontraidamente.

— A Lingtons Coffee é uma empresa bem-sucedida — ele responde. — Muito lucrativa, muito eficiente.

Ele está evitando a questão.

— E Bill? — insisto. — Você já cruzou com ele?

— Já, sim. — Ele engole o vinho. — E acho que a Duas Moedinhas é uma bobagem criada para manipular as pessoas. Desculpe.

Nunca tinha visto ninguém falar assim sobre tio Bill, não para mim diretamente. É revigorante.

— Não peça desculpas — digo imediatamente. — Diga o que pensa. Vamos.

— O que eu penso é que... seu tio é um em um milhão. E tenho certeza de que muitos fatores afetaram seu sucesso. Mas essa não é a mensagem que ele está vendendo. Ele está vendendo a mensagem: "É fácil. Torne-se um milionário como eu!" — Ed fala asperamente, quase irritado. — As únicas pessoas que vão a esses seminários são as facilmente enganáveis e deslumbradas, e a única pessoa que vai ganhar algum dinheiro é seu tio. Ele está explorando pessoas tristes e desesperadas. É só minha opinião.

No momento em que ele termina de falar, sei que é tudo verdade. Eu vi as pessoas no seminário Duas Moedinhas. Algumas tinham viajado quilômetros. *Realmente* estavam desesperadas. E o seminário não é de graça.

— Fui a um desses seminários uma vez — admito. — Para ver como era.

— É mesmo? E você construiu sua fortuna instantaneamente?

— Claro que sim! Você não viu minha limusine quando cheguei?

— Ah, era sua. Achei que você viesse de helicóptero.

Nós dois estamos sorrindo agora. Não consigo acreditar que já chamei Ed de Sr. Bronco Americano. Ele não faz essa cara tanto assim. Quando isso acontece, ele está pensando em alguma coisa muito engraçada para dizer. Ele me serve um pouco mais de vinho e eu reclino, aproveitando a vista da torre, a alegria que o vinho está me dando e a perspectiva do resto do dia.

— Então, por que você leva esse baralho com você? — pergunto, decidindo que é minha vez de começar um assunto. — Você joga paciência toda hora ou algo assim?

— Pôquer. Se eu conseguir encontrar alguém para jogar comigo... Você seria uma ótima jogadora de pôquer — ele acrescenta.

— Eu seria péssima! — retruco. — Sou um fracasso em jogos e... — Paro ao aceno de cabeça de Ed.

— Pôquer não é só um jogo. É mais sobre analisar pessoas. Seus poderes orientais de ler pensamentos seriam úteis.

— Ah, sim — digo, ruborizada. — Bem, meus poderes parecem ter me abandonado.

Ed ergue uma sobrancelha.

— Você não está me enganando, não é, senhorita Lington?

— Não! — Rio. — Eles realmente me abandonaram. Sou novata.

— Está bem então. — Ele embaralha as cartas com habilidade. — Tudo que você precisa saber é: os outros jogadores estão com a mão boa ou ruim? Simples assim. Então você olha para a cara de seus adversários e se pergunta: "Tem alguma coisa acontecendo?" Isso é o jogo.

— Tem alguma coisa acontecendo? — repito. — Como posso saber?

Ed distribui três cartas para ele mesmo e dá uma olhada nelas. Depois olha para mim.

— Mão boa ou ruim?

Meu Deus. Não faço ideia O rosto dele está totalmente sem expressão. Procuro por sinais em sua testa lisa, nas linhas pequeninas ao redor de seus olhos, na barba por fazer. Existe um brilho em seus olhos, mas poderia significar qualquer coisa.

— Não sei — digo, sem esperança. — Vou apostar em... boa?

Ed se diverte.

— Os poderes orientais realmente a abandonaram. Mão horrível. — Ele me mostra três cartas baixas. — Agora é sua vez. — Ele embaralha de novo, me dá três cartas e se concentra em mim enquanto as avalio.

Eu tenho o 3 de paus, o 4 de copas e o ás de espadas. Depois de estudá-las, olho para a frente com uma expressão neutra.

— Relaxe — diz Ed. — Não ria.

Claro que agora que ele disse isso posso sentir meus lábios tremerem.

— Você é uma péssima jogadora de pôquer — diz Ed. — Sabia disso?

— Você está me desconcentrando! — Mexo um pouco os lábios, livrando-me do sorriso. — Está bem, então. O que eu tenho?

Os olhos castanho-escuros de Ed se encontram com os meus. Estamos totalmente em silêncio e parados, olhando um para o outro. Depois de alguns segundos sinto uma coisa estranha no estômago. Isso é... estranho. Muito íntimo. Como se ele conseguisse ver mais de mim do que deveria. Fingindo tossir, quebro o encanto e me viro. Tomo um gole de vinho e olho de volta para Ed, que também bebe seu vinho.

— Você tem uma carta alta, provavelmente um ás — ele diz com certeza absoluta. — E duas cartas baixas.

— Não! — Ponho as cartas na mesa. — Como você sabe?

— Seus olhos se arregalaram quando você viu o ás. — Ed diz alegremente. — Estava na cara. Tipo: "Nossa, uma carta alta!" Depois você olhou para a direita e para a esquerda como se estivesse se denunciado. Então você colocou a mão sobre a carta alta e me olhou desafiadoramente. — Ele começa a rir.

— Lembre-me de nunca compartilhar nenhum segredo de Estado com você.

Não posso acreditar. Achei que estivesse sendo realmente misteriosa.

— Mas, falando sério. — Ed começa a embaralhar as cartas de novo. — O truque de leitura de pensamentos. É tudo baseado em análises comportamentais, não é?

— É... isso — digo cautelosamente.

— Eles não podem ter simplesmente abandonado você. Ou sabe essas coisas ou não sabe. Pode me contar o que está acontecendo, Lara. O que houve?

Ele se inclina para a frente resolutamente, como se estivesse esperando uma resposta. Sinto-me um pouco aturdida. Não estou acostumada a esse tipo de intensidade. Se fosse Josh, teria conseguido levar a situação tranquilamente. Josh sempre entendia tudo diretamente. Ele teria dito "certo, gatinha" e eu poderia ter mudado de assunto e ele nunca perguntaria de novo...

Porque Josh nunca esteve realmente interessado em mim.

De repente sinto-me como se um balde de água fria tivesse caído em minha cabeça. Um estalo paralisador e final, com cheiro e cara de verdade. Por todo o tempo que passamos juntos Josh nunca me desafiou, nunca foi difícil, mal se lembrava dos detalhes da minha vida. Eu achava que ele era só tranquilo. Eu o amava por isso. Mas agora entendo melhor. A verdade é que

ele era tranquilo porque não se importava realmente. Não comigo. Não o suficiente.
  Sinto-me como se finalmente estivesse saindo de um transe. Estava tão ocupada correndo atrás dele, tão desesperada, tão confiante, que nunca vi o que eu estava perseguindo de perto o bastante. Fui tão *idiota*.
  Olho para a frente e me deparo com os olhos escuros e inteligentes de Ed ainda me sondando com afinco. De repente, sinto uma animação súbita ao pensar que ele, alguém que eu mal conheço, quer me conhecer melhor. Consigo ver em seu rosto: ele não está perguntando só por perguntar. Quer realmente saber a verdade.
  O único problema é que não posso contar a ele. Claro.
  — É... meio difícil de explicar. Bem complicado. — Bebo o que restava no copo, enfio um último pedaço de comida na boca e olho distraidamente para Ed. — Vamos lá. Vamos para a London Eye.

Quando chegamos ao South Bank, o lugar estava infestado de turistas, artistas de rua, barraquinhas de livros de segunda mão e muitas daquelas estátuas vivas que me fazem surtar. A London Eye paira sobre tudo, uma roda-gigante enorme, e posso enxergar as pessoas em cada uma das cabines transparentes, olhando para nós aqui embaixo. Estou muito feliz, na verdade. Só fui uma vez à London Eye e mesmo assim com um monte de pessoas irritantes e bêbadas.
  Uma banda de jazz toca uma melodia antiga dos anos 1920 para um grupo de passantes, e ao passar por eles, não consigo evitar de encontrar os olhos de Ed. Ele faz uns passos de Charleston e eu danço com ele.
  — Muito bem! — diz um homem de barba e chapéu, aproximando-se com um balde de moedas. — Vocês têm interesse em jazz?

— Um pouco — digo enquanto procuro algum dinheiro na bolsa.
— Temos interesse nos anos 1920 — diz Ed, e pisca para mim. — Só nos anos 1920, certo, Lara?
— Estamos promovendo um evento de jazz ao ar livre nos Jubilee Gardens semana que vem — diz o homem avidamente.
— Querem ingressos? Dez por cento de desconto se levarem agora.
— Claro — diz Ed, depois de olhar para mim. — Por que não?
Ele dá dinheiro ao homem, pega dois ingressos e sai andando.
— Então — diz Ed depois de um tempo. — Podíamos ir a esse evento de jazz... juntos. Se você quiser.
— É... claro. Ótimo. Eu adoraria.
Ele me dá um dos ingressos e o guardo na bolsa, meio sem graça. Por um tempo andamos em silêncio, tentando entender o que acabou de acontecer. Ele está me convidando para um encontro? Ou é só uma continuação do passeio turístico? Ou... o quê? O que estamos fazendo?
Acho que Ed deve estar pensando mais ou menos a mesma coisa, porque, ao entrarmos na fila para a roda-gigante, ele me olha de repente com um olhar intrigado.
— Lara, me diga uma coisa.
— Claro. — Fico imediatamente nervosa. Ele vai me perguntar sobre meus poderes novamente.
— Por que você apareceu do nada em meu escritório? — Sua testa se enruga de um jeito engraçado. — Por que me convidou para sair?
Um milhão de vezes pior. O que eu deveria dizer?
— Essa é... uma boa pergunta. — Enrolo. — E... e eu tenho uma para você. Por que você foi? Poderia ter dito não!
— Eu sei. — Ed parece misterioso. — Quer saber a verdade? É muito confuso. Não consigo entender minha própria linha

de pensamento. Uma garota estranha aparece no escritório. De repente estou em um encontro com ela. — Ele se vira para mim com o ânimo renovado. — Vamos lá. Você tem que ter tido um motivo. Você já tinha me visto por lá ou algo assim?

Existe um pouquinho de esperança em sua voz. Como se ele estivesse esperando ouvir alguma coisa que melhorasse seu dia. Sinto subitamente uma pontada horrorosa de culpa. Ele não faz ideia de que está sendo usado.

— Foi... uma aposta com uma amiga. — Olho por cima dos ombros dele. — Nem sei por que fiz aquilo.

— Certo. — Sua voz está tão tranquila quanto antes. — Então foi tudo uma aposta. Não vai soar muito bem para os netos. Vou contar a eles que você foi enviada para mim por alienígenas. Logo depois eu conto a história das perucas do duque de Marmaduke.

Sei que ele está brincando. Sei que tudo é brincadeira. Mas quando meus olhos passam por ele consigo ver Posso ver o calor. Ele está ficando a fim de mim. Não, apague isso — ele *acha* que está ficando a fim de mim. Mas é tudo mentira. É tudo errado. É mais um teatro de fantoches. Ele foi manipulado por Sadie do mesmo jeito que Josh foi. Nada disso é real, nada disso significa algo...

De repente me sinto muito mal. É tudo culpa de Sadie. Ela cria problemas por onde passa. Ed é um cara muito, muito legal e já o sacanearam o bastante e ela faz tudo errado e não é justo...

— Ed. — Engulo.

— Sim?

Meu Deus. O que eu digo? *Você não tem saído comigo, tem saído com um fantasma, ela vem fazendo a sua cabeça, ela é como LSD sem a parte legal...*

— Você pode achar que gosta de mim. Mas você não gosta.

— Gosto sim. — Ele ri. — Eu realmente gosto de você.

— Não gosta não. — Estou me esforçando. — Você não está enxergando as coisas. Quero dizer... isto não é verdade.

— Parece bastante real para mim.
— Eu sei que parece. Mas... você não entende... — Paro de falar, sentindo-me impotente. Tudo fica em silêncio por um momento, então a expressão de Ed muda completamente.
— Ah, entendi.
— Mesmo? — pergunto com incerteza.
— Lara, você não precisa me enrolar com uma desculpa. — Seu sorriso fica amargo. — Se você já está de saco cheio é só falar. Eu consigo passar uma tarde sozinho. Foi divertido e agradeço o tempo que você dedicou a mim, muito obrigado...
— Não! — digo, irritada. — Pare com isso! Não estou tentando pular fora. Estou adorando passar esse tempo com você. E quero ir à London Eye.

Os olhos de Ed examinam meu rosto, de cima a baixo, de lado a lado, como se fossem detectores de mentira.
— Bem, eu também — ele diz, finalmente.
— Então... ótimo.

Estamos tão envolvidos em nossa conversa que não percebemos a fila andando na nossa frente.
— Vamos! — reclama um homem atrás de mim. — É a vez de vocês!
— Ah! — acordo. — Vamos logo, estamos ficando para trás.
— Seguro a mão de Ed e corro em direção à grande cabine oval. Ela está se aproximando da plataforma, e as pessoas estão entrando, entre sorrisos e risadas. Começo a entrar, ainda de mãos dadas com Ed, e nos olhamos, todo o constrangimento evaporado.
— OK, Sr. Harrison — começo a falar com minha voz de guia turística. — *Agora sim* você vai ver Londres.

É genial. É simplesmente genial.
Já fomos até o topo e vimos toda a cidade se espalhando sob nossos pés como se estivesse viva. Olhamos para as pessoas lá em-

baixo, caminhando como formiguinhas, entrando em carros-formiga e ônibus-formiga. Aponto para a Catedral de St. Paul, o palácio de Buckingham e o Big Ben. Agora eu me apoderei do guia *Londres histórica*. Não tem uma seção dedicada à London Eye, mas eu estou lendo informações ou, melhor, inventando-as.

A cabine é feita de titânio transparente, como lentes de óculos derretidas — informo. — Se atiradas debaixo d'água, cada cabine se transforma num submarino completo.

— Não esperaria nada diferente. — Ele balança a cabeça, olhando através da janela.

— Cada cabine tem autonomia para ficar debaixo d'água por 13 horas... — continuo. Não consigo saber se ele está realmente me ouvindo. — Ed?

Ele volta o rosto para mim, suas costas contra a parede de vidro da cabine. Por trás dele, a paisagem de Londres está mudando lentamente, milimetricamente se deslocando para cima. Enquanto estávamos lá em cima o sol desapareceu, e pesadas nuvens cinza se aglomeram acima de nós.

— Quer saber de uma coisa, Lara? — Ele olha ao redor se certificando de que ninguém o está ouvindo, mas todas as outras pessoas na cabine se aglomeraram do outro lado, observando um barco da polícia no Tâmisa.

— Talvez — digo cautelosamente. — Não se for um segredo muito importante que eu não possa espalhar.

O rosto de Ed se ilumina com um sorriso.

— Você me perguntou por que concordei em sair num primeiro encontro com você.

— Ah. Isso. Bem, não importa — digo rapidamente. — Não se sinta na obrigação de me contar...

— Não, eu quero lhe contar. Foi... muito estranho. — Ele para por um momento. — Senti como se alguma coisa dentro de mim me *dissesse* para aceitar. Quanto mais eu resistia, mais forte essa coisa ficava. Isso faz algum sentido?

— Não — digo rapidamente. — Nenhum. Não faço ideia. Talvez tenha sido... Deus.

— Talvez. — Ele sorri brevemente. — Posso ser o novo Moisés. Ele hesita. — A verdade é que eu nunca senti um impulso tão forte, ou voz, ou seja lá o que fosse aquilo. Meio que me tirou de órbita. — Ele dá um passo adiante, falando mais baixo. — E seja lá qual instinto tenha sido, de qual lugar profundo ele tenha vindo, ele estava certo. Passar um tempo com você foi a melhor coisa que eu poderia ter feito. Sinto-me como se eu tivesse acordado de um sonho, de um limbo... e eu quero agradecer-lhe.

— Não tem de quê! — digo imediatamente. — Foi um prazer para mim. Podemos repetir.

— Espero que sim. — Seu tom é estranho e me sinto um pouco desconcertada sob seu olhar.

— Então... hum... você quer ouvir mais do guia? — Folheio as páginas.

— Claro.

— A cabine ... é ... — Não consigo me concentrar no que estou dizendo. Meu coração começou a bater mais rápido. Tudo parece estranho de repente. Estou ciente de cada movimento que faço.

— A roda-gigante roda... ela gira ao redor... — O que digo não está fazendo sentido nenhum. Fecho o guia e encontro imediatamente o olhar de Ed, e tento reproduzir sua expressão neutra; tento ficar com uma cara de como se nada estivesse realmente me deixando nervosa.

Fora o fato de que várias coisas estão me deixando nervosa. O calor subindo em meu rosto. Os cabelos se arrepiando na nuca. A maneira como o olhar de Ed está fulminando meus olhos, como se quisessem ir direto ao ponto. Está me arrepiando.

A verdade é que ele está me arrepiando toda.

Não sei como já achei que ele não era bonito. Eu devia ser um pouco cega.

— Está acontecendo alguma coisa? — pergunta Ed, suavemente.

— Eu... eu não sei. — Mal consigo falar. — Alguma coisa está acontecendo?

Ele põe uma das mãos em meu queixo e o segura por um momento, como se estivesse sondando o território. Então ele se inclina para a frente e puxa meu rosto gentilmente contra o seu com ambas as mãos e me beija. Sua boca é morna e doce e sua barba por fazer está irritando minha pele, mas ele não parece se importar e... meu Deus. *Continue, por favor.* Todas as minhas aflições se tornaram impulsos de cantar e dançar. Enquanto ele me agarra e me puxa para perto, dois pensamentos estão cruzando minha mente.

Ele é tão diferente de Josh.

Ele é tão *bom*.

Não estou tendo muitos outros pensamentos agora. Pelo menos, não posso chamá-los de pensamentos, e sim desejos intensos.

Finalmente Ed se afasta um pouco, suas mãos ainda acariciando minha nuca.

— Sabe... esse não era o plano de hoje — ele diz. — Só se isso passou pela sua cabeça.

— Não estava nos meus planos também — digo sem fôlego. — De jeito nenhum.

Ele me beija de novo e fecho os olhos, explorando sua boca com a minha, inalando seu aroma, calculando quanto tempo essa roda-gigante ainda tem para rodar. Como se lesse meus pensamentos, Ed me solta.

— Talvez devêssemos olhar a vista mais uma vez — ele diz com uma risada baixinha. — Antes de descermos.

— Acho que sim. — Dou um sorriso relutante. — Pagamos para vir aqui, não é verdade?

Abraçados, olhamos para a parede transparente da cabine. Grito assustada.

Flutuando fora da cabine, olhando com olhos incandescentes de raio laser, está Sadie.

Ela nos viu. Ela nos viu nos beijando.

Droga. Droga. Meu coração está pulando como um coelho. Enquanto tremo de pavor, ela avança através da parede transparente, seus olhos acesos, fazendo-me recuar com pernas bambas como se eu realmente tivesse visto um fantasma assustador.

— Lara? — Ed olha para mim chocado. — Lara, o que está acontecendo?

— Como você *pôde*? — O grito de irritação de Sadie me faz tapar os ouvidos com as mãos. — *Como você pôde?*

— Eu... eu não... não foi... — Engulo em seco, mas as palavras não saem direito. Quero dizer que não planejei tudo aquilo, que não é nada do que ela está pensando...

— *Eu vi tudo!*

De repente, ela dá um suspiro súbito e alto, vira-se e desaparece.

— Sadie! — Corro e ponho as mãos contra a parede transparente da cabine, olhando para fora, tentando distingui-la nas nuvens ou na água corrente do Tâmisa ou perto das pessoas no chão, cada vez mais próximas.

— Lara! Pelo amor de Deus! O que aconteceu? — Ed parece estar totalmente assustado. De repente percebo que todas as outras pessoas na cabine pararam de contemplar a vista e me observam atentamente.

— Nada! — digo. — Desculpe. É que... eu só... — Quando ele me envolve em seus braços, eu recuo. — Ed, me desculpe, não posso...

Depois de um tempo, Ed tira os braços de mim.
— Claro.
Chegamos ao chão. Olhando-me ansiosamente, Ed me conduz para fora da cabine à terra firme.
— Então. — Seu tom é alegre, mas posso notar que está abalado, como era de se esperar. — O que está acontecendo?
— Não posso explicar — digo com tristeza. Olho desesperadamente para o horizonte, procurando por algum sinal de Sadie.
— Será que um bom e velho Starbucks cairia bem? Lara?
— Desculpe. — Paro de olhar ao redor e me concentro em seu rosto preocupado. — Ed, me desculpe mesmo. Não posso... fazer isso. Foi um dia maravilhoso, mas...
— Mas... não correu de acordo com o planejado? — ele pergunta lentamente.
— Não é nada disso! — Esfrego o rosto. — É... é complicado. Preciso resolver uma coisa.
Olho para ele esperando que me entenda. Ou me entenda mais ou menos. Ou que pelo menos não pense que sou totalmente louca.
— Sem problemas. — Ele faz que sim com a cabeça. — Eu entendo. As coisas não são sempre preto no branco — ele hesita e toca meus braços brevemente. — Vamos parar por aqui então. Foi um ótimo dia. Obrigado, Lara. Você foi muito bacana em me levar para sair.
Ele agora mudou para um estilo formal e cavalheiresco. Toda a descontração e intimidade entre nós foi embora. É como se fôssemos apenas conhecidos. Ele está se protegendo, sinto uma pontada de repente. Está entrando em seu túnel novamente.
— Ed, eu adoraria vê-lo de novo — digo desesperadamente.
— Quando... as coisas se resolverem.
— Eu adoraria. — Vejo que ele não acredita em mim nem por um segundo. — Deixe-me chamar um táxi. — Enquanto

ele olha para os dois lados da rua, posso sentir sua formalidade voltando, como pequenos sinais de decepção.

— Não. Vou ficar um pouco por aqui e dar uma volta, acertar as coisas. — Esboço um sorriso. — Obrigada. Por tudo.

Ele se despede de mim, acenando, e se junta à multidão. Procuro por ele, sentindo-me destruída. Gosto dele. Gosto muito, muito dele. E agora ele está magoado. E eu também. E Sadie também. Que confusão...

— Então é isso que você faz pelas minhas costas! — A voz de Sadie em minha cabeça me faz dar um pulo e sinto um aperto no peito. Será que ela ficou esperando ali o tempo todo? — Sua cobra mentirosa. Sua fura-olho. Vim aqui para ver como estavam as coisas com Josh. Com *Josh*!

Ela gira na minha frente, tão enlouquecida que eu recuo involuntariamente.

— Desculpe — gaguejo. — Estou arrependida de ter mentido para você. Não queria admitir que eu e Josh terminamos, mas não sou uma traidora! Não planejei o beijo com Ed. Eu não queria que nada disso tivesse acontecido, não tinha a intenção...

— Não me importa se você planejou ou não! — ela grita. — Tire suas mãos dele!

— Sadie, estou realmente arrependida...

— *Eu* o encontrei. *Eu* dancei com ele! Ele é meu! Meu! *Meu!*

Ela é tão arrogante e está tão furiosa que nem escuta o que estou dizendo. De repente, por baixo de toda minha culpa, sinto uma pitada de ressentimento.

— Como ele pode ser seu? — ouço-me gritar. — Você está morta! Ainda não percebeu isso? Você está *morta!* Ele nem sabe que você *existe!*

— Sabe sim! — Ela se aproxima com um olhar assassino. — Ele pode me ouvir!

— E daí? Não é como se algum dia ele fosse conhecer você, ou é? Você é um fantasma! Um *fantasma*! — Toda a minha tristeza está se transformando em raiva. — Não me fale sobre se iludir. Não me fale sobre não encarar a verdade, Sadie. Você fica me dizendo para seguir em frente! Que tal *você* seguir em frente? Mesmo enquanto falo essas palavras, me dou conta de como elas podem ser entendidas; como podem ser mal interpretadas. Desejo mais do que qualquer coisa poder retirar o que eu disse. Um choque passa pelo rosto de Sadie. Como se eu tivesse batido nela.

Ela não pode achar que eu quis dizer...

Meu Deus.

— Sadie, eu não quis... não quis... — As palavras estão presas em na minha boca. Nem sei ao certo o que quero dizer. De repente os olhos de Sadie parecem vazios. Ela está olhando o rio como se mal percebesse minha presença.

— Você tem razão — ela diz finalmente. Toda a energia abandonou sua voz. — Você tem razão. Eu estou morta.

— Não, você não está! — digo, nervosa. — Quero dizer... Está bem, talvez você esteja. Mas...

— Estou morta. É o fim. Você não me quer. Ele não me quer. Qual é o sentido?

Ela começa a andar em direção à ponte Waterloo e de repente desaparece. Crivada de culpa, corro atrás dela e subo os degraus. Ela já está no meio da ponte e eu corro para alcançá-la. Ela está parada, fitando a catedral de St. Paul, uma figura diminuta na imensidão cinza que não dá nenhum sinal de ter me visto.

— Sadie, não acabou! — Minha voz quase se perde no vento. — Nada está acabado! Eu não estava pensando direito. Só estava aborrecida com você, estava falando besteira...

— Não, você está certa — ela fala rápido, sem virar a cabeça. — Me engano tanto quanto você. Achei que pudesse me divertir um pouco mais nesse mundo. Pensei que pudesse ter uma amizade. Fazer diferença.
— Você fez diferença! — digo, desconsolada. — Por favor, não fale assim. Vamos para casa, botar uma música, nos divertir...
— Não se finja de boazinha! — Ela se volta para mim, e posso vê-la tremer. — Sei o que você está pensando. Você não se importa comigo, ninguém se importa comigo, uma pessoa velha sem sentido...
— Sadie, pare com isso, não é verdade...
— *Eu ouvi vocês no funeral!* — Sadie desabafa energicamente, e sinto um medo súbito e frio. Ela nos *ouviu*?
— Ouvi vocês no funeral — ela repete, recuperando a dignidade. — Ouvi toda a família conversando. Ninguém queria estar ali. Ninguém ficou triste por mim. Eu era só uma qualquer de um milhão de anos.

Sinto-me embrulhada e envergonhada ao me lembrar do que todos disseram. Fomos muito insensíveis e horríveis. Todos nós.

O queixo de Sadie está erguido e ela olhando fixamente por sobre mim.

— Sua prima disse a coisa certa. Não conquistei nada na vida, não deixei nenhuma marca, não tinha nada de especial. Nem sei por que eu me importava em viver, na verdade! — Ela dá uma risada frágil.

— Sadie, por favor, não faça isso. — Engulo em seco.

— Nunca tive amor — ela continua, impiedosamente. — Nem uma carreira, não deixei filhos nem realizações nem nada disso. O único homem que amei... se esqueceu de mim. — Há um súbito tremor em sua voz. — Vivi por 105 anos, mas não deixei nenhuma marca. Nenhuma. Nada para ninguém. E continuo assim.

— Claro, claro que sim. Claro que deixou — digo desesperadamente. — Sadie, por favor...
— Fui tão idiota, ficando por aqui. Estou no seu caminho.
— Com tristeza, vejo que seus olhos estão cheios de lágrimas.
— Não! — Agarro seu braço, apesar de não adiantar nada. Estou quase chorando também. — Sadie, *eu* me importo com você. Vou recuperar o tempo perdido. Vamos dançar Charleston de novo, vamos nos divertir, vou conseguir seu colar mesmo que tenha que morrer por ele.
— Não me importo mais com o colar. — Sua voz treme. — Por que deveria? Não era nada. Minha vida toda não foi nada. Para meu horror, ela desaparece na ponte.
— Sadie! — grito. — Sadie, volte. Sa-die! — Olho desesperadamente para a água agitada e cinzenta, lágrimas escorrendo pelo rosto.
— Ai, meu *Deus!* — Uma garota a meu lado num casaco xadrez de repente me vê e suspira. — Alguém pulou no rio. *Socorro!*
— Não, ninguém pulou! — Levanto a cabeça, mas ela não está me ouvindo. Está chamando os amigos antes que eu me dê conta, pessoas se aglomeram no parapeito, olhando a água.
— Alguém pulou! — ouço as pessoas falando. — Chamem a polícia!
— Não, *ninguém pulou!* — digo, mas não consigo falar direito. Um garoto de jaqueta jeans já está filmando o rio com seu celular. Um homem a meu lado está tirando o casaco como estivesse se preparando para pular, enquanto sua namorada assiste, admirada.
— Não! — Agarro-o pelo casaco. — Pare!
— Alguém precisa fazer a coisa certa — diz o homem num tom heroico, olhando para a namorada.
Pelo amor de Deus.

— Ninguém pulou! — grito, agitando os braços. — Houve um engano! Está tudo certo. Ouçam, ninguém pulou!

O homem para, logo antes de tirar os sapatos. O garoto do celular muda o foco e passa a me filmar.

— Então com quem você estava falando? — A garota de casaco xadrez me olha desconfiada, achando que eu estava mentindo. — Você está gritando para a água e chorando! Você nos assustou! Com quem você estava falando?

— Estava falando com um fantasma — digo brevemente. Viro-me antes de ela poder responder e vou passando pela multidão, ignorando as reclamações.

Ela vai voltar, digo a mim mesma. Quando ela se acalmar e me perdoar. Ela vai voltar.

20

Mas, na manhã seguinte, o apartamento está tranquilo e silencioso. Normalmente, Sadie aparece enquanto estou fazendo chá, se apoia na bancada, faz comentários desagradáveis sobre meu pijama e me diz que não sei fazer chá direito.

Hoje, nada acontece. Tiro o saquinho de chá da xícara e olho em volta na cozinha.

— Sadie? Sadie, você está aí?

Nenhuma resposta. A atmosfera parece morta e vazia.

Eu me arrumo para o trabalho no meio do estranho silêncio, sem o falatório constante de Sadie. Acabo ligando o rádio para me fazer companhia. Vendo pelo lado positivo, pelo menos não há ninguém para mandar em mim. Pelo menos posso me maquiar do *meu* jeito hoje. Só para provocar, coloco uma blusa de babados que ela odeia. Depois, me sinto um pouco mal e passo mais uma camada de rímel. Só para o caso de ela estar vendo.

Antes de sair, não posso evitar uma última olhada em volta.

— Sadie? Você está aí? Estou indo para o trabalho, então, se quiser conversar e tal, é só aparecer no escritório...

Segurando o chá, percorro todo o apartamento chamando por ela, mas sem resposta. Só Deus sabe onde ela está ou o que está fazendo. Ou o que está sentindo... Sinto uma pontada de culpa quando me lembro de sua cara triste. Se eu ao menos *soubesse* que ela nos ouviu conversando no enterro.

Bem, não há nada que eu possa fazer agora. Se quiser falar comigo, ela sabe onde me encontrar.

Chego ao trabalho pouco depois das 9h30 e encontro Natalie já em sua mesa, mexendo no cabelo enquanto fala ao telefone.

— Isso. Foi o que eu disse para ele, querido. — Ela pisca para mim e bate no relógio. — Está meio atrasada, não é, Lara? Adquiriu maus hábitos enquanto eu estava fora? Então, querido...
— Ela volta para a ligação.

Maus hábitos? *Eu?*

Fico com raiva na hora. Quem ela pensa que é? Foi ela que se mandou para a Índia. Foi ela que se comportou de maneira nada profissional. E agora vem me tratar como uma funcionária sem experiência?

— Natalie — digo quando ela desliga o telefone —, preciso falar com você.

— E eu preciso falar com *você!* — Os olhos dela brilham em minha direção. — Ed Harrison, é?

— O quê? — respondo, confusa.

— Ed Harrison — ela repete, impaciente. — Você o manteve em segredo, não foi?

— Como assim? — Ouço fracos sinais de alerta. — Como você sabe sobre Ed?

— *Business People!* — Natalie mostra uma foto minha com Ed. — Bonitão.

— Não estou... São só negócios — digo rapidamente, olhando para ela.

— Eu já sei. Kate me contou. você voltou com Josh ou sei lá... — Natalie finge um bocejo para mostrar o quanto se interessa por minha vida amorosa. — O que estou tentando dizer é que esse Ed Harrison é um tremendo profissional. Você tem algum plano?

— Plano?

— Para empregá-lo. — Natalie se inclina para a frente e fala com paciência fingida. — Somos uma empresa de caça-talentos. Fazemos colocação profissional. É isso que nós *fazemos*. É assim que ganhamos *dinheiro*.

— Ah! — Tento esconder meu horror. — Não, não. Você não entendeu. Ele não é esse tipo de contato. Não quer um emprego novo.

— Ele *acha* que não quer — Natalie me corrige.

— Não. É sério. Deixe para lá. Ele odeia caça-talentos.

— Ele *acha* que odeia.

— Ele não está interessado.

— Ainda. — Natalie dá uma piscadinha, e tenho vontade de bater nela.

— Pare com isso! Ele não está interessado!

— Todo mundo tem um preço. Quando eu exibir o salário certo para ele, acredite, a história vai mudar.

— Não vai! Nem tudo é questão de dinheiro, sabia?

Natalie solta uma gargalhada zombando de mim.

— O que houve enquanto estive fora? Nós nos transformamos na agência da Madre Teresa? Precisamos ganhar *comissão*, Lara. Precisamos gerar *lucros*.

— Eu sei — digo, irritada. — Era isso o que eu estava fazendo enquanto você tomava sol na praia em Goa, lembra?

— Ah! — Natalie joga a cabeça para trás e ri — Uau! Uau!

Ela não demonstra nenhuma vergonha. Nunca pediu desculpas, nem sequer uma vez, por nada. Como pude pensar que ela era minha melhor amiga? Sinto-me como se não a conhecesse.

— Só deixe Ed em paz — digo, furiosa. — Ele não quer um emprego novo. Estou falando sério. Ele não vai falar com você mesmo...

— Ele já falou. — Ela se inclina para trás, satisfeita.

— O quê?

— Liguei para ele hoje de manhã. Essa é a diferença entre mim e você. Eu não fico de rodeios, coloco a mão na massa.

— Mas ele não atende ligações de caça-talentos — digo, perplexa. — Como você...

— Ah, eu não disse meu nome de cara — explica Natalie, animada. — Só disse que era uma amiga sua e que você havia me pedido para ligar. Tivemos uma conversa e tanto, no fim das contas. Ele não sabia nada sobre Josh, mas expliquei toda a situação. — Ela levanta as sobrancelhas. — Interessante. Estava escondendo o namorado por alguma razão?

Sinto a raiva começar a subir repentinamente.

— O que... O que você disse sobre Josh exatamente?

— Ah, Lara! — Natalie parece estar adorando a situação. — Estava planejando ter um caso com ele? Arruinei as coisas para você? — Ela coloca a mão sobre a boca. — Desculpe!

— Cala a boca! — grito, finalmente perdendo a cabeça. — Cala a boca!

Preciso falar com Ed. Agora. Pegando o celular, saio correndo do escritório e dou de cara com Kate no caminho. Ela está carregando uma bandeja de café e arregala os olhos quando me vê.

— Lara! Você está bem?

— *Natalie* — digo rapidamente, e ela recua.

— Acho que ela fica pior quando está bronzeada — ela sussurra, e não consigo conter um sorriso involuntário. — Você vai entrar?

— Daqui a pouco. Preciso fazer uma ligação. É meio... particular. — Desço as escadas, saio à rua e ligo para o número de

Ed. Só Deus sabe o que Natalie disse a ele. Só Deus sabe o que ele está pensando de mim.

— Escritório de Ed Harrison — atende uma voz feminina.

— Olá. — Tento não demonstrar tanta apreensão. — Aqui é Lara Lington. Eu poderia falar com Ed?

Enquanto espero, minha mente viaja para o dia anterior. Lembro-me exatamente da sensação dos braços dele ao meu redor. Da sensação da pele dele na minha. O cheiro dele, o gosto... E do jeito horrível como ele se fechou. Eu me encolho só de lembrar.

— Oi, Lara. O que posso fazer por você? — A voz dele surge na linha, formal e em tom de trabalho. Nem uma pontinha de doçura. Meu coração se parte levemente, mas tento parecer tranquila e simpática.

— Ed, fiquei sabendo que minha colega Natalie ligou para você hoje de manhã. Eu sinto muito. Não vai acontecer de novo. E eu também queria dizer que... — hesito, meio sem graça — sinto muito pelo fim da noite de ontem.

E não tenho namorado, quero acrescentar. *E queria que pudéssemos voltar no tempo, andar na London Eye e que me beijasse de novo. E, desta vez, eu não ia me retrair, não importa o que acontecesse, não importa quantos espíritos gritassem comigo.*

— Lara, por favor, não peça desculpas. — Ed parece distante. — Eu devia ter percebido que você tinha outros... interesses comerciais, vamos dizer assim. Por isso estava tentando me decepcionar. Agradeço o sopro de sinceridade, de qualquer forma.

Sinto um frio na barriga de repente. É isso o que ele pensa? Que fui atrás dele para fazer negócios?

— Ed, não... — digo, rapidamente. — Não foi nada disso. Adorei o dia que passamos juntos. Sei que as coisas foram meio estranhas, mas houve... agravantes. Não posso explicar...

— Por favor, não me trate como criança. — Ed me interrompe, no mesmo tom. — Você e sua colega claramente bolaram um plano. Não sou muito fã dos métodos de vocês, mas acho que devo aplaudir a perseverança.

— Não é verdade! — digo, chocada. — Ed, não pode acreditar em nada do que Natalie diz. Você *sabe* que ela não é confiável. Não pode acreditar que bolamos um plano. É uma ideia ridícula!

— Acredite — ele diz rapidamente. — Depois de fazer uma pequena pesquisa sobre Natalie, acredito que ela seja capaz de qualquer plano, por mais desonesto que seja. Se você é inocente ou tão má quanto ela, já não sei...

— Você entendeu tudo errado! — digo, desesperada.

— Caramba, Lara! — A paciência de Ed parece estar acabando. — Não force a barra. Eu sei que tem namorado. Sei que você e Josh voltaram. Talvez nunca tenham terminado. Foi tudo um plano, e não venha me insultar tentando continuar com a farsa. Eu devia ter percebido assim que apareceu em meu escritório. Talvez tenha pesquisado e descoberto sobre Corinne e eu. Concluído que poderia chegar até mim dessa forma. Só Deus sabe do que as pessoas são capazes. Nada disso me surpreenderia.

A voz dele é tão dura, tão hostil, que recuo.

— Eu não seria capaz! Eu nunca faria isso, nunca! — Minha voz falha. — Ed, o que tivemos foi real. Nós dançamos... nos divertimos tanto... Você *não pode* achar que foi tudo mentira.

— Então presumo que não tenha namorado. — Ele parece um advogado no tribunal.

— Não! É claro que não. — E me corrijo: — Quer dizer, eu tinha, mas terminei com ele na sexta-feira...

— Na sexta-feira! — Ed dá uma risada sarcástica e me faz recuar. — Que conveniente... Lara, não tenho tempo para isso.

— Ed, por favor... — meus olhos estão cheios d'água — você precisa acreditar em mim...

— Adeus, Lara.

A ligação é encerrada. Fico ali por um instante, sem me mover, pequenas pontadas de dor por todo meu corpo. Não adianta ligar de volta. Não adianta tentar explicar. Ele nunca vai acreditar. Ele acha que sou uma manipuladora. Ou, no melhor dos casos, ingênua e fraca. E não há nada que eu possa fazer.

Não. Estou enganada. Existe algo que eu posso fazer.

Enxugo os olhos com determinação e dou meia-volta. Quando chego ao andar de cima, Natalie está ao telefone, lixando as unhas e gargalhando com alguma coisa. Vou em direção à mesa dela e desligo o telefone.

— O que é isso? — Natalie se vira. — Eu estava falando!

— Agora não está mais — digo, calmamente. — E você vai me ouvir. Para mim, chega. Não pode se comportar assim.

— O quê? — Ela ri.

— Você foi passear em Goa e esperou que eu ficasse aqui resolvendo os pepinos. É arrogante e injusto de sua parte.

— Ouçam, ouçam! — Kate interrompe, depois leva uma das mãos à boca assim que nos viramos para encará-la.

— Depois você volta e leva o crédito por uma cliente que eu encontrei! Não vou aturar isso! Não vou mais ser usada! Na verdade... não posso mais trabalhar com você!

Eu não tinha planejado dizer essa última parte. Mas, agora que falei, percebo que foi verdadeiro. Não posso trabalhar com ela. Não posso nem ficar perto dela. Ela é venenosa.

— Lara, querida, você está estressada. — Natalie revira os olhos, debochando. — Por que não tira um dia de folga...

— Não preciso de folga! — Perco a cabeça — Preciso que seja sincera! Você mentiu sobre ter sido mandada embora do último emprego!

— Eu *não fui* mandada embora. — Uma expressão horrível surge no rosto de Natalie. — Foi uma decisão mútua. Eles eram uns cretinos mesmo. Nunca me deram o valor que eu merecia...
— Ela parece se dar conta, de repente, do que está dizendo. — Lara, vamos. Você e eu seremos uma grande dupla.
— Não seremos! — Balanço a cabeça. — Natalie, eu não penso como você! Não trabalho como você! Quero colocar as pessoas em excelentes empregos, não tratá-las como pedaços de carne. *Nem tudo* é questão de salário! — Com o sangue fervendo, tiro o post-it idiota escrito "salário, salário, salário" da parede e tento rasgá-lo. Mas como ficou grudado em meus dedos, acabo só amassando. — É o pacote completo. A pessoa, a empresa... a situação como um todo. Colocar juntas pessoas que combinem. Atender aos interesses de todos. E, se não é esse o objetivo, *deveria* ser.

Ainda tenho cinquenta por cento de esperança de que ela me ouça. Mas a expressão incrédula dela não se altera em nada.

— Colocar juntas pessoas que combinem! — Ela dá uma gargalhada sarcástica. — Tenho uma notícia, Lara. Isso aqui não é a assistência aos corações solitários!

Ela nunca vai me entender. E eu nunca vou entendê-la.

— Quero acabar com a sociedade — digo, decidida. — Foi um erro. Vou falar com o advogado.

— Faça o que quiser. — Ela fica de pé, cruza os braços e se apoia possessivamente em sua mesa. — Mas não vai levar nenhum de meus clientes! Está no contrato. Então não vá tendo ideias de me roubar.

— Nem em sonho — digo, firme.

— Vá em frente. — Natalie faz que não se importa. — Esvazie sua mesa. Faça o que quiser.

Olho para Kate. Ela está nos assistindo, horrorizada.

— Desculpe — digo. Em resposta, ela pega o celular e começa a digitar algo. Logo depois, meu telefone toca e eu o pego.

Entendo vc. Se abrir uma empresa, posso ir? Beijos, K.

Respondo:

É claro. Mas ainda não sei o que vou fazer. Obrigada, Kate. Beijos, L.

Natalie senta-se de novo à sua mesa e continua digitando com ar de superior, como se eu não existisse.

Sinto-me meio zonza ali, parada no meio do escritório. O que eu fiz? Hoje de manhã, eu tinha uma empresa e um futuro. Agora, não tenho. Nunca vou conseguir meu dinheiro de volta com Natalie. O que vou dizer à minha mãe e ao meu pai?

Não. Não pense nisso agora.

Sinto um nó na garganta enquanto pego uma caixa de papelão do canto, tiro os papéis de dentro e começo a empacotar minhas coisas. Meu furador de papel. Meu porta-lápis.

— Se acha que vai conseguir se estabelecer sozinha fazendo o que faço, está enganada — Natalie ataca, de repente, virando sua cadeira. — Você não tem contatos. Não tem conhecimento. Toda essa baboseira de "quero dar empregos excelentes às pessoas" e "olhar a situação como um todo" não vai levar um negócio à frente. E não espere que eu lhe dê um emprego quando estiver passando fome nas ruas.

— Talvez Lara não vá ficar na área de recrutamento! — Para minha surpresa, Kate interrompe do outro lado da sala. — Talvez ela vá fazer algo completamente diferente! Ela tem outras habilidades, sabia? — Ela acena para mim animada, e olho para ela, confusa. Tenho?

— Como o quê? — Natalie pergunta, debochada.

— Como ler mentes! — Kate mostra a *Business People*. — Lara, você manteve isso em segredo tanto tempo! Há um artigo inteiro a seu respeito atrás da página de fofocas! "Lara Lington diverte a multidão por uma hora com sua habilidade espetacular de ler mentes. Os organizadores foram inundados de pedidos para a Srta. Lington participar de eventos corporativos. 'Nunca vi nada assim', disse John Crawley, diretor da Medway Ltda. 'Lara Lington deveria ter seu próprio programa de TV...'"

— *Ler mentes?* — Natalie parece chocada.

— É... algo que tenho desenvolvido. — Faço que não me importo.

— Diz aqui que lê cinco mentes ao mesmo tempo! — Kate exagera. — Lara, você devia participar do *Britain's Got Talent*. Você tem um verdadeiro dom!

— Desde quando você lê mentes? — Natalie franze as sobrancelhas, desconfiada.

— Não posso contar. E, sim, talvez eu faça alguns eventos corporativos — digo, provocando. — Posso começar um negócio. Então, provavelmente, não irei passar fome nas ruas, muito obrigada, Natalie.

— Leia minha mente, então. Se tem esse dom. — Natalie empina o queixo, me desafiando. — Vamos.

— Não, obrigada — digo, gentilmente. — Prefiro não me arriscar a ler algo nojento.

Kate expira de forma barulhenta. Pela primeira vez no dia, Natalie parece desconfortável. Pego a caixa antes que ela pense em falar mais alguma coisa e dou um abraço em Kate.

— Tchau, Kate. Obrigada por tudo. Você é uma estrela.

— Lara, boa sorte. — Ela me dá um abraço apertado e sussurra em meu ouvido: — Vou sentir sua falta.

— Tchau, Natalie — acrescento enquanto ando até a porta.

Abro-a e atravesso o corredor até o elevador. Aperto o botão e ajeito a caixa em minhas mãos. Sinto-me um tanto anestesiada. O que vou fazer agora?

— Sadie? — digo, por hábito. Nenhuma resposta. Claro que não.

O elevador do prédio é lento e antigo. Começo a ouvir os pequenos barulhos do motor quando percebo passos atrás de mim. Viro-me e vejo Kate se aproximando, sem ar.

— Lara, queria alcançá-la antes de sair — diz ela, com urgência na voz. — Você precisa de uma assistente?

Meu Deus, ela é tão gentil! Parece a garota do *Jerry Maguire*. Quer vir comigo e trazer o peixinho dourado. Se tivéssemos um.

— É... bem, ainda não sei se vou abrir uma nova empresa, mas é claro que te aviso...

— Não. Para a *leitura de mentes* — ela interrompe. — Você precisa de uma assistente para ajudá-la nos truques? Porque eu adoraria fazer isso. Posso usar uma fantasia. E eu sei fazer malabarismo!

— Malabarismo? — não consigo evitar falar alto.

— Sim! Com sacos de feijão! Posso ser a abertura do seu show!

Ela parece tão empolgada que não consigo destruir suas expectativas. Não consigo dizer "Não sei ler mentes, nada disso é verdade".

Estou cansada de ninguém me entender. Queria poder conversar com uma pessoa e dizer "Sabe, a verdade é que existe um espírito..."

— Kate, não sei se isso vai dar certo. — Tento pensar numa forma de decepcioná-la menos. — A verdade é... que eu já tenho uma assistente.

— Ah, é mesmo? — A expressão animada de Kate se desfaz. — Mas não falaram de nenhuma assistente na matéria. Disseram que você fez tudo sozinha.

— Ela estava... nos bastidores. Não queria ser vista.
— Quem é ela?
— Ela é... da família — digo, finalmente.
O semblante de Kate murcha ainda mais.
— Ah, sim. Bem, imagino que deva trabalhar bem com ela, já que são parentes...
— Temos que nos entender muito bem. — Faço que sim com a cabeça, mordendo o lábio. — Quero dizer, já tivemos zilhões de brigas até agora. Mas sabe como é. Passamos muito tempo juntas. Já vivemos muita coisa. Somos... amigas.
Sinto uma pontada no peito enquanto digo isso. Talvez nós *tenhamos sido* amigas. Não sei o que somos agora. E, de repente, sinto um forte desespero. Olhe para mim. Arruinei as coisas com Sadie, Ed, Josh. Não tenho mais a empresa, meus pais vão enlouquecer e gastei todas as economias em vestidos...
— Bem, se algum dia ela não quiser mais o trabalho... — o rosto de Kate se ilumina — ou se *ela* quiser uma assistente...
— Não sei quais serão nossos planos. É que... foi tudo meio...
— Sinto meus olhos arderem. O semblante de Kate é tão compreensivo e sem defesas, e tenho me sentido tão tensa, que as palavras começam a fugir. — É que... brigamos. E ela desapareceu. Não a vi mais, nem tive notícias dela.
— Está brincando! — Kate diz, chocada. — Por que brigaram?
— Várias coisas — digo, triste. — Mas acho que principalmente por... um homem.
— E você sabe se ela está... — Kate hesita — quero dizer, ela está bem?
— Eu não sei. Não sei o que houve com ela. Ela pode estar em qualquer lugar. Em condições normais, estaríamos conversando o dia inteiro. Mas agora... silêncio total. — Sem aviso, uma lágrima desce por meu rosto.

— Ah, Lara! — diz Kate, parecendo tão chateada quanto eu.
— E agora tudo isso com Natalie também... Josh pode ajudá-la? — Seu rosto subitamente se ilumina. — Ele a conhece? Ele é tão compreensivo...
— Não estou mais com Josh. — Dou um soluço. — Nós terminamos.
— *Terminaram?* — Kate engasga. — Meu Deus, eu não fazia ideia! Você deve estar arrasada!
— Não é a melhor semana da minha vida, para ser honesta.
— Enxugo os olhos. — Ou o melhor dia. Ou a melhor hora.
— Mas você fez a melhor coisa deixando Natalie. — Kate diminui o tom de voz. — E sabe o que mais? Todo mundo vai querer fazer negócios com você. Todos a adoram. E odeiam Natalie.
— Obrigada. — Tento sorrir. O elevador chega e Kate segura a porta enquanto entro, equilibrando a caixa.
— Tem algum lugar onde você possa procurar essa sua parente? — Kate pergunta, ansiosa. — Alguma forma de localizá-la?
— Não sei. — Encolho-me, triste. — Ela sabe onde estou, sabe como me encontrar...
— Talvez ela queira que você tome a iniciativa — explica Kate. — Se ela está tão chateada, pode ser que queira que *você* vá atrás *dela*. É só uma ideia — ela diz quando a porta se fecha.
— Não quero me intrometer...
O elevador começa a descer ruidosamente e olho para as paredes, perplexa. Kate é um gênio. Acertou em cheio. Sadie é tão orgulhosa que nunca vai tomar a iniciativa. Ela está me esperando em algum lugar; esperando que eu me desculpe e peça para fazer as pazes. Mas onde?
Depois do que parecem horas, o elevador finalmente chega ao térreo. Não me mexo, apesar de o peso da caixa estar acabando com meus braços. Eu deixei meu emprego. Não tenho ideia

do que vai acontecer comigo. Minha vida parece ter entrado num triturador de papel.

Mas eu me recuso a me lamentar. Ou chorar. Ou reclamar. Quase posso ouvir Sadie me dizendo *Querida, quando as coisas dão errado na vida, você levanta a cabeça, põe um sorriso radiante no rosto, prepara um drinque...*

— Prontinho! — digo para meu reflexo no espelho, ao mesmo tempo que Sanjeev, que trabalha no térreo, abre a porta do elevador.

— Perdão?

Dou o sorriso mais radiante que consigo. (Pelo menos espero que pareça radiante, e não psicopata.)

— Estou indo embora, Sanjeev. Adeus! Adorei conhecê-lo.

— Oh! — diz ele, surpreso. — Bem, boa sorte. Quais são seus planos?

Nem paro para pensar.

— Vou caçar fantasmas — respondo.

— Caça-fantasmas? — Ele parece confuso. — É como... caça-talentos?

— É parecido. — Sorrio mais uma vez, e saio do elevador.

21

Onde ela está? Onde diabos ela está?
Já perdeu a graça. Passei três dias procurando. Passei por todas as lojas de roupas vintage de que pude me lembrar e sussurrei seu nome entre as araras de roupas. Bati em todos os apartamentos do prédio e gritei "Estou procurando minha amiga Sadie!" alto o suficiente para que ela ouvisse. Fui à boate Flashlight e procurei em meio aos que dançavam na pista. Mas nenhum sinal dela.

Ontem, fui à casa de Edna e inventei uma história sobre ter perdido minha gata. O que resultou em nós duas andando pela casa chamando "Sadie? Gatinha, gatinha, gatinha!", mas nenhuma resposta. Edna foi muito gentil e prometeu entrar em contato se encontrasse uma gatinha de pelo tigrado por lá. Mas isso não vai me ajudar muito.

Procurar fantasmas perdidos se revelou uma chatice. Ninguém consegue vê-los. Ninguém os ouve. Não se pode pendurar um aviso em uma árvore dizendo "Procura-se fantasma". Não se pode perguntar a ninguém "Viu minha amiga fantasma por aí? Parece uma melindrosa de voz esganiçada. Tem uma pista?".

Agora, estou no British Film Institute. Está passando um filme preto e branco, e estou no fundo observando as cabeças enfileiradas no escuro. Mas não adianta. Como vou ver alguma coisa nesta escuridão?

Começo a descer lentamente pelo vão central, meio agachada, olhando para os lados pela fileira de pessoas mal iluminadas.

— Sadie? — sussurro, o mais discreta possível.

— Shh! — alguém reclama.

— Sadie, você está aí? — sussurro para a fileira seguinte. — Sadie?

— Cala a boca!

Meu Deus, isso nunca vai dar certo. Só há um jeito. Juntando toda a minha coragem, levanto-me, respiro fundo e grito a plenos pulmões "Sadie! Aqui é a Lara!".

— Ssssh!

— Se estiver aqui, por favor, me avise! Sei que está chateada, e sinto muito. Quero que façamos as pazes e...

— Cala a boca! Quem está aí? Fique *quieta*! — Uma onda de cabeças se vira com reclamações irritadas pelas fileiras. Mas nenhuma resposta de Sadie.

— Com licença — um lanterninha aparece —, vou ter que pedir que saia.

— Está bem. Desculpe. Eu saio. — Sigo o lanterninha até a saída, depois me viro de repente para uma última olhada. — Sadie? Sa-die!

— Por favor, fique quieta! — exclama o lanterninha, furioso. — Isto é um cinema!

Procuro desesperadamente na escuridão, mas nenhum sinal de seus braços magros e branquelos, nenhum barulho de contas batendo, nenhuma pena por cima da cabeça.

O lanterninha me acompanha até a saída do BFI, dando-me advertências e lições de moral durante todo o trajeto. Depois me deixa sozinha na calçada, me sentindo como um cão que foi expulso de casa.

Desanimada, começo a caminhar, ajeitando o casaco. Vou tomar um café e colocar a cabeça no lugar. Se bem que, para ser sincera, estou quase sem ideias. Conforme me aproximo do rio, vejo a London Eye arranhando o céu, ainda rodando alegremente, como se nada tivesse acontecido. Triste, desvio o olhar. Não quero ver a London Eye, não quero ser lembrada daquele dia. Só eu mesma para ter um momento vergonhoso e dolorido no ponto turístico mais importante de Londres. Por que não escolhi um local pequeno e de difícil acesso que eu pudesse evitar?

Entro em um café, peço um cappuccino duplo extraforte e me jogo em uma cadeira. Essa busca está me deixando deprimida. A adrenalina que me movia no começo está acabando. E se eu nunca encontrá-la?

Não posso me permitir pensar assim. Preciso seguir em frente. Em parte, porque me recuso a aceitar a derrota. Em parte, porque, quanto mais tempo Sadie ficar desaparecida, mais preocupada eu ficarei. E em parte porque, para ser sincera, estou me agarrando a essa busca. Enquanto procuro Sadie, parece que o resto da minha vida está em modo de espera. Não preciso pensar em para onde vai minha carreira. Ou no que dizer a meus pais. Ou em como pude ser tão burra com relação ao Josh.

Ou sobre o que houve com Ed, o que ainda me chateia sempre que me lembro. Então... não vou pensar nisso. Vou me concentrar em Sadie, meu Santo Graal. Sei que é ridículo, mas acho que, se conseguir localizá-la, todo o resto irá se ajeitar.

Rapidamente, abro minha lista de "ideias para encontrar Sadie", mas a maior parte já foi riscada. O cinema era a mais promissora. O único outro tópico é "tentar outras boates" e "asilo".

Considero o asilo por um momento enquanto tomo o café. Sadie não voltaria para lá, certamente. Ela odiava o lugar. Não suportou nem entrar lá. Por que estaria lá agora?
Mas vale a tentativa.

Quase me disfarcei antes de chegar ao Fairside Home, de tão nervosa. Aqui estou, a garota que acusou os empregados de assassinato, aparecendo de novo.
Eles sabiam que fui eu?, penso, apreensiva. Será que a polícia disse a eles "Foi Lara Lington que manchou o bom nome da instituição"? Porque, se disseram, eu já era. Uma multidão de enfermeiros irá me cercar e me chutar com seus sapatos pesados. Os velhos irão me bater com os andadores. E terá sido merecido.
Mas, quando Ginny abre a porta, não mostra nenhum sinal de saber que fui eu que fiz a falsa acusação. Seu rosto se enruga em um sorriso amoroso e, é claro, me sinto mais culpada do que nunca.
— Lara! Que surpresa! Posso ajudá-la com isso?
Estou levemente inclinada segurando caixas de papelão e um arranjo de flores enormes, que está começando a me escapar das mãos.
— Ah, obrigada! — digo, agradecida, entregando um a ela.
— Está cheia de caixas de bombom para todos vocês.
— Minha nossa!
— E estas flores são para a equipe também... — Sigo-a pelo corredor que cheira a cera de abelhas e coloco o arranjo na mesa.
— Só queria agradecer a todos por terem cuidado tão bem de minha tia-avó Sadie.
E não a terem matado. Isso nunca me passou pela cabeça.
— Que gentil! Todos ficarão emocionados!
— Bem — digo, sem graça —, em nome da família, estamos muito gratos e nos sentimos mal por não termos vindo visitar minha tia-avó... mais vezes.

Nunca.

Enquanto Ginny desembrulha os bombons, exultante, dirijo-me sorrateiramente até a escada para olhá-la.

— Sadie? — sussurro baixinho. — Você está aí? — Examino o andar de cima, mas nem sinal.

— E o que é isto? — Ginny olha para a outra caixa de papelão. — Mais bombons?

— Não. Na verdade, são alguns CDs e DVDs. Para os outros moradores.

Abro a caixa e tiro os CDs. *Charleston Tunes, O Melhor de Fred Astaire, 1920 — 1940: A coleção.*

— Acho que eles vão gostar de dançar ao som do que ouviam quando eram jovens — digo, um pouco sem graça. — Principalmente os mais idosos. Deve alegrá-los.

— Lara, que gentileza! Vamos colocá-los agora mesmo. — Ela entra na sala de estar, que está cheia de idosos sentados em cadeiras e sofás, assistindo a um programa de entrevistas na televisão no volume máximo. Eu a sigo, buscando entre as cabeças brancas algum sinal de Sadie.

— Sadie? — sussurro, olhando em volta. — Sadie, você está aqui?

Nenhuma resposta. Eu devia saber que era uma ideia ridícula. É melhor eu ir embora.

— Prontinho! — Ginny se levanta após ligar o aparelho. — Deve começar já, já. — Ela vai mudando os canais da TV e ambas aguardamos o início da música. Até que começa. Uma banda dos anos vinte tocando uma alegre e estridente melodia de jazz. O som está fraco e, depois de um momento, Ginny o coloca no volume máximo.

Do outro lado da sala, um senhor sentado sob um cobertor xadrez e com um tanque de oxigênio ao lado vira a cabeça. Vejo um olhar de reconhecimento vindo dos rostos na sala. Alguém começa a acompanhar a melodia com uma voz trêmula. Uma mulher até começa a bater palmas, e seu corpo se acende de alegria.

— Eles adoraram! — diz Ginny. — Que ideia ótima! É uma pena não termos pensado nisso antes!

Sinto um nó na garganta olhando a cena. São todos como Sadie por dentro? Estão nos anos vinte. O cabelo branco e as rugas são só fachada. O senhor com o tanque de oxigênio deve ter sido um arrasador de corações. Aquela mulher de olhar distante e olhos remelentos foi uma jovem esperta que pregava peças nos amigos. Eram todos jovens, com casos de amor, e amigos, e festas, e uma vida infinita pela frente...

Enquanto fico ali, acontece uma coisa muito estranha. É como se eu pudesse *vê-los* como eram antigamente. Consigo vê-los jovens e animados, saindo de seus corpos, livrando-se daquela velhice, começando a dançar uns com os outros. Todos dançando o Charleston, felizes. Os cabelos, escuros e fortes; os membros, flexíveis de novo. E eles riem, pegando uns nas mãos dos outros, jogando a cabeça para trás, delirando de alegria...

Pisco. A visão se foi. Estou olhando para uma sala cheia de velhos estáticos.

Olho intensamente para Ginny. Mas ela está lá parada, sorrindo feliz e acompanhando a música fora do tom...

A música continua tocando, ecoando pelo resto do asilo. Sadie não pode estar aqui. Ela teria ouvido a música e viria ver o que estava acontecendo. As chances se esgotaram de novo.

— Já sei o que queria lhe perguntar! — Ginny se vira para mim. — Chegou a encontrar o colar de Sadie? Aquele que estava procurando?

O colar. Com Sadie desaparecida, essa história parece a milhões de quilômetros de distância.

— Não, nunca encontrei. — Tento sorrir. — Uma garota de Paris deveria tê-lo mandado para mim, mas... ainda estou esperando.

— Bem, dedos cruzados! — diz Ginny.

— Dedos cruzados — concordo. — É melhor eu ir. Só queria dizer oi.

— É um prazer vê-la. Vou levá-la até a porta.

Passando pelo corredor, minha cabeça ainda está fervilhando com a visão que tive dos velhinhos dançando, jovens e felizes de novo. Não consigo esquecer.

— Ginny — digo num impulso enquanto ela abre a enorme porta da frente —, você já deve ter visto muitos idosos... falecendo.

— Já vi, sim — diz ela, sem muita emoção. — São ossos do ofício.

— Você acredita em... — tusso, envergonhada — vida após a morte? Acredita em espíritos que retornam e esse tipo de coisa?

Meu celular toca estridente no bolso antes que Ginny possa responder, e ela faz um sinal.

— Por favor, atenda.

Pego telefone e vejo o número de meu pai.

Ai, Deus. Por que meu pai está ligando? Ele deve estar sabendo que deixei o trabalho. Vai estar estressado e perguntar quais são meus planos. E não posso nem fingir que não vi, com Ginny olhando.

— Oi, pai — digo apressada. — Estou um pouco ocupada. Posso colocá-lo em espera um momento? — Aperto o botão com raiva e olho para Ginny novamente.

— Então está perguntando se eu acredito em fantasmas? — diz ela com um sorriso.

— É... acho que sim.

— Sinceramente? Não acredito não. Acho que é coisa da cabeça das pessoas, Lara. Acho que as pessoas querem acreditar.

Mas entendo o conforto que deve dar para aqueles que perderam os que amavam.

— Certo — concordo, digerindo tudo isso. — Bem... tchau. E obrigada.

A porta se fecha e, no meio do caminho, lembro que meu pai está aguardando pacientemente na linha. Pego o telefone.

— Oi, pai! Desculpe.

— Imagine, querida! Sinto muito atrapalhá-la no trabalho. Trabalho? Então ele *não* sabe.

— Ah, sim! — digo rapidamente, cruzando os dedos. — Trabalho. Isso. Exatamente. Trabalho! Onde mais eu estaria? — Dou uma risada aguda. — Mas, na verdade, não estou no escritório agora...

— Ah. Bem, este pode ser o momento ideal, então. — Meu pai hesita. — Sei que parece estranho, mas há algo que preciso lhe falar e é bem importante. Podemos nos encontrar?

22

Isto é estranho. Não sei bem o que está acontecendo.
Havíamos concordado em nos encontrar no Lington da Oxford Street, porque fica no centro e porque ambos o conhecemos. E também porque, toda vez que combinamos de nos encontrar, meu pai sempre sugere Lingtons. Ele é infalivelmente leal a tio Bill e, além disso, tem um Cartão Ouro VIP Lingtons que lhe garante café e comida de graça em qualquer lugar, a qualquer momento. (Eu não. Eu só tenho Amigos e Família, com cinquenta por cento de desconto. Não que esteja reclamando.)

Quando chego à já familiar fachada branca e marrom, estou apreensiva. Talvez meu pai tenha notícias realmente ruins para contar. Minha mãe está doente. Ou *ele* está doente.

E mesmo que não tenha, o que direi sobre meu fracasso com Natalie? Como ele reagirá ao saber que sua avoada filha investiu montes de dinheiro em um negócio apenas para desistir dele? A simples ideia de ver seu rosto desmoronar de decepção — mais uma vez — me faz estremecer. Ele vai ficar arrasado. Não posso contar. Ainda não. Não até que eu tenha um plano.

Empurro a porta e inalo o cheiro familiar de café, canela e croissants no forno. As cadeiras felpudas de veludo marrom e mesas de madeira reluzente são as mesmas em todos os Lingtons ao redor do mundo. Tio Bill está em um enorme cartaz atrás do balcão. Canecas de Lingtons, potes de café e moedores estão arrumados em uma prateleira, todos no característico branco e marrom. (Ninguém mais está autorizado a usar aquele tom de marrom "cor de chocolate". Ele pertence a tio Bill.)

— Lara! — Meu pai acena do início da fila. — Bem na hora! O que você quer?

Ele parece bem animado. Talvez não esteja doente.

— Oi. — Dou um abraço nele. — Quero um Lingtoncino de caramelo e um sanduíche de atum.

Você não pode pedir um cappuccino no Lingtons. Tem de ser um Lingtoncino.

Meu pai pede os cafés e comida, e exibe seu Cartão Ouro VIP.

— O que é isso? — pergunta o rapaz atrás da caixa registradora, hesitante. — Nunca vi um destes.

— Tente escaneá-lo — diz meu pai, educadamente.

— Nossa! — Os olhos do homem vão aumentando à medida que algo pisca no visor da caixa registradora. Ele olha para meu pai, um tanto abismado. — É... de graça.

— Sempre me sinto um pouco culpado por usar este cartão — meu pai confessa, quando recolhemos nossos cafés e nos encaminhamos para uma mesa. — Estou acabando com a renda honesta do pobre Bill.

Pobre Bill? Sinto uma fisgada no coração. Meu pai é tão bom. Ele pensa em todos, menos nele mesmo.

— Acho que, provavelmente, ele pode bancar. — Olho de relance e ironicamente para a cara de tio Bill, impressa em minha caneca de café.

— Provavelmente. — Meu pai sorri e olha para minha calça jeans. — Você está vestida casualmente demais, Lara! É o novo estilo no seu escritório?

Droga. Não pensei no que estava vestindo.

— Na verdade... eu estava em um seminário — improviso. — Requisitaram roupas casuais. Era como desempenhar um personagem, esse tipo de coisa.

— Maravilha! — diz meu pai, de forma tão encorajadora que minhas bochechas ficam coradas de culpa. Ele rasga o saquinho de açúcar e o derrama no café, para então misturá-lo. — Lara, preciso perguntar uma coisa a você.

— Com certeza. — Aceno com a cabeça.

— Como está indo seu negócio? De verdade?

Oh, Deus. De todas as milhões de coisas que ele podia ter perguntado.

— Bem... Você sabe. Está... Está bem. — Minha voz fica mais aguda. — Tudo certo! Temos clientes ótimos e recentemente fizemos um trabalho para a Macrosant, agora que Natalie está de volta...

— De volta? — meu pai pergunta com interesse. — Ela estava afastada?

O problema de mentir para seus pais é que você precisa manter o controle sobre as mentiras que contou.

— Ela esteve fora por um tempinho. — Obrigo-me a sorrir. — Nada de mais.

— Mas você sente que tomou a decisão certa? — Meu pai me olha como se isso realmente importasse para ele. — Está gostando?

— Estou — digo tristemente. — Estou gostando.

— Você acha que a empresa tem um bom futuro?

— Acho. Realmente bom. — Olho fixamente para a mesa.

O problema de mentir para seus pais é que, às vezes, você realmente deseja não ter mentido. Às vezes tudo que você quer é se desmanchar em lágrimas e lamentar-se, dizendo: "Pai, deu tudo erraaaaado! O que devo fazeeeeer?"

— Então, sobre o que você queria conversar comigo? — digo, tentando desviar do assunto.

— Não importa. — Meu pai me olha carinhosamente. — Você já respondeu à minha pergunta. Seu negócio está indo bem. Você está satisfeita. Era tudo que eu precisava ouvir.

— O que quer dizer? — Encaro-o, confusa.

Meu pai balança a cabeça, sorrindo.

— Havia uma oportunidade sobre a qual queria conversar com você. Mas não quero perturbar seus novos negócios. Não quero atrapalhar tudo. Você está fazendo o que ama e fazendo bem. Você não precisa de uma oferta de emprego.

Oferta de emprego?

Meu coração bate acelerado subitamente. Não posso entregar minha empolgação.

— Por que não me conta de qualquer maneira? — Tento parecer casual. — Por via das dúvidas.

— Querida. — Meu pai ri. — Não precisa ser educada.

— Não estou sendo educada — digo rapidamente. — Quero saber.

— Não insultaria você. Querida, estou tão orgulhoso do que você conquistou — diz meu pai carinhosamente. — Isso implicaria desistir de tudo. Não valeria a pena.

— Talvez valesse! Apenas me diga! — Droga. Pareço desesperada demais. Ajusto rapidamente minha expressão a fim de parecer apenas remotamente interessada. — Quero dizer, por que não me manter atualizada? Não pode fazer mal.

— Bem, talvez tenha razão. — Meu pai toma um gole de café, e então olha diretamente para mim. — Bill me ligou ontem. Uma grande surpresa.

— Tio Bill? — pergunto, espantada.

— Ele disse que você foi vê-lo na casa dele recentemente.
— Ah. — Limpo a garganta. — Fui. Eu realmente passei lá para uma conversa. Ia contar a você...
Mentira, ia nada.
— Bem, ele ficou impressionado. Como ele a descreveu desta vez? — Meu pai dá aquele sorriso torto, típico de quando está se divertindo. — Ah, sim, "tenaz". De qualquer maneira, esta é a... conclusão.

Ele tira um envelope do bolso e o desliza pela mesa. Perplexa, eu o abro. É uma carta com papel timbrado da Lingtons, me oferecendo um emprego em tempo integral no departamento de recursos humanos da empresa. Com um salário na casa dos seis dígitos.

Sinto-me como se fosse desmaiar. Olho para a frente apenas para ver o rosto de meu pai, radiante. Apesar de sua atitude imparcial, ele está obviamente entusiasmado.

— Bill me contou pelo telefone antes de entregar aqui. É bastante, não?

— Não entendo. — Passo a mão na testa, me sentindo confusa. — Por que ele enviou a carta a você? Por que não diretamente para mim?

— Bill achou que daria um toque legal.

— Ah, certo.

— Sorria, querida! — Meu pai ri. — Aceitando ou não, é um grande elogio!

— Certo — digo novamente. Mas não posso sorrir. Algo está errado.

— É uma homenagem maravilhosa a você — meu pai diz.

— Bill não nos deve nada. Ele fez isso pelo puro reconhecimento de seu talento e bondade de coração.

Está bem. É isso que está errado: meu pai matou a charada. Não acredito no reconhecimento de meu talento. Tampouco na bondade do coração dele.

Olho novamente para a carta, para a soma de seis dígitos impressa em preto e branco. Suspeitas se apoderam de mim como aranhas subindo em meu corpo.

Ele está tentando me comprar.

Está bem, talvez eu esteja exagerando. Mas ele está tentando me trazer para seu lado. Perturbei tio Bill desde que mencionei o colar de Sadie. Pude ver em seus olhos instantaneamente: um choque. Uma cautela.

E agora, do nada, uma oferta de emprego.

— Mas não quero que isso te perturbe — diz meu pai. — Sua mãe e eu estamos tão orgulhosos de você, Lara, e se você quiser continuar com seu negócio, nós lhe apoiaremos cem por cento. A escolha é toda sua. Não há pressão de nenhum dos lados.

Ele diz todas as coisas certas. Mas posso ver a esperança brilhando nos olhos de meu pai, mesmo que esteja tentando esconder. Ele adoraria me ver em um emprego estável, em uma enorme empresa multinacional. E não é uma enorme empresa multinacional qualquer, é a enorme empresa multinacional *da família*.

E tio Bill sabe disso. Por que outro motivo ele mandaria a carta através de meu pai? Ele está tentando manipular nós dois.

— Acho que tio Bill se sente mal por tê-la decepcionado no funeral — continua meu pai. — Ele ficou muito impressionado com sua persistência. Eu também! Não fazia ideia de que você planejava perguntar a ele novamente!

— Mas eu nem sequer mencionei um emprego! Fui perguntar sobre... — Paro de falar, sem saber o que fazer. Não posso mencionar o colar. Não posso mencionar Sadie. Impossível.

— Para ser sincero — meu pai abaixa a voz, apoiando-se na pequena mesa —, acho que Bill tem tido problemas com Diamanté. Ele se arrepende de tê-la criado de forma tão... esbanjadora. Tivemos uma conversa sincera, e sabe o que ele

me disse? — O rosto de meu pai está impregnado de prazer.
— Ele disse que vê você como o tipo de jovem independente que deveria servir como exemplo para Diamanté
Ele não pensa isso de verdade!, quero gritar. *Você não sabe o que está acontecendo! Ele só quer que eu pare de procurar o colar!*
Enterro a cabeça em minhas mãos desesperadamente. É uma história tão absurda. Parece tão improvável. E agora o colar se foi, Sadie se foi, e eu não sei o que pensar... nem fazer...
— Lara! — chama meu pai. — Querida! Está tudo bem?
— Estou bem. — Levanto a cabeça. — Desculpe. É um pouco demais.
— Acho que é minha culpa — diz ele, seu sorriso enfraquecendo. — Aborreci você. Jamais deveria ter mencionado isso. Seu negócio está indo tão bem.
Oh, Deus. Não posso prosseguir com esta farsa nem um minuto a mais.
— Pai — eu o interrompo. — A empresa não está indo bem.
— Como?
— Não está nada bem. Eu menti. Não queria contar. — Estou espremendo um saquinho de açúcar entre meus dedos, impossibilitada de olhar nos olhos dele. — Mas a verdade é que... É um desastre. Natalie me deixou na pior e tivemos uma discussão enorme e eu a deixei. E... terminei com Josh novamente. Para sempre. — Engulo em seco, obrigando-me a contar. — Finalmente percebi como estava errada sobre ele. Ele não me amava. Eu só realmente quis que ele amasse.
— Entendo. — Meu pai parece um tanto chocado. — Nossa. — Há um silêncio enquanto ele tenta processar tudo. — Bem... Talvez esta oferta tenha vindo em boa hora — ele diz, finalmente.
— Talvez — balbucio, ainda encarando fixamente a mesa.
— O que houve? — ele pergunta gentilmente. — Querida, por que está resistindo? Você *queria* trabalhar para seu tio Bill.

— Eu sei. Mas é... complicado.

— Lara, posso dar um conselho? — Meu pai espera até que eu olhe para ele. — Não seja tão dura com você mesma. Relaxe. Talvez não seja tão complicado quando pensa.

Olho para meu pai, seu rosto tranquilo, seus olhos sinceros. Se eu tivesse dito a verdade, ele nao acreditaria em nada. Acharia que sou uma paranoica delirante ou que estou usando drogas. Ou ambos.

— Tio Bill chegou a mencionar um colar? — Não consigo evitar.

— Um colar? — Meu pai parece confuso. — Não. Que colar?

— Eu... Não é nada. — Suspiro. Tomo um gole do Lingtoncino e vejo meu pai me olhando. Ele sorri, mas posso sentir que está incomodado.

— Querida, você tem uma oportunidade maravilhosa. — Ele gesticula apontando para a carta. — Uma chance para recolocar sua vida de volta nos eixos. Não pense demais. Não procure problemas que não existem. Apenas se arrisque.

Ele não entende. Como poderia? Sadie não é um problema que não existe. Ela *existe*. É real. É uma pessoa, é minha amiga, e precisa de mim.

Mas então onde ela está?, diz, repentinamente, uma voz em minha cabeça. *Se ela existe, onde está?*

Começo a entrar em choque. De onde veio esta voz? Não posso estar duvidando... Não posso estar pensando que...

Sinto um súbito calafrio de pânico. É claro que Sadie é real! É claro que ela é! Não seja ridícula! Pare de pensar assim!

Mas agora a voz de Ginny passa pela minha cabeça novamente. *Acho que tudo está na cabeça, Lara. É o que as pessoas querem pensar.*

Não, de jeito nenhum. Quer dizer... Não.

Tonta, tomo um gole do Lingtoncino, olho ao redor do café, tentando me firmar na realidade. Lingtons é real. Meu pai é real.

A oferta de emprego é real. E Sadie é real. Sei que é. Eu a vi. Eu a ouvi. Nós andamos juntas. Nós *dançamos* juntas, pelo amor de Deus.

E, de qualquer maneira, como poderia tê-la inventado? Como poderia saber qualquer coisa a seu respeito? Como poderia saber do colar? Eu nem sequer a conheci!

— Pai. — Abro os olhos bruscamente. — Nós nunca visitamos minha tia-avó Sadie, visitamos? A não ser quando eu era bebê.

— Bem, isso não é verdade. — Meu pai me olha com cautela. — Sua mãe e eu estávamos conversando após o funeral. Lembramos que havíamos levado você para vê-la quando tinha 6 anos.

— Seis. — Engulo em seco. — Ela estava usando... um colar?

— Podia estar. — Meu pai dá de ombros.

Conheci minha tia-avó Sadie quando tinha 6 anos. Posso ter visto o colar. Posso ter me lembrado... sem perceber que me lembrei.

Meus pensamentos estão em queda livre. Estou vazia e congelada por dentro. Sinto-me como se tudo tivesse virado de ponta-cabeça. Pela primeira vez estou vendo uma nova realidade possível.

Posso ter inventado essa história toda na minha cabeça. Era o que eu queria. Me sentia tão culpada por jamais a termos conhecido que a inventei em meu subconsciente. Quero dizer, quando a vi pela primeira vez, era o que eu achava que fosse. Uma alucinação.

— Lara? — Meu pai me olha. — Você está bem, querida?

Tento sorrir de volta, mas estou preocupada demais. Existem duas vozes discutindo em minha cabeça, uma batendo de frente com a outra. A primeira grita: "Sadie é real, você sabe que ela é! Ela está por aí! É sua amiga e está magoada e você precisa encontrá-la!"A segunda entoa calmamente: "Ela não existe, nunca existiu. Você já desperdiçou tempo suficiente. Retome sua vida."

Estou respirando com dificuldade, tentando deixar que meus pensamentos se equilibrem, deixar que meus instintos se acomodem. Mas não sei o que pensar. Não confio mais em mim mesma. Talvez eu realmente seja louca.

— Pai, você me acha louca? — digo, abruptamente, em desespero. — Sério. Deveria ver alguém?

Meu pai cai na gargalhada.

— Não! Querida, claro que não! — Ele pousa sua xícara de café e se inclina para a frente. — Acho que suas emoções correm depressa demais e, em alguns casos, sua imaginação também. Você puxou isso de sua mãe. E, algumas vezes, você deixa que ela a vença. Mas você não é maluca. Não mais maluca que sua mãe.

— Certo. — Engulo em seco. — Certo.

Isso não é bem um alívio, para ser sincera.

Com meus desastrados dedos, pego a carta de tio Bill e leio novamente. Olhando-a de forma completamente diferente, não há nada de sinistro nela. Não há nada de errado. Ele é apenas um cara rico tentando ajudar sua sobrinha. Eu poderia aceitar o emprego. Eu seria Lara Lington da Lington's Coffee. Teria um grande futuro pela frente: salário, carro, perspectivas. Todos seriam felizes. Tudo seria fácil. Minhas lembranças de Sadie desapareceriam. Minha vida pareceria normal.

Seria tão, *tão* fácil.

— Você não vai lá em casa há um tempo — meu pai diz gentilmente. — Por que não passa a semana conosco? Sua mãe adoraria.

— Está bem — digo após uma breve pausa. — Eu ia gostar. Não vou há décadas.

— Vai renovar seu ânimo. — Meu pai me mostra seu adorável sorriso torto. — Se sua vida está em um ponto de encruzilhada e você precisa pensar nas coisas, não há melhor lugar para fazê-lo do que em casa. Não importa a idade que você tem.

— "Não há lugar como nosso lar." — Dou um meio sorriso.

— Dorothy tinha razão. Agora, coma. — Ele aponta para meu sanduíche de atum. Mas só estou escutando uma parte do que ele diz.

Lar. A palavra me surpreende. Nunca havia pensado nisso. Ela pode ter ido para casa.

Ido para onde sua antiga casa costumava ser. Afinal, é o lugar onde estão suas lembranças mais antigas. Foi o lugar no qual ela viveu sua grande história de amor. Ela se recusou a voltar em vida — mas e se tivesse reconsiderado? E se estivesse lá agora, neste momento?

Misturo meu Lingtoncino obsessivamente. Sei que a coisa mais sã e sensível a fazer seria bloquear todo e qualquer pensamento sobre ela. Aceitar o emprego de tio Bill e comprar uma garrafa de champanhe para comemorar com minha mãe e meu pai. Eu sei disso.

Mas... Simplesmente não posso. Na verdade, não posso acreditar que ela não é real. Cheguei tão longe, me esforcei tanto para encontrá-la. Preciso tentar uma última vez.

E se ela não estiver lá aceitarei o emprego e desistirei. Para sempre.

— Então... — Meu pai limpa a boca com um guardanapo marrom. — Você parece mais feliz, querida. — Ele inclina a cabeça em direção à carta. — Já decidiu para que lado irá?

— Decidi — concordo firmemente. — Preciso ir para a estação St. Pancras.

23

Está bem. Este é o último lugar no qual irei procurar. É a última chance dela. E espero que ela aprecie meu esforço.

Levei uma hora para chegar a St. Albans e outros vinte minutos em um táxi até Archbury. E agora cá estou, em uma esquina de uma cidade pequena, com um pub, um ponto de ônibus e uma estranha igreja de aparência moderna. Suponho que seria pitoresco, se caminhões não passassem a um milhão de quilômetros por hora e três garotos adolescentes não estivessem tendo uma enorme discussão embaixo do abrigo do ponto de ônibus. Pensei que o interior fosse sossegado.

Afasto-me do meio-fio antes que um dos garotos puxe uma arma, ou algo do tipo. Vejo um quadro com um mapa da cidade e rapidamente localizo Archbury Close. Foi nisso que transformaram a casa Archbury após o incêndio. Se Sadie voltou, de fato, para casa, é lá que ela vai estar.

Após alguns minutos, posso ver os portões mais à frente: aço forjado com "Archbury Close" escrito em letras de aço retorcido. Existem seis pequenas casas de tijolo, cada uma com uma pequena entrada e garagens. É difícil imaginar que nestes mesmos jardins existia apenas uma grande e bela casa. Séria, começo a vagar, espiando pelas janelas, pisando nos pequenos pedaços de cascalho e murmurando: "Sadie?"

Devia ter perguntado a Sadie mais sobre sua vida em casa. Talvez ela tivesse uma árvore preferida ou algo do tipo. Ou algum canto especial do jardim, que agora se transformou no quarto de depósito de alguém.

Não parece haver ninguém por perto, então, após algum tempo, levanto minha voz um pouco:

— Sadie? Você está aqui? Sa-die?
— Com licença!

Pulo assustada quando alguém me cutuca pelas costas. Viro-me e vejo uma mulher de cabelos grisalhos em uma blusa florida, calças de couro e sapatos de borracha, olhando desconfiada para mim.

— Sou Sadie. O que você quer?
— É...
— Está aqui para ver a drenagem? — ela pergunta.
— Bem... Não — digo, encontrando minha voz. — Estava atrás de outra Sadie.
— Que Sadie? — Seus olhos se estreitam. — Sou a única Sadie no Close. Sadie Williams. Número 4.
— Certo. A Sadie que procuro é... Na verdade... Uma cadela — improviso. — Ela fugiu e eu estava procurando por ela. Mas acho que ela fugiu para outro lugar. Desculpe incomodar...

Começo a ir embora, mas Sadie Williams me agarra pelo ombro com dedos surpreendentemente fortes.

— Você deixou uma cadela solta no Close? Por que fez isso? Temos uma política que não permite cães por aqui, sabia?

— Bem... Desculpe. Eu não sabia. De qualquer forma, tenho certeza de que ela fugiu para outro lugar. — Tento me livrar da situação.

— Ela provavelmente está rondando pelos arbustos, esperando para atacar! — Sadie Williams me olha furiosamente. — Cães são monstros perigosos, sabia? Temos crianças morando aqui. Vocês são irresponsáveis!

— Não sou irresponsável! — respondo, indignada antes de me conter. — É uma cadela perfeitamente simpática. Não deixaria um cão perigoso à solta!

— Todos os cães são selvagens.

— Não são não!

Pare, Lara. Você está falando de um cão imaginário.

— E, de qualquer forma — finalmente me livro do aperto da mulher —, estou certa de que ela não está aqui, porque teria vindo quando a chamei. Ela é muito obediente. Na verdade, é uma vencedora de prêmios em Crufts — adiciono, para finalizar. — Então é melhor eu ir e encontrá-la.

Antes que Sadie Williams possa me agarrar novamente, começo a caminhar calmamente em direção aos portões. Sadie não pode estar aqui. Ela teria aparecido para assistir à cena.

— Qual é a raça dela? — pergunta Sadie Williams. — O que estamos procurando?

Oh, Deus. Não consigo me controlar.

— Pit bull — grito olhando para trás. — Mas, como disse, ela é muito simpática.

Sem pensar duas vezes, corro para fora dos portões, de volta à estrada e em direção à praça da cidade. Lá se vai uma boa ideia. Que desperdício de tempo.

Afundo-me num banco e pego um Twix, meu olhar fixado para a frente. Vir aqui foi uma idiotice. Vou comer isso e então chamar um táxi de volta para Londres. Não vou mais pensar em Sadie, muito menos procurá-la. Já gastei tempo demais. Por que deveria pensar nela? Aposto que ela não está pensando em mim.

Termino meu chocolate e me convenço a discar o número do táxi. É hora de ir embora. É hora de tirar tudo isso da cabeça e começar uma vida nova, sã e livre de fantasmas.

A não ser que...

Oh, Deus. Continuo tendo lampejos me levando de volta para a expressão infeliz de Sadie na ponte Waterloo. Continuo ouvindo sua voz. *Você não liga para mim... Ninguém liga...* Se eu desistir após somente três dias, estaria apenas provando que ela estava certa?

Sinto uma súbita onda de frustração — com ela, comigo mesma, com a situação como um todo. Em paralelo, amasso a embalagem de Twix e a jogo em uma lata de lixo. O que devo fazer? Eu procurei, procurei e procurei. Se ela ao menos tivesse *vindo* quando chamei... Se ao menos tivesse *ouvido* e não sido tão teimosa...

Espere. Um novo pensamento me acomete, do nada. Sou vidente, não sou? Talvez devesse *usar* meus poderes sobrenaturais. Deveria convocá-la do outro mundo. Ou da Harrods. Ou de onde ela estiver.

Está bem. É minha última tentativa. Eu realmente, realmente estou sendo sincera desta vez.

Levanto-me e me aproximo do pequeno lago. Tenho certeza de que lagos são locais espirituais. Mais espirituais do que bancos, de qualquer maneira. Existe uma fonte de pedras coberta de musgo no centro, e posso até ver Sadie dançando nela, jogando água e se esgoelando, há anos e anos atrás, com algum policial tentando arrastá-la para fora.

— Espíritos. — Estendo meus braços com cautela. Há uma ondulação na água, mas pode ter sido apenas o vento.

Não tenho ideia de como fazer isso. Vou inventando à medida que continuo.

— Sou eu. Lara — entoo em uma voz baixa e sepulcral. — Amiga dos espíritos. Ou, pelo menos, de um espírito — corrijo rapidamente.
Não quero que Henrique VIII apareça de repente.
— Procuro por... Sadie Lancaster — digo, rapidamente.
Há um silêncio, a não ser por um pato no lago. Talvez o verbo "procurar" não seja poderoso o suficiente.
— Estou chamando Sadie Lancaster — entoo de forma mais assertiva. — Das profundezas do mundo dos espíritos, chamo por ela. Eu, Lara Lington, a médium. Ouça minha voz. Ouça minha convocação. Espíritos, eu vos rogo. — Começo a mexer os braços loucamente. — Se conhecerdes Sadie, enviai-na para mim. Enviai-na para mim agora mesmo.
Nada. Nenhuma voz, nenhum lampejo, nenhuma sombra.
— Tudo bem! — Perco a paciência. — Não seja convocada — Dirijo minhas palavras para o ar, para o caso de ela estar ouvindo. — Não ligo. Tenho coisas melhores para fazer com meu dia do que ficar aqui em pé falando com o mundo dos espíritos. Então pronto.
Volto para o banco pisando forte, pego minha bolsa e o celular. Disco o número da companhia de táxi que me trouxe até aqui e peço por um imediatamente.
Já chega. Vou embora.
O atendente me diz que o motorista vai me encontrar em frente à igreja em dez minutos, então me encaminho para lá, perguntando-me se eles têm uma máquina de café ou algo do tipo na entrada. No entanto, o lugar está trancado. Volto para o lado de fora, e estou quase pegando o celular novamente para checar minhas mensagens de texto quando algo me chama a atenção. É um letreiro em um portão: "O Velho Presbitério."
"O Velho Presbitério." Suponho que tenha sido o local onde o vigário viveu nos velhos tempos. O que significa que... teria

sido o local onde Stephen viveu. Ele era o filho do vigário, não era?

Curiosa, espio através do portão de madeira. É uma casa cinza antiga com entrada de cascalho e alguns carros estacionados nas laterais. Um grupo de mais ou menos seis pessoas se aproxima da porta da frente. A família que vive aqui deve estar em casa.

O jardim está repleto de rododendros, árvores e um caminho levando para a lateral da casa. Vislumbro um velho galpão a distância e me pergunto se é o lugar onde Stephen pintava. Posso imaginar Sadie caminhando por aquele caminho, sapatos em uma das mãos, olhos brilhando ao luar.

É um ambiente interessante, com suas antigas paredes de pedra, grama crescida e trechos sombrios no jardim. Nada de moderno parece ter sido introduzido. Ainda tem aquele sentimento histórico atrelado. Pergunto-me se...

Não, pare. Estou desistindo. Não vou procurar mais.

Mas talvez...

Não. Ela não estaria aqui. De jeito nenhum. Ela é orgulhosa demais. Ela mesma disse que jamais seria uma perseguidora. Nunca em um milhão de anos ela ficaria rondando a casa de um ex-namorado. Principalmente o ex-namorado que partiu seu coração e nunca lhe escreveu. É uma ideia idiota.

Minha mão já está no portão.

Este é realmente, realmente, *realmente*, o último local no qual vou procurá-la.

Caminho pelo cascalho, tentando pensar em uma desculpa para estar aqui. Não é um cão perdido. Talvez esteja estudando antigos presbitérios?

Talvez. Sou uma estudante de arquitetura? Sim. Estou escrevendo uma tese sobre prédios religiosos e as famílias que vivem neles. Em Birkbeck.

Não, em Harvard.

Aproximo-me da entrada e estou levantando minha mão para tocar a velha campainha quando noto que a porta da frente está aberta. Talvez consiga entrar sem ninguém perceber. Cuidadosamente empurro a velha porta e chego a um saguão com antigas paredes de painéis e assoalhos de taco. Para minha surpresa, uma mulher com um tímido corte de cabelo e macacão Fair Isle está parada atrás de uma mesa coberta de livros e folhetos.

— Olá. — Ela sorri como se não estivesse surpresa em me ver. — Está aqui para a excursão?

Excursão?

Ainda melhor! Posso vagar por aí e nem preciso inventar uma história. Não sabia que presbitérios estavam cobrando por excursões nos dias de hoje, mas suponho que faça sentido.

— É.... Sim, por favor. Quanto é?

— São 5 libras.

Cinco libras inteiras? Apenas para ver um presbitério? Maldição.

— Aqui está, um guia. — Ela me entrega um folheto, mas não olho para ele. Não estou exatamente interessada na casa. Distancio-me gentilmente da mulher, em direção a uma sala de espera repleta de sofás e tapetes antiquados, e olho em volta.

— Sadie? — sussurro. — Sadie, você está aqui?

— Este era o local onde Malory passava suas noites. — A voz da mulher me faz pular. Não percebi que ela havia me seguido.

— Oh, certo. — Não tenho ideia do que ela está falando. — Uma graça. Vou por aqui... — Encaminho-me para uma sala de jantar adjacente, que parece um palco preparado para um drama de época. — Sadie?

— Esta, claro, era a sala de jantar da família...

Pelo amor de Deus. As pessoas deveriam poder passear por presbitérios sem serem seguidas. Dirijo-me para a janela e olho para o jardim, onde está a família que vi antes. Nem ao menos um sussurro de Sadie.

403

Foi uma ideia idiota. Ela não está aqui. Por que ela ficaria andando pela casa de um cara que partiu seu coração? Viro-me para ir embora e quase esbarro na mulher, atrás de mim.

— Suponho que você seja uma admiradora de seu trabalho?
— Ela sorri.
Trabalho? Trabalho de quem?
— É... Sou — digo, apressadamente. — É claro. Grande admiradora. Muito incrível. — Pela primeira vez, olho para o folheto em minha mão. No título, lê-se: *Bem-vindo à casa de Cecil Malory*, e embaixo há uma pintura de uma paisagem com alguns penhascos.

Cecil Malory. Ele é um artista famoso, não é? Não é um Picasso, mas definitivamente já ouvi falar. Pela primeira vez, sinto uma fagulha de interesse.

— Então foi aqui que Cecil Malory viveu um dia, ou algo do tipo? — pergunto.
— É claro. — Ela parece espantada com a pergunta. — Este é o motivo pelo qual a casa está sendo restaurada como um museu. Ele viveu aqui até 1927.
— 1927? — Agora estou genuinamente interessada. Se ele vivia aqui em 1927, Sadie deve tê-lo conhecido, com certeza. Eles devem ter saído juntos.
— Ele era amigo do filho do vigário? Um cara chamado Stephen Nettleton?
— Querida... — A mulher me fita aparentemente perplexa com a pergunta. — Certamente você sabe que Stephen Nettleton *era* Cecil Malory. Ele nunca usava seu verdadeiro nome a trabalho.

Stephen era Cecil Malory?
Stephen... é *Cecil Malory*?
Estou chocada demais para falar.
— Mais tarde ele mudou seu nome — ela continua. — Como forma de protesto contra seus pais, é o que se pensa. Após sua mudança para a França...

Estou ouvindo apenas pela metade. Minha mente está uma confusão. Stephen tornou-se um pintor famoso. Isso não faz sentido. Sadie nunca me disse que ele era um pintor famoso. Ela teria se gabado disso sem parar. Será que *ela* não sabia?

— ... E eles jamais se reconciliaram até sua trágica e prematura morte. — A mulher termina em tom solene, e então sorri.

— Talvez você queira conhecer os quartos?

— Não. Quer dizer... Desculpe. — Passo a mão na testa. — Estou um pouco confusa. Steph... quero dizer, Cecil Malory... Veja, ele era um amigo de minha tia-avó. Ela viveu nesta cidade. Ela o conhecia. Mas não acho que tenha percebido que se tornou famoso.

— Ah. — A mulher concorda como se entendesse o que estou falando. — Bem, claro, ele não foi famoso durante sua vida. Foi bem depois de sua morte que o interesse por suas pinturas começou, primeiro na França, depois em sua terra natal. Como ele morreu muito jovem, é claro que há um conjunto de trabalho limitado, e por este motivo suas pinturas se tornaram tão preciosas e valiosas. No anos 1980, elas dispararam em valor. Foi quando seu nome realmente se tornou conhecido.

A década de 1980. Sadie teve o derrame em 1981. Ela foi internada. Ninguém lhe disse nada. Ela não tinha ideia do que estava acontecendo do lado de fora.

Saio de meu devaneio e vejo a mulher me olhando de maneira esquisita. Aposto que ela está desejando me devolver minhas 5 libras e se livrar de mim rapidamente.

— É... Desculpe. Estou pensativa. Ele trabalhava em um galpão no jardim?

— Sim. — O rosto da mulher se ilumina. — Se estiver interessada, temos vários livros sobre Malory à venda... — Ela sai apressadamente e retorna, segurando um fino livro de capa dura.

— Detalhes sobre sua vida são esparsos, já que muitos registros da cidade foram perdidos durante a guerra, e quando a pesquisa finalmente estava sendo feita, muitos de seus contemporâneos já haviam morrido. No entanto, existem alguns bons trabalhos sobre sua estada na França, quando seus desenhos de paisagens realmente decolaram. — Ela me entrega o livro, que tem uma pintura de mar na capa.

— Obrigada. — Pego o livro e começo a folheá-lo. Quase que instantaneamente, encontro uma fotografia em preto e branco de um homem pintando em um penhasco e abaixo a legenda "Uma rara imagem de Cecil Malory trabalhando". Posso perceber instantaneamente porque ele e Sadie teriam sido amantes. Ele é alto, moreno e de aparência forte, com olhos escuros e uma calça antiga e esfarrapada.

Filho da mãe.

Ele provavelmente pensava que era um gênio. Provavelmente pensou que era bom demais para um relacionamento normal. Estou lutando contra um impulso de gritar, apesar de ele ter falecido há tempos. Como pôde tratar Sadie tão mal? Como pôde ir embora para a França e esquecer-se dela?

— Ele foi um talento arrebatador. — A mulher segue minha contemplação. — Sua morte prematura foi uma das grandes tragédias do século XX.

— É, bem, talvez ele tenha merecido. — Dou um olhar sinistro. — Talvez ele devesse ter sido mais legal com sua namorada. Já pensou *nisso*?

A mulher parece completamente confusa. Ela abre a boca e a fecha novamente.

Viro as páginas, passo por fotos do mar e mais penhascos e um desenho de uma galinha... E, de repente, congelo. Um olho está olhando para fora do livro, em minha direção. É um detalhe ampliado de uma pintura. Apenas um olho com longos, longos cílios, e um brilho provocador.

Conheço este olho.
— Desculpe-me. — Mal consigo pronunciar as palavras. — O que é isso? — Aponto para o livro. — Quem é? De onde isto veio?
— Querida... — A mulher tenta manter a paciência. — Você *deve* saber disso, certamente. É um detalhe de uma de suas pinturas famosas. Temos uma versão na biblioteca, se você quiser dar uma olhada.
— Sim. — Começo a me mexer. — Adoraria. Por favor. Me mostre.
Ela me conduz por um corredor que range, por entre uma sala mal iluminada e acarpetada. Todas as paredes têm prateleiras, há antigas cadeiras com assentos de couro e uma pintura enorme e antiga pendurada em cima da lareira.
— Aqui está — ela diz afetuosamente. — Nossa alegria e orgulho.
Não consigo responder. Minha garganta está apertada. Paro imóvel, agarrada ao livro, apenas encarando.
Aí está ela. Olhando para fora da moldura dourada e ornamentada, como se fosse dona do mundo, é Sadie.
Nunca a vi tão radiante como nesta imagem. Nunca a vi tão à vontade. Tão feliz. Tão linda. Seus olhos enormes, escuros, luminosos de amor.
Ela está reclinada em uma cadeira, nua exceto por um tecido tipo gaze, drapeado por cima de seus ombros e quadris, encobrindo apenas parcialmente a vista. Seu cabelo curto expõe a extensão de seu belo pescoço. Ela está usando brincos cintilantes. Em volta do pescoço, escorrendo por entre seus seios pálidos e leves, enrolado entre seus dedos, caindo em uma cintilante piscina de contas, está o colar de libélula.
Subitamente, posso ouvir sua voz novamente em meus ouvidos. *Estava feliz quando o usei... Sentia-me linda. Como uma deusa.*

Tudo faz sentido. Por isso ela queria o colar. Era isso que significava para ela. Neste período de sua vida, ela esteve feliz. Não importa o que aconteceu antes ou depois. Não importa que seu coração tenha sido partido. Neste exato momento, tudo estava perfeito.

— É incrível. — Limpo uma lágrima.

— Ela não é maravilhosa? — A mulher me dá um olhar satisfeito. Estou finalmente me comportando como uma amante das artes. — O detalhe e a pincelada são extraordinários. Cada conta do colar é uma pequena obra-prima. Foi pintado com amor — ela continua afetuosamente. — E o que o torna mais especial, é claro, porque é único.

— O que quer dizer? — pergunto confusa. — Cecil Malory pintou muitos quadros, não pintou?

— De fato. Mas ele nunca mais pintou nenhum retrato além deste. Ele se recusou, ao longo de toda a sua vida. Foram-lhe pedidas inúmeras vezes na França, à medida que sua fama cresceu localmente, mas ele sempre respondia, *"J'ai peint celui que j'ai voulu peindre."* — A mulher faz uma pausa poética. — "Eu pintei a pessoa que queria pintar."

Encaro-a, aturdida, minha cabeça a mil enquanto absorvo tudo isso. Ele só pintou Sadie? Durante sua vida toda? Ele havia pintado aquilo que queria pintar?

— E há uma conta... — A mulher se move ao redor da pintura com um sorriso de reconhecimento. — Bem nesta conta aqui, tem uma surpresa. Um pequeno segredo, se você preferir.

— Ela acena para que eu chegue perto. — Consegue vê-la?

Tento focar com obediência na conta. Parece apenas uma conta.

— É quase impossível, exceto por trás de uma lente de aumento... Aqui. — Ela me entrega um pedaço de papel. Impresso nele está a conta do quadro, ampliada. Ao fitá-la, para meu espanto, noto que estou olhando para um rosto. Um rosto de homem.

— Será que é...? — Olho para ela.
— Malory — ela concorda, maravilhada. — Seu próprio reflexo no colar. Ele se coloca na pintura. Foi descoberto há apenas dez anos. Como uma pequena mensagem secreta.
— Posso ver?
Com mãos subitamente trêmulas, tomo o papel e o encaro. Lá está ele. Na pintura. No colar. Parte dela. Ele nunca pintou outro retrato. Ele havia pintado aquele que queria pintar. Ele realmente amava Sadie. Ele a amava. Eu sei.
Olho mais uma vez para a pintura, lágrimas embaçando meus olhos novamente. A mulher está certa. Ele a pintou com amor. Vê-se em cada pincelada.
— É... incrível. — Engulo em seco. — Existem... Hum... Mais livros sobre ele? — Estou desesperada para tirar a mulher da sala. Espero até que seus passos tenham desaparecido pela passagem e viro a cabeça para cima.
— Sadie!— chamo, desesperadamente. — Sadie, pode me ouvir? Encontrei a pintura! É linda, *você* é linda. Você está em um museu! E sabe do que mais? Stephen realmente não pintou ninguém mais além de você. Nunca em toda sua vida. Você foi a única. Ele a amava. Queria *tanto* que você pudesse ver isso...
Perdi o fôlego, mas a sala continua silenciosa e morta. Ela não está me ouvindo, onde quer que esteja. À medida que ouço passos, viro-me rapidamente e ponho um sorriso no rosto. A mulher me entrega uma pilha de livros.
— Este é todo o nosso estoque disponível. Você é estudante de história da arte, ou simplesmente está interessada em Malory?
— Estou interessada apenas nesta pintura — digo francamente. — E estive pensando. Será que você... Ou os especialistas... Têm alguma ideia de quem é esta mulher? Qual é o nome da pintura?
— Chama-se *Garota com um colar*. E, claro, muitas pessoas estão interessadas na identidade da jovem. — A mulher come-

ça o que, claramente, é um discurso bem ensaiado. — Pesquisas foram feitas, mas, infelizmente, até hoje, ninguém conseguiu identificá-la além do que se acredita ser seu primeiro nome.

— Ela para, e adiciona afetuosamente: — Mabel.

— Mabel? — Eu a encaro horrorizada. — O nome dela não era Mabel!

— Querida! — A mulher me dá um olhar de reprovação. — Sei que para seus ouvidos modernos pode parecer um tanto exótico, mas acredite em mim, Mabel era um nome muito comum na época. E no verso da pintura, existe uma inscrição. O próprio Malory escreveu, "Minha Mabel".

Pelo amor de Deus.

— Era um apelido! Uma piada entre eles! O nome dela era Sadie, entendeu? Sadie Lancaster. Escreverei para você. Sei disso porque... — Hesito momentaneamente. — É minha tia-avó.

Fico esperando um sobressalto ou algo do tipo, mas a mulher apenas me dá um olhar desconfiado.

— Meu Deus, querida. É uma afirmação e tanto. O que a faz achar que é sua tia avó?

— Não acho que é ela, *sei* que é ela. Ela viveu aqui em Archbury. Ela conhecia Steph... quero dizer, Cecil Malory. Eles eram amantes. Definitivamente, é ela.

— Você tem alguma prova? Uma fotografia dela em sua juventude? Algum tipo de arquivo?

— Bem... Não — digo, um pouco frustrada. — Mas sei que é ela, sem sombra de dúvida. E provarei de alguma forma. Você deveria pôr um cartaz dizendo o nome dela e parar de chamá-la de "Mabel"... — Paro no meio da frase, como se algo novo e alarmante me ocorresse. — Espere um minuto. Esta pintura é de Sadie! Ele a deu para ela! Ela a perdeu por anos, mas ainda é dela. Ou, suponho, de meu pai e de tio Bill agora. Como você a conseguiu? O que está fazendo aqui?

— Como é? — A mulher parece desnorteada, e dou um suspiro impaciente.
— Esta pintura pertencia à minha tia-avó. Mas foi perdida, anos e anos atrás. A casa da família pegou fogo e ninguém a encontrou. Então como ela veio parar aqui, pendurada nesta parede? — Não consigo evitar parecer acusatória e ela recua.
— Sinto dizer que não faço ideia. Trabalho aqui há dez anos e certamente esteve aqui todo esse tempo.
— Certo. — Assumo um ar solene. — Bem, posso, por favor, falar com o diretor deste museu ou com quem for responsável pela pintura? Imediatamente?
A mulher me dá um olhar desconfiado.
— Querida, você compreendeu que esta é apenas uma reprodução, certo?
— O quê? — Sinto-me enganada. — O que quer dizer?
— O original é quatro vezes este tamanho e, ouso dizer, ainda mais esplêndido.
— Mas... — Olho para o quadro, confusa. Parece bem real para mim. — Então onde está o original? Trancado em um cofre ou algo do tipo?
— Não, querida — ela diz, pacientemente. — Está pendurado na London Portrait Gallery.

24

É imenso. É radiante. É um milhão de vezes melhor do que o que está na casa.

    Estou sentada diante do retrato de Sadie na London Portrait Gallery há umas duas horas. Não consigo ir embora. Ela está olhando para a galeria, a fronte limpa e os olhos de veludo verde-escuros, a deusa mais bela que alguém já viu. Cecil Malory aplicou a luz em sua pele com uma maestria inigualável. Sei disso porque ouvi uma professora de artes falando com a turma meia hora atrás. Todos subiram para ver se conseguiam enxergar o quadro em miniatura no colar.

    Devo ter visto uma centena de pessoas olhando para ela. Suspirando de prazer. Sorrindo. Ou apenas se sentando e contemplando.

    — Ela não é linda? — Uma mulher de cabelo escuro, usando capa de chuva, sorri para mim e se senta a meu lado. — É meu retrato preferido da galeria inteira.

    — É o meu também — concordo.

    — O que será que ela está pensando? — a mulher reflete.

— Acho que está apaixonada. — Vejo mais uma vez o brilho nos olhos de Sadie e o rubor em seu rosto. — E acho que está muito, mas muito feliz.

— Você deve ter razão.

Por um instante, nós duas ficamos quietas, apenas admirando o quadro.

— Ela nos faz bem, não faz? — pergunta a mulher. — Costumo vir vê-la no horário de almoço. Só para me alegrar. Também tenho um pôster em casa. Minha filha me deu. Mas não dá pra comparar com o de verdade, não é?

De repente, sinto um nó na garganta, mas consigo sorrir.

— Não. Não dá para comparar.

Enquanto falo, uma família japonesa se aproxima do quadro. Vejo a mãe apontar o colar para a filha. As duas suspiram, felizes, e adotam posturas idênticas, os braços cruzados, a cabeça inclinada, e apenas contemplam.

Sadie é adorada por toda essa gente. Dezenas, centenas, milhares. E ela nem faz ideia.

Gritei para ela várias vezes até ficar rouca, da janela, subindo e descendo a rua. Mas ela não ouve. Ou não quer ouvir. Levanto-me abruptamente e consulto o relógio. Tenho que ir. São cinco horas. Tenho uma reunião com Malcolm Gledhill, o gerente de coleções.

Caminho até o saguão, dou meu nome à recepcionista e espero em meio a uma multidão agitada de crianças francesas, até que uma voz atrás de mim diz "Srta. Lington?". Viro-me e vejo um homem de camisa roxa, barba castanha e tufos de cabelo saindo das orelhas, sorrindo para mim com olhos brilhantes. Ele se parece com o Papai Noel antes de envelhecer, e é inevitável gostar dele instantaneamente.

— Oi. Sim, sou Lara Lington.

— Malcolm Gledhill. Venha por aqui.

Ele me leva por uma porta oculta atrás do balcão da recepção, subimos as escadas e chegamos a um escritório com vista para o Tâmisa. Há cartões-postais e reproduções de quadros em todo lugar, pendurados nas paredes, escorados em livros e enfeitando o enorme computador.

— Então... — Ele me entrega uma xícara de chá e se senta.

— A senhorita veio falar de *Garota com o colar*? — Ele me olha com cautela. — Pelo seu recado, não entendi direito qual era o assunto. Mas é, sem dúvida... urgente?

Talvez meu recado tenha sido um pouco irracional. Eu não queria ter que contar toda a história a uma recepcionista, então simplesmente disse que era relacionado à *Garota com o colar* e que era um caso de vida ou morte, estado de emergência e segurança nacional.

Bem, no mundo da arte, provavelmente é tudo isso.

— É bem urgente — concordo. — E a primeira coisa que tenho a dizer é que ela não era só uma "garota". Era minha tia-avó. Veja.

Abro a bolsa e retiro a fotografia de Sadie na casa de repouso, usando o colar.

— Veja o colar — digo ao entregar-lhe a foto.

Eu sabia que gostava desse Malcolm Gledhill. A reação dele é o que eu esperava. Ele arregala os olhos. Suas bochechas ficam vermelhas com a excitação. Olha com seriedade para mim, depois para a foto. Examina o colar no pescoço de Sadie. Limpa a garganta, como se estivesse preocupado por ter revelado demais.

— Está dizendo — diz, afinal — que esta senhora é a "Mabel" do quadro?

Preciso acabar de vez com essa coisa de Mabel.

— Ela não se chamava Mabel. Odiava esse nome. Ela se chamava Sadie. Sadie Lancaster. Morava em Archbury e era amante de Stephen Nettleton. Foi o motivo de ele ter sido mandado para a França.

Ficamos em silêncio, exceto pela respiração de Malcolm Gledhill, as bochechas feito dois balões se esvaziando.
— Tem alguma prova? — pergunta ele, finalmente. — Algum documento? Alguma fotografia antiga?
— Ela está usando o colar, não está? — Sinto um tremor de frustração. — Ficou com ele a vida toda. De que outra prova o senhor precisa?
— Esse colar ainda existe? — Ele arregala os olhos outra vez.
— Está com a senhora? Ela ainda está viva? — Quando essa nova ideia ocorre, seus olhos quase saltam do rosto. — Porque isso iria realmente...
— Lamento, mas ela morreu — interrompo antes que ele se empolgue demais. — E não estou com o colar. Mas estou tentando encontrá-lo.
— Bem... — Malcolm Gledhill pega um lenço com estampa paisley e enxuga a testa suada. — É claro que, num caso como esse, são necessárias uma investigação e uma pesquisa minuciosas, antes que possamos tirar qualquer conclusão definitiva...
— É ela — digo com firmeza.
— Então vou encaminhar a senhorita, se me permite, à nossa equipe de pesquisa. Eles irão examinar com cuidado sua afirmação, estudar as provas disponíveis...
Ele precisa jogar corretamente o jogo oficial. Eu compreendo.
— Eu adoraria falar com eles — digo, tranquila. — E sei que vão concordar comigo. É ela.
De repente, reparo num postal de *Garota com o colar* grudado no computador dele com massinha adesiva. Eu o descolo e o coloco ao lado da foto de Sadie na casa de repouso. Por um instante, contemplamos em silêncio as duas imagens. Olhos radiantes e orgulhosos em uma, olhos caídos e envelhecidos em outra. E o colar reluzindo, um talismã constante, unindo as duas.
— Quando sua tia-avó morreu? — Malcolm Gledhill finalmente pergunta com a voz suave.

— Algumas semanas atrás. Mas ela morava numa casa de repouso desde os anos 1980 e não sabia muito do mundo aqui fora. Nunca soube que Stephen Nettleton ficou famoso. Ela se considerava uma pessoa qualquer. É por isso que quero que o mundo saiba o nome dela.

Malcolm Gledhill assente com a cabeça.

— Bem, se a equipe de pesquisa concluir que ela é a modelo no retrato... Acredite, o mundo *vai* saber o nome dela. Nossa equipe de marketing fez uma pesquisa recente e descobriu que *Garota com o colar* é o retrato mais popular da galeria. Querem ampliar o perfil dela. Nós a consideramos um bem extraordinariamente valioso.

— É sério? — Fico vermelha de orgulho. — Ela teria adorado saber disso.

— Posso chamar um colega para ver essa fotografia? — Os olhos dele se acendem. — Ele tem interesse especial por Malory, e sei que vai ficar extremamente interessado em seu caso.

— Espere. — Levanto a mão. — Antes que o senhor chame mais alguém, tenho outro assunto para tratar. Em particular. Quero saber como conseguiu o quadro. Ele pertencia a Sadie. Era dela. Como o senhor o adquiriu?

Malcolm Gledhill se enrijece ligeiramente.

— Imaginei que essa questão iria surgir em algum momento — diz. — Depois do seu telefonema, procurei o arquivo e examinei os detalhes da aquisição. — Ele abre uma pasta e desdobra um velho pedaço de papel. — O quadro nos foi vendido nos anos 1980.

Vendido? Como pode ter sido vendido?

— Mas tinha se perdido num incêndio. Ninguém sabia onde estava. Quem o vendeu para vocês?

— Lamento... — Malcolm Gledhill faz uma pausa. — Lamento, mas o vendedor pediu, na época, que todos os detalhes da negociação fossem confidenciais.

— Confidenciais? — Eu o encaro, ofendida. — Mas o quadro era de Sadie. Stephen o deu a ela. Quem quer que tenha ficado com ele não tinha o direito de vendê-lo. Vocês deveriam verificar essas coisas!

— Nós verificamos — diz Malcolm Gledhill, defensivo. — A procedência foi considerada correta na época. A galeria seguiu todo o procedimento para determinar se o vendedor tinha direito de vender o quadro. Na verdade, o vendedor assinou uma carta em que fornecia todos os dados corretos. Aqui está.

Ele baixa os olhos para o papel em suas mãos. Deve estar procurando o nome de quem fez a venda. Isso é de enlouquecer.

— Bem, o que quer que essa pessoa tenha dito era *mentira*.

— Eu o fuzilo com o olhar. — Quer saber? Eu pago meus impostos e custeio vocês. Na verdade, de certa forma, sou dona de vocês. E exijo saber quem o vendeu. Agora.

— Lamento, mas está enganada — diz Malcolm Gledhill calmamente. — Não somos uma galeria pública e a senhorita não é nossa dona. Acredite, eu gostaria de esclarecer isso tanto quanto a senhorita. Mas estou preso ao acordo de confidencialidade. Minhas mãos estão atadas.

— E se eu voltar com policiais e advogados? — Ponho as mãos na cintura. — E se eu denunciar que o quadro foi roubado e exigir que revelem o nome?

Malcolm Gledhill ergue as grossas sobrancelhas.

— É óbvio que, se houvesse um inquérito policial, iríamos cooperar totalmente.

— Está bem. Vai haver. Tenho amigos na polícia, sabe — acrescento sombriamente. — O detetive James. Ele vai ficar muito interessado ao ouvir tudo isso. O quadro pertencia a Sadie, agora pertence a meu pai e ao irmão dele. Não vamos ficar sentados sem fazer nada.

Estou exaltada. Vou até o fim. Quadros não caem do céu.

— Entendo sua preocupação. — Malcolm Gledhill hesita. — Acredite, a galeria leva o assunto de posse extremamente a sério. Ele não me olha nos olhos. Seu olhar fica voltando ao papel. O nome está ali. Sei disso. Eu poderia me jogar sobre a mesa, derrubá-lo no chão e...

Não.

— Bem, obrigada pela atenção — digo formalmente. — Voltarei a entrar em contato.

— É claro. — Malcolm Gledhill está fechando a pasta. — Antes de ir, posso chamar meu colega Jeremy Mustoe? Tenho certeza de que ele ficaria muito interessado em conhecê-la e ver a foto de sua tia-avó...

Alguns minutos depois, um homem muito magro, com punhos gastos e um pomo de Adão saliente, está na sala debruçado sobre a foto de Sadie, sussurrando "Impressionante" várias vezes.

— Foi extremamente difícil descobrir qualquer coisa sobre esse quadro — diz Jeremy Mustoe, finalmente se levantando.

— Há pouquíssimos registros ou fotografias da época e, quando os pesquisadores voltaram para o vilarejo, haviam passado gerações e ninguém se lembrava de nada. E é claro que presumiam que a modelo se chamava Mabel... — Ele franze a testa. — Acho que uma tese foi publicada no início dos anos 1990 sugerindo que uma criada da casa de Nettleton tinha sido a modelo de Malory, e que os pais dele eram contra o relacionamento por questões de classe social, o que acabou com ele sendo mandado para a França.

Tenho vontade de rir. Alguém inventou uma história completamente errada e chamou isso de "pesquisa"?

— *Houve* uma Mabel — explico pacientemente. — Mas não foi a modelo. Stephen chamava Sadie de Mabel para provocá-la. Eram amantes — acrescento. — Por isso ele foi mandado para a França.

— É verdade? — Jeremy Mustoe me olha com interesse renovado. — Então... sua tia-avó também seria a "Mabel" das cartas?
— As cartas! — exclama Malcolm Gledhill. — É claro! Eu tinha me esquecido delas. Faz muito tempo que não mexo nisso.
— Cartas? — Olho de um rosto para o outro. — Que cartas?
— Temos no arquivo um maço de cartas antigas escritas por Malory — explica Jeremy Mustoe. — Foram alguns dos primeiros documentos recuperados após sua morte. Não está claro se algumas ou se todas foram enviadas, mas uma certamente foi postada e devolvida. Infelizmente, o endereço foi escrito em tinta azul-escuro e, mesmo com a melhor tecnologia moderna, não conseguimos...
— Desculpe-me por interromper — atalho, tentando disfarçar minha inquietação —, mas posso vê-las?

Uma hora depois, saio da galeria com a cabeça rodando. Quando fecho os olhos, tudo que consigo ver é a caligrafia desbotada e adornada nas pequenas folhas de papel de carta.
  Não li as cartas. Pareciam particulares demais, e só tive alguns minutos para dar uma olhada nelas. Mas vi o bastante para saber. Ele a amava. Mesmo depois de ir para a França. Mesmo depois de saber que ela tinha se casado com outro.
  Sadie passou a vida toda esperando a resposta a uma pergunta. E agora eu sei que ele também. E, apesar de terem se passado mais de setenta anos, de Stephen estar morto, de Sadie estar morta e de ninguém poder fazer nada, estou invadida pela tristeza enquanto ando pela calçada. Era tudo muito injusto. Era tudo muito errado. Eles deviam ter ficado juntos. É óbvio que alguém interceptou as cartas antes que chegassem a Sadie. Provavelmente, seus malvados pais vitorianos.
  Então ela ficou ali sem saber a verdade. Achando que tinha sido usada. Orgulhosa demais para procurá-lo e descobrir tudo.

Ela aceitou se casar com o cara do colete num ato idiota de vingança. Talvez esperasse que Stephen aparecesse na igreja. Até enquanto se aprontava para o casamento, deve ter nutrido esperanças. E ele a decepcionou.

Não aguento. Quero voltar no tempo e consertar tudo. Se Sadie não tivesse se casado com o cara do colete... Se Stephen não tivesse ido para a França. Se os pais dela nunca os tivessem descoberto... Se...

Não. Pare com os "Se...". Não adianta. Ele morreu faz tempo. Ela morreu. A história acabou.

Um mar de gente passa por mim a caminho da estação de Waterloo, mas ainda não me sinto pronta para voltar para meu pequeno apartamento. Preciso de ar puro. Preciso de perspectiva. Abro caminho entre um grupo de turistas e sigo para a ponte Waterloo. Na última vez que estive aqui, as nuvens estavam pesadas e cinzentas. Sadie estava de pé na amurada. Eu gritava desesperadamente com o vento.

Mas esta tarde está quente e agradável. O Tâmisa está azul e minimamente encrespado. Um barco de passeio navega devagar, e algumas pessoas acenam para a London Eye.

Paro no mesmo lugar de antes e olho em direção ao Big Ben. Mas não estou observando nada em particular. Tenho a sensação de que minha mente parou no passado. Vejo a caligrafia datada e garranchosa de Stephen. Ouço as frases antiquadas. Imagino-o sentado numa colina na França, escrevendo para Sadie. Ouço trechos de Charleston, como se uma banda dos anos 1920 estivesse tocando...

Espere um instante.

Uma banda dos anos 1920 *está* tocando.

De repente me concentro na cena abaixo de mim. A algumas centenas de metros, no Jubileu Garden, pessoas estão reunidas no grande gramado. Um palco foi armado. Uma banda está tocando uma canção de jazz dançante. As pessoas estão dançando. É claro. É o festival de jazz. Aquele para o qual estavam distribuindo panfletos quando estive aqui com Ed. Aquele para o qual ainda tenho um ingresso, dobrado na bolsa. Por um momento, fico parada na ponte, observando a cena. A banda está tocando Charleston. Garotas com trajes da década de 1920 dançam no palco, com franjas e contas balançando de um lado para o outro. Vejo os olhos brilhantes, os pés saltitantes e as plumas flutuantes. De repente, na multidão, eu vejo... Acho que vejo de relance...

Não.

Por um momento, fico fascinada. Então, sem deixar meu cérebro pensar o que ele está tentando pensar, sem deixar uma mísera esperança ganhar vida, eu me viro e começo a andar calmamente pela ponte, descendo as escadas. De algum jeito, obrigo-me a não me apressar nem correr. Apenas sigo decidida em direção à música, respirando com dificuldade, apertando as mãos.

Há uma faixa aberta sobre o palco e feixes de balões prateados, e um trompetista de colete reluzente está de pé, tocando um solo. Por todos os lados, as pessoas se reúnem e observam as dançarinas de Charleston no palco. E, numa pista de madeira armada sobre a grama, o público está dançando — algumas pessoas estão de jeans, outras de supostos trajes dos anos 1920. Todas estão sorrindo admiradas e apontando para os trajes, mas, para mim, parecem uma porcaria. Inclusive os das garotas no palco. São apenas imitações, com plumas falsas, pérolas de plástico, sapatos modernos e maquiagem do século XXI. Em nada se parecem com a realidade. Em nada se parecem com uma verdadeira menina de vinte. Em nada se parecem...

Paro, com o coração na boca. Eu tinha razão.

Ela está ao lado do palco, dançando até se acabar. Usa um vestido amarelo-claro e uma faixa da mesma cor no cabelo escuro. Parece mais fantasmagórica do que nunca. A cabeça está jogada para trás e os olhos estão fechados em concentração, e parece que ela ignora o mundo a seu redor. As pessoas estão dançando através dela, pisando em seus pés e lhe dando cotoveladas, mas ela nem percebe.

Deus sabe o que ela andou fazendo esses últimos dias.

Enquanto observo, ela desaparece por trás de duas garotas de jaqueta jeans, e sinto uma pontada de pânico. Não posso perdê-la de novo. Não depois de tudo isso.

— Sadie! — Começo a abrir caminho pela multidão. — Sadie! Sou eu, Lara!

Consigo vê-la de relance. Ela está com os olhos arregalados. Está procurando em volta. Ela me ouviu.

— Sadie! Aqui! — Aceno freneticamente, e algumas pessoas se viram para ver com quem estou gritando.

De repente, ela me vê, e todo seu corpo fica imóvel. Sua expressão é indecifrável e, enquanto me aproximo, sinto uma apreensão repentina. De alguma forma, minha percepção de Sadie mudou nos últimos dias. Ela não é apenas uma garota. Não é só meu anjo da guarda, se é que já foi. Faz parte da história da arte. É famosa. E nem sabe disso.

— Sadie... — Fico desnorteada. Não sei por onde começar.

— Desculpe. Procurei você em todo lugar...

— Bem, não deve ter procurado muito! — Ela está ocupada analisando a banda e parece totalmente insensível à minha presença. Contra minha vontade, sinto uma conhecida indignação surgir.

— Procurei sim! Passei dias procurando, se quer saber! Chamando, gritando, olhando... Você nem imagina o que passei!

— Para falar a verdade, eu imagino. Vi você sendo expulsa do cinema. — Ela sorri. — Foi muito engraçado.

— Você estava *lá*? — Eu a encaro. — E por que não respondeu?

— Eu ainda estava chateada. — Orgulhosa, ela endurece o rosto. — Não vi motivo.

Típico. Eu deveria imaginar que ela iria guardar rancor durante dias

— Eu me desdobrei. E fiz uma bela jornada de descoberta. Tenho que contar para você.

Estou procurando um jeito delicado de entrar no assunto de Archbury, Stephen e o quadro, mas, de repente, Sadie levanta a cabeça e diz, dando de ombros ligeiramente: "Senti sua falta."

Fico tão surpresa que perco o rumo. De repente, sinto um formigamento no nariz e o coço, sem graça.

— Bem... Eu também. Também senti sua falta.

Instintivamente, abro os braços para envolvê-la — então percebo que não faz sentido e volto a baixar as mãos.

— Sadie, escute. Preciso contar uma coisa.

— E eu preciso contar uma coisa! — ela me interrompe, com satisfação. — Eu sabia que você viria hoje. Eu estava esperando você.

Francamente. Ela se acha uma divindade todo-poderosa.

— Você não tinha como saber — digo pacientemente. — Nem *eu* sabia que viria. Por acaso, eu estava nas redondezas, ouvi a música, saí andando...

— Eu *sabia* — insiste ela. — E, se você não aparecesse, eu iria atrás de você para obrigá-la a vir. E sabe o motivo? — Seus olhos começaram a cintilar, olhando de um lado para o outro na multidão.

— Sadie. — Tento atrair o olhar dela. — Por favor. Me escute. Tenho algo muito, mas muito importante para dizer. Precisamos ir a um lugar calmo, você precisa escutar, vai ser um choque...

— Bem, eu tenho algo muito importante para mostrar a você!

— Ela nem está me ouvindo direito. — Ali! — Ela aponta de repente, triunfante. — Olhe ali! Olhe!

Acompanho o olhar dela, apertando os olhos enquanto tento descobrir do que ela está falando... E então meu coração salta. Ed.

Ele está de pé ao lado da pista de dança. Segura um copo plástico com alguma bebida, observando a banda e se balançando com a música, mas sem compromisso. Ele parece tão desanimado que eu até poderia rir, se não quisesse me encolher e me esconder dentro de alguma caixa.

— Sadie. — Levo as mãos à cabeça. — O que você fez?

— Vá falar com ele! — Ela me empurra.

— Não — digo, horrorizada. — Não seja estúpida!

— Vá!

— Não posso falar com ele. Ele me odeia. — Rapidamente, me esquivo e me escondo atrás de um grupo de dançarinos antes que Ed possa me notar. Só de vê-lo, me lembro de várias coisas que preferia esquecer. — Por que você o fez vir aqui? — resmungo com Sadie. — O que está querendo exatamente?

— Me senti culpada. — Ela me acusa com o olhar, como se tudo fosse culpa minha. — Não gosto de me sentir culpada, então decidi tomar uma atitude.

— Você foi gritar com ele. — Balanço a cabeça, descrente. Era só o que me faltava. É óbvio que ela o arrastou para cá à força. Provavelmente, ele estava planejando uma noite tranquila e veio parar num festival idiota de jazz, em meio a casais dançando, totalmente sozinho. Deve ser a pior noite da vida dele. E agora ela espera que eu vá *falar* com ele.

— Achei que ele era seu mesmo. Achei que eu tinha arruinado tudo. Que fim levou tudo aquilo?

Sadie se encolhe de leve, mas mantém a cabeça erguida. Vejo que ela está observando Ed através da multidão. Há um desejo breve e sutil em seus olhos, e ela vira o rosto.

— Não faz o meu tipo — diz com rispidez. — Ele é muito... vivo. E você também é. Então formam um bom casal. Ande! Tire-o para dançar. — Ela tenta me empurrar na direção de Ed mais uma vez.

— Sadie. — Balanço a cabeça. — Agradeço muito o seu esforço. Mas não posso fazer as pazes com ele do nada. Não estamos no lugar certo nem na hora certa. Agora, podemos sair para conversar?

— É claro que é o lugar certo e a hora certa! — Sadie responde, irritada. — É por isso que ele está aqui! É por isso que você está aqui!

— Não é por isso que estou aqui! — Começo a perder a paciência. Eu gostaria de poder agarrá-la e sacudi-la pelos ombros. — Sadie, você não entende? Preciso falar com você! Preciso lhe contar as coisas! E você precisa prestar atenção. Você tem que ouvir. Esqueça Ed e eu. A questão aqui é você! E Stephen! E o seu passado! Eu descobri o que houve! Encontrei o quadro!

Tarde demais, percebo que a banda de jazz fez uma pausa. Todos pararam de dançar, e um homem no palco está fazendo um discurso. Bem, está tentando, mas o público todo se virou para olhar para mim, gritando feito uma louca para o espaço vazio.

— Me desculpem. — Engulo em seco. — Eu não queria interromper. Continue, por favor.

Quase sem ter coragem, desvio o olhar para onde Ed está, torcendo desesperadamente para ele já ter se entediado e ido para casa. Mas não dou sorte. Ele está ali parado, me olhando como todo mundo.

Quero me esconder ainda mais. Minha pele começa a arder de vergonha enquanto ele atravessa a pista de dança e vem em minha direção. Ele não está sorrindo. Será que me ouviu dizendo o nome dele?

— Você encontrou o quadro? — A voz de Sadie é um sussurro, e seus olhos parecem vazios enquanto ela me encara. — Você encontrou o *quadro* de Stephen?

— Encontrei — murmuro, tapando a boca com a mão. — Você precisa ver, é incrível...

— Lara. — Ed me alcançou.

Ao vê-lo, me lembro de repente da London Eye, e todo tipo de sentimento me toma de novo.

— Ah. Hum... Oi — consigo dizer, com um aperto no peito.

— Onde está? — Sadie dá um puxão em meu braço. — Onde está?

Ed parece tão sem graça quanto eu. Suas mãos estão enfiadas nos bolsos e o rosto voltou a sua posição tensa de sempre.

— Então você veio. — Ele encontra meus olhos por um instante, depois desvia o olhar. — Eu não tinha certeza se você viria.

— Hum... Bem... — Limpo a garganta. — Só achei que... Sabe como é...

Tento manter a coerência, mas é quase impossível com Sadie me chamando a atenção.

— O que você descobriu? — Agora ela está bem na minha frente, a voz estridente e ansiosa. Parece que acordou de repente e se deu conta de que tenho algo genuinamente importante para lhe dizer. — Conte!

— Eu vou contar. Espere. — Tento falar discretamente, com o canto da boca, mas Ed é esperto demais. Ele percebe tudo.

— Contar o quê? — pergunta, analisando meu rosto.

— Hum...

— Conte! — exige Sadie.

Certo. Não posso aguentar isso. Tanto Sadie quanto Ed estão na minha frente com caras de ansiosos. Meus olhos frenéticos passam de um para o outro. A qualquer momento, Ed vai achar que sou realmente uma louca e vai embora.

— Lara? — Ed dá um passo em minha direção. — Você está bem?

— Estou. Quero, dizer, não. Quero, dizer... — Respiro fundo. — Eu queria dizer que sinto muito por ter saído correndo no nosso encontro. Lamento por você ter pensado que eu o estava usando para meu trabalho. Mas eu não estava. De verdade. Espero que acredite em mim.

— Pare de falar com ele! — Sadie me interrompe num ataque de fúria, mas não mexo nenhum músculo. O olhar sério e sombrio de Ed está fixo no meu, e não consigo tirar os olhos dele.

— Acredito em você — ele diz. — E também preciso me desculpar. Exagerei na reação. Não lhe dei uma chance. Depois me arrependi. Percebi que tinha jogado fora... uma amizade... que era...

— O quê? — consigo dizer.

— Boa. — Ele tem um ar de dúvida. — Acho que nossa relação era boa. Não era?

Esse é o momento de concordar. Mas não posso parar por aí. Não quero uma boa amizade. Quero aquele sentimento de volta, de quando ele me abraçava e me beijava. Eu o quero. Essa é a verdade.

— Você quer que eu seja só sua... amiga? — Obrigo-me a dizer essas palavras e instantaneamente vejo algo mudar no rosto de Ed.

— Pare! Fale comigo!

Sadie se vira para Ed e grita no ouvido dele:

— *Pare de falar com Lara! Vá embora!*

Por um momento, o olhar dele fica distante, e sei que ele a ouviu. Mas não se mexe. Seus olhos se enrugam num sorriso terno.

— Quer a verdade? Acho que você é meu anjo da guarda.

— Como é? — Tento rir, mas não consigo.

— Sabe quando alguém invade sua vida sem dar um aviso?

— Ed balança a cabeça, rememorando. — Quando você apareceu no escritório, pensei: "Quem é essa?" Mas você me deu uma sacudida. Me devolveu a vida quando achei que estava no limbo. Você era exatamente o que eu precisava. — Ele hesita, depois acrescenta: — Você é exatamente aquilo de que eu preciso.

A voz dele está mais baixa e grave, e tem algo em seu olhar que faz meu corpo todo formigar.

— Bem, também preciso de você. — Minha voz está sufocada. — Então estamos quites.

— Não precisa não. — Ele sorri, triste. — Você está ótima.

— Está bem. — Hesito. — Talvez eu não precise de você. Mas... quero você.

Por um momento, nenhum de nós fala. Seus olhos estão fixos nos meus. Meu coração bate tão forte que aposto que ele consegue ouvir.

— *Vá embora, Ed!* — Sadie grita de repente no ouvido dele.

— *Resolva isso depois!*

Vejo Ed se encolher ao ouvi-la e tenho um pressentimento conhecido. Se Sadie estragar isso, eu vou... Eu vou...

— *Saia!* — Sadie grita sem parar. — *Diga que vai ligar depois! Vá embora! Vá para casa!*

Estou me roendo de raiva dela. "Pare!", quero gritar. "*Deixe-o em paz!*" Mas não posso fazer nada, a não ser observar a compreensão no olhar de Ed enquanto ele a ouve e registra o que ela diz. Foi a mesma coisa com Josh. Ela estragou tudo de novo.

— Sabe quando às vezes você ouve uma voz na sua cabeça? — diz Ed de repente, como se tivesse acabado de se dar conta disso. — Como... um instinto?

— Sei que você ouve — digo com tristeza. — Você ouve uma voz, ela tem uma mensagem e está dizendo para você ir embora. Eu entendo.

— Ela está dizendo o contrário. — Ed chega para a frente e segura meus ombros com firmeza. — Está me dizendo para não deixar você escapar. Está me dizendo que você é a melhor coisa que me aconteceu e que é melhor eu não estragar isso.

E antes mesmo que eu possa respirar, ele se inclina e me beija. Seus braços me envolvem, fortes, confiantes e resolutos. Não consigo acreditar. Ele não está indo embora. Não está ouvindo Sadie. Qualquer que fosse a voz na cabeça dele... não era dela.

Por fim, ele se afasta e sorri para mim, afastando gentilmente uma mecha de cabelo de meu rosto. Eu também sorrio, sem fôlego, resistindo à vontade de agarrá-lo para mais um beijo.

— Quer dançar, menina de vinte? — pergunta.

Eu quero dançar. Quero mais do que dançar. Quero passar a noite toda com ele.

Dou uma olhada discreta para Sadie. Ela se afastou alguns metros e está olhando os sapatos, com os ombros caídos, as mãos torcidas num nó. Ela levanta os olhos e dá de ombros com um triste sorriso de derrota.

— Dance com ele — diz ela. — Tudo bem. Eu espero.

Ela esperou anos e anos para descobrir a verdade sobre Stephen. E agora está disposta a esperar ainda mais, só para que eu possa dançar com Ed.

Sinto uma dor no coração. Se eu pudesse, iria abraçá-la.

— Não. — Balanço a cabeça com firmeza. — É sua vez. Ed... Me viro para ele e respiro fundo.

— Tenho que lhe contar da minha tia-avó. Ela morreu recentemente.

— Ah... Tudo bem. Claro. Eu não sabia. — Ele parece confuso por um instante. — Quer jantar e conversar?

— Não. Preciso falar disso agora mesmo. — Eu o arrasto para o fim da pista de dança, para longe da banda. — É muito importante. O nome dela era Sadie e ela foi apaixonada por um rapaz chamado Stephen nos anos 1920. Achava que ele era um

canalha que a tinha usado e esquecido. Mas ele a amava. Sei disso. Mesmo depois de ir para a França, ele a amava.
 As palavras saem num fluxo urgente. Estou olhando diretamente para Sadie. Preciso passar essa mensagem. Ela precisa acreditar em mim.
 — Como sabe? — O queixo dela está mais orgulhoso do que nunca, mas a voz trêmula é reveladora — Do que está falando?
 — Sei porque ele mandou cartas para ela da França. — Falo além de Ed, para Sadie. — Porque ele se incluiu no colar. E porque ele nunca mais pintou outro retrato pelo resto da vida. As pessoas imploravam, mas ele sempre dizia: "*J'ai peint celui que j'ai voulu peindre*", "Pintei quem eu quis pintar". Vendo o quadro, você entende. Por que ele iria querer pintar outra pessoa depois de Sadie? — De repente, minha garganta se fecha.
 — Ela era a coisa mais linda que alguém podia ver. Era radiante. E estava usando o colar... Quando vemos o colar no quadro, tudo faz sentido. Ele a amava. Mesmo que ela tenha levado a vida toda sem saber disso. Mesmo que ela tenha vivido até os 105 anos sem ter uma resposta. — Enxugo uma lágrima.
 Ed parece atônito. Não é nenhuma surpresa. Num minuto, estávamos nos beijando. No outro, estou descarregando nele uma torrente de história familiar.
 — Onde você viu o quadro? Onde está? — Sadie dá um passo em minha direção, tremendo inteira, com o rosto pálido. — Estava perdido. Tinha se queimado.
 — Você conhecia bem sua tia-avó? — Ed pergunta simultaneamente.
 — Eu não a conheci quando viva. Mas, depois que morreu, fui a Archbury, onde ela viveu. Ele é famoso. — Viro-me para Sadie. — Stephen é famoso.
 — Famoso? — Sadie parece perplexa.
 — Há um museu inteiro dedicado a ele. Ele se chamava Cecil Malory. Foi descoberto muito depois de morrer. E o retra-

to é famoso também. Foi recuperado, está numa galeria e todos o adoram... Você tem que vê-lo. Você tem que vê-lo.
— Agora. — A voz de Sadie está tão baixa que mal consigo ouvi-la. — Por favor. Agora.
— Parece incrível — diz Ed educadamente. — Temos que ir vê-lo algum dia. Podemos passear por umas galerias, almoçar...
— Não. Agora. — Pego a mão dele. — Agora mesmo. Olho para Sadie.
— Vamos.

Nós três estamos sentados no banco de couro, em silêncio. Sadie está a meu lado. Eu estou ao lado de Ed. Sadie não falou nada desde que entrou na galeria. Quando viu o retrato pela primeira vez, achei que ela fosse desmaiar. Ela vacilou em silêncio e apenas olhou, até que enfim expirou, como se tivesse prendido a respiração durante uma hora.

— Olhos incríveis — diz Ed depois de um tempo. Ele me olha com desconfiança, como se não tivesse certeza de como lidar com a situação.

— Incríveis — concordo, mas não consigo me concentrar nele. — Você está bem? — Preocupada, olho para Sadie. — Sei que foi um choque para você.

— Estou legal. — Ed parece confuso. — Obrigado por perguntar.

— Estou bem. — Sadie dá um sorriso abatido.

Ela então volta a contemplar o quadro. Ela já se aproximou para ver o retrato de Stephen oculto no colar, e, por um instante, seu rosto se contorceu tanto de amor e tristeza que tive que desviar os olhos e lhe dar um momento de privacidade.

— Fizeram uma pesquisa na galeria — digo a Ed. — É o quadro mais popular daqui. Será lançada uma linha de produtos com a foto dela. Como pôsteres e canecas. Ela vai ficar tão famosa!

— Canecas. — Sadie balança a cabeça. — Terrivelmente vulgar. — Mas vejo um lampejo de orgulho em seus olhos. — Onde mais vou aparecer?

— E panos de prato, quebra-cabeças... — digo como se estivesse informando a Ed. — O que imaginar. Se ela se preocupava em não deixar uma marca neste mundo... — Deixo as palavras soltas no ar.

— Você tem parentes famosos. — Ed ergue as sobrancelhas.

— Sua família deve ficar orgulhosa.

— Na verdade, não — digo após uma pausa. — Mas vai ficar.

— Mabel. — Ed está consultando o guia que insistiu em comprar na entrada. — Aqui diz: "Imagina-se que a modelo se chame Mabel."

— É o que pensavam — concordo. — Porque está escrito "minha Mabel" atrás do quadro.

— Mabel? — Sadie se vira, com um olhar tão horrorizado que não posso deixar de rir.

— Eu contei que era uma piada entre ela e Cecil Malory — explico apressada. — Era o apelido dela, mas todos acharam que era o nome verdadeiro.

— Tenho *cara* de Mabel?

Um movimento chama minha atenção e levanto o olhar. Para minha surpresa, Malcolm Gledhill está entrando na galeria. Ao me ver, ele dá um sorriso constrangido e alterna a pasta de uma das mãos para a outra.

— Ah, Srta. Lington. Olá. Depois de nossa conversa de hoje, pensei em vir dar outra olhada nela.

— Eu também — concordo. — Eu gostaria de apresentar...

De repente percebo que estou prestes a apresentar Sadie a ele.

— Ed. — Rapidamente viro a mão para o outro lado. — Este é Ed Harrison. Malcolm Gledhill. Ele é o encarregado da coleção.

Malcolm se junta a nós três no banco, e por um momento ficamos apenas contemplando o quadro.

— O quadro está na galeria desde 1982 — diz Ed, ainda lendo o guia. — Por que a família se desfez dele? É estranho.

— Boa pergunta — diz Sadie, voltando a si de repente. — Era meu. Ninguém deveria ter permissão para vendê-lo.

— Boa pergunta — repito com firmeza. — Pertencia a Sadie. Ninguém deveria ter permissão para vendê-lo.

— E o que eu quero saber é: quem *vendeu*? — ela acrescenta.

— Quem *vendeu*? — repito.

— Quem *vendeu*? — repete Ed.

Malcolm Gledhill se mexe, pouco à vontade no banco.

— Como eu disse hoje, Srta. Lington, foi um acordo confidencial. Até que sejam tomadas providências legais, a galeria está proibida...

— Está bem, está bem — interrompo. — Já entendi, não pode me contar. Mas vou descobrir. Esse quadro pertencia a minha família. Nós merecemos saber.

— Vamos ver se eu entendi. — Ed finalmente demonstra interesse na história. — Alguém *roubou* o quadro?

— Não sei. — Dou de ombros. — Passou anos desaparecido, até que o encontrei aqui. Tudo o que sei é que foi vendido para a galeria nos anos 1980, mas não sei quem o vendeu.

— O senhor sabe? — Ed se vira para Malcolm Gledhill.

— Sei — ele afirma, relutante.

— Não pode dizer a ela?

— Não... Bem... Não.

— É algum segredo oficial? — insiste Ed. — Envolve armas de destruição em massa? A segurança nacional corre perigo?

— Não exatamente. — Malcolm parece mais perturbado do que nunca. — Mas há uma cláusula de confidencialidade no contrato...

— Está bem. — Ed assume o papel de consultor que toma o controle da situação. — Vou pôr um advogado no caso amanhã de manhã. É um absurdo.

— Completamente absurdo — interfiro, estimulada pela postura contestadora de Ed. — E não vamos deixar barato. Sabia que Bill Lington é meu tio? Garanto que ele vai usar todos os recursos para derrubar essa... confidencialidade absurda. O quadro *é nosso*.

Malcolm Gledhill está totalmente acuado.

— O contrato afirma claramente... — diz ele enfim, depois perde o rumo. Vejo seus olhos voltando à pasta constantemente.

— O arquivo está aí? — pergunto com uma inspiração repentina.

— Para falar a verdade, está — diz Malcolm Gledhill com cautela. — Estou levando os documentos para analisar em casa. Cópias, é claro.

— Então pode nos mostrar o contrato — diz Ed, baixando a voz. — Não vamos dedurá-lo.

— Não posso mostrar nada! — Malcolm Gledhill quase cai do banco de tão horrorizado. — Como já disse tantas vezes, é uma informação confidencial.

— É claro que é. — Adoto uma voz consoladora. — Nós entendemos. Mas talvez você possa me fazer um favor e verificar a data de aquisição. Isso não é confidencial, é?

Ed me olha em dúvida, mas finjo que não percebi. Bolei outro plano. Um que Ed não vai entender.

— Foi em junho de 1982, eu me lembro — diz Malcolm Gledhill.

— Mas e o dia exato? Pode dar uma olhadinha no contrato?

— Eu o encaro com inocência. — Por favor? Iria ajudar muito.

Malcolm Gledhill me olha com desconfiança, mas é óbvio que não acha motivos para negar. Ele se abaixa, destrava a pasta e retira os documentos.

Capto o olhar de Sadie e inclino a cabeça sorrateiramente para Malcolm Gledhill.
— O que é? — ela pergunta.
Pelo amor de Deus. E acha que *eu* sou lerda.
Inclino a cabeça de novo para Malcolm Gledhill, que agora está alisando uma folha de papel.
— O que é? — ela repete impacientemente. — O que está tentando dizer?
— Aqui está. — Ele coloca óculos de leitura. — Deixe-me encontrar a data...
Meu pescoço vai cair se eu inclinar mais a cabeça. Francamente, acho que vou morrer de frustração naquele instante. Ali está a informação que queremos. Bem ali. Escancarada para qualquer um de natureza fantasmagórica e invisível. E Sadie continua me encarando sem entender.
— Olhe — murmuro pelo canto da boca. — Olhe! *Olhe!*
— Ah! — O rosto dela finalmente demonstra que entendeu.
Um nanossegundo depois, ela está de pé atrás de Malcolm Gledhill, olhando por cima do ombro dele.
— Olhar o quê? — pergunta Ed, confuso, mas nem dou ouvidos.
Estou avidamente observando Sadie enquanto ela lê, fecha o rosto, engasga. E olha para mim.
— William Lington. Ele o vendeu por 500 mil libras.
— William Lington? — Eu a olho, atônita. — Está falando... de tio Bill?
O efeito de minhas palavras é extremo e imediato para Malcolm Gledhill. Ele reage com violência, aperta o papel no peito, fica pálido, fica vermelho, olha para o papel e depois o agarra de novo.
— O quê... O que disse?
Também tenho dificuldade de digerir isso.

— William Lington vendeu o quadro para a galeria. — Tento manter a firmeza, mas minha voz sai fraca. — Esse é o nome no contrato.

— Está de brincadeira... — Os olhos de Ed brilham. — Seu próprio tio?

— Por meio milhão de libras.

Malcolm Gledhill parece que vai se esvair em lágrimas.

— Não sei como conseguiu essa informação. — Ele apela para Ed: — O senhor será testemunha que não revelei nenhuma informação à Srta. Lington.

— Ela está certa? — pergunta Ed, erguendo as sobrancelhas. Isso só traz mais pânico a Malcolm Gledhill.

— Não posso dizer que sim... nem que não... — Ele para e enxuga a testa. — Em nenhum momento perdi o contrato de vista, em nenhum momento deixei à mostra...

— Não foi preciso — diz Ed, consolador. — Ela é vidente.

Minha mente está a mil enquanto tento superar o choque e analisar tudo aquilo. Tio Bill estava com o quadro. Tio Bill vendeu o quadro. A voz de meu pai fica ecoando em minha cabeça: "Guardei num armazém e o deixei lá durante anos. Ninguém tinha forças para resolver aquilo. Foi Bill que deu um jeito... É estranho imaginar, mas Bill estava desocupado naquela época."

É óbvio. Ele deve ter encontrado o quadro anos atrás, reconhecido seu valor e o vendido para a London Portrait Gallery através de um acordo secreto.

— Você está bem? — Ed toca meu braço. — Lara?

Mas não consigo me mexer. Agora minha mente está mais acelerada. E descontrolada. Estou somando dois e dois. Estou somando oito e oito. E estou chegando a 100 milhões.

Bill montou a Lingtons Coffee em 1982.

No mesmo ano em que secretamente ganhou meio milhão ao vender o quadro de Sadie.

E agora, finalmente, *finalmente*, tudo está se encaixando. Tudo está fazendo sentido. Ele conseguiu 500 mil libras sem que ninguém soubesse. Quinhentas mil libras que ele nunca mencionou. Em nenhuma entrevista. Em nenhuma palestra. Em nenhum livro.

Estou zonza. A gravidade disso está sendo assimilada aos poucos. É tudo mentira. O mundo inteiro acha que ele é um gênio dos negócios, que começou com apenas duas moedinhas. Na verdade, foi com meio milhão de notas.

E ele encobriu tudo para que ninguém soubesse. Deve ter percebido que era Sadie no quadro assim que bateu o olho nele. Sabia que pertencia a ela. Mas deixou o mundo acreditar que era uma criada chamada Mabel. Provavelmente, ele mesmo divulgou a história. Assim ninguém iria bater à porta de nenhum Lington para perguntar quem era a linda garota do quadro.

— Lara? — Ed está balançando a mão na frente de meu rosto. — Fale comigo. O que houve?

— O ano de 1982. — Levanto o olhar vidrado. — Lembra de alguma coisa? Foi quando tio Bill começou a Lingtons Coffee. Sabe? Com as famosas "duas moedinhas". — Faço sinais de aspas com os dedos. — Ou será que, na verdade, foi com meio milhão de libras que ele começou? Que ele se esqueceu de mencionar porque não eram dele, para começo de conversa?

Silêncio. Vejo as peças se encaixando na mente de Ed.

— Meu Deus — diz ele enfim, e olha para mim. — Isso é sério. Muito sério.

— Eu sei. — Engulo em seco. — Muito sério.

— Então toda a história das Duas Moedinhas, as palestras, o livro, o DVD, o filme...

— É tudo mentira.

— Se eu fosse Pierce Brosnan, iria ligar agora mesmo para meu agente. — Ed ergue as sobrancelhas de um jeito cômico.

Eu também riria se não quisesse chorar. Se não estivesse tão triste, furiosa e enojada com o que tio Bill fez.

O quadro era de Sadie. Só ela podia vendê-lo ou guardá-lo. Ele o pegou, o levou e nunca disse uma palavra. Como ele pôde fazer isso? Como ele *pôde*?

Com uma clareza enervante, vejo um universo paralelo onde alguém, alguém decente como meu pai, encontrou o quadro e fez a coisa certa. Vejo Sadie sentada na casa de repouso, usando o colar, contemplando seu belo quadro durante toda a velhice, até que a última luz se extinguisse de seus olhos.

Ou talvez ela o vendesse. Mas ela teria o direito de vendê-lo. A glória seria *dela*. Eu a vejo sendo levada da casa de repouso para ver o quadro pendurado na London Portrait Gallery. Vejo a alegria que ela teria sentido. E até a vejo sentada numa cadeira, ouvindo as cartas de Stephen sendo lidas para ela por algum gentil arquivista.

Tio Bill roubou dela anos e anos de uma possível felicidade. Nunca vou perdoá-lo.

— Ela tinha que ter sabido. — Não consigo mais conter a raiva. — Sadie tinha que ter sabido que estava exposta aqui. Ela morreu sem fazer ideia disso. E isso foi errado. Foi errado.

Olho para Sadie, que se afastou da conversa como se não tivesse interesse. Ela dá de ombros, como que para fazer passar toda a minha angústia e fúria.

— Querida, não estenda esse assunto. É entediante *demais*. Pelo menos descobri agora. Pelo menos ele não foi destruído. E, pelo menos, não pareço tão *gorda* quanto eu lembrava — ela acrescenta com uma animação repentina. — Meus braços estão maravilhosos, não estão? Sempre tive braços bonitos.

— São magros demais para o meu gosto — disparo sem poder evitar.

— Pelo menos não são duas *almofadas*.

Sadie olha em meus olhos e trocamos sorrisos cansados. A valentia dela não me engana totalmente. Ela está pálida e trêmula, e posso ver que a descoberta a abalou. Mas o queixo está erguido, altivo e orgulhoso como sempre.

Malcolm Gledhill parece terrivelmente desconfortável.

— Se soubéssemos que ela ainda estava viva, se alguém tivesse nos contado...

— Vocês não tinham como saber — digo, a raiva relativamente controlada. — Nem mesmo nós sabíamos que era ela.

Porque tio Bill não deu nem um pio. Porque ele encobriu a coisa toda com um contrato anônimo. Não me admira que ele quisesse o colar. Era a única ligação entre Sadie e o retrato. Era a única coisa que poderia revelar o golpe. O quadro deve ter sido uma bomba-relógio para ele, contando o tempo em silêncio todos esses anos. E agora, finalmente, disparou. Bum. Ainda não sei como, mas vou vingar Sadie. Pra valer.

Em silêncio e gradativamente, nos viramos para contemplar o quadro de novo. É quase impossível ficar sentada nesta galeria e não acabar olhando para ele.

— Eu lhe disse que é o quadro mais popular da galeria — diz Malcolm Gledhill depois de um tempo. — Falei com o departamento de marketing hoje, e eles vão transformá-la no símbolo da galeria. Ela será usada em todas as campanhas.

— Quero aparecer num batom — diz Sadie, virando-se de repente, determinada. — Um lindo batom de cor forte.

— Ela deveria aparecer num batom — digo para Malcolm Gledhill. — E o senhor deveria batizá-lo com o nome dela. Era o que ela iria querer.

— Verei o que posso fazer. — Ele parece um pouco nervoso. — Não é bem a minha área...

— Depois eu aviso do que mais ela iria gostar. — Dou uma piscadinha para Sadie. — Vou ser a agente extraoficial dela a partir de agora.

— O que será que ela está pensando? — diz Ed, ainda a contemplando. — A expressão dela é muito intrigante.

— Sempre penso nisso — continua Malcolm Gledhill ansiosamente. — Ela parece ter um olhar sereno e feliz... Obviamente, pelo que disseram, ela tinha uma conexão *emocional* com Malory. Sempre imagino se ele não estava lendo poesia para ela enquanto pintava...

— Esse homem é um idiota — Sadie resmunga em meu ouvido. — O que estou pensando é óbvio. Estou olhando para Stephen e pensando: "Quero agarrar esse homem."

— Ela queria agarrar o homem — digo para Malcolm Gledhill. Ed olha para mim sem poder acreditar, depois dá uma gargalhada.

— Tenho que ir... — Malcolm Gledhill claramente já nos viu demais para uma noite.

Ele pega a pasta, acena para nós e rapidamente sai andando. Alguns segundos depois, posso ouvi-lo praticamente correndo pelos degraus de mármore.

Olho para Ed e sorrio.

— Desculpe pela distração.

— Sem problemas. — O olhar dele é curioso. — Então... tem mais algum artista para revelar esta noite? Alguma escultura familiar perdida? Mais alguma revelação de vidente? Ou podemos jantar?

— Jantar. — Eu me levanto e olho para Sadie.

Ela ainda está lá sentada, com os pés para cima do banco e o vestido amarelo flutuando em volta, contemplando a si mesma aos 23 anos, como se pudesse absorvê-la.

— Você vem? — pergunto, delicadamente.

— É claro — diz Ed.

— Ainda não — diz Sadie, sem mexer a cabeça. — Podem ir. Nós nos vemos depois.

Acompanho Ed até a saída, depois me viro e dou uma última olhada ansiosa em Sadie. Quero garantir que ela está bem. Mas ela nem repara em mim. Ainda está vidrada. Como se quisesse passar a noite toda sentada ali com o quadro. Como se quisesse compensar todo o tempo perdido.

Como se, finalmente, tivesse encontrado o que estava procurando.

25

Nunca vinguei ninguém. Está sendo mais complicado do que eu esperava. Tio Bill está no exterior e ninguém consegue entrar em contato com ele. (Bem, é claro que conseguem falar com ele. Mas não vão fazer isso pela sobrinha louca.) Não quero escrever para ele nem telefonar. Tem que ser cara a cara. Então, por enquanto, é impossível.

E não ajuda o fato de Sadie querer bancar a superior. Ela acha que não adianta mexer com o passado, que o que está feito, está feito e que eu deveria parar de "ficar falando sobre isso, querida".

Mas não ligo para o que ela pensa. A vingança *será* minha. Quanto mais eu penso no que tio Bill fez, mais irritada eu fico e mais eu quero ligar para meu pai e contar tudo. Mas, de algum jeito, estou mantendo o controle. Sem pressa. Todos sabem que a vingança é um prato que se come quando você já teve bastante tempo para acumular violência e fúria. Além disso, minha prova não vai a lugar algum. O quadro não vai desaparecer da London Portrait Gallery. Nem o tal acordo confidencial que tio Bill assinou tantos anos atrás. Ed já contratou um advogado, que vai começar os procedimentos formais assim que eu autorizar. Que é o que vou fazer assim que tiver enfrentado tio Bill para vê-lo constrangido. Esse é o meu objetivo. (Se ele desmaiar, vai ser a cereja do bolo, mas não tenho muita esperança.)

Dou um suspiro, amasso uma folha de papel e a jogo na lixeira. Quero vê-lo constrangido *agora*! Até já preparei meu discurso vingativo.

Para me distrair, encosto-me à cabeceira da cama para examinar a correspondência. Meu quarto é um ótimo escritório. Não preciso me locomover, e não custa nada. E tem uma cama. Por outro lado, Kate tem que trabalhar na minha penteadeira e sempre prende as pernas debaixo dela.

Chamo minha nova empresa de recrutamento de Magic Search, e estamos funcionando há três semanas. E já conseguimos uma comissão! Fomos recomendadas a uma empresa farmacêutica por Janet Grady, minha nova melhor amiga. (Janet não é idiota. Ela sabe que eu fiz todo o trabalho e Natalie não fez nada. Principalmente porque eu liguei para contar.) Fiz a apresentação sozinha e, há dois dias, soubemos que tínhamos vencido! Pediram uma lista de candidatos para outro cargo de diretor de marketing, que precisava ter conhecimento especializado da indústria farmacêutica. Eu disse ao chefe do RH que era o trabalho perfeito para nós, porque, por acaso, uma de minhas sócias tinha um profundo conhecimento da indústria farmacêutica.

O que, confesso, não é *estritamente* verdade.

Mas acontece que Sadie aprende muito rápido e tem várias boas ideias. Por isso é uma integrante valiosa da equipe da Magic Search.

— Olá! — Sua voz aguda interrompe meu devaneio, e a vejo sentada ao pé da cama. — Eu estava na Glaxo Wellcome. Peguei o número particular de dois funcionários sênior de marketing. Rápido, antes que eu esqueça...

Ela dita dois nomes e dois números de telefone. Números particulares, de linha direta. Valem ouro para uma caça-talentos.

— O segundo acabou de ter um filho — acrescenta. — Provavelmente não vai querer um novo emprego. Mas talvez Rick Young queira. Ele parecia bem entediado durante a reunião. Quando eu voltar, vou dar um jeito de descobrir o salário dele.

"Sadie", escrevo debaixo dos números de telefone, "você é uma estrela. Muitíssimo obrigada."

— De nada — ela responde, confiante. — Foi fácil demais. E agora? Devemos pensar na Europa, sabia? Deve haver um monte de talentos na Suíça e na França.

"Uma ideia genial", escrevo, e levanto o olhar.

— Kate, pode me fazer uma lista das principais empresas farmacêuticas da Europa? Acho que precisamos abrir mais o leque desta vez.

— Boa ideia, Lara — diz Kate, parecendo impressionada. — Vou fazer isso.

Sadie dá uma piscadinha, e eu sorrio. Ter um emprego faz bem a ela. Ela parece mais viva e feliz agora do que jamais vi. Eu até lhe dei um cargo: *caça-talentos chefe*. Afinal, é ela quem realmente caça os talentos.

Ela também encontrou um escritório para nós: um prédio antigo na Kilburn High Road. Podemos nos mudar na semana que vem. Está tudo se encaixando.

Toda noite, depois que Kate vai para casa, Sadie e eu nos sentamos na cama para conversar. Ou melhor, para ela falar. Eu lhe disse que quero *saber* dela. Quero ouvir tudo que ela puder lembrar, seja algo grande, pequeno, importante, trivial... Tudo. Então ela fica ali sentada, brinca com as miçangas, pensa um pouco e me conta coisas. Os pensamentos dela são um pouco desconexos, e nem sempre consigo acompanhá-los. Mas, gradativamente, a imagem da vida dela vai sendo construída.

Ela me contou do chapéu divino que estava usando em Hong Kong quando a guerra foi declarada, do baú de couro onde ela guardou tudo e que se perdeu, da viagem de navio que ela fez para os Estados Unidos, da vez em que foi assaltada à mão armada em Chicago e conseguiu manter o colar, do homem com quem ela dançou uma noite e que depois se tornou presidente...

E eu fico ali sentada, totalmente fascinada. Nunca ouvi uma história assim. Ela teve uma vida incrível e vibrante. Às vezes divertida, às vezes emocionante, às vezes desesperadora, às vezes chocante. Não consigo imaginar ninguém mais levando essa vida. Apenas Sadie.

Também falo um pouco. Falei de como foi crescer com meus pais, das aulas de equitação de Tonya e de minha mania de nado sincronizado. Contei dos ataques de ansiedade de minha mãe e de como eu gostaria que ela pudesse relaxar e curtir a vida. Contei que, a vida toda, sempre estivemos à sombra do tio Bill.

Não comentamos muito sobre as histórias. Só ouvimos.

Mais tarde, quando vou dormir, Sadie vai para a London Portrait Gallery e fica sentada com o quadro dela a noite toda, sozinha. Ela não me disse que faz isso. Mas eu sei, pelo jeito como ela desaparece silenciosamente, com o olhar distante e sonhador. E pelo jeito como ela volta, pensativa e distraída, falando da infância, de Stephen e de Archbury. Fico feliz por ela ir. O quadro é tão importante que ela *deve* passar um tempo com ele. E assim ela não precisa dividi-lo com ninguém.

Por coincidência, é bom para mim também que ela passe a noite fora. Por... vários motivos.

Nada específico.

Ah, claro. *Está bem.* Há um motivo específico. Que seria o fato de Ed recentemente ter passado algumas noites em minha casa.

Fala sério. Você consegue pensar em algo pior do que um fantasma rondando pelo quarto enquanto você está... conhecendo melhor o seu namorado? A ideia de Sadie fazendo a narração é mais do que posso aguentar. E ela não tem vergonha. Sei que iria ficar nos observando. Provavelmente, iria nos dar pontos, ou dizer com desprezo que era muito melhor na época dela, ou gritar de repente "Mais rápido!" no ouvido de Ed.

Eu já a peguei entrando no chuveiro numa manhã em que Ed e eu estávamos lá. Gritei e tentei expulsá-la, acabei dando uma cotovelada no rosto de Ed e levei uma hora para me recuperar. E Sadie não ficou nem um pouco arrependida. Ela disse que eu exagerei e que ela só queria nos fazer companhia. *Companhia?*

Ed ficou me olhando estranho depois disso. Parece até que ele suspeita. Quer dizer, é óbvio que ele não poderia adivinhar a verdade, seria impossível. Mas ele é muito observador. E garanto que sabe que tem algo esquisito na minha vida.

O telefone toca e Kate atende:

— Alô. Magic Search. Posso ajudá-lo? Ah. É claro, vou transferir. — Ela aperta o botão de "hold" e diz: — É Sam, do escritório de Bill Lington. Parece que você ligou para lá.

— Ah, claro. Obrigada, Kate.

Respiro fundo e pego o fone. Lá se vai meu último discurso.

— Alô, Sam — digo com gentileza. — Obrigada por retornar. O motivo por que liguei é... Hum... Estou tentando organizar uma surpresa divertida para meu tio. Sei que ele está viajando, será que você poderia me dar os detalhes do voo? É óbvio que não vou divulgá-los! — acrescento com uma risadinha descontraída.

É um blefe completo. Nem sei se ele vai voltar de onde está. Talvez esteja no *Queen Elizabeth 2* ou viajando num submarino feito sob medida. Nada me surpreende.

— Lara. — Sam suspira. — Acabei de falar com Sarah. Ela me disse que você esteve tentando falar com Bill. Também me informou que você foi banida da casa.
— Banida? — Finjo um enorme choque. — Está falando sério? Bem, não faço ideia do motivo. Só estou tentando organizar uma festinha surpresa para o aniversário de meu tio...
— O aniversário dele foi no mês passado.
— E daí? Estou um pouco atrasada!
— Lara, não posso dar informações confidenciais do voo — Sam diz calmamente. — Nenhuma informação. Lamento. Tenha um bom dia.
— Certo. Bem... Obrigada. — Desligo o telefone. Droga.
— Está tudo bem? — Kate pergunta ansiosamente.
— Está sim. — Dou um sorriso. Mas, a caminho da cozinha, minha respiração fica difícil e meu sangue está fervendo, intoxicado de frustração. Tenho certeza de que esta situação faz mal para minha saúde. Mais um motivo para culpar o tio Bill. Ponho a água para ferver e me encosto à bancada, respirando fundo para tentar me acalmar.

Hare hare... A vingança será minha... hare hare... Só preciso ter paciência...

O problema é que cansei de ter paciência. Pego uma colher de chá e bato a gaveta com um satisfatório estrondo.
— Nossa! — Sadie aparece, empoleirada no fogão. — Qual é o problema?
— Você sabe. — Puxo o saquinho de chá com força e o atiro na lixeira. — Quero pegá-lo.
Sadie arregala os olhos.
— Eu não sabia que você estava tão brava...
— Eu não estava. Mas agora estou. Estou de saco cheio. — Entorno leite no chá e jogo a caixa na geladeira. — Sei que você está sendo magnânima, mas não entendo como consegue isso. Eu só quero... socá-lo. Toda vez que passo por uma cafeteria

Lingtons, vejo uma grande estante com "Duas Moedinhas" à venda. Aí quero entrar correndo e gritar: "Para tudo, gente! Não foram duas moedinhas! Foi a fortuna da minha tia-avó!"

Suspiro e tomo um gole de chá. E olho para Sadie com curiosidade.

— Não quer se vingar dele? Você deve ser uma santa.

— Talvez "santa" seja um *pouco* forte... — Ela alisa o cabelo.

— Não é. Você é incrível. — Seguro a caneca com as duas mãos. — O jeito como você segue em frente. O jeito como não se prende às coisas. O jeito como você tem visão panorâmica.

— Seguir em frente — ela diz com simplicidade. — Sempre foi meu jeito.

— Bem, eu realmente a admiro. Se fosse comigo, eu iria... torturá-lo.

— Eu poderia torturá-lo. — Ela dá de ombros. — Eu poderia ir para o sul da França e infernizar a vida dele. Mas eu seria uma pessoa melhor? — Ela bate no queixo pontudo. — Eu me sentiria melhor?

— Sul da França? — Olho, intrigada, para ela. — Do que está falando?

Sadie imediatamente parece desconfiada.

— Estou chutando. É o tipo de lugar onde ele estaria. É o tipo de lugar para onde os ricos vão.

Por que ela está evitando meu olhar?

— Ai, meu *Deus* — digo ofegante quando a ficha cai. — Você sabe onde ele está, não sabe? Sadie! — exclamo enquanto ela vai desaparecendo. — Não *ouse* desaparecer!

— Está bem. — Ela reaparece, um pouco irritada. — Sim. Eu sei onde ele está. Fui ao escritório dele. Foi muito fácil descobrir.

— Por que não me *contou*?

— Porque... — Ela dá de ombros, distante e descompromissada.

— Porque você não queria admitir que é tão malvada e vingativa quanto eu! Então fale! O que fez com ele? Precisa me dizer agora.

— Não fiz nada! — responde com arrogância. — Pelo menos, nada de mais. Eu só queria olhar para ele. Ele é muito, muito rico, não é?

— Incrivelmente — concordo. — Por quê?

— Parece que ele é dono de uma praia inteira. Foi lá que o encontrei. Ele estava deitado ao sol, coberto de óleo, com vários empregados cozinhando para ele. Parecia enormemente satisfeito consigo. — Uma careta de repulsa aparece no rosto dela.

— Você não quis acusá-lo? Não quis brigar com ele?

— Para dizer a verdade... gritei com ele — ela diz depois de uma pausa. — Não pude evitar. Eu estava muito brava.

— Que bom! Você *deveria* gritar mesmo! O que disse?

Estou muito empolgada. Não acredito que Sadie foi enfrentar tio Bill na praia particular dele, sozinha. Sinceramente, estou um pouco magoada por ela ter me deixado de fora. Mas acho que ela tem o direito de se vingar como quiser. E estou feliz por ela o ter atacado. Espero que ele tenha ouvido cada palavra.

— Me conte o que você disse — insisto. — Conte palavra por palavra, começando do começo.

— Eu disse que ele era gordo — ela responde com satisfação.

Por um instante, acho que entendi errado.

— Você disse que ele era *gordo*? — Olho, incrédula, para ela. — Só isso? Essa foi sua vingança?

— É a vingança perfeita! — retruca Sadie. — Ele pareceu muito perturbado. Ele é terrivelmente vaidoso, sabe?

— Bem, acho que podemos fazer mais do que isso — digo, decidida, largando a caneca. — Eis o plano, Sadie. Você vai me

dizer para onde devo reservar a passagem. E vamos pegar o avião amanhã. E você vai me levar até ele, certo?
— Certo. — Os olhos dela se iluminam. — Será como sair de férias!

Sadie levou a sério a ideia das férias. A sério demais, se quer saber. Ela se vestiu para a viagem com uma roupa leve e aberta nas costas, feita de um material laranja e sedoso, que ela chama de "pijamas de praia". Está usando um enorme chapéu de palha, carregando uma sombrinha e uma cesta de vime e fica cantarolando uma canção sobre estar *"sur la plage"*. Está tão alegre que quase tenho vontade de brigar com ela porque isso é sério e mandá-la parar de torcer as fitas do chapéu. Mas ela não liga. Já viu tio Bill, já gritou com ele, liberou a tensão dela. A minha ainda está trancada dentro de mim. Eu não relaxei. Não mudei de fase. Quero que ele pague. Quero que ele sofra. Quero que ele...
— Mais champanhe? — Uma aeromoça sorridente aparece a meu lado.
— Ah. — Fico na dúvida, então estendo a taça. — Hum... Pode ser. Obrigada.

Viajar com Sadie é uma experiência sem igual. Ela berrou com passageiros no aeroporto e fomos levadas para o início da fila. Depois ela berrou com a garota do balcão, e eu recebi um upgrade. Agora a aeromoça fica me enchendo de champanhe! (Na verdade, não sei se é por causa de Sadie ou do assento elegante.)
— Não é divertido? — Sadie desliza para o assento a meu lado e fita meu champanhe com vontade.
— É, ótimo — murmuro, fingindo estar falando num gravador.
— Como está Ed? — Ela consegue fazer dez insinuações a cada sílaba.
— Bem, obrigada — digo baixinho. — Ele acha que estou viajando com uma velha amiga de escola.

— Sabia que ele falou de você para a mãe dele?

— Como é que é? — Eu me viro para ela. — Como você sabe?

— Por acaso, passei pelo escritório dele outro dia — Sadie diz sutilmente. — Pensei em aparecer, e ele estava ao telefone. Consegui pegar uns trechos da conversa.

— Sadie — sibilo —, estava *espionando*?

— Ele disse que Londres estava dando muito certo para ele.

— Sadie ignora minha pergunta. — Então disse que tinha conhecido alguém que o deixava feliz por Corinne ter feito o que fez. Ele disse que não poderia imaginar e nem estava procurando nada... mas aconteceu. E a mãe dele disse que estava muito animada e que mal podia esperar para conhecê-la, e ele disse: "Calma, mãe." Mas estava rindo.

— Ah. Bem... Ele tem razão. É melhor não nos apressarmos.

Tento parecer indiferente, mas estou vibrando com um prazer secreto. Ed falou de mim para a mãe dele!

— E você *não está* feliz por não ter ficado com Josh? — Sadie pergunta de repente. — Não está feliz por eu ter salvado você daquele destino horrível?

Tomo um gole de champanhe, evitando o olhar dela, travando uma pequena luta interna. Francamente, sair com Ed depois de Josh é como passar para um pão integral Duchy Originals supersaboroso depois de comer pão branco de plástico. (Não quero ser grossa quanto a Josh. E não percebi isso na época. Mas é assim. Ele é. Pão branco de plástico.)

Então eu deveria ser sincera e dizer: "É, Sadie, estou feliz por você ter me salvado daquele destino horrível." Só que ela vai ficar tão convencida que eu não vou aguentar.

— A vida segue caminhos diferentes — respondo enfim, misteriosamente. — Não devemos avaliá-los ou julgá-los, meramente respeitá-los e aceitá-los.

— Quanta baboseira — ela diz com desprezo. — Eu sei que salvei você de um destino horrível, e se você nem pode agradecer...
De repente, ela se distrai com a vista da janela.
— Veja! Estamos quase lá!
Precisamente naquele momento, os avisos se acendem e todos apertam os cintos, menos Sadie, que está flutuando pela cabine.
— A mãe dele tem muito estilo, sabe? — ela continua.
— Mãe de quem? — Não entendo nada.
— Do Ed, é claro. Acho que você e ela vão se dar bem.
— Como você sabe? — pergunto, intrigada.
— Eu fui ver como ela era, é claro — ela responde despreocupadamente. — Eles moram perto de Boston. Numa casa muito bacana. Ela estava na banheira. Tem um corpo muito bonito para uma mulher da idade dela...
— Sadie, pare! — Quase não consigo falar de tão incrédula.
— Você não pode fazer isso! Não pode espionar todo mundo que eu conheço!
— Posso sim — ela responde, arregalando os olhos para mostrar que é óbvio. — Sou seu anjo da guarda. É meu dever cuidar de você.
Olho para ela, desnorteada. O motor do avião começa a roncar ao iniciar a descida, meus ouvidos começam a estalar e há um leve enjoo em meu estômago.
— Odeio essa parte. — Sadie franze o nariz. — Vejo você lá.
Antes que eu possa dizer qualquer coisa, ela desaparece.

Do aeroporto de Nice até a casa de tio Bill, é uma longa viagem de táxi. Paro para tomar um copo de Orangina no café da cidade e pratico com o dono meu francês aprendido na escola, para a diversão de Sadie. Voltamos para o táxi e completamos o percurso até a mansão de tio Bill. Ou complexo. Ou seja lá como se chama uma enorme casa branca com várias casas espalhadas pela propriedade, uma minivinícola e um heliporto.

O lugar tem um milhão de funcionários, mas isso não importa para quem tem um fantasma que fala francês. Todo empregado que encontramos logo vira uma estátua de olhar embaçado. Atravessamos o jardim sem sermos incomodadas, e Sadie me leva rapidamente ao penhasco, com degraus recortados e guarda-corpo. Ao fim da escada, há uma praia e, depois dela, o mar Mediterrâneo.

Então é isso que você ganha sendo o dono da Lingtons Coffee. Sua própria praia. Sua própria vista. Sua própria fatia do mar. De repente, consigo entender a razão para uma riqueza imensa.

Por um momento, fico apenas parada ali, protegendo os olhos da claridade do sol, observando tio Bill. Eu o tinha imaginado relaxando numa espreguiçadeira, vigiando o império, talvez acariciando um gato branco com a mão maligna. Mas ele não está vigiando nada *nem* relaxando. Na verdade, a cena não é nada como imaginei. Ele está com um personal trainer, fazendo abdominais e suando em profusão. Fico boquiaberta enquanto ele faz cada exercício, quase uivando de dor, e desmaia no colchão.

— Me... dê... um... minuto... — diz ofegante. — Depois mais cem.

Ele está tão absorvido que não percebe enquanto silenciosamente desço os degraus do penhasco, acompanhada de Sadie.

— Talvez deva descansar agora — diz o treinador, parecendo preocupado ao examinar tio Bill. — Já malhou bastante.

— Ainda preciso trabalhar os abdominais — responde tio Bill, apertando o corpo com insatisfação. — Preciso perder gordura.

— Sr. Lington. — O treinador parece totalmente contrariado. — Não tem gordura para perder. Quantas vezes preciso dizer isso?

— *Tem sim!* — Dou um pulo enquanto Sadie rodopia pelo ar até tio Bill. — *Você está gordo!* — berra no ouvido dele. — *Gordo, gordo, gordo! Você está nojento!*

O rosto de tio Bill fica alarmado. Parecendo desesperado, ele afunda de novo no colchão e começa a fazer mais abdominais, gemendo com o esforço.

— Isso — diz Sadie, flutuando por cima dele e olhando para baixo com desdém. — Sofra. Você merece.

Não consigo deixar de rir. Tenho que tirar o chapéu para ela. É uma vingança brilhante. Nós o observamos fazendo caretas e arfando mais um pouco, então Sadie avança de novo.

— *Agora mande os empregados saírem!* — ela grita no ouvido dele, e tio Bill para no meio do abdominal.

— Já pode ir, Jean-Michel — ele diz sem fôlego. — Nos vemos à noite.

— Tudo bem. — O treinador recolhe todo o equipamento, limpando a areia. — Vejo você às 6.

Ele sobe os degraus do penhasco, acenando educadamente com a cabeça ao passar por mim, e vai em direção à casa.

Certo. Chegou a minha vez. Respiro profundamente o ar quente do Mediterrâneo e começo a descer os últimos degraus. Minhas mãos estão úmidas quando chego à praia. Dou alguns passos na areia quente e fico parada, esperando que tio Bill me veja.

— Quem...? — Ele me vê de relance ao deitar no colchão.

Imediatamente, se senta de novo e gira o corpo. Parece completamente estupefato e um pouco doente. Não estou surpresa, depois de ele ter feito 59 mil abdominais.

— É... Lara? O que está fazendo aqui? Como chegou aqui?

Ele parece tão confuso e exausto que quase sinto pena dele. Mas não vou me permitir isso. Nem vou ser atraída para uma conversinha. Tenho um discurso e vou fazê-lo.

— É, sim — digo com a voz mais imponente e arrepiante que consigo. — Lara Alexandra Lington. Filha de um pai traído. Sobrinha-neta de uma tia-avó traída. Sobrinha de um tio traidor, malvado e mentiroso. Eu vou me vingar.

Fiquei tão satisfeita ao dizer esse trecho que o repito, a minha voz ecoando pela praia.

— Eu vou me *vingar*!

Meu Deus, eu teria amado ser estrela de cinema.

— Lara.

Tio Bill agora parou de ofegar e quase recuperou o autocontrole. Ele enxuga o rosto e enrola uma toalha na cintura. Então se vira e sorri para mim com aquele velho ar gentil e condescendente.

— Muito emocionante. Mas não faço ideia do que está falando nem de como passou pelos meus guardas...

— Você sabe do que estou falando — digo com rispidez. — Você sabe.

— Lamento, não faço ideia.

O silêncio é total, exceto pelas ondas quebrando na praia. O sol parece mais intenso do que antes. Nenhum de nós se mexeu.

Ele está apostando no meu blefe. Deve achar que está seguro. Deve achar que o acordo de anonimato o protege e ninguém jamais vai descobrir nada.

— Está falando do colar? — tio Bill diz de repente, como se fosse a primeira vez em que pensasse nisso. — É uma bijuteria bonita, e entendo seu interesse. Mas não sei onde está. Acredite. Agora, seu pai disse que tenho um emprego para oferecer a você? É por isso que veio? Porque com certeza ganhou pontos pela perspicácia, mocinha.

Ele sorri e calça um par de chinelos pretos. Está invertendo a situação. A qualquer minuto, vai pedir bebidas e dar um jeito de fingir que esta visita foi ideia dele. Está tentando me comprar, me distrair, fazer tudo do jeito dele. Como tem feito todos esses anos.

— Não vim por causa do colar nem do emprego. — Minha voz corta a dele. — Vim por causa da tia Sadie.

Tio Bill levanta os olhos para o céu com uma exasperação conhecida.

— Meu Deus, Lara. Quer dar um tempo? Pela última vez, querida, ela *não foi* assassinada, ela *não tinha* nada de especial...

— E da pintura dela que você encontrou — continuo, impassível. — De Cecil Malory. E do contrato anônimo que fechou com a London Portrait Gallery em 1982. E das 500 mil libras que você recebeu. E de todas as mentiras que você contou. E do que vai fazer a respeito. É *por isso* que estou aqui.

E observo, satisfeita, o rosto de meu tio murchar como nunca antes. Como manteiga derretendo debaixo do sol.

26

É uma sensação. Está na primeira página de todos os jornais. Todos os jornais. Bill "Duas Moedinhas" Lington "esclareceu" a história. A grande entrevista cara a cara saiu no *Mail* e todos os jornais logo deram a matéria. Ele confessou o lance dos 500 mil. Entretanto, é claro, como é tio Bill, afirmou que o dinheiro era apenas *uma parte* da história. E que os princípios da administração dele ainda poderiam ser aplicados a qualquer um que começasse com duas moedinhas. Então, na verdade, a história não é muito diferente e, de certa forma, meio milhão é *igual* a duas moedinhas, somente a quantidade é diferente. (Então ele percebeu que tinha mandado mal e voltou atrás, mas era tarde demais, já tinna falado.).

Para mim, a questão não é o dinheiro. É que, finalmente, depois de tanto tempo, ele deu crédito a Sadie. Ele contou ao mundo sobre ela, em vez de renegá-la e escondê-la. A citação que a maioria dos jornais usou foi: "Eu não teria conseguido meu sucesso sem minha linda tia, Sadie Lancaster, e terei uma dívida eterna com ela." Que eu ditei a ele, palavra por palavra.

O retrato de Sadie apareceu em todas as capas. A London Portrait Gallery foi invadida. Ela é a nova Mona Lisa. Só que é melhor, porque o quadro é tão grande que há espaço para um monte de gente admirá-la de uma vez. (E ela é muito mais bonita. Acredite.) Nós fomos lá algumas vezes, só para ver as multidões e ouvir as coisas legais que falam sobre ela. Ela até ganhou um site na internet feito por fãs.

Quanto ao livro de tio Bill, ele pode dizer o que quiser sobre princípios administrativos, mas não vai adiantar nada. *Duas Moedinhas* se tornou o maior motivo de piada desde o Domo do Milênio. Foi parodiado em todos os tabloides, todos os comediantes fizeram piada na televisão e a editora ficou tão constrangida que está oferecendo de volta o dinheiro dos compradores. Cerca de vinte por cento das pessoas aceitaram a oferta, aparentemente. Imagino que o resto queira guardá-lo de lembrança ou colocá-lo sobre a lareira para dar risada, algo assim.

Estou folheando um editorial sobre ele no *Mail* de hoje quando meu telefone acusa uma mensagem de texto:

Oi Estou aqui fora. Ed.

Esta é uma das muitas coisas boas de Ed. Ele nunca se atrasa. Feliz, pego minha bolsa, bato a porta e desço as escadas. Kate e eu vamos nos mudar para o novo escritório hoje, e Ed prometeu que iria vê-lo quando fosse para o trabalho. Quando chego à calçada, lá está ele, com um enorme buquê de rosas vermelhas.

— Para o escritório — diz, me presenteando com um beijo.

— Obrigada! — Fico radiante. — Todo mundo vai ficar me olhando no metrô... — Paro, surpreendida, quando Ed põe a mão em meu braço.

— Pensei que poderíamos ir no meu carro hoje — ele diz calmamente.

— *Seu* carro?
— Sim. — Ele inclina a cabeça para um pequeno Aston Martin preto parado ali perto.
— É seu? — Arregalo os olhos em completa surpresa. — Mas... Mas... Como?
— Comprei. Sabe? Concessionária... Cartão de crédito... O processo normal... Achei melhor comprar um britânico — acrescenta com um sorriso irônico.
Ele comprou um Aston Martin? Fácil assim?
— Mas você nunca dirigiu à esquerda. — De repente, fico assustada. — Você anda *dirigindo* essa coisa?
— Fique tranquila. Eu fiz a prova na semana passada. O sistema de vocês é bizarro.
— Não é não — respondo, automaticamente.
— Câmbio de marcha é coisa de maluco. E nem vou *começar* a falar das regras de conversão.
Não acredito. Ele fez segredo absoluto. Nunca falou de carros nem de direção... de nada.
— Mas... Por quê? — Não consigo evitar a pergunta.
— Alguém me disse uma vez — responde, pensativo — que, se você for viver num país, não importa por quanto tempo, deve se *entrosar*. E tem jeito melhor de me entrosar do que aprender a dirigir neste lugar? Agora, quer carona ou não?
Ele abre a porta com um galanteio. Ainda de queixo caído, me sento no banco do carona. É mesmo um carro sensacional. Na verdade, nem ouso pôr as rosas no chão por medo de arranharem o couro.
— Também aprendi os xingamentos ingleses — Ed acrescenta enquanto pega a rua. — "Anda logo, idiota!" — Ele faz um sotaque Cockney, e não posso deixar de rir.
— Muito bom — concordo. — E o que acha de "Mas que lata-velha!"?

— Me ensinaram "Mas que lata-velha de uma figa!". — ele diz. — Fui mal instruído?

— Não, assim também está certo. Mas você precisa acertar o sotaque. — Eu o observo trocar de marcha com eficiência e cortar um ônibus vermelho de dois andares. — Mas eu não entendo. É um carro muito caro. O que vai fazer com ele quando... Eu me interrompo antes que possa dizer mais alguma coisa e tusso de leve.

— O quê? — Ed pode estar dirigindo, mas continua alerta como sempre.

— Nada. — Abaixo o queixo até meu rosto ficar praticamente enterrado no buquê de rosas. — Nada.

Eu ia dizer "Quando você voltar para os Estados Unidos". Mas não falamos sobre isso.

Ficamos em silêncio, então Ed me olha misteriosamente:

— Quem sabe o que vou fazer?

O passeio pelo escritório não demora muito. Na verdade, já terminamos às 9h05. Ed olha duas vezes para tudo e diz que está ótimo, me dá uma lista de contatos que podem ser úteis e precisa ir para o próprio escritório. Cerca de uma hora depois, quando estou enfiada até os cotovelos em cabos de rosas, água e um vaso comprado às pressas, minha mãe e meu pai chegam, também trazendo flores, uma garrafa de champanhe e uma nova caixa de clipes de papel, que é uma piadinha de meu pai.

Apesar de eu ter acabado de mostrar o lugar a Ed, e apesar de ser apenas uma sala com uma janela, um quadro de cortiça, duas portas e duas mesas... não posso conter a animação ao mostrá-lo a eles. É minha. Minha sala. Minha empresa.

— É muito bacana. — Minha mãe olha pela janela. — Mas, querida, tem *certeza* de que pode bancar? Não teria sido melhor ficar com Natalie?

Francamente. Quantas vezes é preciso explicar aos pais que sua ex-melhor amiga é um perigo detestável e inescrupuloso para que eles acreditem?

— Fico melhor sozinha, mãe, acredite. Vejam, este é meu plano de negócios.

Entrego a eles o documento, que está encadernado e numerado, e parece tão elegante que mal posso acreditar que fui eu que fiz. Toda vez que o leio, sinto uma emoção feroz, misturada à ansiedade. Se a Magic Search for um sucesso, minha vida vai estar completa.

Eu disse isso a Sadie hoje de manhã, enquanto líamos mais artigos sobre ela no jornal. Ela ficou quieta por um momento, depois, para minha surpresa, se levantou com um brilho estranho no olhar e disse:

— Sou seu anjo da guarda! Eu *deveria* transformá-la num sucesso.

Aí desapareceu. Tenho uma sensação suspeita de que ela está aprontando alguma. Desde que não envolva mais encontros às cegas...

— Muito impressionante! — diz meu pai, folheando o plano.

— Ed me deu uns conselhos — confesso. — Tem me ajudado muito com o lance de tio Bill também. Me ajudou a fazer a declaração. E foi ele que disse para contratarmos um relações-públicas para cuidar da imprensa. Viram a matéria no *Mail* de hoje, por acaso?

— Ah, é claro — diz meu pai sutilmente, trocando olhares com minha mãe. — Vimos, sim.

Dizer que meus pais estão chocados com tudo que tem acontecido não é o bastante. Nunca os vi tão pasmos quanto no dia em que entrei pela porta, contei que tio Bill queria dar uma palavrinha, me virei para a limusine e disse "Vamos indo" fazendo um gesto com o polegar. E o tio Bill saiu do carro com a mandíbula travada e fez tudo que eu mandei.

Nem meu pai nem minha mãe conseguiram dizer uma palavra. Mesmo depois que tio Bill saiu e eu perguntei "Alguma dúvida?", não disseram nada. Só ficaram sentados no sofá, me olhando com um assombro estupefato. Mesmo agora, depois de terem se recuperado um pouco e a história ter sido divulgada e não ser mais um choque, eles ainda me olham com assombro.

E por que não? Eu *fui* incrível, apesar de eu mesma estar dizendo isso. Armei todo o escândalo para a imprensa, com a ajuda de Ed, e tudo saiu perfeito. Pelo menos, do meu ponto de vista. Talvez não do ponto de vista de tio Bill. Ou de tia Trudy. No dia em que a matéria foi publicada, ela tomou um avião para um spa no Arizona e se internou por tempo indeterminado. Só Deus sabe se vamos tornar a vê-la.

Diamanté, por outro lado, já aproveitou. Fez uma sessão de fotos para a *Tatler* parodiando o quadro de Sadie e está usando a história para divulgar sua grife. O que é de muito mau gosto. E também esperto. Não posso deixar de admirar a audácia dela. Ela não tem culpa por ter um pai tão horrível, certo?

É meu desejo secreto que Diamanté e a tia-avó Sadie pudessem se conhecer. Acho que iriam se dar bem. Elas têm muito em comum, mas é provável que as duas ficassem horrorizadas com a ideia.

— Lara. — Vejo meu pai se aproximando. Ele parece sem graça e não para de olhar para minha mãe. — Queríamos falar com você sobre a tia Sadie...

Ele tosse.

— O que é?

— *Funeral* — diz a minha mãe, com sua voz "discreta".

— Exatamente — concorda meu pai. — Faz tempo que queremos falar sobre isso. É óbvio que depois que a polícia concluiu que ela não tinha sido...

— *Assassinada* — contribui minha mãe.

— Correto. Depois que fecharam o caso, a polícia a liberou... Isso significa..

— *Restos* — sussurra minha mãe.

— Não fizeram isso ainda? — Sinto uma onda de pânico.

— Por favor, me digam que não fizeram o funeral dela.

— Não, não! Estava provisoriamente marcado para esta sexta-feira. Nós *estávamos* planejando contar para você em algum momento... — Ele se dispersa, evasivo.

Sei.

— Em todo caso — minha mãe se apressa em dizer —, isso foi antes.

— Correto. É óbvio que as coisas mudaram um pouco agora — continua meu pai. — Então se você gostaria de se envolver no planejamento...

— É, eu gostaria de me envolver no planejamento — digo, quase com rispidez. — Aliás, acho que vou me encarregar disso.

— Certo. — Meu pai olha para minha mãe. — Bem. Exatamente. Acho que seria justo, dada a quantidade... de *pesquisa* que você fez sobre a vida dela.

— Achamos que você foi maravilhosa, Lara — diz minha mãe com um fervor repentino. — Descobriu tudo aquilo. Quem iria saber, se não fosse por você? Talvez a história nunca fosse revelada! Éramos todos capazes de morrer sem saber a verdade!

Minha mãe sempre traz à tona a morte de *todos*.

— Aqui estão as informações do agente funerário, querida.

— Meu pai me entrega um panfleto, e o enfio no bolso desajeitadamente quando a campainha toca.

Vou até o videofone e examino a imagem granulada em preto e branco na pequena tela. Acho que é um homem, se bem que a imagem é tão ruim que até poderia ser um elefante.

— Alô?

— É Gareth Birch, da Print Please — diz o homem. — Trouxe seus cartões de visita.
— Ótimo! Pode entrar!
Pronto. Agora sei que realmente tenho uma empresa. Tenho cartões de visita!
Recebo Gareth Birch no escritório, abro a caixa animada e distribuo cartões para todos. Está escrito "Lara Lington, Magic Search" e há um desenho em relevo de uma pequena varinha mágica.
— Por que fez a entrega pessoalmente? — pergunto ao assinar o recibo. — É muita gentileza, mas sua sede não fica em Hackney? Eles não seriam mandados pelo correio?
— Eu quis fazer um favor — diz Gareth Birch com um olhar vidrado. — Aprecio enormemente tê-la como cliente, e isso é o mínimo que posso fazer.
— Como é? — Eu o encaro, perplexa.
— Aprecio enormemente tê-la como cliente — repete ele, de um jeito meio robótico. — É o mínimo que posso fazer.
Ai, meu Deus. Sadie. O que ela anda *fazendo*?
— Bem... Muito obrigada — digo, um pouco constrangida.
— Eu agradeço. E vou recomendá-lo a todos os meus amigos!
Gareth Birch se retira e eu me ocupo abrindo as caixas de cartões, consciente dos olhares ansiosos de minha mãe e de meu pai.
— Ele trouxe isso pessoalmente, vindo de Hackney? — meu pai pergunta, afinal.
— É o que parece. — Tento parecer despreocupada, como se fosse um acontecimento completamente normal.
Por sorte, antes que eles possam dizer mais alguma coisa, o telefone toca e corro para atender.
— Alô. Magic Search.
— Posso falar com Lara Lington, por favor? — É uma voz feminina que não conheço.

— É ela. — Eu me sento em uma das novas cadeiras giratórias, torcendo para que ela não ouça o amassar do plástico. — Posso ajudar?

— Aqui é Pauline Reed. Sou chefe de Recursos Humanos da Wheeler Foods. Eu gostaria de saber se você poderia vir aqui para conversarmos. Ouvi falar bem de você.

— Que ótimo! — Fico radiante ao telefone. — De quem, posso saber? Janet Grady?

Silêncio. Quando Pauline Reed volta a falar, parece confusa:

— Não me lembro bem. Mas você tem uma ótima reputação como recrutadora talentosa, e eu gostaria de conhecê-la. Algo me diz que pode fazer coisas boas pela nossa empresa.

Sadie.

— Bem, seria ótimo! — Tento raciocinar. — Vou dar uma olhada na agenda... — Eu a abro e marco um compromisso.

Quando desligo o telefone, tanto minha mãe quanto meu pai estão me observando com um tipo de esperança ansiosa.

— Boas notícias, querida? — pergunta meu pai.

— Era só a chefe de Recursos Humanos da Wheeler Foods.

— Não posso deixar de falar tranquilamente. — Quer marcar uma reunião.

— É a Wheeler Foods que faz o Oaties Breakfast Treats? — Minha mãe parece não caber em si de espanto.

— Isso. — Não consigo segurar um sorriso. — Parece que meu anjo da guarda está cuidando de mim.

— Olá! — A voz alegre de Kate me interrompe quando ela entra pela porta, segurando um grande arranjo floral. — Veja o que acabaram de entregar! Oi, Sr. e Sra. Lington — diz, educadamente. — Gostaram do nosso novo escritório? Não é demais?

Pego o arranjo de Kate e abro o cartãozinho.

— "Para a equipe da Magic Search" — leio em voz alta. — "Esperamos tê-los como clientes e amigos. Atenciosamente,

Brian Chalmers. Chefe da Divisão Global de Recursos Humanos da Dwyer Dunbar PLC." E ele deixou o número da linha particular.

— Isso é incrível! — Os olhos de Kate estão arregalados. — Você o conhece?

— Não.

— Conhece alguém da Dwyer Dunbar?

— Hum... Não.

Minha mãe e meu pai parecem ter perdido a fala. Acho que é melhor tirá-los daqui antes que aconteça mais alguma maluquice.

— Vamos almoçar na pizzaria. — Aviso a Kate. — Quer vir também?

— Daqui a pouco — ela concorda alegremente. — Só preciso resolver umas coisinhas antes.

Empurro minha mãe e meu pai porta afora, escada abaixo e chegamos à rua. Um vigário ancião, de colarinho e batina, está parado na calçada bem em frente, com um ar perdido, e o abordo, imaginando se está tudo bem.

— Olá. Sabe onde está? Precisa de informações?

— Bem... Preciso, não conheço a região. — Ele me olha, confuso. — Procuro o número 59.

— É este prédio, veja. — Aponto para nosso saguão, que tem "59" gravado no vidro.

— Ah, sim, é mesmo!

O rosto dele se anima e ele se aproxima da entrada. Mas, para minha surpresa, não entra. Apenas levanta a mão e começa a fazer o sinal da cruz.

— Senhor, peço que abençoe a todos que trabalhem neste prédio — diz, com um leve tremor na voz. — Abençoe todas as empresas e os negócios daqui, especialmente a Magic...

Impossível.

— Então! — Agarro minha mãe e meu pai. — Vamos comer uma pizza.
— Lara — meu pai diz sem forças, enquanto eu praticamente o empurro pela rua. — Estou ficando louco ou o vigário ia...?
— Acho que vou comer uma Quatro Estações — interrompo com vivacidade. — E uns bolinhos. E vocês?

Acho que minha mãe e meu pai desistiram. Estão apenas seguindo a corrente. Àquela altura, todos já tinham bebido uma taça de valpolicella, estavam sorrindo, e as perguntas complicadas tinham parado. Já escolhemos as pizzas e estamos nos empanturrando de bolinhos quentes de alho.

Nem a chegada de Tonya me estressa. Minha mãe e meu pai tiveram a ideia de convidá-la, e a verdade é que, mesmo que ela me irrite, é da família. Estou começando a entender o que isso significa.

— Ai, meu Deus! — O cumprimento estridente dela ecoa pelo restaurante, e umas vinte pessoas se viram para olhar. — Ai, meu Deus. Vocês *acreditam* nessa história de tio Bill?

Quando ela chega à nossa mesa, obviamente espera algum tipo de reação.

— Oi, Tonya — digo. — Como estão os meninos? Como está Clive?

— Vocês *acreditam*? — ela repete, com um olhar de insatisfação. — Viram os jornais? Quero dizer, não pode ser verdade. É lixo de tabloide. Alguém tem segundas intenções.

— Acho que é verdade — meu pai a corrige, gentilmente.
— Ele mesmo admite.
— Mas viram o que escreveram sobre ele?
— Vimos. — Minha mãe pega o valpolicella. — Vimos. Vinho, querida?
— Mas... — Tonya se afunda numa cadeira e olha para nós com uma expressão injustiçada e perplexa. Fica claro que ela

pensava que estaríamos pegando em armas para defender tio Bill. E não beliscando bolinhos calmamente.

— Aqui está. — Minha mãe empurra uma taça pela mesa.
— Vamos pedir o cardápio para você.

Posso ver a mente de Tonya trabalhando enquanto ela desabotoa a jaqueta e a pendura na cadeira. Posso vê-la recalculando a situação. Ela não vai defender tio Bill se ninguém mais fizer isso.

— Então, quem descobriu tudo? — pergunta afinal, e toma um gole de vinho. — Algum jornalista investigativo?

— Lara — responde meu pai, com um pequeno sorriso.

— *Lara*? — Ela parece mais ressentida do que nunca. — O que isso quer dizer?

— Eu descobri tudo sobre a tia-avó Sadie e o quadro — explico. — Juntei dois e dois. Fui eu.

— Mas... — O queixo de Tonya cai em descrença. — Mas você não foi mencionada nos jornais.

— Prefiro ser discreta — digo misteriosamente, como um super-herói anônimo que desaparece na escuridão e não precisa de recompensa por fazer o bem.

Se bem que, verdade seja dita, eu teria *adorado* ser mencionada nos jornais. Mas ninguém se deu ao trabalho de vir me entrevistar, apesar de eu ter alisado o cabelo especialmente para a ocasião. Os repórteres só disseram: "A descoberta foi feita por um familiar."

"Familiar." Humpf.

— Mas eu não entendo. — Os ameaçadores olhos azuis de Tonya estão fixos em mim. — Por que começou a xeretar, para começo de conversa?

— Meu instinto me dizia que havia algo errado com a tia Sadie. Mas ninguém me dava ouvidos. — Não posso deixar de acrescentar uma crítica: — No funeral, todos acharam que eu era doida.

— Você disse que ela tinha sido assassinada — Tonya se defende. — Ela não foi assassinada.

— Meu instinto me dizia que tinha algo errado — continuo. — Então resolvi seguir sozinha as minhas suspeitas. E, depois de pesquisar, elas se confirmaram.

Todos prestam atenção às minhas palavras, como se eu fosse uma professora universitária:

— Então entrei em contato com especialistas da London Portrait Gallery, e eles atestaram minha descoberta.

— Atestaram mesmo. — Meu pai sorri para mim.

— E adivinha? — acrescento com orgulho. — Vão avaliar a pintura, e tio Bill vai dar ao papai metade do valor!

— Mentira. — Tonya tampa a boca com a mão. — *Mentira.* Quanto vai ser?

— Milhões, aparentemente. — Meu pai parece constrangido. — Bill está resistindo.

— É o que é seu por direito, pai — digo pela milionésima vez. — Ele *roubou* você. É um ladrão!

Tonya parece ter perdido a fala. Ela pega um bolinho e o morde.

— Vocês viram o editorial no *Times*? — pergunta. — Cruel.

— Foi *mesmo* brutal. — Meu pai faz uma careta. — Sentimos pena de Bill, apesar de tudo...

— Não sentimos não! — interrompe minha mãe. — Fale por você.

— Pippa! — Meu pai está chocado.

— Não sinto nem um pouco de pena dele. — Ela olha em volta da mesa, desafiadora. — Sinto... raiva. Isso. Raiva.

Estou boquiaberta com minha mãe. Em toda a minha vida, acho que nunca a ouvi dizer que sentia raiva. Do outro lado da mesa, Tonya também parece chocada. Ela ergue as sobrancelhas me interrogando, e dou de ombros como resposta.

— O que ele fez foi vergonhoso e imperdoável — continua minha mãe. — Seu pai sempre tenta ver o lado bom das pessoas, para achar desculpas. Mas às vezes *não* há lado bom. *Não* há desculpa.

Eu nunca soube que minha mãe era tão combativa. Seu rosto está vermelho e ela agarra a taça de vinho como se fosse golpear o céu com ela.

— É isso aí, mãe! — exclamo.
— E se seu pai continuar a defendê-lo...
— Não estou defendendo! — atalha meu pai. — Mas ele é meu irmão. É da família. É difícil...

Ele suspira pesadamente. Vejo a decepção marcada nas rugas sob seus olhos. Meu pai quer encontrar o lado bom de cada um. Ele é assim.

— O sucesso de seu irmão projetou uma sombra sobre a nossa família. — A voz de minha mãe está trêmula. — Afetou a todos nós de vários modos. Chegou a hora de nos libertarmos. É o que eu acho. Esse é o limite.

— Recomendei o livro de tio Bill no meu clube de leitura, sabiam? — Tonya diz de repente. — Vendi oito exemplares por ele. — Ela parece mais ofendida com isso do que com o resto.
— E era tudo mentira! Ele é desprezível!

De repente, ela se vira para meu pai:
— E se você não concorda, pai, se não está furioso com ele, é porque é um idiota!

Não posso deixar de comemorar por dentro. Às vezes, o jeito direto e avassalador de Tonya é exatamente o que precisamos.

— *Estou* furioso — diz meu pai afinal. — É claro que estou. Só preciso me acostumar. Descobrir que meu irmão mais novo é egoísta, inescrupuloso... Um merda. — Ele solta o ar com força. — O que isso significa?

— Significa que precisamos esquecê-lo — minha mãe responde com firmeza. — Tocar a bola. Começarmos a viver sem nos sentirmos cidadãos de segunda categoria.

Fazia anos que eu não ouvia tanta energia na voz de minha mãe! Arrasa, mãe!

— Quem lidou com ele? — Tonya franze o cenho. — Não foi um pouco complicado?

— Lara fez tudo — minha mãe responde com orgulho. — Falou com tio Bill, com a galeria, resolveu tudo... e abriu a própria empresa! Ela foi uma fortaleza!

— Legal! — Tonya abre um sorriso, mas percebo que está irritada. — Bom trabalho, Lara!

Ela toma um gole de vinho e o saboreia, pensativa. Eu *sei* que ela está procurando um ponto vulnerável, um jeito de retomar a liderança...

— Como estão as coisas com Josh? — Ela faz cara de simpática. — Papai me disse que vocês reataram um tempo, mas então desmancharam de vez. Deve ter sido muito difícil. Devastador mesmo.

— Tudo bem. — Dou de ombros. — Já superei.

— Mas você deve estar muito magoada — insiste Tonya, os olhos dóceis fixos nos meus. — Sua autoconfiança deve ter levado um baque. Lembre que isso *não* significa que você não seja atraente, Lara. Significa? — Ela apela para minha mãe e meu pai. — Existem outros homens...

— Meu novo namorado me faz feliz — digo, radiante. — Então não me preocupo.

— Novo namorado? — O queixo dela cai. — Mas já?

Ela não precisava parecer *tão* surpresa.

— É um consultor americano que foi transferido temporariamente. O nome dele é Ed.

— Muito bonito — meu pai apoia.

— Ele nos levou para almoçar na semana passada! — acrescenta minha mãe.
— Bom. — Tonya parece insultada. — Ótimo! Mas vai ser dureza quando ele voltar para os Estados Unidos, não vai? — Ela se alegra visivelmente: — Relacionamentos a distância têm grandes chances de acabar. Os telefonemas transatlânticos, a diferença de fuso horário...
— Quem sabe o que vai acontecer? — escuto-me dizendo com doçura.
— Posso fazê-lo ficar. — Dou um pulo ao ouvir a voz baixa de Sadie em meu ouvido. Me viro para vê-la flutuando a meu lado, os olhos brilhando de determinação. — Sou seu anjo da guarda. Vou fazer Ed ficar na Inglaterra!
— Me deem licença — digo para todos. — Vou mandar uma mensagem de texto.
Pego meu celular e começo a digitar, posicionando a tela para Sadie ver:
"Tudo bem. Não precisa fazer isso. Onde você estava?"
— Ou posso fazê-lo pedir você em casamento! — ela exclama, ignorando minha pergunta. — *Tão* divertido! Vou dizer para ele fazer o pedido e vou garantir que escolha uma aliança deslumbrante, e vamos nos divertir muito planejando o casamento...
"Não, não, não!", digito com pressa. "Sadie, pare! Não obrigue Ed a fazer nada! Quero que ele tome as decisões sozinho. Quero que ele escute a *própria* voz."
Sadie resmunga ao ler a mensagem:
— Bem, acho que a *minha* voz é mais interessante — ela diz, e não posso deixar de sorrir.
— Mandando mensagem para o namorado? — pergunta Tonya, me olhando.
— Não — respondo com indiferença. — Só uma amiga. Uma grande amiga.

Eu me viro e digito: "Obrigada por tudo que fez para me ajudar. Não precisava."

— Mas eu quis! — diz Sadie. — É divertido! Já tomou o champanhe?

"Não", digito, querendo rir. "Sadie, você é o melhor anjo da guarda do MUNDO!"

— Bem, eu me orgulho disso — ela se gaba. — Agora, onde devo me sentar?

Ela flutua pela mesa e se senta numa cadeira vaga na ponta, enquanto Kate se aproxima, vermelha de empolgação.

— Adivinhem? — diz. — Acabamos de receber uma garrafa de champanhe da loja de bebidas da esquina! O cara disse que era para nos dar as boas-vindas! E você recebeu muitos telefonemas, Lara, anotei todos os números... E o correio chegou, encaminhado do seu apartamento. Eu não trouxe tudo, mas tem um pacote que pode ser importante. Veio de Paris...

Ela me entrega um envelope, puxa uma cadeira e sorri para todos.

— Já pediram? Estou faminta! Oi, não nos conhecemos. Sou Kate.

Enquanto Kate e Tonya se apresentam e meu pai serve mais vinho, eu encaro o envelope, de repente perdendo o fôlego de tanta preocupação. Vem de Paris. Tem uma caligrafia feminina. Quando o aperto, sinto algo duro e arredondado. Duro e arredondado como um colar.

Lentamente, levanto os olhos. Sadie está me observando com atenção do outro lado da mesa. Sei que está pensando a mesma coisa.

— Abra. — Ela acena com a cabeça.

Com as mãos trêmulas, rasgo o envelope. Olho para dentro e vejo um bolo de papel de seda. Eu o afasto e enxergo um amarelo-claro cintilante. Olho para a frente, direto para Sadie.

— É ele, não é? — Ela está muito pálida. — Você conseguiu.
Balanço a cabeça uma vez. E então, sem saber direito o que estou fazendo, empurro a cadeira.
— Tenho que... dar um telefonema. — Minha voz está falhando. — Vou lá fora. Já volto...
Caminho pelas mesas e cadeiras até os fundos do restaurante, onde há um pequeno pátio reservado. Passo pelas saídas de emergência e sigo para o canto mais distante. Abro o envelope, puxo o bolo de papel de seda e o desembrulho com delicadeza.
Depois de tanto tempo. Está em minhas mãos. Simples assim.
Ele é mais quente do que eu esperava. Tem mais substância, de certa forma. Um raio de sol reluz nas pedras de strass e as contas cintilam. É tão maravilhoso que sinto vontade de usá-lo. Em vez disso, olho para Sadie, que estava me observando em silêncio.
— Aqui está. É seu. — Automaticamente, tento passá-lo pelo pescoço dela, como se lhe concedesse uma medalha olímpica. Mas minhas mãos passam direto por ela. Tento várias vezes, mesmo sabendo que não adianta.
— Não sei o que fazer! — Rio, perigosamente chegando às lágrimas. — É seu! Você deveria usá-lo! Precisamos de uma versão fantasma...
— Pare! — Sadie levanta a voz numa tensão repentina. — Não...
Ela perde a voz e se afasta de mim, os olhos fixos nas lajotas do pátio.
— Você sabe o que fazer.
O silêncio é total, exceto pelo barulho constante do trânsito da rua principal de Kilburn. Não consigo olhar para Sadie. Fico ali parada, agarrada ao colar. Sei que era o que eu buscava, perseguia e desejava. Mas agora que está comigo... Não quero que

ele já tenha chegado. Ainda não. O colar é o motivo de Sadie me assombrar. Quando ela o recuperar...
Meus pensamentos mudam de direção abruptamente. Não quero pensar nisso. Não quero pensar em nada disso.
A brisa remexe as folhas no chão, e Sadie levanta os olhos, pálida e resoluta.
— Me dê um tempo.
— Claro. — Engulo em seco. — É claro.
Enfio o colar de volta no envelope e volto para o restaurante. Sadie já desapareceu.

Não consigo comer minha pizza. Não consigo conversar direito. Não consigo me concentrar quando volto para o escritório, apesar de receber mais seis telefonemas de confiáveis gerentes de RH que querem marcar reuniões comigo. O envelope está no meu colo, minha mão está agarrada ao colar dentro dele, que não consigo soltar.

Mando uma mensagem para Ed dizendo que estou com dor de cabeça e preciso ficar sozinha. Quando chego em casa, nada de Sadie, o que não me surpreende. Faço o jantar, que não como, e fico sentada na cama com o colar no pescoço, torcendo as contas e vendo filmes antigos no TCM, sem nem tentar dormir. Finalmente, por volta das 5h30, me levanto, visto umas roupas e saio. A madrugada cinzenta está tingida de um vívido rosa-avermelhado do nascer do sol. Fico parada, contemplando os raios vermelhos por um instante e, apesar de tudo, me sinto mais animada. Compro um café, pego o ônibus e sigo para Waterloo, olhando para o nada enquanto o veículo se arrasta pelas ruas. Quando chego, já são quase 6h30. As pessoas estão começando a ocupar a ponte e as ruas. Porém, a London Portrait Gallery ainda está fechada. Trancada e vazia, sem nenhuma alma lá dentro. É o que se pensa, pelo menos.

Sento-me e bebo meu café, que está morno, mas delicioso para uma barriga vazia. Estou disposta a passar o dia sentada ali mas, quando o sino da igreja badala oito vezes, ela aparece na escada, com o olhar sonhador de novo. Está usando outro vestido maravilhoso, um cinza perolado com uma saia de tule cortada em pétalas. Tem um chapéu *cloche* cinza afundado na cabeça e os olhos baixos. Não quero assustá-la, então espero que ela me note e fique surpresa.

— Lara.
— Oi. — Levanto a mão. — Achei que você estaria aqui.
— Onde está o meu colar? — Sua voz está nervosa. — Você perdeu?
— Não! Não se preocupe, estou com ele. Tudo bem. Aqui, veja.

Não tem ninguém por perto, mas olho para a direita e para a esquerda, só para garantir. Então puxo o colar. Na claridade da manhã, ele parece ainda mais espetacular. Deixo correr pelas minhas mãos, e as contas se tocam de leve. Ela o admira com amor, estica as mãos como se fosse pegá-lo, mas se retrai.

— Eu gostaria de poder tocá-lo — murmura.
— Eu sei.

Sem poder fazer mais nada, eu o seguro no ar para ela, como se fosse uma oferenda. Quero colocá-lo no pescoço dela. Quero reuni-los.

— Quero de volta — ela diz, secamente. — Quero que você o devolva para mim.
— Agora? Hoje?

Sadie olha em meus olhos.

— Agora mesmo.

Sinto um nó na garganta. Não consigo dizer nada do que quero dizer. Acho que ela sabe o que é, enfim.

— Quero de volta — repete, gentil mas firme. — Já passei muito tempo sem ele.

— Certo. — Concordo várias vezes com a cabeça, e meus dedos agarram o colar com tanta força que parece que vão ficar machucados. — Está bem, você precisa dele.

A viagem é curta demais. O táxi desliza pelas ruas com facilidade demais. Quero pedir ao motorista para ir mais devagar. Quero que o tempo pare. Quero que o táxi pegue um engarrafamento de seis horas... De repente, estamos subindo uma pequena rua da periferia. Chegamos.

— Foi rápido, não foi? — A voz de Sadie está maravilhada.
— Foi! — Faço força para sorrir. — Incrivelmente rápido.

Ao sairmos do táxi, sinto o pavor pesando em meu peito como ferro. Minha mão está travada com tanta força no colar que tenho câimbra nos dedos. Mas não consigo afrouxar o aperto, apesar da dificuldade de pagar o motorista com a outra mão.

O táxi se afasta roncando, e Sadie e eu nos olhamos. Estamos em frente a uma fileira de lojas, sendo que uma é a funerária.

— É ali. — Aponto desnecessariamente para a placa que diz "Chapel of Rest". — Parece que está fechada.

Sadie vai até a porta firmemente trancada e espia pela janela.
— É melhor esperarmos, eu acho. — Ela dá de ombros e volta para o meu lado. — Podemos nos sentar aqui.

Ela se senta ao meu lado num banco de madeira, e ficamos quietas por um momento. Olho para o relógio: 8h55. A funerária abre às 9 horas. Só de pensar nisso, entro em pânico, então não vou pensar. Ainda não. Vou me concentrar no fato de que estou aqui sentada com Sadie.

— Aliás, belo vestido — digo, tranquila. — De quem você pegou?
— De ninguém. — Ela parece ofendida. — Era meu.

Ela me olha de cima a baixo e diz de má vontade:
— Seus sapatos são lindos.

— Obrigada. — Quero sorrir, mas a minha boca não obedece. — Comprei outro dia. Ed me ajudou a escolher, na verdade. Fizemos compras à noite. Fomos ao Whiteleys. Eles estavam cheios de promoções...
Não sei o que estou dizendo. Estou falando por falar. Porque falar é melhor que esperar. Olho para o relógio de novo, e já se passaram dois minutos da hora de abrir. Estão atrasados. Sinto uma gratidão absurda, como se a pena de morte tivesse sido adiada.
— Ele é muito bom no rala e rola, não é? — Sadie puxa conversa de repente. — Estou falando de Ed. Aliás, você também não é ruim.
Rala e rola?
Ela não está falando...
Não. *Não*.
— Sadie. — Eu me viro para ela. — Eu *sabia*! Você ficou *olhando*!
— O que foi? — Ela começa a gargalhar. — Eu fui muito discreta! Você nem percebeu que eu estava lá
— O que você viu? — resmungo.
— Tudo — responde tranquilamente. — E foi um espetáculo muito bom. Estou dizendo.
— Sadie, você não toma jeito! — Levo as mãos à cabeça. — Não pode olhar as pessoas transando! Existem leis contra isso!
— Só tenho *uma* pequena crítica — ela continua, me ignorando. — Ou melhor... uma sugestão. Algo que fazíamos na minha época.
— Não! — digo, horrorizada. — Nada de sugestões!
— Azar o seu.
Ela dá de ombros e examina as unhas, olhando-me por baixo dos cílios.
Pelo amor de Deus. É claro que minha curiosidade disparou. Quero saber qual é a sugestão dela.

— Está bem — digo, finalmente. — Me dê sua genial dica de sexo dos anos 1920. Mas é bom que não seja nada estranho demais para esquecer.

— Bem... — Sadie começa, e se aproxima.

Mas, antes que possa continuar, meus olhos se concentram além do ombro dela. Fico dura e prendo a respiração. Um senhor idoso de sobretudo está destrancando a porta da funerária.

— O que foi? — Sadie segue meu olhar. — Ah.

— É. — Engulo em seco.

O senhor me notou. Acho que fico muito chamativa sentada totalmente ereta no banco e olhando diretamente para ele.

— Tudo bem? — ele pergunta, cauteloso.

— Hum... Oi. — Faço força para me levantar. — Na verdade... vim visitar sua... Para me despedir. De minha tia-avó. Sadie Lancaster. Creio que o senhor... É aqui que...

— Ah... — Ele assente, sério. — Sim.

— Será que eu... posso... vê-la?

— Ah... — Ele balança a cabeça de novo. — É claro. Só me dê um minuto para abrir a loja, ajeitar umas coisas, e já vou atendê-la, senhorita...

— Lington.

— Lington. — O rosto dele estampa compreensão. — É claro, é claro. Se preferir, pode entrar e esperar na sala da família...

— Já vou. — Dou um arremedo de sorriso. — Só preciso... dar um telefonema.

Ele some. Por um instante, não consigo me mexer. Quero prolongar este momento. Quero nos impedir de fazer isso. Se eu não aceitar, talvez não aconteça.

— Pegou o colar? — A voz de Sadie surge a meu lado.

— Está aqui. — Tiro-o da bolsa.

— Ótimo.

Ela sorri, mas é um sorriso tenso e distante. Percebo que ela deixou para trás as dicas de sexo dos anos 1920.

— E aí, está pronta? — Tento parecer tranquila. — Esses lugares podem ser bem deprimentes...

— Ah, eu não vou entrar — ela diz com indiferença. — Vou esperar aqui fora. É muito melhor.

— Certo — concordo. — Boa ideia. Você não quer...

Eu me disperso, incapaz de continuar. Mas também incapaz de dizer o que realmente estou pensando. O pensamento que não sai da minha cabeça, como uma canção maldita, cada vez mais alta.

Nenhuma de nós vai tocar no assunto?

— Então... — Engulo em seco.

— Então o quê? — A voz de Sadie está límpida como uma lasca de diamante. E eu percebo instantaneamente. Também não sai da cabeça dela.

— O que acha que vai acontecer quando eu...? Quando...?

— Quando finalmente ficar livre de mim? — ela interrompe, provocativa como sempre.

— Não! Eu quis dizer...

— Eu sei. Você está desesperada para se livrar de mim. Está cansada da minha cara. — O queixo dela está trêmulo, mas ela sorri para mim. — Bem, nem por um momento, imagino que vá funcionar.

Os olhos dela encontram os meus, e leio a mensagem neles. *Não se descontrole. Não se lamente. Cabeça erguida.*

— Então estou presa a você. — De algum jeito, consigo usar um tom descontraído. — Ótimo.

— Acho que sim.

— É o que toda garota precisa. — Reviro os olhos. — Um fantasma mandão assombrando a casa para sempre.

— Um *anjo da guarda* mandão — ela me corrige, rigorosa.

— Srta. Lington. — O velho mete a cabeça para fora da porta.
— Quando quiser.
— Obrigada! Vou num segundo!
Quando a porta se fecha, ajeito a jaqueta várias vezes sem necessidade. Puxo meu cinto, me assegurando de que está reto, enrolando mais trinta segundos.
— Então só vou levar o colar e vejo você em alguns minutos, certo? — Tento usar um tom neutro.
— Vou estar aqui. — Sadie bate no banco em que está sentada.
— Vamos ver um filme. Algo assim.
— Vamos — ela concorda.
Dou um passo e paro. Sei que é um jogo. Mas não posso deixar assim. Dou meia-volta, respirando com dificuldade, decidida a não me descontrolar. Não vou decepcioná-la.
— Mas... Só para garantir. Caso nós... — Não consigo falar. Não consigo nem pensar nisso. — Sadie, foi...
Não tenho nada para dizer. Nenhuma palavra é boa o bastante. Nada pode descrever como foi ter conhecido Sadie.
— Eu sei — ela sussurra, e seus olhos cintilam como estrelas negras. — Para mim também. Ande logo.
Quando chego à porta da funerária, olho para trás mais uma vez. Ela está sentada com a postura perfeita, o pescoço comprido e pálido como sempre, o vestido delineando sua silhueta esbelta. Está virada para a frente, com os pés alinhados e as mãos sobre os joelhos. Completamente imóvel. Como se estivesse esperando.
Nem imagino o que está se passando na cabeça dela.
Ela se dá conta de que a estou observando, levanta o queixo e abre um sorriso arrebatador e desafiador.
— Prontinho! — exclama.
— Prontinho — respondo.

Por impulso, jogo um beijo. Então me viro e abro a porta com determinação. Está na hora de fazer isso.

O agente funerário me fez uma xícara de chá e arranjou dois biscoitinhos num pratinho decorado com rosas. É um homem sem queixo, que responde qualquer comentário com um "Ah..." sombrio e grave antes de mais nada. É muito irritante.

Ele me conduz por um corredor em tom pastel e para cerimoniosamente diante de uma porta de madeira que diz "Suíte Lírio".

— Vou deixá-la a sós.

Ele abre a porta e a empurra de leve, então acrescenta:

— É verdade que ela foi a garota daquele quadro famoso? O que está sendo falado nos jornais?

— É — admito.

— Ah... — Ele abaixa a cabeça. — Extraordinário. Mal dá para acreditar. Uma senhora *tão* idosa... 105 anos, se não me engano? Uma idade incrível.

Apesar de eu saber que ele está tentando ser gentil, as palavras me incomodam.

— Não penso nela assim — digo, curta e grossa. — Não penso nela como uma velha.

— Ah... — Ele mexe a cabeça rapidamente. — É verdade.

— Enfim, eu quero pôr algo dentro do... caixão. Tudo bem? É seguro?

— Ah... Muito seguro, eu garanto.

— Em particular — digo com rispidez. — Não quero ninguém entrando aqui depois de mim. Se alguém quiser, fale comigo primeiro, certo?

— Ah... — Ele examina os sapatos respeitosamente. — É claro.

— Bom. Obrigada. Vou... entrar agora.

Entro, fecho a porta e fico ali parada por alguns instantes. Agora que estou aqui, agora que estou fazendo isso, minhas pernas ficam um pouco bambas. Engulo em seco algumas vezes, tentando manter o controle, dizendo a mim mesma para não surtar. Depois de um minuto, obrigo-me a dar um passo em direção ao grande caixão de madeira. Depois outro.

É Sadie. A Sadie de verdade. Minha tia-avó de 105 anos. Que viveu e morreu sem que eu nunca a tivesse conhecido. Chego para a frente, respirando ruidosamente. Ao me debruçar, vejo apenas um chumaço de cabelo branco e seco e um vislumbre da velha pele ressecada.

— Aqui está, Sadie — murmuro. Com delicadeza e cuidado, passo o colar pelo pescoço dela. Consegui.

Finalmente. Consegui.

Ela parece tão pequena e encolhida. Tão vulnerável. Todas as vezes em que eu quis tocar Sadie, é nisso que estou pensando. As vezes em que tentei apertá-la ou lhe dar um abraço... E agora ela está aqui. Em carne e osso. Cautelosamente, ajeito o cabelo e aliso seu vestido, desejando mais do que qualquer coisa que ela pudesse sentir meu toque. Este corpo frágil, ancião, pequeno e decadente foi a casa de Sadie durante 105 anos. Esta era ela de verdade.

Enquanto estou ali parada tentando respirar normalmente, tento pensar coisas apropriadas. Talvez algumas palavras para dizer em voz alta. Quero fazer a coisa certa. Mas, ao mesmo tempo, a urgência está me corroendo, ficando mais forte a cada momento que continuo aqui. A verdade é que meu coração não está nesta sala.

Tenho que ir. Agora.

Com as pernas trêmulas, alcanço a porta, puxo a maçaneta e saio depressa, para a óbvia surpresa do agente funerário, que estava esperando no corredor.

— Está tudo bem? — ele pergunta.
— Ótimo — digo resfolegante, me afastando. — Tudo ótimo. Muito obrigada. Mas preciso ir agora. Lamento, é muito importante...
Meu peito está tão apertado que mal consigo respirar. Minha cabeça está latejando de pensamentos que não quero ter. Tenho que sair daqui. De alguma maneira, cruzo o corredor até a recepção quase correndo. Chego à entrada e me jogo na rua. Então fico imóvel, agarrada à porta, ofegando ligeiramente, olhando para o outro lado da rua.

O banco está vazio.

É aí que eu sei.
É claro que sei.
Mesmo assim, minhas pernas me levam correndo para os dois lados da rua. Procuro desesperadamente pela calçada. Chamo "Sadie? SADIE?" até ficar rouca. Enxugo as lágrimas dos olhos, me esquivo das perguntas de estranhos gentis e torno a procurar dos dois lados sem desistir, até que, enfim, me sento no banco, agarrando-o com as duas mãos. Só para garantir. E espero.

Quando o sol finalmente se põe e eu começo a tremer... Eu sei. Lá no fundo, onde importa.

Ela não vai voltar. Seguiu em frente.

27

— Senhoras e senhores. — Minha voz soa tão alto que eu paro para limpar a garganta. Nunca me ouvi num alto-falante tão grande, e mesmo que eu tenha dito "Olá, Wembley, um, dois, um, dois" para testar o som, ainda assim é um choque. — Senhoras e senhores — tento de novo. — Muito obrigada por estarem aqui, nesta ocasião de tristeza, celebração, festividade...

Examino os rostos amontoados me olhando com expectativa. Fileiras e mais fileiras deles. Ocupando os bancos da Igreja de St. Botolph.

— E, acima de tudo, de reconhecimento a uma mulher incrível que comoveu a todos nós.

Eu me viro para contemplar a enorme reprodução do quadro de Sadie, que domina a igreja. Em torno e debaixo dele, estão os arranjos de flores mais bonitos que já vi, com lírios, orquídeas, hera e até uma reprodução do colar de libélula feito com rosas amarelo-claros num ninho de musgo.

Ele foi feito por Hawkes and Cox, um florista de luxo de Londres. Eles me contataram quando souberam do velório e se ofereceram para fazer os arranjos de graça, pois eram grandes fãs de Sadie e queriam demonstrar seu carinho por ela (Ou, para ser mais cínica, porque sabiam que iriam conseguir publicidade.)

No início, eu sinceramente não pretendia que fosse um evento tão grande. Só queria organizar um velório para Sadie. Mas Malcolm, da London Portrait Gallery, ficou sabendo. Sugeriu que anunciássemos os detalhes do velório no site deles, para que qualquer amante da arte pudesse vir homenagear um ícone tão famoso. Para a surpresa geral, houve uma enxurrada de inscrições. No final, tiveram que fazer um sorteio. Até saiu no jornal *London Tonight*. E aqui estão eles, se acotovelando. Fileiras e mais fileiras deles. São pessoas que querem homenagear Sadie. Quando cheguei e vi a multidão, fiquei um pouco sem fôlego.

— E eu também gostaria de elogiar as roupas. Parabéns. — Sorrio para os casacos vintage, as echarpes de miçangas, um ou outro par de polainas masculinas. — Acho que Sadie teria aprovado.

O traje obrigatório do dia é dos anos 1920, e todos se esforçaram. E não me *interessa* se velórios não têm traje obrigatório, como o vigário ficou repetindo. Sadie teria adorado, e é isso que conta.

As enfermeiras do asilo de Fairside fizeram um trabalho espetacular, tanto com elas mesmas quanto com os idosos residentes que vieram. Estão com as roupas mais fantásticas, usando acessórios na cabeça e colares, todos eles. Cruzo olhares com Ginny, e ela sorri, abanando o leque para me incentivar.

Foram Ginny e outras enfermeiras do asilo que me acompanharam ao funeral[1] particular e à cremação de Sadie, algumas semanas atrás. Eu só queria que as pessoas pudessem tê-la conhecido. *Conhecido* mesmo. Foi uma cerimônia muito calma e emocionante, depois as levei para almoçar. Choramos, bebemos vinho, contamos casos de Sadie, demos risada, eu fiz uma grande doação para a casa de repouso e elas começaram a chorar de novo.

Minha mãe e meu pai não foram convidados. Mas acho que entenderam.

Olho para eles, sentados na primeira fila. Minha mãe está usando um desastroso vestido lilás de cintura baixa e um arco na cabeça, parecendo mais Abba que anos 1920. E meu pai está com uma roupa que não tem nada da década. É um terno normal e moderno, com um lenço de seda estampado de bolinhas no bolso do peito. Mas vou perdoá-lo, pois está me contemplando com muito carinho, orgulho e afeição.

— Vocês que só conheciam Sadie como a garota do retrato podem se perguntar quem era a pessoa além do quadro. Bem, era uma mulher incrível. Era esperta, engraçada, corajosa, irreverente... e encarava a vida como a maior aventura. Como todos sabem, foi a musa de um dos pintores mais famosos deste século. Ela o enfeitiçou. Ele nunca deixou de amá-la, nem ela a ele. Eles foram tragicamente separados pelas circunstâncias. Mas se ele tivesse vivido mais tempo... Quem sabe?

Paro para respirar e olho minha mãe e meu pai, que estão me observando, fascinados. Ensaiei meu discurso com eles ontem à noite, e meu pai, incrédulo, ficava perguntando "Como *sabe* tudo isso?". Eu tinha que fazer referências vagas a "arquivos" e "cartas antigas" para que ele ficasse quieto.

— Ela era intransigente e enérgica. Tinha a mania de... fazer as coisas acontecerem. Tanto para ela quanto para os outros.

Olho de relance para Ed, sentado ao lado de minha mãe, e ele dá uma piscadinha. Também já conhece bem o discurso.

— Ela viveu até os 105 anos, o que é um grande feito. — Olho em volta, para garantir que todos estão ouvindo. — Mas ela iria odiar ser definida como "a mulher de 105 anos". Porque, por dentro, ela foi uma jovem de 23 anos a vida toda. Uma jovem que viveu com paixão. Que adorava Charleston, coquetéis, dançar em clubes noturnos e chafarizes, dirigir rápido demais, usar batom, fumar cigarros... e fornicar.

Estou torcendo para que ninguém saiba o que significa "fornicar". Como esperado, todos sorriem educadamente, como se eu tivesse dito que ela adorava fazer arranjos de flores.

— Ela odiava tricotar — enfatizo. — Isso deve ficar registrado. Mas adorava a revista *Grazia*.

O riso ecoa pela igreja, o que é bom. Eu queria que rissem.

— É claro que, para nós, ela é da família — continuo —, não uma garota qualquer num quadro. Ela era minha tia-avó. Fazia parte de nossa herança.

Hesito ao chegar ao momento que deve surtir mais efeito.

— É fácil dispensar a família. É fácil não dar valor. Mas sua família é sua história. Sua família faz parte de quem você é. E, sem Sadie, nenhum de nós estaria onde está hoje.

Não posso deixar de olhar com frieza para tio Bill. Ele está sentado ereto ao lado de meu pai, usando um terno feito sob medida com um cravo na lapela, o rosto muito mais abatido do que como estava naquela praia no Sul da França. Não foi um mês muito bom para ele, todos disseram. Ele não saiu das páginas de notícias *nem* das páginas de economia, o que não é nada bom.

No início, eu queria bani-lo totalmente. O RP estava desesperado para que ele viesse, para tentar combater a imagem ruim que ele adquiriu, mas eu não suportava a ideia de vê-lo aparecendo, roubando os holofotes, agindo como o tio Bill de sempre. Mas mudei de ideia. Comecei a pensar. Por que ele *não deveria* homenagear Sadie? Por que ele *não deveria* ouvir como a tia dele era maravilhosa?

Então a presença dele foi permitida. Com as minhas condições.

— Devemos homenageá-la. Ela vai ficar agradecida.

Não posso deixar de olhar significativamente para tio Bill de novo. E não sou a única. Todos o olham de relance, e alguns apontam e sussurram.

— É por isso que eu criei, em honra de Sadie, a Fundação Sadie Lancaster. Os fundos arrecadados serão distribuídos a parceiros de causas que vamos aprovar. Particularmente, vamos apoiar entidades relacionadas à dança, à caridade com os idosos, a Fairside Nursing Home e a London Portrait Gallery, em reconhecimento por ter mantido seu precioso retrato em segurança nos últimos 27 anos.

Sorrio para Malcolm Gledhill, que retribui. Ele ficou muito animado quando contei a ele. Ficou vermelho e começou a perguntar se eu não gostaria de me tornar um membro ou entrar para o conselho, algo assim, já que está claro que sou uma amante da arte (Eu não quis dizer que, na verdade, sou uma amante de Sadie, e que ele poderia tirar ou deixar todos os outros quadros.)

— Eu também gostaria de anunciar que meu tio, Bill Lington, deseja fazer o seguinte tributo a Sadie, que vou ler em nome dele.

Por nada neste mundo eu deixaria tio Bill subir no púlpito. Ou escrever o próprio tributo. Ele nem sabe o que vou dizer. Desdobro um pedaço de papel e deixo o burburinho da expectativa ecoar antes de começar.

— "Foi unicamente graças ao quadro de minha tia Sadie que eu pude me lançar nos negócios. Sem sua beleza, sem sua ajuda, eu não teria alcançado a posição privilegiada que ocupo hoje. Enquanto ela estava viva, não lhe dei o devido valor. E, por isso, peço desculpas."

Faço uma pausa para provocar um efeito maior. A igreja fica totalmente silenciosa e chocada. Vejo os jornalistas escrevendo rapidamente.

— "Portanto, tenho o prazer de anunciar hoje que vou doar 10 milhões de libras para a Fundação Sadie Lancaster. É uma pequena recompensa para uma pessoa muito especial."

Há um murmúrio de choque. Tio Bill está com uma aparência amarelada e um sorriso falso imóvel. Olho para Ed, que pisca de novo e faz um sinal com os polegares para cima. Foi Ed que disse "Anuncie 10 milhões". Eu estava decidida a anunciar 5 e achei que já era atrevimento o bastante. E a melhor parte é que, agora que seiscentas pessoas e toda uma fileira de jornalistas ouviram isso, ele não pode se safar.

— Agradeço sinceramente a todos por terem vindo. — Olho por toda a igreja. — Sadie estava numa casa de repouso quando seu quadro foi descoberto. Ela nunca soube o quanto era admirada e amada. Iria ficar emocionada se visse todos vocês. Teria percebido...

Sinto as lágrimas no rosto.

Não. *Não posso* perder o controle agora. Depois de ter me saído tão bem. De algum jeito, consigo sorrir e respiro fundo.

— Ela teria percebido que deixou uma marca no mundo. Que alegrou tanta gente e que seu legado vai permanecer durante gerações. Como sua sobrinha-neta, fico incrivelmente orgulhosa. — Eu me viro para examinar o quadro durante um breve instante e volto. — Agora só me resta dizer... A Sadie. Se puderem erguer seus copos...

Ouve-se uma agitação, um burburinho e um tilintar, enquanto todos pegam seus copos. Cada convidado recebeu um coquetel na chegada: gim-tônica ou Sidecar, feitos especialmente pelos dois barmen do Hilton. (E não me *interessa* se não é costume servir coquetéis em velórios.)

— Prontinho. — Levanto meu copo, e todos respondem "Prontinho".

O silêncio cai enquanto todos bebem. Então, gradativamente, murmúrios e risadas começam a ecoar pela igreja. Vejo minha mãe tomando seu Sidecar com uma expressão suspeita, tio Bill desolado, entornando seu gim-tônica, e Malcolm Gledhill, com o rosto vermelho, pedindo outra dose ao garçom.

O órgão toca os primeiros compassos de "Jerusalém", e eu desço do púlpito para me juntar a Ed, que está parado ao lado de meus pais. Ele está usando um incrível blazer noturno dos anos 1920, que custou uma nota num leilão da Sotheby's e que o deixa com ar de astro do cinema em preto e branco. Quando gritei horrorizada com o preço, ele deu de ombros e disse que sabia que os anos 1920 significavam muito para mim.

— Bom trabalho — sussurra, apertando minha mão. — Você deu orgulho a ela.

Enquanto a cantoria começa a aumentar, percebo que não posso participar. De algum modo, minha garganta está sufocada, e as palavras não saem. Então olho em volta da igreja tomada de flores e vejo as roupas bonitas e todas as pessoas reunidas, cantando alegremente para Sadie. Pessoas tão diferentes, das origens mais diversas. Jovens, velhos, parentes, amigos da casa de repouso... Pessoas que ela comoveu de algum jeito. Todas aqui. Todas por ela. É o que ela merecia.

É o que ela merecia. Todo esse tempo.

Quando o velório finalmente acaba, o organista toca um Charleston (não me *interessa* se os velórios não costumam ter Charleston), e a congregação se dispersa lentamente, todos ainda agarrados a seus copos. A recepção será na London Portrait Gallery, graças ao amável Malcolm Gledhill, e garotas solícitas com crachás explicam às pessoas como chegar lá.

Mas não tenho pressa. Não posso encarar toda a falação, tagarelice e burburinho. Ainda não. Eu me sento no banco da frente, aspirando o perfume das flores, esperando até que fique mais silencioso.

Fiz justiça a ela. Pelo menos, acho que fiz. Espero ter feito.

— Querida.

A voz de minha mãe me interrompe, e vejo que ela se aproxima, com o arco mais desajustado do que nunca. Seu rosto está vermelho e ela parece reluzir de prazer ao se sentar a meu lado.

— Foi maravilhoso. *Maravilhoso.*
— Obrigada. — Sorrio para ela.
— Estou tão orgulhosa do jeito como fez picadinho de tio Bill. Sua fundação vai fazer coisas muito boas, sabe? E os coquetéis! — acrescenta, esvaziando o copo. — Que ótima ideia!
Contemplo minha mãe, intrigada. Pelo que sei, ela não se chateou com nada o dia todo. Não se preocupou com a possibilidade de as pessoas chegarem atrasadas, ou ficarem bêbadas, ou quebrarem os copos, nem nada.
— Mãe... você está diferente. — Não posso evitar. — Parece menos estressada. O que aconteceu?
De repente, imagino se ela foi ao médico. Ela está tomando Valium, Prozac ou algo do tipo? Ela está chapada de remédios?
Ficamos em silêncio enquanto ela ajeita as mangas.
— Foi muito estranho — diz ela, afinal. — E eu não podia contar para ninguém, Lara. Mas, umas semanas atrás, aconteceu algo estranho.
— O quê?
— Foi quase como se eu pudesse ouvir... — Ela hesita e sussurra: — *Uma voz na minha cabeça.*
— Uma voz? — Fico rígida. — Que tipo de voz?
— Não sou religiosa. Você sabe disso.
Minha mãe olha em volta da igreja e se inclina para mim.
— Mas, sinceramente, a voz me acompanhou o dia todo! Bem aqui. — Ela bate na cabeça. — Não me deixava em paz! Achei que fosse enlouquecer!
— O que... ela dizia?
— Dizia: "Vai ficar tudo bem, pare de se preocupar!" Só isso, várias vezes, durante horas. Acabei ficando muito irritada. Eu disse em voz alta: "Está bem, Voz Interior, já entendi!" Então ela parou, como mágica.
— Uau... — digo com um nó na garganta. — Isso é... incrível.

— Desde então, as coisas não me *incomodam* tanto. — Minha mãe olha para o relógio. — É melhor eu ir, seu pai vai voltar com o carro. Quer carona?

— Ainda não. Vejo vocês lá.

Minha mãe balança a cabeça, compreensiva, e sai. Enquanto o Charleston se transforma em outra melodia dos anos 1920, eu me recosto, admirando o lindo teto entalhado, ainda abalada com a revelação. Até consigo ver Sadie indo atrás dela, perturbando, recusando-se a parar.

Todas as coisas que Sadie foi, fez e realizou. Até agora, sinto que só sei da metade.

A música chega ao fim, e uma mulher de batina aparece e começa a apagar as velas. Eu me desencosto, pego minha bolsa e fico de pé. O salão já está vazio. Todos se foram.

Quando saio da igreja para o pátio, um raio de sol atinge meu olho, e eu pisco. Há uma multidão de gente rindo e conversando na calçada, mas ninguém está nem próximo de mim, e me dou conta de meu olhar vagando em direção ao céu. Como faço frequentemente. Ainda.

— Sadie? — digo em voz baixa, por força do hábito. — Sadie?

Mas é claro que não há resposta. Nunca há.

— Parabéns! — Ed aparece do nada e planta um beijo em meus lábios, me assustando.

Onde ele estava? Escondido atrás de uma pilastra?

— Foi espetacular. Tudo. Não poderia ter sido melhor. Fiquei muito orgulhoso de você.

— Ah. Obrigada. — Fico vermelha de prazer. — Foi bom, não foi? Veio tanta gente!

— Foi incrível. E tudo graças a você. — Ele toca de leve minha bochecha e diz em voz baixa: — Está pronta para ir para a galeria? Eu disse para seus pais irem na frente.

— Estou. — Sorrio. — Obrigada por esperar. Eu só precisava de um minuto.
— Claro.
Enquanto vamos andando em direção ao portão de ferro forjado que dá para a rua, ele passa o braço pelo meu, e eu o aperto. Ontem, do nada, enquanto íamos andando para o ensaio do velório, Ed me disse tranquilamente que ia estender a estada em Londres em seis meses, para usar o seguro do carro. Então me olhou demoradamente e perguntou o que eu achava de ele ficar por um tempo.
Fingi que estava pensando, tentando esconder minha euforia, e disse que era bom ele usar o seguro do carro, por que não? Ele meio que sorriu. E eu meio que sorri. O tempo todo, a mão dele estava apertando a minha.
— Então... com quem você estava falando ainda agora? — ele pergunta. — Quando saiu da igreja.
— O quê? — digo, um pouco confusa. — Ninguém. Hum, o carro está por perto?
— Porque *pareceu*... — ele insiste sutilmente — que você tinha dito "Sadie".
O silêncio cai enquanto tento simular uma expressão de surpresa.
— Achou que eu tinha dito *Sadie*? — Dou uma risada para mostrar como considero a ideia bizarra. — Por que eu diria isso?
— Foi o que eu pensei — Ed responde, do mesmo jeito despreocupado. — Pensei comigo mesmo: "Por que ela diria isso?"
Ele não vai deixar passar. Tenho certeza.
— Talvez seja o sotaque britânico — digo com uma inspiração repentina. — Talvez tenha me ouvido dizer "Sidecar". "Preciso de outro Sidecar."
— "Sidecar".

Ed para de andar e me encara, intrigado. De alguma maneira, obrigo-me a olhar de volta, com olhos arregalados e inocentes. Ele não consegue ler minha mente, lembro. Ele *não* consegue ler minha mente.

— Aí tem coisa — ele enfim diz, balançando a cabeça. — Não sei o quê, mas aí tem coisa.

Sinto um aperto no coração. Ed sabe tudo sobre mim, detalhes grandes e pequenos. Ele tem que saber disso também. Afinal de contas, fez parte disso.

— É — admito finalmente. — Aí tem coisa. E vou contar tudo para você. Um dia.

A boca de Ed se torce num sorriso. Ele corre os olhos pelo meu vestido vintage, com as contas pretas balançando, meu penteado ondulado e as plumas caindo sobre minha testa. O rosto dele se abranda.

— Vamos, menina de vinte.

Ele pega minha mão com o aperto firme a que já estou acostumada.

— Você fez algo ótimo pela sua tia. Pena que ela não pôde ver.

— É — concordo. — É uma pena.

Mas, enquanto andamos, eu me permito dar uma olhadela para o céu vazio.

Espero que ela tenha visto.

Este livro foi composto na tipologia Electra LH
Regular, em corpo 11/15, e impresso em papel
off-set 56g/m² no Sistema Cameron da Divisão
Gráfica da Distribuidora Record.